John Marrs
Die gute Seele

EDITION M

Das Buch

Sie ist eine freundliche Stimme am Telefon. Aber kannst du ihr trauen?

Wer die Telefonseelsorge anruft, braucht Hoffnung. Und die Bestätigung, dass das Leben lebenswert ist. Doch wer Pech hat, wird mit Laura verbunden. Sie redet nicht nur gern mit Menschen, denen es schlechter geht als ihr. Sie verzehrt sich regelrecht danach. Denn Laura will niemandem Mut zusprechen. Sie will hören, wie die verzweifelten Anrufer sich das Leben nehmen.

Als sich seine schwangere Frau Hand in Hand mit einem Fremden das Leben nimmt, bricht Ryans Welt zusammen. Was trieb sie in den Tod? Seine Nachforschungen führen ihn auf Lauras Spur und er beginnt das perfide Spiel zu durchschauen. Ryan ahnt nicht, zu welch drastischen Mitteln sie greifen wird, um ihr Geheimnis zu bewahren ...

Der Autor

John Marrs arbeitet freiberuflich als Journalist und lebt in London und Northampton. Seit 25 Jahren interviewt er für verschiedene Magazine und Zeitschriften Prominente aus den Bereichen TV, Film und Musik. »Die gute Seele« ist sein vierter Roman.

Mehr über ihn erfahren Sie auf Twitter (@johnmarrs1), Instagram (@johnmarrs.author), Facebook (www.facebook.com/johnmarrsauthor) oder auf seiner Website (www.johnmarrsauthor.co.uk).

JOHN
MARRS

Die gute Seele

THRILLER

Aus dem Englischen
von Tanja Lampa

EDITION M

Die englische Ausgabe erschien 2017 unter dem Titel »The Good Samaritan« bei Thomas & Mercer, Seattle.

Deutsche Erstveröffentlichung bei
Edition M, Amazon Media EU S.à r.l.
5 Rue Plaetis, L-2338, Luxembourg
Dezember 2018

Die Übersetzung dieses Buches wurde durch AmazonCrossing ermöglicht.

Umschlaggestaltung: zero-media.net, München
Umschlagmotiv: © es/Frederic Cirou / Alamy
Lektorat: Rotkel Textwerkstatt
Gedruckt durch:
Amazon Distribution GmbH, Amazonstraße 1, 04347 Leipzig /
Canon Deutschland Business Services GmbH, Ferdinand-Jühlke-Str. 7, 99095 Erfurt /
CPI books GmbH, Birkstraße 10, 25917 Leck

ISBN: 978-2-919-80392-7

www.edition-m-verlag.de

»Der Dienst an anderen ist die Miete, die du für deinen Platz hier auf Erden bezahlst.«
Muhammad Ali

»Während du auf Rache sinnst, grab zwei Gräber – eines davon ist für dich.«
Douglas Horton

Prolog

»Wo sind Sie?« Meine Stimme klang ruhig und mein Ton gesetzt, während ich leise in den Hörer sprach.

»Das Taxi hat inzwischen auf dem Parkplatz gehalten und ich versuche gerade, mein Kleingeld loszuwerden.«

»Warum?«, fragte ich.

»Weil ich es nicht mehr brauche.«

»Verstehe.« Ich verdrehte die Augen. Mir kam es wie reine Zeitverschwendung vor und ich fürchtete, es könnte eine Verzögerungstaktik sein. Doch ich durfte ihn nicht unter Druck setzen. »Sie tun, was Sie für das Beste halten. Und denken Sie daran«, fuhr ich fort, »ich bin immer bei Ihnen.«

Ich hörte, wie er dem Fahrer etwas zuraunte, bevor er aus dem Taxi stieg und die Tür hinter sich schloss. Vermutlich regnete es leicht, denn ich hörte alle paar Sekunden die Wischblätter über die Windschutzscheibe quietschen, bis das Taxi schließlich fortfuhr.

»Und, wie machen wir uns?« Ich sprach absichtlich von »uns« und nicht von »mir«, um zu unterstreichen, dass wir das hier zusammen durchstanden – wenn auch nicht Seite an Seite, so doch im Geiste. Den Ort hatte ich nicht ausgewählt und ich fragte mich, ob er es sich angesichts dessen Größe noch einmal überlegen würde. In diesem Fall müsste ich seine Entscheidung akzeptieren. Es hatte einige Zeit gedauert, bis ich die richtige Einstellung gewonnen hatte, doch jetzt, wo mir das gelungen war, wollte ich, dass er es bis zum Ende durchzog. Und ich würde ihn daran erinnern, warum er dort war und wie weit wir gekommen waren.

Als hätte er meine Gedanken gelesen, meinte er: »Machen Sie sich keine Sorgen. Ich habe es mir nicht anders überlegt.«

Ich seufzte erleichtert.

»Wirklich«, fuhr er fort. »Ich bin okay und dazu bereit. Jetzt, wo ich hier bin und sehen kann, was vor mir liegt, weiß ich hundertzehnprozentig, dass es die richtige Entscheidung ist.«

Ich glaubte ihm. Bestimmt hatte er mich noch nie angelogen. Dazu hatte er auch keinen Grund gehabt. Er hatte mir oft gesagt, er sei mir gegenüber ehrlicher als zu allen, die er je gekannt hatte. Und das zu hören machte mich stolz.

»Sehen Sie sie schon?«, wollte ich wissen. »Sie fährt einen roten Vauxhall Astra mit dem Kennzeichen V987 …«

»THG. Ja, sie hat mir gerade aufgeblendet. Als würden wir in einem Spionagefilm spielen, in dem Sie dafür gesorgt hätten, dass ich ihr irgendwelche Geheimdokumente übergebe.« Er lachte nervös und ich tat so, als würde ich mit einstimmen.

»Okay, ich rufe sie jetzt an«, sagte ich. »Sie bleiben erst einmal, wo Sie sind. Wir wollen sie ja nicht erschrecken.«

Ich rief sie mit unterdrückter Nummer an. Sie nahm erst nach dem siebten Klingelzeichen ab, was für meinen Geschmack zu viele waren.

»Hallo«, sagte ich leise. »Und, wie machen wir uns?«

»Ich weiß nicht genau«, gab sie zurück. Ihrer Stimme fehlte die Entschlossenheit, die in seiner mitgeschwungen hatte. Ich hatte schon genügend Menschen in ihrer Situation begleitet, um einen Zustand gesteigerter Angst zu erkennen. Ich musste behutsam vorgehen.

»Das ist gut«, sagte ich beruhigend. »Hatten Sie eine angenehme Fahrt? Ist der Ort okay für Sie?«

»Ich bin schon vor einer Stunde angekommen. Also habe ich in einem Café die Straße hinauf einen Tee getrunken.« Erneut schrillten meine Alarmglocken. Sie hatte genügend Zeit gehabt, um nachzudenken.

»Wollen Sie noch über irgendetwas reden, bevor wir anfangen?«, wollte ich wissen.

Sie zögerte. »Es tut mir wirklich leid, aber jetzt, wo ich hier bin, bin ich mir nicht mehr sicher, ob ich das Richtige tue«, antwortete sie.

Ich biss die Zähne zusammen. Ich würde nicht zulassen, dass es so endete. Ich musste ihr nochmals den Sinn ihres Vorhabens vor Augen führen.

»Es geht um das Baby, nicht wahr?«, hakte ich vorsichtig nach.

»Ja.«

»Sie haben Angst, Ihre Entscheidung könnte egoistisch sein.«

»Ja«, sagte sie wieder, dieses Mal jedoch kaum hörbar.

Ich ließ mich tiefer in den Stuhl sinken. »Das ist absolut verständlich. Aber Sie müssen erkennen, dass das nicht Sie sind, sondern Ihre Hormone, die da sprechen. Ihre Hormone vermitteln Ihnen ein falsches Gefühl für die Dinge, die möglich wären. Sie lassen Sie denken, dass sich mit der Zeit doch noch alles zum Guten wenden könnte. Hören Sie lieber auf jemanden, der aus Erfahrungen gelernt hat. Würde dieses Kind geboren, würde sich Ihre Situation nur immer weiter verschlimmern. Man würde Ihnen noch mehr Medikamente geben, wodurch Ihr Leben immer mehr verschwimmen würde. Sie wären nicht in der Lage, eine gute Mutter zu sein, und die ganzen Tabletten, die Sie bereits geschluckt haben, werden sich auch auf Ihr Baby auswirken. Es wird so aufwachsen wie Sie, mit denselben

Schmerzen und Problemen. Die Geschichte wird sich wiederholen. Wollen Sie dafür wirklich verantwortlich sein? Im Gegensatz zu Ihnen kann ich die Situation klar erkennen und ich weiß genau, was passieren wird. Ihr Baby wird in dieser Welt keine Chance haben. Und tief in Ihrem Innern wissen Sie das auch, nicht wahr?«

»Sie haben recht«, stieß sie hervor und unterdrückte ihr Schluchzen nicht länger.

Bisher hatte ich den bösen Bullen gespielt, nun musste ich wieder der gute Bulle sein.

»Wissen Sie, ich denke Tag und Nacht an Sie«, fuhr ich fort. »Ich weiß, was Sie erreicht haben, seitdem Sie mich vor all den Wochen gefunden haben. Und ich bin sehr stolz auf Ihren Mut und Ihre Kraft. Das wissen Sie, nicht wahr?«

»Ja«, antwortete sie. Doch sie klang nicht so überzeugt wie erhofft. Es war an der Zeit, einen Gang höher zu schalten.

»Ich habe auch über Ihre Familie nachgedacht. Sie hat großes Glück, jemanden wie Sie zu haben, jemanden, der so selbstlos und so mutig ist. So jemanden findet man nur selten. Natürlich werden sie es anfangs kaum verstehen können, doch mit der Zeit werden sie erkennen, dass Sie sie so sehr geliebt haben, dass Sie ihre Bedürfnisse über Ihre eigenen gestellt haben. Sie haben mir selbst so oft erzählt, dass Sie niemals die Frau sein werden, die Ihr Ehemann braucht. Doch das ist nicht Ihr Fehler, sondern seiner. Er hat Sie auf ein Podest gehoben. *Er* hat Ihnen das angetan. Sie müssen sich nur ins Bewusstsein rufen, warum Sie anfangs nach mir gesucht haben. Zusammen sind wir jede Möglichkeit genau durchgegangen, bevor Sie entschieden haben, dass es nur diesen Ausweg gibt. Sie gehen weiter und erlauben allen anderen, die Sie lieben, dasselbe zu tun. Und dafür bewundere ich Sie so sehr.«

Woche für Woche, Gespräch für Gespräch wiederholte ich ständig diese Botschaft und bestärkte sie damit nach und nach in der Überzeugung, es gäbe nur diesen einen Ausweg. Er dagegen machte mir nicht so viel Arbeit. Bei ihm gab es keinen Mittelweg. Die Dinge waren entweder schwarz oder weiß, aber niemals grau. Er hatte mir einmal erzählt, ich wäre ein Seil, das ihn aus dem Treibsand gezogen und auf den richtigen Weg gebracht hätte.

»Sie haben recht«, schniefte sie. »Vielen Dank.«

»Okay. Nun putzen Sie sich die Nase und holen tief Luft. Dann stehen wir das zusammen durch. Als Erstes öffnen Sie die Tür und gehen zu ihm hinüber.« Ich stellte mir vor, ich wäre bei ihnen. »Können Sie mir beschreiben, was Sie sehen?«

»Ich glaube, er wartet auf mich«, antwortete sie. »Er lächelt. Und hinter ihm versucht die Sonne, sich ihren Weg durch die Wolken zu bahnen. Es ist kalt, aber nicht eiskalt.«

Ich hörte den Kies unter ihren Füßen knirschen, das Prasseln des Januarregens, der von den Schultern ihres Mantels abprallte, und das Kreischen der Möwen über ihr. Fast konnte ich die salzige Meeresluft riechen, die sie umgab. Ich schaltete auf seine Telefonleitung um.

»Hallo«, sagte ich. »Sie kommt jetzt zu Ihnen. Aber anscheinend hat sie mehr Angst als Sie. Sie passen doch auf sie auf, oder?«

»Natürlich«, gab er zurück und klang dabei überzeugter als je zuvor.

Als sie sich endlich zum ersten Mal gegenüberstanden, stellte ich mir vor, wie sie sich anlächelten. Ich gab beide Telefonleitungen frei und hörte das gedämpfte kratzende Geräusch aneinanderreibender Stoffe, als sie sich umarmten. Ich hatte ihr gesagt, sie sollte einen Mantel tragen, der weit genug war, um ihren Babybauch zu verdecken. Jetzt, wo wir dem Ziel so nah waren, sollte er auf keinen Fall deshalb zurückschrecken.

Meine Haut brannte unter der Kleidung, das Adrenalin jagte durch alle Adern meines Körpers und versetzte mich fast in eine Art Euphorie.

Abwarten und den Überblick behalten. Noch kann es schiefgehen.

Ich stellte mir vor, wie die beiden dastanden, zwei Fremde, die keine Worte brauchten, um sich zu verstehen. Sie verband ein gemeinsames Ziel, und ich hatte sie zusammengebracht. Ihrer beider Leben würden durch mich für immer miteinander verbunden sein. Ich wusste nicht, ob ich lachen oder weinen sollte.

»Können Sie beide mich hören?«, fragte ich.

»Ja«, antworteten sie gleichzeitig.

»Sofern es Ihnen beiden recht ist, würde ich gern so lange wie möglich bei Ihnen bleiben. Wenn Sie also bereit sind, holen Sie tief Luft. Dann nehmen Sie sich an den Händen und gehen los. Egal, wie hart es wird oder wie schwer sich Ihre Beine vielleicht anfühlen, Sie halten sich gegenseitig fest. Drehen Sie sich nicht um und bleiben Sie nicht stehen. Wir stehen das zusammen durch.«

»Danke«, sagte er. »Danke, dass Sie mich verstehen. Sie sind unglaublich.«

»Gern geschehen«, gab ich zurück. Wenn ich früher diesen Punkt erreicht hatte, war ich sehr viel stärker gewesen. Doch er hatte einen zu großen Platz in meinem Leben eingenommen, als dass es nicht wehtat. Ich ballte die Fäuste, als unsere Reise zu Ende ging. Nun lag es an ihnen, die Geschichte fortzusetzen.

Ich schloss die Augen und atmete gemeinsam mit ihnen tief ein und aus, während sie den Parkplatz immer weiter hinter sich ließen. Langsam ging der Kies in Gras über und der Regen wurde immer stärker. Sie begann zu weinen, doch ich war mir sicher, dass es Freudentränen waren. Bestimmt hielt er ihre Hand jetzt noch fester und schenkte ihr etwas von seiner Stärke, für die ich ihn so bewunderte.

Und dann – nichts.

Nichts außer dem Geräusch ihrer letzten Atemzüge und des Küstenwinds, der in ihre Handys heulte, während sie hundertsechzig Meter tief ins Wasser unter ihnen stürzten. Und als ihre Körper untergingen und ihre Seelen aufstiegen, biss ich mir fest auf die Unterlippe, bis ich Blut schmeckte. Es war vorbei.

Ich wartete noch eine Weile, bevor ich widerstrebend den Hörer auflegte. Ich zog ein Taschentuch aus meiner Schreibtischschublade, putzte mir die Nase, streckte die Zehen aus und dachte so lange an meinen Anker, bis sich mein Körper wieder beruhigt hatte.

Ich hob kurz den Kopf und schaute mich in dem Raum um, um sicherzugehen, dass niemand außerhalb meiner Kabine zugehört hatte.

»Bist du okay?« Marys zuckersüße Stimme ließ mich zusammenfahren. Sie kam aus der Küche zu meinem Schreibtisch hinüber, weil sie spürte, dass irgendetwas nicht stimmte. Die Jahre hatten es mit ihrem Gesicht nicht gut gemeint.

»Alles in Ordnung«, antwortete ich.

»War es einer dieser Anrufe?«

»Ja.«

»Er oder sie hat es aber nicht getan, während ihr miteinander gesprochen habt, oder?«

Ich nickte und sie tätschelte meinen Arm. Meine Haut kribbelte wie immer, wenn mich jemand ungefragt berührte. Solche Gesten hatten mir noch nie Trost gespendet.

»Es tut mir leid«, meinte Mary. »Wenn sie anrufen, hoffen wir immer, dass eine freundliche Stimme und ein offenes Ohr reichen, damit sie ihrem Leben doch kein Ende setzen, nicht wahr?«

»Ja«, log ich.

»Und ich weiß, dass wir sie weder davon abhalten noch ihnen eine andere Sicht auf die Dinge vermitteln können. Trotzdem ist es hart, weil man sich doch nur wünscht, die anderen könnten erkennen, dass das Leben lebenswert ist.«

»Das ist es ganz sicher«, stimmte ich ihr zu. »Ich wünschte, alle könnten diese schöne Welt durch unsere Augen sehen.«

Es war ein betriebsamer Nachmittag gewesen und es gab nicht genügend ehrenamtliche Mitarbeiter, um alle Beratungstelefone zu besetzen. Also ging Mary zurück an ihren Schreibtisch. Als das rote Licht an meinem Telefon aufleuchtete und den nächsten Anruf anzeigte, räusperte ich mich kurz, bevor ich wie vorgeschrieben innerhalb der ersten fünf Klingelzeichen abhob. »Guten Tag«, begann ich. »Sie sprechen mit der Telefonseelsorge. Hier ist Laura. Und wie heißen Sie?«

TEIL 1

Laura

Kapitel 1

Vier Monate nach David

Ich hörte ihre gedämpften Stimmen, während ich die Treppe hinauf in Richtung Eingang ging.

In dem Büro der Telefonseelsorge zählte ich fünf Mitarbeiter, die jeweils in ihren Kabinen saßen. Manche stützten sich auf den Ellbogen ab, während sie über Kopfhörer den Anrufern zuhörten. Andere lehnten sich lässig in ihrem Stuhl zurück und hielten sich den Telefonhörer ans Ohr. Einer malte das Kreuzworträtsel einer Tageszeitung aus.

Ich war früh dran für meine Schicht und winkte Kevin und Zoe fröhlich zu, die gerade beide ihrem jeweiligen Anrufer zuhörten. Ich zeigte zuerst auf die Kuchenform unter meinem Arm und dann in Richtung Küche. Mary, unsere älteste ehrenamtliche Mitarbeiterin, saß weiter vorn in einer Eckkabine und bewegte ihre Stricknadeln sehr schnell und nahezu geräuschlos, während sie in ihr Mikrofon sprach. Heute war ihre Wolle so grau wie die Haare auf ihrem Kopf.

Ich ging in das armselige Kabuff, das unsere Teeküche darstellte, verstaute eine Frischhaltedose mit den Resten des Nudelauflaufs vom Vorabend im Kühlschrank und entsorgte die abgelaufenen Plastikmilchflaschen, deren Zahl ständig anwuchs. Dann hob ich den Deckel von der Kuchenform ab, damit sich jeder von meinen frisch mit Glasur überzogenen Muffins nehmen konnte. Es waren mehr als genug für die Nachmittagsschicht. Sollten einige übrig bleiben, könnten sich die Mitarbeiter der Abend- oder Nachtschicht auch noch bedienen.

Ich schob das Fenster auf, um die frische Mailuft herein- und den abgestandenen Mief des Obergeschosses hinauszulassen. Da uns die Tische nicht zugeteilt wurden, hatten wir keinen Anspruch auf einen bestimmten Platz. Doch es gab eine stillschweigende Hierarchie, nach der sich diejenigen, die bereits länger hier arbeiteten, einen Tisch aussuchen konnten. Ich hatte mich für die abgelegenste Kabine direkt an dem getäfelten Kamin im viktorianischen Stil entschieden. Durch eine Trennwand abgeschirmt, konnte niemand im Raum meine leise, beruhigende Telefonstimme hören. Nicht dass wir jemals zugäben, die Anrufe der anderen zu belauschen, doch hin und wieder ist jeder einmal neugierig.

Seit viereinhalb Jahren starrte ich durch dasselbe Fenster auf die Dächer von Northampton und fragte mich, wer heute mein erster Anrufer sein würde. Normalerweise wurde es erst abends, in der Spätschicht, wirklich interessant. Bei den Labilsten dort draußen sinkt mit der Dunkelheit die Hemmschwelle. Die Nacht ist ihr Feind, denn wenn die Ablenkung durch optische Reize abnimmt, haben sie umso mehr Gelegenheit, über die Hoffnungslosigkeit des eigenen Lebens nachzudenken. Dann strecken sie Hilfe suchend ihre Hand nach jemandem aus.

Wir sind gehalten, alle Anrufer gleich zu behandeln – höflich, respektvoll und professionell. Indem wir ihnen zuhören, geben wir ihnen das Gefühl, wertvoll zu sein. Doch es wäre unrealistisch zu glauben, man könnte allen helfen – oder auch nur alle mögen. Sobald sie von ihrem Leid erzählen, kann man einige auf Anhieb nicht leiden, während man sich in anderen selbst wiedererkennt. Manche würde man am liebsten an den Armen packen, ihnen die Fingernägel so tief ins Fleisch graben, bis sie bluten, und sie schütteln, damit sie zu Verstand kommen. Anderen bietet man eine Schulter an, die nicht wertet, an der sie sich ausweinen können.

Doch letztendlich sind fast alle Freiwilligen in diesem Büro aus demselben Grund hier – damit der Anrufer seine Probleme auf sie abwälzen kann.

Und dann gibt es noch mich. Ich habe meine eigenen Pläne.

»Du hast Muffins mitgebracht!«, rief Kevin begeistert. Er zog noch das Papier von dem süßen Kuchen ab, während er zu meinem Schreibtisch kam.

»Erinnere mich daran, dass ich dir dein Hemd aus dem Wagen hole, bevor ich gehe«, gab ich zurück.

»Sei vorsichtig, sonst fangen sie noch an, über uns zu reden«, antwortete er mit einem Augenzwinkern.

Ich tat, als lachte ich mit. »Ich habe den Knopf wieder angenäht und den Kragen gestärkt.«

»Was würden wir nur ohne dich tun, Laura?«

»Und vergiss nicht deinen Hochzeitstag am Wochenende und besorg eine Karte und einen Blumenstrauß. Aber keinen billigen von der Tankstelle. Bestell lieber einen im Internet.«

»Mach ich.« Er gab mir ein Küsschen auf die Wange und ich verdrehte mit falscher Bescheidenheit die Augen. »Du bist die gute Seele des Büros, du sorgst für uns wie eine Mutter«, meinte er.

Ich wurde gern für den mütterlichen Typ gehalten. Dass mich alle für einen hilfsbereiten, harmlosen und unentbehrlichen Menschen hielten, kam mir sehr gelegen. Denn wenn man nicht als Bedrohung angesehen wird, kommt man mit sehr viel mehr Dingen ungestraft davon.

Kapitel 2

Die ersten dreißig Minuten meiner Vierundzwanzig-Stunden-Schicht verliefen sehr ruhig. Also sah ich mir die Fotos auf dem Handy an … jene Bilder, die ich wegen Tony, meinem Ehemann, nicht zu Hause aufstellen durfte.

Ich zog den versilberten Füllfederhalter aus der Tasche und schlug mein Notizbuch auf. Darin notierte ich mir die wichtigsten Angaben über jeden Anrufer: den Namen, eine Zusammenfassung seiner Probleme und einige Fragen, falls das Gespräch einmal ins Stocken geriet. Der Anrufer ist immer Herr des Telefonats – zumindest lasse ich ihn das glauben.

Die Telefonseelsorge hat sich einem klaren Auftrag verschrieben, was einer der Hauptgründe war, warum ich ihr meine Zeit opferte. Nach ihrer Ansicht hat jeder Mensch das Recht, nach seinen eigenen Vorstellungen zu leben oder zu sterben. Vorausgesetzt dass es nicht unter Zwang geschieht und keine andere Person verletzt wird, vertreten wir die Ansicht, dass es einzig der Entscheidung des Einzelnen obliegt, ob er seinem Leben ein Ende setzt. Wir versuchen nicht, es ihm auszureden. Tatsächlich gibt man uns während der Ausbildung emotionale Hilfsmittel an die Hand, damit wir den Anrufer am Telefon bei seinen letzten Atemzügen begleiten können, wenn es das ist, was er möchte. Wir hören zu, wir handeln nicht.

Das rote Lämpchen meines Anschlusses leuchtete eindringlich auf. Jedes Mal, wenn ich einen Anruf annehme, denke ich daran, was mir Mary, meine Mentorin, während der Ausbildung erklärt hat: »Deine Stimme könnte die letzte sein, die dieser Mensch jemals hören wird. Gib ihm also das Gefühl, er wäre dir wichtig.«

»Guten Tag, Sie sprechen mit der Telefonseelsorge. Hier ist Laura«, meldete ich mich freundlich, wie schon so oft zuvor. »Und wie heißen Sie?«

Ich wurde mit Schweigen begrüßt, was nicht weiter ungewöhnlich war. Die Anrufer machen sich zwar die Mühe, unsere Nummer zu wählen, haben sich aber nicht zurechtgelegt, was sie sagen werden, sobald wir ihren Anruf entgegennehmen. Meine Aufgabe ist es, ihnen die Nervosität zu nehmen und ihre Sorgen zu entlocken. Manchmal reicht schon der Klang meiner beruhigenden Stimme, um ihre Ängste zu mildern.

»Nehmen Sie sich die Zeit, die Sie brauchen«, bat ich den Anrufer. »Ich bin da.«

»Im Moment läuft es richtig schlecht bei mir«, sagte schließlich eine Frau. Ihre Stimme klang so tief, als rauchte sie seit Jahrzehnten starke Zigaretten.

»Okay, wollen wir darüber reden?«, bot ich ihr an. »Wie soll ich Sie nennen?«

Sie schwieg lange genug, um sich ein Pseudonym zu überlegen. »Carole«, antwortete sie schließlich. Ihre vom Rauchen geschädigten Stimmbänder machten es schwer, ihr Alter zu schätzen.

»Okay, Carole«, meinte ich und notierte mir ihren Namen. »Sie sagen, dass es im Moment nicht gut läuft bei Ihnen. In welchen Lebensbereichen haben Sie denn Probleme?«

»Im finanziellen Bereich und in meiner Ehe«, antwortete sie. »Ich wurde im März entlassen und finde keinen neuen Job. Das Arbeitslosengeld reicht kaum fürs Essen, mit der Miete bin ich seit vier Monaten im Rückstand und mein Mann hat eine chronische Lungenkrankheit, die ihn langsam umbringt.«

Zu gern hätte ich sie gefragt, was sie mit ihren vierzig Zigaretten am Tag seinen Lungen antat, hielt mich aber an die Regeln. Nicht, dass ich etwas gegen das Rauchen hätte – zu den vielen Dingen, die weder meine Kollegen noch meine Familie über mich wissen, gehört die Zigarette, die ich nach der Schicht auf dem Heimweg rauche. Doch ich behalte immer die Kontrolle.

In Stichworten notierte ich, was sie mir erzählte, wollte aber in Wirklichkeit erfahren, wie nah ihre Lebensumstände sie bereits an den Abgrund gebracht hatten. Warum rief sie uns heute an? Wie weit würde sie gehen, um eine Lösung zu finden? Natürlich musste ich behutsam vorgehen. Sie brauchte ein wenig Ermutigung.

»Das klingt, als hätten Sie im Moment mit vielen Problemen zu kämpfen, Carole«, erwiderte ich. »Solche Zeiten stellen uns am stärksten auf die Probe, nicht wahr?«

»Ja, aber ich habe keine Lust mehr, auf die Probe gestellt zu werden. Ich brauche einen Ausweg.«

Damit hatte sie mein Interesse geweckt. »Inwiefern?«

Ich hörte, wie sie sich mit dem Feuerzeug eine Zigarette anzündete. »Ich fühle mich total mies, das jetzt laut auszusprechen …« Sie machte eine Pause, um das Nikotin zu inhalieren.

»Ich bin hier, um Ihnen zuzuhören, nicht um Sie zu verurteilen.«

»Ich bin am Ende meiner Kräfte. Ich kann einfach nicht mehr.« Caroles Stimme wurde brüchig, bevor sie heftig husten musste.

»Erklären Sie mir, was Sie mit ›einen Ausweg brauchen‹ meinen?«

»Ich habe jemanden kennengelernt und will meinen Mann verlassen, aber ich weiß nicht, wie.«

Ich verdrehte die Augen und widerstand der Versuchung, einfach aufzulegen. Wir dürfen nur beleidigende, sexuell motivierte und aggressive Gespräche beenden. Ein furchtbar gewöhnlicher Anrufer gilt leider nicht als Entschuldigung.

Carole wollte ihrem Leben kein Ende setzen, sondern ohne den Ballast des alten ein neues beginnen. Für einen Moment hatte ich geglaubt, auf eine Goldmine gestoßen zu sein. Doch zufällig den Anruf einer Person anzunehmen, die wirklich sterben wollte, war so wahrscheinlich wie die Chance, in einer Auster eine Perle zu finden. Mit etwas Glück erhalte ich vier, vielleicht auch fünf Anrufe in zwölf Monaten, doch dieses Jahr verlief bisher außergewöhnlich gut. Nur Carole war eben nicht jene Person.

Ich verhielt mich, wie ich es gelernt hatte, und ließ sie weinen und jammern, bis sie nichts mehr auf dem Herzen hatte. Schließlich legte sie auf – ohne sich zu bedanken, wohlgemerkt.

Dann wartete ich geduldig auf den nächsten Anruf, weil es immer einen nächsten Anruf gibt. Irgendwo im Land erlebt immer irgendjemand eine schlimmere Zeit als man selbst. Die Anspannung, die freudige Erwartung, den Hörer abzunehmen und niemals zu wissen, welchen Lauf das Gespräch nehmen wird: Der nächste Anruf ist alles, was zählt.

Ich lebe für den nächsten Anruf.

Kapitel 3

»Hallo?«, rief ich, während ich die Haustür aufstieß und den Schlüssel aus dem Schloss zog. »Kann mir bitte jemand mit den Einkaufstüten helfen?« Obwohl ich keine Antwort bekam, hieß das nicht zwangsläufig, dass niemand zu Hause war. Die Erwähnung der Tüten war nicht der beste Weg, um zwei Kinder und einen Ehemann aus ihrem Versteck zu locken, es sei denn, diese stammten aus irgendeinem Mode- oder Sportgeschäft.

Ich musste dreimal hinauslaufen, bis ich endlich alle Tüten in die Küche gebracht und ordentlich auf den Arbeitsplatten abgestellt hatte. Sie standen jeweils entweder unter dem Hängeschrank oder über der Schublade, in die ihr Inhalt verstaut werden sollte.

Bieber, ein hässliches grau-weißes Etwas mit dickem weichem Fell, dessen Zischen an eine zusammengerollte Kobra erinnerte, war der Kater meiner jüngsten Tochter Alice. Er lag ausgestreckt vor den Schiebetüren und genoss die warmen Sonnenstrahlen, die durch die Fensterscheibe hereinschienen. Er drehte den Kopf, um zu sehen, wer seinen Schlaf störte, und gab ein kehliges Fauchen von sich, als er mich erkannte. Ich fauchte zurück. Ich war diejenige, die ihn fütterte und das Katzenklo säuberte, doch das reichte nicht aus, um mir seinen

Respekt zu verschaffen. Stattdessen verabscheute er mich nach wie vor.

Nachdem ich mich versichert hatte, dass ich tatsächlich allein war, schaltete ich das Radio ein. Ein DJ stellte gerade ein mir unbekanntes Lied vor. Also wechselte ich zu einem Sender, auf dem ausschließlich Musik aus den Achtzigerjahren lief – das Jahrzehnt meiner Kindheit. Schon mehrere Anrufer bei der Telefonseelsorge hatten mir gesagt, ich hätte eine Stimme wie diese nächtlichen Radiomoderatoren, die immer nur Balladen ansagten. Ich klang wohl »beruhigend«.

George Michael gestand gerade, einen Trottel zu küssen, bevor Madonna mich drängte, tanzend zur Erleuchtung zu gelangen. Meistens hörte ich den Liedern nicht wirklich zu. Doch allein diese Hintergrundgeräusche in einem leeren Haus reichten aus, damit ich nicht jene dunklen Räume in meinem Kopf aufsuchte, in die zurückzukehren mir nicht guttat.

Nachdem ich die Dosen und Pakete in den Schränken verstaut hatte – farblich sortiert von hell nach dunkel und mit den Etiketten nach vorn zeigend –, zog ich einen Beutel tiefgefrorene Hähnchenbrust aus der Tüte und stopfte ihn in den überfüllten Kühlschrank, damit er bis zum nächsten Abend auftaute. Dann packte ich einen Victoria Sponge Cake aus, diesen typisch britischen Rührkuchen, fuhr mit dem Messer durch ein Marmeladenglas und verteilte ein wenig Marmelade an den Seiten, bevor ich die Ecke links oben mit etwas mehr Puderzucker bestäubte als die rechte. So sah er nicht mehr ganz so perfekt aus. Dann hielt ich eine Jeans hoch und begutachtete sie. Sie gehörte Zoe, einer meiner jüngeren Kolleginnen, die mich gebeten hatte, einen defekten Reißverschluss zu ersetzen. »Kein Problem«, hatte ich ihr erklärt. »Dafür brauche ich nur ein paar Tage.«

Für das Team der Telefonseelsorge war ich eine Powerfrau, eine hingebungsvolle Mutter von drei Kindern, die jeder Aufgabe gewachsen war – von der Reparatur einer Jackentasche bis hin zur Neupolsterung eines Stuhls. Doch vom Backen oder Nähen hatte ich keine Ahnung. Dafür gab es schließlich Supermärkte und Schneider. Und meine Kollegen mussten ja nicht wissen, dass ich das Backen und Flicken auslagerte. Plötzlich überkam mich ein Gähnen. Es war zwar erst vier Uhr, doch ich hatte das Gefühl, als wäre es sehr viel später. Die Kinder sollten bald aus der Schule kommen und Tony machte in wenigen Stunden Feierabend. Also goss ich mir ein großes Glas Rotwein ein, solange ich die Gelegenheit dazu hatte, und ließ mich in den Sessel neben den Schiebetüren sinken, die den Blick auf Terrasse und Garten freigaben. Ich schaute über den Rasen, die Blumenbeete mit den bunten Lupinen und Pfingstrosen und den Holzzaun zu den flachen, grasbewachsenen Spielfeldern hinüber.

Als nach zwei Jahren Ehe unser erstes Kind auf die Welt kam, erinnerte mich Tony oft daran, das Beste aus meiner »Ich-Zeit« zu machen, wann und wo auch immer sich mir die Gelegenheit dazu bot. Jetzt, wo die Kinder älter waren, stand mir zu viel »Ich-Zeit« zur Verfügung, besonders in diesem Haus, in das er unbedingt hatte ziehen wollen. Ich hatte mich in unserem letzten Haus viel wohler gefühlt. Doch Tony beharrte darauf, dass wir, sobald wir es einmal zu einem Eigenheim gebracht hatten, uns immer weiter verbessern müssten.

Ich atmete den Duft von Jasmingras ein, den der Lufterfrischer verströmte, und sah mich in dem offenen Wohnraum um. Wir hatten aus Küche, Wohn- und Esszimmer einen großen Raum gemacht. Ich hatte die Gartengestaltung, den Umbau und die Innenrenovierung überwacht und kannte jeden Zentimeter dieses Hauses wie meine Westentasche. Alles war genau so, wie Tony es geplant hatte. Doch ich fühlte mich hier fremd.

»Wir müssen ja nur ein paar Jahre hier wohnen«, hatte er erklärt. »Wenn alle Arbeiten abgeschlossen sind und wir ordentlich Gewinn damit machen können, ziehen wir wieder um.«

Aber wir waren nicht umgezogen. Das war jetzt drei Jahre her und ich saß immer noch in demselben Wohnzimmer.

Ich trank das Glas leer und grinste hinterlistig, als ich dem Kater auf den Schwanz trat und er fauchend fortlief. Die Türen zum Bad und den Kinderzimmern im oberen Stock standen nicht offen. Also vergewisserte ich mich, dass sie nur angelehnt waren. Sie wussten doch, dass ich in meinem Haus keine geschlossenen Türen duldete.

Zuerst schaute ich mich in Alices Zimmer um. Wie in den Zimmern der meisten Neunjährigen zierte immer noch die pinkfarbene Glitzertapete die Wände, die mit Plakaten von Popstars und TV-Persönlichkeiten übersät war. Aber Alice wurde so schnell erwachsen, und ich konnte schon spüren, wie sie sich langsam von meinem Rockzipfel löste und immer weiter von mir abrückte. Es würde nicht mehr lange dauern, bis ihre Gedanken von Jungs, Make-up und Kleidung, die an den falschen Stellen eng anlag, verseucht wurden.

In Effies Schlafzimmer war ihr Altersunterschied deutlich zu sehen. Bilder von YouTube- und Instagram-Stars, deren Namen ich nicht kannte, hingen in Form von Collagen an einem Spiegel und an der Tür. Außerdem hatte sie Fotos ihrer Freundinnen ausgedruckt, auf denen nur kleine Gruppen zu stark geschminkter Mädchen zu sehen waren, die die Wangen so fest einzogen, dass sie in der Mitte ihres Mundes aneinanderstoßen mussten, und einen Schmollmund machten. Auch den dünnen Bauch hatten sie eingezogen, damit sie noch dünner aussahen, als es vierzehnjährige Mädchen ohnehin schon sind.

Effies Selbstvertrauen war inzwischen gewachsen und sie wusste, dass sich nach und nach nicht nur die Jungs in ihrem Alter nach ihr umdrehten, sondern auch Männer, die kein

Recht hatten, kleinen Mädchen hinterherzuschauen. Früher hatten sie mich so angesehen, doch heute schien ich nicht mehr zu existieren. Ich konnte nicht anders, als Effie deswegen ein wenig zu hassen. Sie war wie ein Vampir, der die Schönheit und das Strahlen aus mir herausgesaugt und für sich selbst einbehalten hatte.

Außerdem hatte sie Geheimnisse vor mir. Deshalb musste ich zu anderen Mitteln greifen, um mehr über das Privatleben meiner Tochter zu erfahren. Ich saß auf ihrem Bett, schaltete mein Handy ein und wechselte zur Facebook-App. Sie hatte ihr Passwort noch immer nicht geändert. Also überprüfte ich ihren Posteingang. Die meisten Nachrichten stammten von ihren Freundinnen. Gelegentlich tauchten auch Jungennamen auf, aber die Inhalte ihrer Texte waren harmlos – mit einer Ausnahme.

Sie schien an einem Jungen namens Matt interessiert zu sein, der auf einem Foto hinter dem Lenkrad eines kleinen blauen Autos saß, in das er offensichtlich viel Zeit und Geld investiert hatte, damit es sportlich aussah. In einer zweiten Nachricht hatte er Effie ein Foto geschickt, auf dem er das T-Shirt hochzog und den nackten Brustkorb enthüllte. Ich dachte an die Zeiten zurück, in denen Tonys Bauch genauso flach und straff gewesen war. Ich hatte ihn vom anderen Ende des Schulschwimmbads in seiner Badehose beobachtet und mir vorgestellt, wie es sich wohl anfühlte, wenn ich mit den Fingerspitzen über seine Haut führe. *Wie Samt.* Dann hatte er mich dabei ertappt, wie ich ihn anstarrte, und gegrinst, während ich schnell den Kopf abwendete, damit er mein hochrotes Gesicht nicht sah. Doch wie er mich angesehen hatte … wie er den Kopf zur Seite legte, die Augen immer größer wurden und die Lippen sich beim Lächeln nach oben kräuselten … Ich wusste, wenn ich geduldig blieb, würde er auf mich zukommen und schließlich mir gehören. Ich erreiche immer, was ich mir vorgenommen habe.

Effie hatte Matts Bild nachgestellt, nur dass auf ihrem Foto der BH unter ihrem hochgeschobenen T-Shirt hervorlugte. Ich schnaubte.

Die Tür zum dritten Schlafzimmer war die einzige, die ich geschlossen hielt. Eines Tages würde ich vielleicht hineingehen, aber nicht heute. Dazu war ich noch nicht bereit.

Ich tauschte Rock und Bluse gegen T-Shirt und Jeans. Ich hatte sie erst vor Kurzem gekauft und einige Mühe beim Zuknöpfen. Nachdem ich es endlich geschafft hatte, sah ich bestürzt auf meinen dicken Bauch hinunter. Wie eine fette Taube, die sich über den Ast eines Baumes beugte, hing er über dem Hosenbund. Der Hot-Yoga-Kurs, den ich dreimal in der Woche besuchte, und die beiden Schwimmstunden bewirkten bei meiner Figur nicht das, was die Poster an den Wänden des Fitnessstudios versprachen. Ich fragte mich, ob es an meinem Körper irgendetwas gab, das Tony noch attraktiv fand. Wenn ja, dachte er nie daran, es zu erwähnen.

Ich sah in den Spiegel, aus dem mich eine vorzeitig gealterte Frau anstarrte. Zwischen den Strähnchen setzte sich der dunkle Ansatz durch und die einst hervorstehenden Wangenknochen waren scheinbar hinuntergerutscht und hatten sich in Hängebacken verwandelt. Nur die hellbraunen Augen mit ihrem jugendlichen Glanz passten nicht zu diesem Gesicht.

Ich hatte gehofft, dass der Stress durch den Eierstockkrebs und die Chemotherapie nur an jenen Stellen Schäden verursacht hatte, die den Leuten verborgen blieben. Doch ich hatte mir etwas vorgemacht. Innerlich war ich tot und äußerlich verfiel ich. Selbst jetzt, nach mehr als einem Jahr, zeichneten sich noch die Auswirkungen in meinem Gesicht ab. Nicht mehr lange und ich wäre gezwungen, die aufgespritzten Mütter am Schultor nach der Telefonnummer ihrer Botox- und Schönheitsklinik zu fragen. Die Injektionen zusammen mit den Verblendschalen für die Zähne und den Kontaktlinsen gegen

Kurzsichtigkeit bedeuteten, dass bald nur noch wenig von meinem ursprünglichen Ich übrig sein würde. Vielleicht wäre das Tony lieber. Ich schüttete die dritte und vierte Tagesration Tabletten aus dem Fläschchen mit dem Schmerzmittel in die Hand, das ich im Badezimmerschrank aufbewahrte, und schluckte sie ohne Wasser herunter. Tony hatte keine Ahnung, was sich wirklich in der Flasche befand – Schlankheitspillen, die von der Arzneimittelbehörde in Großbritannien nicht zugelassen waren. Ich hatte sie stattdessen in einer osteuropäischen Online-Apotheke bestellt. Die Tabletten banden das Fett und halfen mir, schneller an Gewicht zu verlieren. Doch die Nebenwirkungen waren lähmende Magenkrämpfe und ein öliger Durchfall. Aber diesen Preis zahlte ich gern, wenn sie mir dabei halfen, dass Tony mich wieder so ansah wie damals im Schwimmbad.

Ich hatte gerade das Ende der Treppe erreicht, als der Zeitungsjunge die Lokalzeitung durch den Briefkasten schob. Ich überflog den Teil mit den Nachrichten und den Immobilienanzeigen, bis ich die Seiten fand, nach denen ich suchte.

Die Haare auf meinen Armen stellten sich auf, als ich zum ersten Mal Chantelles Gesicht sah. Sie sah ziemlich genau so aus, wie ich sie mir vorgestellt hatte – schlicht, hager, kantig, mit einem dicken Haargummi, das ihr straff zurückgekämmtes Haar zusammenhielt. Ich riss die Seite heraus, merkte mir das Datum und steckte sie in die Tasche. Dann wartete ich bei einem weiteren Glas Wein geduldig darauf, dass die Zeit verging, bis die Unterhaltung dreier Menschen, die ich kaum kannte, wieder einsetzte.

Kapitel 4

Vier Monate und zwei Wochen nach David

Ich zog den Kindle aus der Tasche und legte ihn auf den Schreibtisch in meiner Kabine.

Dann durchsuchte ich die Bibliothek, um eines der Dutzend E-Books auszuwählen, die ich zwar heruntergeladen, aber noch nicht zu lesen begonnen hatte. Meistens langweilen Romane mich. Für meinen Geschmack muss man sich zu sehr konzentrieren, um sich zu merken, was man gelesen hat und wer wer ist, während man von einer Seite zur nächsten wischt. Ich lade mir lieber eine Fernsehserie herunter und schaue sie mir auf dem Handy an. Doch Janine, die Leiterin unserer örtlichen Einrichtung, sah das nicht gern – eine ihrer vielen kleinen Abneigungen, auf die sie uns aufmerksam machte, seitdem sie vor sieben Monaten die Leitung übernommen hatte.

Ich hatte mich gerade durch den Prolog eines Psychothrillers gekämpft, als mein erster Anruf für diesen Abend einging. Ich räusperte mich kurz und schlüpfte in meine Rolle wie ein Schauspieler, der im Begriff war, auf die Bühne zu treten.

Mit den ersten Worten, die ein Anrufer hört, kann man viel gewinnen oder auch verlieren. Wirkt man übertrieben begeistert, denken sie, man sei zu optimistisch, um sich in sie einfühlen zu können. Klingt man zu sachlich, riskiert man, wie ein autoritärer Mensch zu klingen, der mit ihnen schimpft. Ich selbst sehe mich gern als jemanden, der die richtige Balance hält.

Am anderen Ende der Leitung war ein junges Mädchen. Es hatte festgestellt, dass es schwanger war, wusste aber nicht, wie es das seinen Eltern sagen sollte. Ich hörte mitfühlend zu und stellte an den richtigen Stellen meine offenen Fragen. Insgeheim überlegte ich, wie ich reagieren würde, sollte Effie jemals in solchen Schwierigkeiten stecken. Während ich auf einer Abtreibung beharren würde, würde sie das Baby wahrscheinlich behalten wollen, einfach nur, um peinlich zu sein. Als das Mädchen am Telefon leise weinte, täuschte ich Interesse vor. Am Ende unseres Gesprächs beschloss sie, ihre Familienbande auf die Probe zu stellen und einer Tante, die ihr sehr nahestand, von ihrer misslichen Lage zu erzählen.

Anschließend war ich an der Reihe, mit dem »Masturbator« zu sprechen. Einmal pro Woche, normalerweise donnerstags, erlag er dem Zwang, uns anzurufen und sich hörbar selbst zu befriedigen. Es war ihm egal, ob ein Mann oder eine Frau das Gespräch annahm, denn wenn wir ans Telefon gingen, stand er immer schon kurz vor dem Höhepunkt. Eigentlich sollten wir auflegen, sobald deutlich wurde, was er da tat, doch heute war ich in Geberlaune. Also sagte ich ihm, wie sehr es mich erregte, und ließ ihn seine Tätigkeit vollenden, bevor ich ihm einen schönen Abend wünschte.

Nachdem zwei weitere Anrufer sofort wieder aufgelegt hatten, neigte meine Schicht sich ihrem Ende zu und ich sah bereits meinem schweißtreibenden Hot-Yoga-Kurs entgegen. Den nächsten Anruf wollte ich schon ignorieren, um nicht zu spät zu kommen, nahm dann aber doch den Hörer ab.

»Ich habe noch nie eine solche Nummer angerufen. Ich weiß nicht, wo ich anfangen soll«, sagte eine männliche Stimme.

»Fangen wir doch mit einem Namen an. Wie soll ich Sie nennen?«

»Steven«, erwiderte er. Die Antwort kam zu schnell, um ein Pseudonym zu sein, was ich mir kurz notierte.

Ich schätzte ihn auf Mitte zwanzig. Er sprach sehr leise und mit dem ortstypischen Akzent. Er versuchte kaum, seine Nervosität zu verbergen.

»Schön, mit Ihnen zu reden, Steven. Darf ich fragen, warum Sie uns heute Abend anrufen?«

»Ich bin mir nicht sicher. Ich … Ich glaube, ich habe sonst … niemanden. Ich weiß nicht, ob ich noch länger … hier … sein möchte.«

Er hatte von sich aus den ersten Punkt auf meiner Liste abgehakt, was mir meine Arbeit etwas erleichterte. »Nun, es ist gut, dass Sie angerufen haben«, sagte ich. Wie immer würde ich meinem Instinkt fünf Minuten Zeit geben, um zu entscheiden, ob der Anrufer es aufrichtig meinte oder nur nach Aufmerksamkeit heischte. »Erzählen Sie mir von den Menschen, die Sie lieben und die sich um Sie sorgen. Wer in Ihrem Leben gehört zu dieser Art Menschen?«

Er dachte kurz nach, bevor er antwortete. »Da gibt es nicht wirklich jemanden«, sagte er schließlich und atmete hörbar aus. Es laut auszusprechen, war für ihn eindeutig ein Schlüsselmoment. »Ich habe überhaupt niemanden.«

»Gibt es denn jemanden, den Sie als Freund bezeichnen würden?«

»Nein.«

Damit war auch Punkt Nummer zwei abgehakt.

»Es ist bestimmt sehr schwer, ganz allein auf der Welt zu sein.«

»Es ist furchtbar.«

»Gehen Sie arbeiten? Vielleicht ergibt sich ja am Arbeitsplatz die Möglichkeit, neue Freunde zu finden.«

»Nicht wirklich. Manchmal vergehen Tage und ich stelle plötzlich fest, dass ich fast eine Woche lang keine richtige Unterhaltung mehr geführt habe.«

Und schon war der dritte Punkt abgehakt. Je weniger Menschen es in seinem persönlichen oder beruflichen Umfeld gab, desto besser. Ich war froh, dass ich diesen Anruf doch angenommen hatte.

»Eine Woche ist eine lange Zeit, um sich mit niemandem richtig zu unterhalten«, antwortete ich, während ich mich in seine Situation einfühlte und dafür sorgte, dass er nicht vom Thema abkam. »Haben Sie schon mit einem Arzt darüber gesprochen, wie Sie sich fühlen?«

»Ja, mit meiner Ärztin. Sie hat mir Antidepressiva verschrieben.«

»Und helfen sie Ihnen?«

»Ich nehme sie jetzt seit vier Monaten, aber ich weiß morgens immer noch keinen Grund, warum ich aufstehen sollte. Manchmal denke ich, ich sollte die Tabletten lieber sammeln und dann … Sie wissen schon …«

»Denken Sie das nur manchmal oder oft?«

»Oft«, flüsterte er so leise, dass ich ihn kaum hören konnte. Anscheinend schämte er sich für seine Selbstmordgedanken.

Normalerweise dauerte es viel länger, bis ich den vierten Punkt abhaken konnte, was mir meine Aufgabe etwas erleichterte. *Hier könnte es etwas für mich zu tun geben*, sagte ich mir.

Ich schaute mich kurz im Büro um. Zoe spielte auf ihrem Handy und sprach gleichzeitig in ihr Mikrofon, Sanjays Beine wippten auf und ab, während er einem Anrufer zuhörte, und Mary trank etwas aus einer Thermoskanne, das wie giftige Brühe roch. Niemand schenkte mir in meiner Ecke die geringste Aufmerksamkeit.

Ich fischte ein zweites Notizbuch aus der Tasche, das ich ausschließlich für solche Anrufer benutzte, denen ich vielleicht auf meine eigene Art helfen konnte. Darin notierte ich mir alle Details, die sie mir erzählten. Später erwähnte ich sie dann im Gespräch, damit der Anrufer wusste, dass ich ihm zugehört und ihn verstanden hatte. Ich schrieb Stevens Namen auf eine neue Seite und unterstrich ihn.

»Sie müssen sich nicht schämen, Steven«, antwortete ich. »Wir alle denken irgendwann einmal darüber nach, unserem Leben ein Ende zu setzen. Haben Sie es schon einmal versucht?«

»Nein, aber ich hatte es mal geplant.«

»Sie hatten es geplant?« Ich achtete darauf, seine Worte zu verwenden, damit er wusste, dass ich zuhörte und sein Eingeständnis sehr ernst nahm. »Darf ich fragen, was Sie vorhatten?«

»Ich habe meine Bankdaten und Rechnungen ausgedruckt, sie in Umschläge gesteckt und zusammen mit den Passwörtern für meine Konten und die Wohnungsverträge auf den Schreibtisch gelegt, damit die Polizei sie finden konnte. Ich hatte den Weg zu einer Brücke auf dem Land nahe Kelney herausgesucht, die über die Eisenbahnlinie führt. Kennen Sie den Ort?«

»Ja.«

»Dort gibt es eine Stelle, an der das Geländer durchgerostet ist, sodass man sich hindurchzwängen und zu den Gleisen gelangen kann. Ich bin die Böschung hinuntergeklettert und habe eine Ewigkeit auf einen Zug gewartet, um mich davorzuwerfen. Das wäre es dann gewesen. Doch es hat so lange gedauert, bis endlich einer kam, dass ich mir das Ganze mittlerweile selbst ausgeredet hatte.«

»Ich verstehe. Haben Sie sich gefragt, wie sich der Tod anfühlen würde, während Sie auf diesen Zug gewartet haben?«

»Er wird sich nach nichts anfühlen, weil es nach dem Tod nichts mehr gibt.«

»Wird er Ihnen Frieden bringen?«

»Mein Leben hat mir keinen gebracht, also kann ich nur darauf hoffen.«

Alle meine Fragen hatte er sich bereits selbst gestellt und seine Entscheidung nicht unüberlegt getroffen.

In letzter Zeit frustrierten mich die unentschlossenen Anrufer immer mehr. Zu viele von ihnen warfen allzu leichtfertig mit Selbstmorddrohungen um sich, waren am Ende aber doch zu feige, es wirklich durchzuziehen. Ich musste Steven also zunächst ein wenig hin und her schubsen, um ihn in seinem Vorhaben zu bestärken. Psychologen bezeichnen diese emotionale Verwirrungstaktik als »Erst Angst, dann Erleichterung«-Technik. Ich senkte die Stimme, hielt den Hörer näher an den Mund und begann mit meiner gut einstudierten Rede, die ich nur sehr gezielt einsetzte.

»Vielleicht wollen Sie tief in Ihrem Innern Ihr Leben gar nicht beenden. Vielleicht ist es ein Hilfeschrei? Ich erhalte viele Anrufe von Menschen, die mir erzählen, dass sie sterben wollen. Wenn man aber nachhakt, stellt sich oft heraus, dass sie sich nur selbst bemitleiden. Gehören Sie auch zu diesen Menschen, Steven? Stecken Sie auch in dieser Spirale aus Selbstmitleid fest? Sind Sie zu tief in ihr gefangen, um zu erkennen, dass sich nur dann etwas ändern wird, wenn Sie den Mut finden, selbst etwas dagegen zu tun? Denn wenn Sie nicht aktiv werden, wird der Schmerz, den Sie heute empfinden, für den Rest Ihres Lebens andauern, also vielleicht noch vierzig oder fünfzig Jahre. Und dieser Schmerz, der so furchtbar ist, dass Sie mich anrufen, wird nur noch schlimmer. Es wird für Sie nicht besser werden. Können Sie so leben, Steven? Ich weiß, dass Sie es nicht können.«

So rede ich nur mit einem potenziellen Kandidaten, und meine Direktheit trifft ihn oft unvorbereitet. Schließlich hat er in dem Glauben angerufen, ich zeigte Mitgefühl für ihn und versicherte ihm, dass am Ende alles wieder gut würde. Aber so bin ich nicht. Ich weiß aus eigener Erfahrung, dass am Ende nicht alles wieder gut wird. Meistens wird es sogar noch schlimmer. Und manchmal ist es einfach unerträglich. Doch ich kann etwas dagegen tun. Der Anrufer muss mir nur vertrauen.

»Ich … Ich … Ich verschwende nicht Ihre Zeit, wirklich nicht«, stammelte Steven verblüfft. »Ich habe lange darüber nachgedacht, und es ist das, was ich will. Aber wenn ich es dann doch nicht fertigbringe, dann bin ich ein Feigling, oder?«

»Nein, Steven, Sie sind kein Feigling. Sie haben mich heute angerufen, was zeigt, dass Sie mutig sind. Vielleicht hatten Sie den falschen Tag ausgewählt, um auf diesen Zug zu warten. Das passiert vielen Menschen. Denken Sie einfach daran, dass wir für Sie da sind, auf welche Weise auch immer Sie es wünschen.«

»Sie meinen, um mir zuzuhören?«

Er war auf etwas Bestimmtes aus. Also ließ ich ihn kurz am Köder schnuppern, bevor ich ihn schnell wieder einholte. »Wenn das alles ist, was Sie von mir wollen, dann ja.«

»Was, wenn … Was, wenn ich … Was, wenn ich beschließe …« Seine Stimme wurde immer leiser, bis sie schließlich erstarb.

Was Steven brauchte, war jemand, der ihm sagte, dass der Tod die richtige Entscheidung war. Doch zuerst musste ich wissen, was er wirklich von mir wollte. Laut den Vorgaben darf ich einen Satz niemals beenden, selbst wenn ich weiß, was der Anrufer sagen wird. Doch für potenzielle Kandidaten mache ich eine Ausnahme.

»Rufen Sie an, um mir zu sagen, dass Sie Ihrem Leben ein Ende setzen wollen und ich Ihnen dabei helfen soll?«

»Ich … Ich denke, ja.«

Sobald ein Kandidat glaubt, mich zu verstehen, verwirre ich ihn, indem ich mich wieder so verhalte wie zu Beginn seines Anrufs. Ich vertraue ihm erst, wenn ich weiß, wie verzweifelt er ist.

»Die Telefonseelsorge ist neutral und verurteilt nicht. Wir sind hier, um Ihnen zuzuhören. Wir werden nicht versuchen, Ihnen etwas auszureden, das Sie tun möchten. Wir bitten Sie nur, zuerst mit uns zu sprechen und alle Möglichkeiten auszuloten, bevor Sie einen so großen Schritt machen. Verstehen Sie das?«

»Ja«, antwortete Steven, bevor er betreten schwieg. »Aber …«

»Aber?«, wiederholte ich.

»Aber wenn ich das wirklich … Sie wissen schon … tun will, würden Sie dann …«

»Würde ich was, Steven? Was soll ich für Sie tun?«

Er schwieg erneut und ich spürte, wie seine Angst wuchs. »Es tut mir leid, ich muss jetzt gehen«, sagte er. Dann war die Leitung tot.

Ich trommelte mit den Fingern auf den Schreibtisch und besah prüfend meine Fingernägel. An meinem Zeigefinger war der burgunderfarbene Lack etwas abgeplatzt. Ich brauchte einen Termin bei der Maniküre.

Ich zweifelte nicht daran, dass Steven wieder anrief. Natürlich würde er das. Und sobald er mich wieder ausfindig gemacht hatte, wusste ich, dass er sich wirklich bemühte. Da wir keine Direktleitungen haben, kann man nicht einfach die Nummer der Telefonseelsorge anrufen und speziell mit mir sprechen. Hier arbeiten vierundneunzig Personen, allesamt ehrenamtlich und in verschiedenen Schichten. Zu wem man durchgestellt wird, ist reine Glückssache.

Ich dachte daran, wie David immer wieder zurückgerufen hatte, bis er mich endlich erreicht hatte. Nachdem wir eine Beziehung zueinander aufgebaut hatten, gab ich ihm meinen Schichtplan. So konnten wir regelmäßiger telefonieren. Wir sprachen drei oder vier Mal in der Woche miteinander, und das nicht nur über unsere Vereinbarung. Manchmal redeten wir auch über die Dinge, die auf der Welt geschahen, über unseren Tag oder über die Länder, in die wir reisen wollten.

Und während er sprach, schloss ich die Augen und stellte mir vor, wir säßen uns in einem Café im Ausland gegenüber. Wir hätten am Tag Sehenswürdigkeiten besucht und würden am Abend das milde mediterrane Wetter nutzen, um in einem Bistro Fisch zu essen, Chianti zu trinken und uns wie Freunde zu unterhalten. Dann holte mich die Realität wieder ein und ich erkannte, dass all das niemals passieren würde.

So viele Monate waren vergangen und ich sehnte mich noch immer danach, seine Stimme zu hören. Würde dieses Gefühl jemals ganz verschwinden? David hatte mich so gut verstanden wie ich ihn. Doch meine Präsenz in seinem Leben hatte nicht ausgereicht, um ihn zum Bleiben zu bewegen. Ich hatte nicht ausgereicht, damit er sich für das Leben entschied.

Plötzlich zog sich mein Magen zusammen.

Denk an deinen Anker, Laura. Denk an deinen Anker.

Ich überlegte, was Steven und ich erreichen könnten. Er hatte Pläne geschmiedet, seine Angelegenheiten geregelt und sich für einen Ort entschieden, den er auch aufgesucht hatte. Alles, was er jetzt noch brauchte, war ich. Ich hatte ein gutes Gefühl bei ihm.

Und ich wollte hören, wie er starb.

Kapitel 5

Noch einmal überprüfte ich die Zeitangabe in der Anzeige, die ich aus der Lokalzeitung herausgerissen hatte, und schaute auf meine Uhr. Schon zehn Minuten später als angekündigt. Ich hasste Unpünktlichkeit.

Mein ruheloser Blick fiel auf mehrere junge Frauen, die ebenfalls darauf warteten, dass sich die Türen öffneten. Ich strich die Falten meiner Jacke glatt, um einen guten Eindruck zu hinterlassen. Dabei musste ich mir keine Sorgen machen – so wie sie aussahen, war ich die Einzige, die sich darum bemühte. Und weil ich weder Turnschuhe noch einen Kapuzenpullover trug, fiel ich gleich auf.

Als ich zu meinem Wagen schaute, entdeckte ich die Straße hinunter eine vertraute Gestalt. Sie saß mit einer Flasche neben sich auf dem Plastiksitz einer Bushaltestelle.

»Nate!«, rief ich, als ich auf ihn zuging. Tonys alter Rucksack, den ich ihm gegeben hatte, war bereits so verdreckt, dass seine hellblaue Farbe kaum noch zu erkennen war. Tabak, Alkohol, Urin und die Gegenden, in denen er im Freien schlief, vermischten sich zu einem äußerst unangenehmen Geruch. Doch ich sagte nichts, als ich ihn fest umarmte. Es fühlte sich an, als würde ich die Arme um einen Sack Knochen legen.

»Hallo, Laura«, murmelte er und lächelte mich matt an. »Was machst du hier?«

Normalerweise brauchte er ein paar Minuten, bis er mich durch seinen Alkoholschleier hindurch erkannte. Doch heute Morgen war er klar und relativ nüchtern. Nate und mich trennte nur ein Jahr, aber jedes Mal, wenn ich ihn sah, schien unser Altersunterschied größer geworden zu sein. Das dünne, fettige Haar reichte ihm bis zum Kragen, und durch die Löcher in den Schuhspitzen konnte man die Socken sehen. Der lange Bart war grau geworden und der warme Braunton seiner Augen war einem Rabenschwarz gewichen. In ihm steckte kaum noch Leben.

»Wie geht es dir?«, wollte ich wissen.

»Ganz gut«, antwortete er und hustete heftig.

»Das hört sich aber anders an. Leidest du noch immer an dieser Bronchitis?«

»Ja.«

»Ich habe dir schon einmal angeboten, dich zu einem Arzt zu fahren. Wir können das noch immer tun. Heute Nachmittag, wenn du willst.«

»Nein, nein, ist schon gut«, gab er zurück.

»Brauchst du Geld?«

»Haha! Ich brauche immer Geld, Laura, aber du hast schon genug für mich getan.«

Ich griff in meine Tasche und nahm alles heraus, was ich hatte – einen Zehneuroschein. Ich schämte mich für ein derart mageres Angebot. »Bitte nimm es. Und kauf dir ein Mittagessen.«

»Du weißt genau, wofür ich es ausgeben werde.« Seine Augen folgten meinem Blick, als ich die Cidre-Flasche entdeckte. Seine Sucht war die einzige Abhängigkeit, über die ich hinwegsehen konnte. Es gab sie aus einem bestimmten Grund – weil er mich gerettet hatte.

»Versprich mir einfach, dass du dir wenigstens ein Sandwich kaufen wirst.«

»Okay.«

»Versprich es mir«, beharrte ich.

»Ich verspreche es.«

Als er lächelte, bemerkte ich, dass er noch einen Zahn im Unterkiefer verloren hatte. Sie fielen um wie die Kegel auf einer Bowlingbahn. Zu sehen, wie Nate inzwischen lebte und aussah, brach mir das Herz. Doch nachdem er meine Bemühungen, ihm zu helfen, in der Vergangenheit immer wieder zurückgewiesen hatte, gab es kaum noch etwas, was ich tun konnte, außer dabei zuzusehen, wie er allmählich zerfiel. Ich hoffte, es tröstete ihn ein wenig, dass sich überhaupt noch jemand um ihn sorgte.

Hinter uns stiegen weiße und graue Rauchwolken von den vielen Zigaretten auf, die die Wartenden am Eingang rauchten. Ich kehrte gerade in dem Moment zu den anderen zurück, in dem die vorherige Gruppe durch die Doppeltür hinausging.

Ich hielt mich im Hintergrund. Ich wollte weder so weit vorne stehen, dass man mich fragte, wer ich war, noch so weit zurückbleiben, dass ich nicht hören konnte, was man über sie sagte. Genau in der Mitte des Krematoriums zu stehen würde genügen.

In dem Moment, in dem Chantelle Taylors unlackierter Kiefernsarg von vier Bestattern im Anzug hereingetragen und auf das Podest gestellt wurde, setzte das Lied von Adele, das durch die Lautsprecher dröhnte, zum zweiten Refrain an. Der Sarg war mit Blumen geschmückt, wobei es sich höchstwahrscheinlich ebenso um Kunstblumen handelte wie bei dem hässlichen Kranz, der oben auf dem Sargdeckel lag und auf dem mit gelben Nelken das Wort »MUM« geschrieben stand.

Es waren kaum mehr als dreißig Trauergäste anwesend, die meisten in Chantelles Alter: alleinerziehende Mütter Anfang zwanzig, die falschen Goldschmuck trugen und an den Händen tätowiert waren. Sollte ich jemals Beweise dafür benötigen, dass es richtig war, ihr beim Sterben zu helfen, so fände man sie genau dort, in den Augen dieser wandelnden Toten.

Ich warf einen Blick auf die blasse Fotokopie einer Gottesdienstordnung mit einem Foto von Chantelle auf der Vorderseite. Sie saß in einem Biergarten und hielt ein Bierglas hoch, wobei der riesige Babybauch nicht zu übersehen war. Ich schüttelte den Kopf. Bereits im Mutterleib hatten ihre Kinder keine Chance gehabt.

Sie saßen ganz vorn neben einer weinenden älteren Frau, die gerade den Kopf drehte und die zu dick aufgetragene Wimperntusche abtupfte, die wie ein Ölteppich über ihr Gesicht rann. Die Kleinen waren zu jung, um hier zu sein – Chantelle hatte mir erzählt, dass sie noch keine vier Jahre alt waren. Als ich ihre Großmutter sah, beschloss ich, dass man sie besser unter die Aufsicht der örtlichen Behörde stellen sollte. Ich würde später den Sozialdienst darauf hinweisen, dass sie in ihrem Geschäft Drogen verteilte. Ich hatte zwar keine Ahnung, ob das zutraf. Doch die Chancen standen nicht schlecht, dass man bei einer polizeilichen Durchsuchung etwas finden würde, das sich gegen sie verwenden ließe. Ich würde diesen Kindern einen Gefallen tun. Ein Mündel unter Amtsvormundschaft gewesen zu sein, war zwar kein Zuckerschlecken gewesen, hatte mich aber auch nicht umgebracht.

Während der Pfarrer seinen Text ablas, erinnerte ich mich an Chantelles erste Anrufe bei der Telefonseelsorge. Sie hatte mir erzählt, dass sie ihrer unglücklichen Kinder zuliebe vom Heroin loskommen wollte. Nur mit meiner Hilfe erkannte sie allmählich, dass es – nüchtern betrachtet – in Familien wie ihrer niemals ein Happy End gab. Innerhalb weniger Wochen hatte ich sie wieder an die Nadel gebracht.

»Wie fühlst du dich, jetzt wo du weißt, dass dir deine Kinder nicht zu einem Hochgefühl verhelfen können wie die Drogen?«, hatte ich sie einmal gefragt, nachdem wir bereits seit einigen Wochen regelmäßig miteinander telefonierten. Ich spürte an ihrem Tonfall, dass sie an diesem Tag in einem besonders dunklen Loch saß.

»Wie eine Rabenmutter«, antwortete sie tonlos.

»Ich bin mir sicher, dass deine Kinder dich nicht so sehen. Sie lieben dich so, wie du bist. Sie sind sich nicht bewusst, was für ein Leben sie bei dir führen. Sie kennen nur das Chaos, in dem sie leben.«

»Was meinst du mit ›Chaos‹?«

»Dass ihre Mutter drogenabhängig ist. Dass sie nicht genug Geld hat, um sie richtig zu ernähren. Dass sie, sobald sie zur Schule gehen, merken werden, dass all ihre Klassenkameraden Dinge haben, die du dir niemals wirst leisten können. Und ich weiß, dass du dich deshalb schrecklich fühlen wirst, oder?«

»Natürlich.«

»Denkst du manchmal darüber nach, ob sie dich hassen werden, wenn sie größer sind?«

»Ja, ständig.«

»Hast du Angst davor, dass sie in deine Fußstapfen treten und süchtig werden, so wie du und ihr Vater? Das könnte doch erblich bedingt sein, nicht wahr?«

»Ich werde nicht zulassen, dass sie Drogen nehmen.«

»Ich wette, dasselbe hat deine Mutter auch über dich gesagt. Aber es ist schwer, anderen zu sagen, was sie tun sollen, richtig? Es ist nicht verwunderlich, dass du glaubst, sie als Mutter im Stich gelassen zu haben. Worum sorgst du dich noch?«

»Dass sie enttäuscht von mir sind.«

»Es ist sehr leicht, in schlechte Angewohnheiten zurückzufallen, wenn es um irgendeine Sucht geht, vor allem wenn man glaubt, dass es keinen Grund gibt, clean zu bleiben.«

»Ich dachte, ich hätte einen Grund – meine Kinder ... Aber ich bin nicht stark genug.«

»Und du hast ja selbst gesagt, dass sie wahrscheinlich wegen des Lebens, das du ihnen bietest, schon jetzt von dir enttäuscht sind. Und das Leben ohne Heroin ist echt hart, oder? Vor allem, wenn man nichts anderes hat. Du denkst bestimmt, dass dein Leben niemals besser wird.«

»Was kann ich tun, damit sie es einmal besser haben?«, fragte sie weinend.

Auf diese Frage hatte ich nur gewartet. Und ich wusste, dass sie dieselbe Entscheidung treffen würde, die ich bereits für sie gefällt hatte, sobald ich sie wieder an die Nadel gebracht hatte. Ohne Chantelle wären alle besser dran.

Als ihr Jüngster Tag gekommen war, hatte sie genügend Heroin von ihrem gewalttätigen, dealenden Ex-Freund gekauft, um zu tun, was notwendig war. Ich schloss die Augen und lauschte aufmerksam dem Klang ihrer schlurfenden Schritte auf den kahlen Dielen, für die sie sich keinen Teppich leisten konnte. Ich hörte, wie sie die Vorhänge zuzog, leise die Schlafzimmertür schloss und sich auf das Bett legte. Ich hörte das Aufflammen eines Feuerzeugs und malte mir aus, wie sie den Metalllöffel erwärmte. Ich stellte mir eine Spritze vor, mit der Chantelle die schmutzige Flüssigkeit aufzog, bevor sie Arme und Beine abklopfte und nach einer Vene suchte, die noch nicht unter dem Gewicht ihres schwachen Willens kollabiert war.

»Du wirst nach meinen Kindern suchen, wenn sie älter sind, und ihnen sagen, dass ich das getan habe, weil ich sie liebe, nicht wahr?«, fragte sie.

»Natürlich werde ich das«, log ich. »Denk immer daran, dass du alle anderen Möglichkeiten durchgegangen bist, dies aber der einzige Weg ist, der Sinn ergibt. Du gehst weiter und erlaubst allen anderen, die du liebst, dasselbe zu tun. Und dafür bewundere ich dich so sehr.«

Innerhalb weniger Augenblicke hatte die Nadel ihre Haut durchdrungen und ich hörte Chantelle mit seliger Genugtuung bis zu ihrem letzten Atemzug zu. Dieses Geräusch ist mir wichtiger als alles andere … dieser eine kostbare Moment, in dem jemand seinen letzten Atemzug tut, bevor er davongleitet. Menschen, die wie Chantelle Schmerz empfinden, geben sich in meine Hände, weil ich sie besser verstehe als sonst jemand auf der Welt. Ich weiß besser als ihre Brüder, Schwestern, Eltern, Ehepartner, engsten Freunde oder Kinder, was sie brauchen. Ich verstehe sie, weil ich weiß, was für sie am besten ist. Wenn sie mir vertrauen, belohne ich sie damit, dass ich alles tue, um ihnen zu helfen. Ich lindere ihr Leiden. Ich setze allem ein Ende, was in ihrem Leben schlecht war. Ich rette sie vor sich selbst. *Ja, genau das bin ich – eine Retterin der verlorenen Seelen.*

Zweiundzwanzig Tage nachdem ich Chantelle gerettet hatte, trafen wir uns endlich im selben Raum. Ein weinroter Samtvorhang umgab ihren Sarg, bevor sie aus unserem Blickfeld verschwand. Und während ihre Freunde die Kirche verließen, griff ich nach Chantelles Gottesdienstordnung und steckte sie in die schwarze Tasche, die ich auf jeder Beerdigung, zu der ich ging, bei mir trug.

In ihr bewahrte ich alle anderen Gottesdienstordnungen auf. Chantelles war meine fünfzehnte. So langsam wurde es eine richtige Sammlung.

Kapitel 6

»Oh, Laura, der ist ja total fluffig«, meinte Kevin, während er sich die zweite Gabel meines Victoria Sponge Cake in den Mund schob. Ich hatte es mir nicht verkneifen können, ein Stück Kuchen auf den Schreibtisch eines Mannes mit erhöhtem Cholesterinspiegel zu stellen.

Ich versuchte, nicht auf seinen ungepflegten Bart zu starren, als er in der Büroküche auf mich zukam. Wenn er glaubte, er könnte damit von seinen Geheimratsecken ablenken, die immer größer wurden, machte er sich etwas vor. Beim Reden spuckte er einen Krümel auf meinen Rock. Ich würde ihn heute Abend waschen müssen.

»Danke«, antwortete ich mit falscher Bescheidenheit. »Leider ist er nicht so schön geraten, wie ich es mir gewünscht hatte, und die selbst gemachte Marmelade ist auch etwas klebrig.«

»Ich kann nicht glauben, dass du sogar die Marmelade selbst machst. Du bist die perfekte Ehefrau.«

»Ich gebe mein Bestes.« Im Stillen bedankte ich mich beim Supermarkt, während ich Kevin zu einem weiteren Stück ermutigte. Ich habe viele Gesichter, doch das einzige, das sie jemals zu sehen bekamen, war das der fürsorglichen Frau.

»Ich weiß, warum deine Kuchen für die Wohltätigkeitsveranstaltungen immer weggehen wie warme Semmeln«, meinte Zoe. »Im Ernst, du solltest bei einer dieser Backshows im Fernsehen mitmachen. Du würdest glatt gewinnen.«

Sie hatte wieder einmal Lippenstift an den Vorderzähnen. Was war bloß los mit den Leuten?

Spendenaktionen sind mein Fachgebiet. Die Telefonseelsorge ist eine eingetragene Wohltätigkeitsorganisation und erhält keine staatlichen Fördergelder. Sie verfügt in fast allen Landkreisen über ein Büro und muss selbst für die laufenden Kosten aufkommen. Telefonanschlüsse, Computerupgrades, Softwareprogramme, Schreibwaren, Miete, Gemeindesteuern und so weiter summieren sich auf rund neunzigtausend Euro pro Jahr. Als Schatzmeisterin hatte ich das Glück, selbst für das Auftreiben von Geldern verantwortlich zu sein. Doch dann hatte die Hauptgeschäftsstelle Janine Thomson zur Leiterin unseres Büros befördert. Sie trat mir nicht nur auf die Zehen, sie tanzte mit der Anmut eines Elefanten darauf herum.

Als sie vor zwei Jahren als Ehrenamtliche hier angefangen hatte, wusste ich von Anfang an, dass wir keine Freunde werden würden. Alles an ihrem Äußeren stieß mich ab, zum Beispiel die winzigen Augen oder diese lächerlich geschwungenen Brauen, die mich an die goldenen Bögen des McDonald's-Schriftzugs erinnerten. Die grauen Haare krochen wie unansehnliche Nacktschnecken über ihre Kopfhaut. Und den hauchdünnen Lippen versuchte sie mehr Volumen zu verleihen, indem sie den oberen und unteren Rand knallrot übermalte. Sie war ein Clown auf der Suche nach einem Zirkus.

Als man dann trotz meiner harten Arbeit nicht mir, sondern ihr die Leitung übertrug, schlug meine Abneigung in Hass um. Dabei hatte ich die Position nicht einmal gewollt, denn durch sie hätte ich weniger Zeit für die Anrufer gehabt. Doch es ging mir ums Prinzip. Man hätte mir die Stelle auf einem Silbertablett anbieten müssen.

Janine verwandelte sich sofort in eine jener Frauen, die jeden wissen lassen mussten, wer das Sagen hatte. Dabei hatten wir den Laden schon lange vor ihrer Einmischung erfolgreich am Laufen gehalten.

Was mich aber am meisten ärgerte, war ihre obsessive Beschäftigung mit meiner Person. Manchmal erwischte ich sie dabei, wie sie mich anstarrte, während ich in meiner Kabine saß und einer Not leidenden Seele zuhörte, die mir ihre Geheimnisse offenbarte. Dann saß sie in ihrem gläsernen Büro, mit der Brille auf der Nasenspitze, und wartete nur darauf, dass ich etwas sagte, das nicht im Regelwerk stand. Wenn sie wüsste, wie weit ich von den Vorgaben abrückte, wenn mir danach war! Und als Tony mich zu einem Abendessen anlässlich Marys sechzigsten Geburtstags begleitete, konnte Janine kaum den Blick von ihm wenden. Ich schaute nur dabei zu, wie sie flirtete und er sie dazu ermunterte. Doch tief in ihrem Innern musste ihr klar sein, dass sie niemals Chancen bei jemandem wie meinem Ehemann oder überhaupt einem Mann mit fühlbarem Puls und ohne grauen Star haben würde.

»Probier mal ein Stück von Lauras Kuchen«, meinte Kevin, als Janine in die Küche kam, um ihre Kaffeetasse abzuspülen. Eine furchtbar hässliche orangefarbene Handtasche mit einem chinesischen Drachenemblem an der Seite – vermutlich ein Selbstporträt – baumelte von ihrer abfallenden Schulter. Sie schien nur diese einzige Tasche zu besitzen, obwohl sie zu keinem Teil ihrer spärlichen Garderobe passte, die aus trostlos gemusterten Lumpen bestand. Ich glaubte ihr, wenn sie sagte, diese Tasche sei einzigartig, denn niemand sonst würde sie haben wollen.

»Ich weiß nicht, wie du die Zeit für all diese Dinge findest«, meinte sie. Die anderen mochten es vielleicht nicht hören, doch ich erkannte einen gewissen Vorwurf in ihrem Tonfall. »Du arbeitest ehrenamtlich hier, hast eine Familie und schaffst es trotzdem, jedem Starkoch Konkurrenz zu machen. Du bist wohl eine wahre Küchengöttin.«

»Ich möchte meinen Kindern ein Vorbild sein und bin sehr gut im Multitasking«, gab ich mit einem schmalen Lächeln zurück. »Falls du ein paar Tricks brauchst, frag einfach. Möchtest du vielleicht ein Stück?«

»Nein danke, ich vertrage kein Gluten.«

»Gibt es das wirklich? Wacht man tatsächlich eines Morgens auf und stellt fest, dass man nach fünfzig Jahren keinen Kuchen mehr essen kann?«

»Ich bin zweiundvierzig.« Sie funkelte mich wütend an, während ich im Geiste einen Punkt zu meinen Gunsten in unserem Wettstreit verbuchte. Kevin und Zoe versuchten, sich ein Grinsen zu verkneifen.

»Ich bin nicht gut im Schätzen«, meinte ich.

Janine hatte schnell gelernt, dass ihre Aufgabe viel schwerer zu erfüllen wäre, würde ich nicht jedes Jahr Spenden und Schirmherrschaften im Wert von mehreren Tausend Euro zusammentragen. Ohne zu zögern, ging ich demütig von einem Chef der ortsansässigen Firmen zum nächsten. Oder ich schmierte den Unternehmern auf ihren Veranstaltungen Honig um den Bart, um zu bekommen, was ich wollte. Dafür nahm ich auch in Kauf, von übergewichtigen, kahlköpfigen Männern begrapscht zu werden, die nach Whisky, Zigarren und Verzweiflung stanken, sich selbst aber für attraktiv hielten.

Meine harte Arbeit brachte mir Lob und Janine freie Zeit ein, die sie auf den Internetseiten verschiedener Glücksspielanbieter verbrachte, sobald sie glaubte, niemand sähe hin. Sie hatte sie zwar im Verlauf des Internetbrowsers gelöscht, doch ich spürte sie mit der Schnelligkeit einer Roulettekugel, auf die sie so gern setzte, im Cookie-Bereich ihres Computers wieder auf. Dieses

Wissen behielt ich ebenso für mich wie ihr Passwort und die Screenshots, die ich gemacht hatte. Vorläufig zumindest.

Die Nachmittagsschicht verlief oft sehr ruhig. Tagsüber riefen meistens verzweifelte Hausfrauen und Mütter an, wenn Mann und Kinder aus dem Haus waren. Außerdem war es die bevorzugte Tageszeit von Gefangenen, die unsere kostenlose Telefonnummer nutzten. Frühmorgens dagegen meldeten sich hauptsächlich Männer auf dem Weg zur Arbeit, die oft von Geldsorgen geplagt wurden und sich vor den Rechnungen fürchteten, die bei ihrer Heimkehr vor der Tür lagen. Die Anrufer mit Selbstmordgedanken warteten meist bis zum Abend, wenn sie allein waren und Zeit zum Nachdenken hatten.

Diese Tageszeit hatte David bevorzugt. Über sieben Monate waren seit unserem Kennenlernen und fast fünf Monate seit unserem letzten Gespräch vergangen. Manchmal vermisste ich ihn so sehr, dass es körperlich wehtat.

Von Anfang an hatte ich gewusst, dass uns etwas verband. Ich erfasse intuitiv die Verzweiflung in einer Stimme, in der Ausdrucksweise oder der Art, wie jemand bestimmte Wörter betont. Mein Instinkt sagt mir anhand dieses Gesprächs, ob es sich bei dem Anrufer um einen potenziellen Kandidaten handelt. Und dieses Gefühl, das ich empfinde, wenn sie in mein Leben treten, ist mit nichts zu vergleichen.

David war ein sanftmütiger, aber – vorsichtig formuliert – emotional erstarrter Mann, der nach dem gewaltsamen Tod seiner Frau damit rang, wieder nach vorne zu schauen. Drei Einbrecher hatten sie nachts zu Hause überrascht und ermordet, während er bei der Arbeit gewesen war. Seitdem lastete eine beklemmende Schuld auf ihm, in einem neuen Leben, das er sich nicht ausgesucht hatte. Als er schließlich nicht mehr allein damit fertigwurde, griff er eines Abends voller Verzweiflung zum Hörer und erreichte mich.

Irgendetwas an Davids Traurigkeit erinnerte mich an meine eigene. Das verband uns. Er suchte weder nach Mitleid noch nach jemandem, der ihm versicherte, dass er keine Schuld an ihrem Tod trug, weil er viele Leute um sich hatte, die das bereits taten. Er wollte nur, dass ihm jemand zuhörte und ihn wirklich verstand – und es gab niemanden, der besser geeignet wäre, um einen Verlust zu verstehen, als ich.

Wir waren Seelenverwandte, die durch die grausamen Handlungen anderer miteinander verbunden waren. Ich hatte beschlossen weiterzumachen. Er dagegen war am Ende. Und während wir häufiger miteinander telefonierten und uns emotional näherkamen, wurde mir plötzlich bewusst, dass ich ihn aus selbstsüchtigen Gründen am Leben halten wollte. Ich brauchte unsere Gespräche, den Klang seiner Stimme und sein Bedürfnis, mich zu brauchen. Ich kam von meinem bewährten Weg ab und setzte alles daran, ihm bei der Erkenntnis zu helfen, dass er, wenn er nur ein wenig mehr kämpfte und seine Hand etwas weiter ausstreckte, die meine erreichen würde und ich ihn retten könnte. Plötzlich wollte ich, dass er bei mir blieb, während er mich davon überzeugen wollte, dass er besser tot wäre. Ich hatte bereits meinen Anker und war bereit, der seine zu sein. Doch ich war egoistisch. Ich wollte ihn einfach nicht gehen lassen. Und obwohl es mir das Herz brach, gestand ich mir schließlich meine Niederlage ein.

Davids größtes Problem war, dass er dieses Leben nicht allein verlassen wollte. Daher lag wiederum mein größtes Problem darin, jemanden zu finden, der bereit war, sein Leben mit ihm gemeinsam zu beenden.

Dann tauchte sie plötzlich auf.

Kapitel 7

Als sich die Nebenwirkungen meiner Schlankheitspillen bemerkbar machten, war ich froh, dass das Haus über mehr als ein Bad verfügte.

Ich saß fast eine halbe Stunde auf der Toilette fest. Während anschließend der Duft eines Raumerfrischers in der Luft hing und ich immer noch unter Krämpfen litt, besah ich mich von der Seite im Spiegel. Der Bauch war sichtlich flacher geworden, selbst in der letzten Woche. Ich fuhr mit den Fingern darüber und stellte mir vor, es wären Tonys. Ich könnte mindestens zweihundert weitere Kalorien verbrennen, wenn ich morgens zu Fuß zur Schule ginge, anstatt das Auto zu nehmen. Wenn ich weiterhin solche Fortschritte machte, würde er mich bald vielleicht wieder sehen.

Als ich mein Frühstücksgeschirr in den Geschirrspüler räumte, sah ich, dass Tony schon wieder einen der guten Becher für seinen Kaffee benutzt hatte, was mich ärgerte. Draußen war es wärmer, als die kugelrunde Wetterfee im Frühstücksfernsehen vorausgesagt hatte. Also band ich mir den Kapuzenpullover um die Hüfte, während ich darüber nachdachte, dass es noch nicht lange her war, seit ich Alice zu ihrem ersten Tag in der Vorschule begleitet hatte. Vorher hatte ich mit Effie denselben Weg Woche für Woche genommen. Doch irgendwann hielt sie sich für zu cool, um mit uns zu gehen, und lief stattdessen ein paar Meter voraus. Alice hielt meine Hand und sang immer wieder den Refrain eines Liedes, das sie im Radio gehört hatte, und machte mich mit ihrem Hang zur Wiederholung wahnsinnig. Ich hatte ihre Hand gerade so fest zusammengedrückt, dass sie gequietscht und gebettelt hatte, ich möge damit aufhören. Heutzutage wollte niemand mehr Mums Hand halten, was mir nur recht war. Als ich das Schultor erreichte, spielte Alice schon in der Ferne auf dem Schulhof mit ihren Freundinnen.

Für einen Moment überlegte ich, ob ich mich mit einigen anderen Müttern unterhalten sollte, die sich gerade zu ihrer morgendlichen Tratschrunde zusammenfanden. Tony hatte sie die »Muffia« getauft. Doch es wäre sinnlos gewesen. In ihrer oberflächlichen kleinen Clique gab es niemals einen freien Platz. Ich sah zu, wie sie im Fitnessstudio wie die Hyänen mit Kennerblick jede Frau über Größe achtunddreißig zur Schnecke machten. Wenn ich sie dann aus der letzten Reihe im Spinning-Kurs beobachtete, stellte ich mir vor, wie sie das Botox aus der Haut in ihre weißen Handtücher herausschwitzten. Anschließend amüsierte ich mich heimlich darüber, wie sie im Café gesüßte Smoothies und Torten verschlangen. Sie faszinierten mich und stießen mich gleichzeitig ab.

Der Weg von der Schule zu meinem nächsten Ziel dauerte genau zweiundzwanzig Minuten. In dieser Zeit rauchte ich eine Zigarette und befreite meinen Kopf von allen negativen Gedanken. Denn wenn ich meinen Anker besuchte, brauchte ich Klarheit. Meine Gedanken und mein Herz sollten so rein sein wie seine. Es dauerte nicht lange, bis das Pflegeheim von Kingsthorpe vor mir auftauchte. Es war ein großer, rechteckiger Bau, dessen Seitenflügel wie Äste von einem Baum abstanden. Breite, alte Eichen flankierten die gepflasterte Auffahrt, die leicht ansteigend zu den doppelten Milchglastüren des

Eingangs hinaufführte. Um das Gebäude herum lagen hügelige Landschaftsgärten und ein See.

Ich lächelte die junge Frau am Empfang an und trug mich in das Gästebuch ein. Rasch überprüfte ich, ob seit meinem letzten Besuch die Unterschriften von Tony oder den Mädchen hinzugekommen waren, doch ihre Namen tauchten nicht darin auf. Sie standen nie im Buch. Niemand von ihnen wusste, dass ich vier Mal in der Woche hierherkam.

Man rief mich in den Gemeinschaftsraum, in dem ich Henry inmitten einer kleinen Gruppe Gleichaltriger vorfand. Jeder saß für sich allein und war mit etwas anderem beschäftigt.

Henry saß nahezu regungslos in seinem Rollstuhl und nahm meine Anwesenheit nicht wahr. Ich hatte das erwartet und es war bedeutungslos. Denn ich wusste, dass er meine Anwesenheit spürte. Man könnte es die Intuition einer Mutter nennen.

Der Kopf meines Sohnes hing zur rechten Seite, doch sein Blick blieb an dem Fernseher hängen, der an der Wand hing. Ich wusste nie genau, was er wirklich wahrnahm, doch er schien aufmerksam eine Folge von »Peppa Wutz« zu verfolgen. Ein Speichelfaden, so fein wie das Netz einer Spinne, rann aus seinem Mundwinkel über das Kinn auf die Brusttasche seines T-Shirts. Ich zog ein Taschentuch aus meiner Tasche und tupfte es ab. Dann kratzte ich mit dem Fingernagel vorsichtig einige kleine Frühstückskrümel von seinem anderen Mundwinkel ab.

Ich schob meine Hand unter die Gurte, mit denen er an seinem Rollstuhl festgebunden war, und prüfte, ob sie nicht zu straff um Hüfte oder Schultern saßen. Einmal hatte ich eine Krankenschwester angeschrien, nachdem ich festgestellt hatte, dass sie tiefe Druckstellen auf seiner Haut hinterlassen hatten. Ich hasste es, dass er womöglich Schmerzen hatte und nicht in der Lage war, das zu sagen.

Ich schaute in Henrys Augen. Es hatte einmal eine Zeit gegeben, in der sie ein ganzes Zimmer zum Leuchten bringen konnten, doch nun schienen sie ihren Glanz zu verlieren. Diese Veränderung hatte nicht gleich eingesetzt, doch ich hatte Angst, dass ich ihn zu verlieren begann. Ich konnte mit niemandem über meine Eindrücke reden, denn ich war die Einzige, die ihn jemals besuchte.

Ich strich ihm über sein feines hellbraunes Haar. Obwohl sie wussten, dass ihm diese Frisur meiner Meinung nach nicht stand, hatte jemand es nach vorne gekämmt. Also gab ich etwas Wasser aus einem Plastikbecher auf die Finger und zog ihm einen Seitenscheitel. So trugen es in Alices Schule die meisten Jungs in seinem Alter.

Henrys sehnige Arme und Beine ragten aus der Kleidung hervor, die man ihm angezogen hatte. Er würde das Gewicht, das er bei einer Lungenentzündung verloren hatte, nicht wieder zunehmen können. Ich hatte fast zwei Wochen in einem Sessel neben ihm geschlafen und später im Krankenhaus noch einmal genauso lange, als seine Lungen mithilfe einer Drainage geleert werden mussten. Es gab nur meinen Sohn und mich und es war die längste Zeit, die ich mit ihm verbringen konnte, nachdem der Krankenwagen damals vor unserem Haus gehalten und ihn mir weggenommen hatte.

Ich war die Erste, die zugab, dass diese erste Zeit mit Henry nicht leicht gewesen war, angefangen von seinem schwachen Immunsystem, das ihn für alle Arten von Infektionen anfällig machte, bis hin zu den Schreikrämpfen, die den Großteil des Tages andauerten. Natürlich war er eine lebenslange Verpflichtung, aber welches Kind ist das nicht? Doch trotz meiner Bemühungen konnte ich Tony nicht dazu bringen, ihn zu akzeptieren. Am Schluss konnte er seinen Sohn kaum noch ansehen.

Ich wusste, dass ich Henry niemals zur Schule bringen, ihm nie beim Spielen mit Freunden zusehen oder erleben würde, wie er heiratete. Wir würden keine Erinnerungen austauschen und ich würde niemals wirklich wissen, was er dachte. All die Träume und Pläne, die ich während der Schwangerschaft für ihn gemacht hatte, waren längst verflogen.

Also hatte ich stattdessen neue Hoffnungen entwickelt: Ich wollte ihm dabei helfen, die bestmögliche Version seiner selbst zu werden, zu der er fähig war. Selbst die kleinsten Erfolge, wie das Erkennen von Formen und Farben, wurden zu etwas Großem, Überwältigendem. Allmählich lernte ich, das Jetzt zu akzeptieren und nicht an dem festzuhalten, was hätte sein können.

Sein Verstand würde nie über den eines Einjährigen hinausgehen oder abstumpfen. Er würde nie mehr von mir erwarten, als ich geben konnte. Für mich war Henry ein perfekter Siebenjähriger, nur eben auf seine ganz besondere Weise. Ich wollte ihn unbedingt pflegen, weil er ein Teil von mir war. Und wir hatten uns ganz gut geschlagen, bis meine Krebsdiagnose alles ruinierte. Die dringend erforderliche Behandlung war heftig und ich musste dafür ins Krankenhaus. Als ich Wochen später wieder nach Hause kam, war Henry verschwunden. Zuerst behauptete Tony, er wäre in der Kurzzeitpflege und käme zurück, sobald es mir wieder so gut ginge, dass ich mich um ihn kümmern könnte. Doch nachdem ich wieder zu Kräften gekommen war, setzte er mir ein Ultimatum – unsere Ehe und die Mädchen oder Henry und ich, auf uns allein gestellt.

Alle, von Henrys Ärzten bis zu seinen Sachbearbeitern, versicherten mir, dass es keine großen Auswirkungen auf ihn hätte, wenn er nicht mehr nach Hause käme. Doch ich kannte meinen Sohn. Er dachte, ich hätte den Kampf um ihn aufgegeben und ihn zu Menschen abgeschoben, die ihn niemals so lieben würden wie ich. Und es brachte mich um, dass er nicht wusste, dass es nicht mein Fehler war – dass mich meine Krankheit, nicht meine mangelnde Bereitschaft nutzlos gemacht hatte. Die Schuld fraß mich fast auf.

Etwas Trost fand ich in dem Gedanken, dass man Henry hier richtig versorgte. Es gab Menschen, die ihn fütterten, badeten und anzogen und die ihn nach draußen in den Garten oder zum See mitnahmen, damit er an die frische Luft kam. Er wollte nichts und er brauchte mich nicht, doch ich kam trotzdem. Alles, was ich tun konnte, war, die Krümel aus seinen Mundwinkeln zu streichen und sein Haar zu einem Seitenscheitel zu frisieren. Das war wenigstens etwas.

Ich nahm Henrys Hand und legte meine Finger auf sein Handgelenk, nur um seinen Pulsschlag zu fühlen.

»Ich kann seinen Herzschlag in mir spüren«, hatte ich Tony in der Schwangerschaft einmal erklärt.

»Sei nicht albern«, hatte er nur geantwortet. »Es ist dein eigenes Herz, das du spürst.«

Er verstand nicht, dass Henrys Herz und mein Herz eins waren. Und solange ich seinen Puls fühlen konnte, war er mein Anker.

Kapitel 8

Vier Monate und drei Wochen nach David

Wütend starrte ich auf den halb leeren Styroporkaffeebecher, der auf meinem Schreibtisch stand.

Ich hasste es, wenn andere Ehrenamtliche meine Kabine benutzten, während ich nicht da war. Und ich wurde erst recht sauer, wenn sie nicht einmal den Anstand besaßen, sie anschließend wieder aufzuräumen. Das Büro war, höflich formuliert, ohnehin schon ziemlich schäbig mit seinen abgewetzten Teppichen mit Siebzigerjahre-Muster, der verblichenen weißen Raufasertapete und der nikotinverfärbten Decke. Niemand war im Laufe des seit einem Jahrzehnt geltenden Rauchverbots am Arbeitsplatz auf die Idee gekommen, sie zu streichen.

Als wäre es das Markenzeichen eines Graffiti-Künstlers, konnte ich den Schmutzfink anhand des Lippenstifts ausmachen, der am Rand klebte – Janine. Ich schnippte den Becher in den Mülleimer, gab etwas antibakterielles Handdesinfektionsmittel auf den Schreibtisch und wischte alle ihre Spuren fort, bevor ich meinen ersten Anruf entgegennahm.

An dem nervösen »Hallo« erkannte ich schon, wer am anderen Ende der Leitung war, noch bevor er seinen Namen nannte. Manche Menschen vergessen niemals ein Gesicht, ich vergesse niemals eine Stimme, selbst wenn diese Person nur ein einziges Wort gesagt hat. Meine Augen leuchteten auf.

»Ich heiße Steven. Wahrscheinlich erinnern Sie sich nicht mehr an mich, aber ich glaube, Sie sind die Frau, mit der ich kürzlich gesprochen habe.« Er versuchte vergeblich, seine Angst zu verbergen.

»Ja, hallo, Steven, Sie haben mit mir gesprochen. Und ja, ich erinnere mich an Sie. Wie geht es Ihnen heute?«

»Ganz gut, danke.«

»Das klingt viel positiver als beim letzten Mal. Haben sich Ihre Lebensumstände inzwischen verändert?«

»Nicht wirklich, glaube ich.«

»Oh, das tut mir leid.« Was natürlich nicht stimmte. Doch ich wusste, er hätte mich kein zweites Mal angerufen, wenn sich etwas signifikant verbessert hätte. »Aber davon abgesehen, hatten Sie wenigstens heute einen guten Tag?«

»Ich denke schon.«

»Nun, manchmal wachen wir am Morgen nach einer guten Nacht auf und fühlen uns gleich besser.«

»Das bedeutet aber nicht, dass die schlechten Dinge verschwinden, oder?«

Dass er selbst zu diesem Schluss gekommen war, war ein Saatkorn weniger, das ich in seinem Kopf pflanzen musste.

»Wie, glauben Sie, können Sie diesen guten Tag um weitere vierundzwanzig Stunden verlängern?«

»Ich bin mir nicht sicher.«

Etwas in der Pause zwischen meinen Fragen und seinen Antworten brachte mich zu der Überzeugung, dass dies nicht das Gespräch war, das er erhofft oder erwartet hatte. Doch es war genau das, was ich wollte. Und ich konnte fast hören, wie sich seine Augenbrauen zusammenzogen, weil ich ihm scheinbar nur positive Antworten entlocken wollte. Er hatte auf eine Fortsetzung dessen gehofft, worüber wir beim letzten

Mal gesprochen hatten, als er meine Hilfe wollte, um seinem Leben ein Ende zu setzen, aber nicht das Rückgrat gehabt hatte, danach zu fragen.

Wenn mich ein potenzieller Kandidat ein zweites Mal findet, weiß ich, dass er es ernst meint. Trotzdem kehre ich immer die Themen unserer ersten Unterhaltung unter den Teppich. Stattdessen verhalte ich mich so, als hätte der Teil, in dem ich so tat, als meinten sie ihre Selbstmordgedanken nicht ernst, niemals stattgefunden. Ich schaue in meinen Notizen nach und steuere die seltsamen Tatsachen oder Phrasen bei, die sie beim letzten Telefonat erwähnt haben, um zu bekräftigen, dass ich zugehört habe. Mehr nicht. Nur den Anrufern, die mich so faszinierend finden, dass sie mich ein drittes Mal aufspüren, schenke ich meine ungeteilte Aufmerksamkeit.

Für die folgenden zehn Minuten verlief unser Gespräch nach Vorschrift. Oberflächlich betrachtet schien ich das Positive in seinem Leben verstärken zu wollen. Doch weil seine Stimmung so schlecht war, fühlte er sich nur noch einsamer, als er seine eigenen pessimistischen Antworten zu hören bekam.

»Steven, ich hoffe, es ist okay, wenn ich das sage, aber obwohl Sie vorhin meinten, es gehe Ihnen ganz gut, hören Sie sich nicht so an.«

»Ich glaube, ich sage das aus reiner Gewohnheit, damit die Leute sich keine Sorgen machen.«

Jetzt war der Zeitpunkt gekommen, ihm einen weiteren Freischein für das zu geben, worüber er wirklich mit mir sprechen wollte. »Das hier ist ein wertfreier Ort. Sie müssen mir gegenüber nicht so tun, als würden Sie etwas empfinden, wenn dem nicht so ist. Gibt es etwas Spezielles, über das Sie gern reden möchten?«

»Ähm ... bei unserem letzten Gespräch ...«

»Ich erinnere mich daran ...«

»Da habe ich Ihnen etwas erzählt.«

»Sie haben mir viele Dinge erzählt.«

»Dass ich darüber nachdenke, mir das Leben zu nehmen …«

»Ja, das haben Sie.«

»Sie haben mich gefragt, ob ich bereit sei, es zu tun.«

»Ich kann mich nicht an meine genauen Worte erinnern, Steven. Ich denke, Sie haben etwas, das ich gesagt habe, falsch verstanden.«

»Oh.«

Ich verwirrte ihn. »Haben Sie sich noch einmal mit der Frage auseinandergesetzt, ob Sie Ihrem Leben ein Ende setzen wollen, seitdem wir das letzte Mal telefoniert haben?«

»Oh ja, ich habe viel darüber nachgedacht. Tatsächlich war es das Einzige, was mich beschäftigt hat, und ich kann nicht damit aufhören. Sie haben recht – egal was ich tue, es wird sich nichts ändern. Ich werde mich immer so wie jetzt fühlen.«

Er zitierte mich fast wörtlich, was ein weiteres positives Zeichen war. »Und wie, glauben Sie, können Sie sich selbst von diesen Gefühlen befreien?«

»Ich weiß es nicht.«

»O doch, ich denke, das wissen Sie, oder? Wenn Sie wirklich ehrlich zu sich selbst sind.«

»Ja«, flüsterte er. »Ich bin bereit. Ich meine, ich will … ich will sterben …«

»Steven, es tut mir leid, Sie unterbrechen zu müssen, aber ich fürchte, ich muss jetzt gehen. Meine Schicht ist zu Ende. Leider kann ich Sie auch nicht an einen meiner Kollegen weiterleiten. Aber wenn Sie noch einmal anrufen, wird bestimmt jemand anderes gerne dort weitermachen, wo wir aufgehört haben.«

Natürlich ging meine Schicht noch nicht zu Ende, sondern dauerte noch eine Stunde. Außerdem würde ich niemals ein Gespräch derart abrupt beenden, wenn ich es nicht mit einem Kandidaten führte.

»Was? Aber …«

»Passen Sie auf sich auf, David«, sagte ich noch, bevor ich auflegte, ohne ihm die Chance zu geben, sich zu verabschieden. Er würde am nächsten Tag wieder anrufen. Da war ich mir sicher.

Moment, hatte ich ihn gerade David genannt? Ich glaube, ja. Verdammt!

In letzter Zeit hatte ich oft an David gedacht. Und Steven über sein Gefühl von Hoffnungslosigkeit reden zu hören, erinnerte mich an das, was David mir gestanden hatte.

Ich hatte ihm damals angeboten, am anderen Ende der Leitung für ihn da zu sein, wenn seine Zeit gekommen war. Doch er hatte mehr gebraucht.

»Ich will nicht allein gehen«, gab er zu. »Ich brauche jemanden, der bei mir ist. Jemanden, der wie ich Angst hat, es allein zu tun.«

Nie zuvor hatte mich jemand darum gebeten. Bilder von furchtbaren Orten meiner Kindheit schwirrten mir plötzlich wieder im Kopf herum, und unter anderen Umständen hätte ich vielleicht kurz darüber nachgedacht, mich ihm anzuschließen. Doch ich hatte eine Familie und Henry brauchte mich. Mein Anker hielt mich fest.

Ich musste nachdenken. Wo in aller Welt sollte ich jemanden finden, der dabei mitmachen wollte? Ich konnte kaum eine Anzeige auf einem Datingportal schalten – *männlich, 39, gut aussehend, humorvoll, sucht eine Frau, die mit ihm gemeinsam Selbstmord begeht.* Also kehrte ich zu jenen Internetforen zurück, die ich früher besucht hatte, und suchte dort nach potenziellen Kandidaten. Doch es ist schwer, jemandem zu vertrauen und ihn anzuwerben, wenn er sich hinter einem Avatar versteckt.

Wie es das Glück – oder das Schicksal – wollte, trat sie in unser Leben. Sie war eine junge schwangere Frau, die unter schweren pränatalen Depressionen litt. Sie wurde von finsteren

Gedanken geplagt, und je länger die Schwangerschaft andauerte, desto überzeugter war sie, eine schreckliche Mutter zu werden. Außerdem glaubte sie, ihr Mann hätte eine Affäre, weil er heimlich telefonierte und Geld von ihrem gemeinsamen Konto verschwunden war. Außerdem verbrachte er mehr Zeit bei der Arbeit als früher. Und weil sie sich dick und absolut unattraktiv fühlte, dachte sie, er würde woanders Zuneigung finden. Mir war es egal, ob er ein Mistkerl war, der seine Frau betrog, oder nicht. Dass sie es glaubte, entsprach einfach meinen Anforderungen, denn dadurch wurde sie noch depressiver.

Unter anderen Umständen hätte ich ihr vielleicht vorgeschlagen, bis nach der Geburt durchzuhalten und erst dann ihre Selbstmordgedanken in die Tat umzusetzen. Doch ich brauchte jemanden, der formbar und offen für Suggestionen war. Und dafür war sie einfach perfekt.

Mir war natürlich bewusst, dass ich sie mehr brauchte als sie mich. Also behandelte ich sie mit Samthandschuhen und nutzte alle Tricks, um das Ganze zu beschleunigen. Ich erhöhte meine Schichten auf jeden zweiten Tag und ermutigte sie, so lange anzurufen, bis sie mich erreichte. Außerdem schlug ich vor, die vom Arzt verschriebenen, niedrig dosierten Antidepressiva nicht mehr einzunehmen, damit sie nicht in einen künstlich herbeigeführten Optimismus versetzt wurde. Und ich riet ihr, sich von ihren Freunden und ihrem notorisch untreuen Ehemann zu distanzieren. Gleichzeitig lenkte ich ihre Aufmerksamkeit auf gewisse Seiten im Internet, die ich gut kannte, damit ihr bewusst wurde, dass sie nicht allein war. Nach knapp einem Monat intensiver Gespräche, Recherchen und Manipulationen wollte sie David kennenlernen. Und in der Woche vor ihrem Treffen kommunizierten wir nur über Prepaidhandys, die nicht nachverfolgt werden konnten.

Sie hatten sich nur ein einziges Mal von Angesicht zu Angesicht gegenübergestanden. Das war der Tag gewesen, an dem sie gemeinsam von der Klippe von Birling Gap in East Sussex sprangen. Sie hatten nie per Telefon, SMS oder E-Mail miteinander gesprochen. Sie wussten nicht, wie der andere aussah oder wie seine Stimme klang. Und sie wussten nicht, warum der andere sterben wollte. Sie wussten nur, dass sie ein gemeinsames Schicksal teilten. Sie vertrauten mir und einander – wir waren drei Freunde, die einander alle denselben Vertrauensvorschuss gaben.

Als ich ihnen am Telefon zuhörte, während sie ihre letzten Schritte über den Standstreifen in Richtung der Klippen gingen, empfand ich Stolz, Freude, Glück, Vorfreude und Aufregung, alles zusammen, wie ich es noch nie zuvor gefühlt hatte. Doch tief in meinem Innern beneidete ich sie darum, dass sie diesen kostbaren Moment miteinander teilten. Es tobte in mir, als ich ihn in den lokalen Fernsehnachrichten sah. Ich konnte es nicht über mich bringen, ihn anzuschauen und sie als eine reale Person zu sehen. Also schaltete ich um. Ich war maßgeblich daran beteiligt gewesen, Davids Schmerz zu beenden, doch sie sonnte sich im Ruhm.

Für einen kurzen Moment schloss ich die Augen und stellte mir vor, wie es sich angefühlt hätte, Davids Hand zu halten und seine Wärme zu spüren, während wir beide diesen letzten Schritt zusammen gingen. Ich spürte seine weiche Haut, roch das Rasierwasser an seinem Hals, fühlte seinen Pulsschlag im Rhythmus mit meinem – und alles mit solcher Klarheit, als wäre ich wirklich dort.

»Laura!« Janines gereizte Stimme aus dem Hintergrund schreckte mich auf. Wütend öffnete ich die Augen. »Dein Telefon klingelt. Gehst du bitte dran?«

Sie zeigte auf das blinkende rote Lämpchen.

»Natürlich«, gab ich zurück und fragte mich, wie es sich wohl anfühlte, wenn ich dieses Telefon nähme und es ihr ins Gesicht schmetterte.

Kapitel 9

Ich kritzelte etwas auf ein Stück Papier und schob es in Richtung von Sanjays Schreibtisch. Selbst von meinem Platz aus konnte ich sehen, wie sein Hemd um die Knöpfe herum spannte und dunkle Haarbüschel aus den Zwischenräumen herausschauten.

Die chronisch inkompetente Janine hatte die Aufstellung des Dienstplans vermasselt und zu viele von uns eingetragen. Deshalb hielten sich nun mehr Menschen in dem Büro auf, als mir lieb war.

Warum ist die Polizei in Janines Büro?, hatte ich geschrieben.

»Keine Ahnung«, formte Sanjay lautlos mit den Lippen. Er hatte zwar in einem Rasierwasser mit Moschusduft gebadet, doch das half wenig, seinen Körpergeruch zu übertünchen. Ich schaute zu Mary hinüber, die ebenfalls einen Anrufer hatte, und hob die Augenbrauen. Doch sie schüttelte den Kopf.

Ich sollte einer verwitweten Rentnerin zuhören, die mir gerade vorjammerte, wie einsam sie doch sei. Doch die uniformierten Beamten, die mit Janine sprachen, lenkten mich zu sehr ab.

Ihr Erscheinen beunruhigte mich – hatte es etwas mit mir zu tun? Hatte Steven mich angezeigt? Hatte mein Instinkt mich getäuscht und ich war bei ihm zu schnell zu weit gegangen? Natürlich war es möglich, dass so etwas irgendwann einmal passierte. Und der Vorwurf einer einzigen Person reichte aus, um meinen Ruf zu ruinieren.

AKLA?, schrieb Sanjay zurück. Ich hasste solche Wortkürzel, wenn sie nicht auf einem Handy geschrieben wurden. Und selbst dann waren sie mir unangenehm.

Ja, bin nur neugierig!, schrieb ich schnell zurück und fügte noch einen Smiley hinzu.

Am liebsten hätte ich mir unbemerkt meine Tasche geschnappt und wäre verschwunden. Doch ich brauchte Gewissheit, ob das, was in Janines Büro vor sich ging, etwas mit mir zu tun hatte.

Meine Anruferin lamentierte über ihre beiden Kinder, die ihr fremd geworden waren, während ich die beiden jungen Beamten anstarrte, die Kaffee tranken und sich meinen Kuchen schmecken ließen. Ich lehnte mich etwas vor und reckte den Hals, um ihre gedämpfte Unterhaltung zu verstehen, doch damit hätte nur ein Lippenleser Erfolg gehabt.

Ich spürte, wie der Knoten in meinem Bauch auf die Größe einer Wassermelone anwuchs, während ich in Gedanken noch einmal die beiden Unterhaltungen mit Steven durchging. Ich war mir sicher, nie wortwörtlich gesagt zu haben, dass ich ihm dabei helfen würde, seinem Leben ein Ende zu setzen. Dazu war ich viel zu vorsichtig. Also stünde bei sämtlichen Vorwürfen sein Wort gegen meines.

Das britische Gesetz hatte 1961 Selbstmord vom Vorwurf des Kriminellen befreit, sodass es nicht mehr gesetzeswidrig war, sich das Leben zu nehmen. Anders lagen die Dinge aber, wenn man eine dritte Person zum Selbstmord ermutigte oder sie dabei unterstützte. Und die Polizei hatte die Pflicht, solchen Vorwürfen nachzugehen. Im Falle eines Schuldspruchs lag die Höchststrafe bei vierzehn Jahren Haft. So lange würde Henry niemals ohne mich überleben.

Je länger ich die Beamten anstarrte, umso mehr wich meine anfängliche Panik der Wut. Was war denn falsch an dem, was ich tat? Ich half den Menschen doch nur, wie es von der Telefonseelsorge erwartet wurde. Zugegeben, ich verfolgte einen bestimmten Plan, hatte mir aber auch Grenzen gesetzt: keine Kinder, keine Teenager und niemand mit einer Lernschwäche. Jeder andere, der im Vollbesitz seiner geistigen Fähigkeiten war, konnte seine eigenen Entscheidungen treffen – natürlich mit meiner Hilfe. Wäre die Gesellschaft moralisch nicht so verbohrt, würde man mich für die Mühen belohnen, die ich auf mich nehme, um den Bedürftigen zu helfen. Der Mensch ist sich selbst der schlimmste Feind, wenn er sich weiter abmüht, auch wenn das bedeutet, ein furchtbares, hoffnungsloses Leben zu führen. Es liegt an mir, ihn vor sich selbst zu retten.

Doch es wäre sinnlos, Janine oder der Polizei das zu erklären. Sie würden es nur so lange verdrehen, bis es etwas Schlechtes wäre, um es gegen mich zu verwenden. Sozialarbeiter, Therapeuten, Ärzte ... sie alle hatten mich in der Vergangenheit beurteilt und sich geirrt. Ich würde mich nicht zurücklehnen und der Geschichte erlauben, sich zu wiederholen.

Nachdem sie gegangen waren, sah ich, wie Sanjay in sein Büro ging. Ich sorgte dafür, dass meine Anruferin auflegte, bevor ich ihm folgte.

»Sie haben unsere Nummer auf dem Handy von jemandem gefunden, der gestorben ist«, klärte mich Sanjay auf.

»Wer?«, fragte ich.

»Eine junge Mutter, die an einer Überdosis Heroin gestorben ist.«

Ah, Chantelle.

Ich hatte bis zu ihrem Tod weiß Gott wie viele Male mit ihr gesprochen. Doch ihre Telefonate ließen sich niemals zu mir zurückverfolgen. Die Anrufer vertrauen uns, weil wir ihre Anonymität schützen und ihre Nummern nicht nachverfolgen können. Wir haben weder Direktleitungen noch Nebenstellennummern. Anhand der Vorwahl eines Festnetztelefons oder des GPS eines Handys wird jedes Gespräch an die landesweite Nummer der Telefonseelsorge an die dem Anrufer nächstgelegene Einrichtung umgeleitet. Und derjenige von uns, der gerade frei ist, nimmt es entgegen. Sind alle Leitungen einer Einrichtung besetzt, wird es an eine der vier benachbarten Bezirke durchgestellt. Die Polizei vermutete wohl, dass wir ihre Anrufe entgegengenommen hatten, weil wir für ihren Bezirk zuständig waren.

»Wie viele Todesfälle bringt man mittlerweile mit uns in Verbindung?«, wollte Sanjay von Janine wissen.

»Laut den Aufzeichnungen«, setzte Janine an, während sie den Ausdruck einer Tabelle durchsah, »ist dieser Fall der vierundzwanzigste in den letzten fünf Jahren in Northamptonshire.«

Sie waren nicht alle mein Verdienst, sosehr es mich auch gefreut hätte.

»Hm, also etwas höher als der Durchschnitt«, meinte Sanjay.

Janine war durch ihren Computer abgelenkt, der sich weigerte, ihr Passwort zu akzeptieren. »Blödes Ding«, knurrte sie.

»Es sind deine Initialen, dann dein Nachname und die vier Ziffern, die du selbst festgelegt hast«, erinnerte Sanjay sie. Ich merkte mir die Nummern, die sie in einer Liste mit dem Titel »Passwörter« auf ihrem iPad notiert hatte, bevor sie es wieder in ihre hässliche orangefarbene Handtasche steckte.

»Ich verstehe nicht, was die Polizei will«, sagte ich. »Sie wissen doch, dass es nicht unsere Aufgabe ist, Menschen vom Sterben abzuhalten oder ihr Vertrauen zu missbrauchen. Wir sind nur da, um zuzuhören.«

»Danke, Laura. Ich weiß sehr wohl, was wir tun«, erklärte Janine andächtig. »Sie prüfen, ob es Beweismaterial gegen einen Drogendealer gibt, mit dem sie eine Beziehung hatte. Deshalb wollten sie herausfinden, ob sie mit einem von uns über ihn gesprochen hat. Ich habe ihnen mehrmals erklärt, dass alles, was in einem Telefonat gesagt wird, streng vertraulich ist.«

Chantelle hatte oft mit mir über ihn gesprochen. Hätte er nicht ständig ihr Selbstvertrauen untergraben und sie mit Heroin zugedröhnt, hätten sich unsere Wege vielleicht nie gekreuzt. Ich war ihm mein Schweigen schuldig.

»Wie oft hat sie angerufen?«, wollte Sanjay wissen.

»Neunzehnmal in den letzten Wochen vor ihrem Tod«, antwortete Janine und zog eine Packung Kekse aus ihrer Schublade, auf der »gluten- und milchfrei« stand. »Wenn sie zu unserer Einrichtung durchgestellt wurde, muss sich irgendjemand an sie erinnern. Und sie müssten doch wissen, dass wir den Anrufer nicht ermutigen, immer mit demselben Mitarbeiter sprechen zu wollen. Ein anderer Ehrenamtlicher sieht die Dinge vielleicht anders und kann ihm dadurch besser helfen.«

»Wie wäre es, wenn du an alle ein Memo sendest, um sie daran zu erinnern?«, schlug ich vor.

Janine schenkte mir wieder einen ihrer vernichtenden Blicke. Also kehrte ich an meinen Platz zurück und wünschte ihr irgendeine tödliche Krankheit an den Hals. Keine kurze, die schnell voranschritt und sie innerhalb weniger Monate auslöschte, sondern eine lange, fiese Krankheit, die dieses Biest lebendig auffraß.

Ich glaube, das war knapp gewesen. Zur Vorsicht sollte ich mich selbst schützen, weshalb ich mir versprach, in nächster Zeit keine neuen Kandidaten anzunehmen. Aber erst nachdem Steven und ich unsere Zusammenarbeit beendet hatten.

Ich erwarte von jedem Kandidaten, dass er fünf Regeln befolgt, wenn sich unsere Beziehung als effektiv erweisen soll. Und Steven wäre keine Ausnahme, sofern er diesen dritten, alles entscheidenden Anruf machte.

Die erste Regel besagt, dass ich diejenige bin, die alles unter Kontrolle hat. Letztlich wird es immer die Entscheidung eines Kandidaten sein, ob er weiterlebt oder stirbt, und daran kann ich nichts ändern. Aber ich muss ihm verständlich machen, dass ohne meine Hilfe sein Versuch, diese Welt mit minimalem Aufwand zu verlassen, vermutlich scheitern wird.

Ich zeige ihm Statistiken auf, die beweisen, dass ich recht habe. Eine besagt zum Beispiel, dass drei Viertel der Menschen, die sich das Leben nehmen wollen, das Ganze vermasseln, weil sie schlecht vorbereitet sind. Mental sind sie vielleicht dazu bereit, aber wenn sie glauben, sie könnten sich irgendeine Ader aufschneiden oder sich an einem Baum aufhängen und das war es dann, irren sie sich. Schmerzfreie, romantische Selbstmorde gibt es nur im Fernsehen. Stellt man es falsch an, kann ein Versuch zu lähmenden, lebensverändernden Verletzungen führen.

Meine zweite Regel lautet, dass ein Kandidat mir vertrauen muss, weil ich immer recht habe. Ich bin ein wandelndes Lexikon, wenn es um Mittel und Wege geht. Ich habe Nachforschungen angestellt und sämtliche Methoden im Internet, in öffentlichen Bibliotheken und in medizinischen Berichten studiert. Ich habe gerichtlichen Untersuchungen von Selbstmorden beigewohnt und aus den Erfolgen und Misserfolgen der Toten gelernt. Ich weiß, wie man selbst von relativ niedrigen Brücken oder Gebäuden springt und dabei die bestmögliche Chance auf einen tödlichen Ausgang hat. Man kann sogar einen Sprung aus dem siebten Stock überleben, wenn man es nicht richtig macht. Ich kenne die wirksamsten Kombinationen von Schmerzmitteln und Benzodiazepinen und weiß, welche Länder sie ohne große Nachfragen exportieren. Ich weiß, welche Baumärkte die stärksten Seile mit der besten Qualität verkaufen und wie sie geknotet werden müssen. Ich weiß, wie man aus großer Höhe einen Aufprall auf dem

Wasser nicht überlebt und wie stark man den Lauf samtlicher Schrotflinten kürzen muss, um ihre Wirkung zu verstärken. Ich kenne sogar die besten Sägeblätter, um ihn abzusägen. Ich weiß, wie man einen Schlauch sicher am Auspuff eines Wagens befestigt. Ich weiß, wie man erstickt und sich selbst stranguliert, und kenne die lokalen Gewässer, in denen heftige Strömungen und Seegräben jeden fortschwemmen, egal wie stark der Anker ist. Ich weiß all das, weil ich eine Expertin bin.

Die dritte Regel verlangt, dass ein Kandidat zustimmen muss, es innerhalb von fünf Wochen nach unserer Vereinbarung zu tun. Kann er in dieser Zeit seine Angelegenheiten nicht regeln, weiß ich, dass er schwankt, und werfe ihn aus der Leitung. Ich verschwende nur ungern meine Zeit.

Regel Nummer vier besagt, dass der Kandidat mir den Großteil der wesentlichen Vorbereitungen überlassen muss. Ich treffe Vorkehrungen für sämtliche Eventualitäten, sobald wir uns auf eine bevorzugte Methode geeinigt haben. Und ich stelle das Paket mit einer Liebe zum Detail zusammen, die ihresgleichen sucht. Zeit, Ort, Kosten für Materialien und wo man sie kaufen kann … es gibt nichts, an das ich nicht gedacht habe. Der Kandidat muss nur eines tun: Er muss sicherstellen, dass er niemals mich oder unsere Beziehung erwähnt. Unter keinen Umständen darf er meinen Namen oder den der Telefonseelsorge notieren, nicht auf einem Blatt Papier und erst recht nicht in der Notizbuch-App seines Handys.

Die fünfte und letzte Regel lautet, dass ich im Gegenzug für meine Bemühungen nur eines verlange – Transparenz. Ich erwarte von dem Kandidaten, dass er mir alles erzählt, was es über ihn zu wissen gibt, bevor sich unsere Wege trennen. Ich möchte seine schönsten Erinnerungen, dunkelsten Gedanken und unerreichten Ziele erfahren. Ich will wissen, was er am meisten bedauert, was seine schmutzigsten Geheimnisse sind, wen er zurücklässt, wen es nicht interessieren wird und wen er am tiefsten verletzen wird. Ich möchte alles über seinen Alltag erfahren und über das Leben, von dem die besten Freunde nichts wissen sollen.

Ich vergleiche sie gerne mit einer Herde, die auf die saftigste Weide geführt wird, das beste Futter erhält und viel Zugang zu Licht und Sonne bekommt. Denn wenn man das tut, wird das Fleisch immer besser schmecken. Wenn ich wirklich weiß, wie ein Kandidat tickt, klingt sein letzter Atemzug in meinen Ohren süßer als jeder andere Ton auf dieser Welt.

Kapitel 10

Fünf Monate nach David

Vor meiner Schicht in der Telefonseelsorge machte ich nach dem Besuch in Henrys Pflegeheim einen Abstecher zu einem Coffeeshop in der Stadt. »Zum Hiertrinken oder zum Mitnehmen?«, murmelte der junge Mann hinter der Theke lustlos. Obwohl mir sein Gesicht vertraut war, konnte ich es nicht einordnen.

Ich schaute kurz auf die Uhr – es war noch zu früh für meine nächste Schicht. »Zum Hiertrinken«, antwortete ich. Er füllte einen Caffè Latte in einen Becher und verdrehte die Augen, als ich nach einem Löffel fragte.

Ich entschied mich für einen Tisch in der Mitte des belebten Raumes. Nachdem ich Platz genommen hatte, schloss ich die Augen und lauschte aufmerksam zu beiden Seiten den Gesprächen der Fremden, die an den runden Tischen zusammensaßen. Ich musste mich nur konzentrieren und die Hintergrundgeräusche wie die Cappuccino-Maschine, die Spülmaschine und das Radio ausblenden. Schon konnte ich die Unterhaltung der anderen Gäste heraushören.

Diese Begeisterung, die ich immer empfand, wenn ich den Momentaufnahmen anderer Leben zuhörte, war anfangs der

Grund gewesen, warum ich mich bei der Telefonseelsorge engagierte. Alice war vier Jahre alt, hatte im Wohnzimmer Bilder von Tieren auf dem Bauernhof gemalt und ihre Blätter überall auf dem Couchtisch verteilt. Effie war neun und erledigte ihre Mathematikaufgaben. Ich saß auf dem Sofa und sollte auf die beiden aufpassen. Doch in Wirklichkeit interessierte ich mich mehr für meine Nachrichten in den Selbstmordforen im Internet. Zu wissen, wie sehr ich den Menschen half, indem ich sie dazu ermutigte, ihrem Schmerz ein Ende zu bereiten, war unglaublich aufregend gewesen. Im Laufe der Zeit erlangte ich in bestimmten dunklen Bereichen des Internets den Ruf, die richtige Ansprechpartnerin in Sachen Selbstmord zu sein, was sachliche und detaillierte Ratschläge zu den besten und schlechtesten Vorgehensweisen anbelangte, die auf den Ergebnissen meiner Recherchen basierten. Man gab mir sogar einen Spitznamen: die »Befreierin der verlorenen Seelen«. Das gab mir das Gefühl, gebraucht zu werden.

Doch die Menschen, die im Internet schrieben, wechselten ständig und blieben anonym. Sie waren überall verstreut, und wenn sie keine Nachrichten mehr hinterließen, wusste ich nie, ob sie die Ankündigung, sich umzubringen, in die Tat umgesetzt hatten oder ob sie es sich anders überlegt hatten und deshalb nichts mehr posteten. Nur selten erfuhr ich etwas über ihre Ergebnisse. Irgendwann reichte mir das nicht mehr.

Was mir in den Internetforen fehlte, war der menschliche Kontakt. Das Lesen maschinengeschriebener Worte war nicht dasselbe wie das Heraushören des Schmerzes in der Stimme einer Person. Ich musste ihre Angst, ihre Unruhe, ihre Verzweiflung und ihre Verwirrung in mich aufsaugen. Als ich in der Lokalzeitung las, dass es der Telefonseelsorge an Freiwilligen fehlte, überlegte ich, ob ich mein Talent und mein Wissen nicht in eine neue, wichtige Richtung lenken sollte.

Neugierig rief ich ihre Nummer an, um aus erster Hand zu erfahren, wie sich ihre Ratschläge von meinen aufrichtigen und ehrlichen Ermutigungen im Internet unterschieden. Ich erfand eine Geschichte, nach der ich völlig verzweifelt war, mich einsam fühlte und ernsthaft darüber nachdachte, meinem Leben ein Ende zu setzen. Doch ich bekam keinen Rat. Stattdessen bot mir die Frau am anderen Ende der Leitung nur tröstende Worte an – und Zeit und Raum zum Reden und Lösen meiner Probleme. Mary wusste bis heute nicht, dass sie damals mit mir telefoniert hatte. Dieser erste Anruf und ihre grässlichen, wertfreien und beruhigenden Antworten machten mich irgendwie süchtig. In den beiden nachfolgenden Wochen rief ich immer wieder an und bekam von mehreren ehrenamtlichen Mitarbeitern in Stepford dieselbe Sichtweise zu hören. Ich testete diese armen, fehlgeleiteten Seelen in Form verschiedener Gestalten, indem ich Schulden, Vergewaltigung, einen fremdgehenden Ehemann, sexuellen Missbrauch in der Kindheit und Kriegsschrecken als Gründe für mein Leiden anführte. Ich war gespannt, wie lange sie bei ihren zuckersüßen Worten blieben, bevor sie schließlich ihre Masken fallen ließen und mir sagten, was sie wirklich dachten. Doch das taten sie niemals. Nicht ein einziges Mal.

Genau deshalb brauchte mich die Telefonseelsorge. Sie brauchte jemanden, der den Anrufern eine alternative Sicht auf die Dinge und eine wahrheitsgetreue Meinung zu ihrer misslichen Lage bot. Für die richtigen Kandidaten wäre ich sogar bereit, einen Schritt weiterzugehen. Ihnen würde ich, wenn nötig, mit einem sanften Schubs über die Ziellinie helfen.

Plötzlich schlug die Uhr an der Wand des Coffeeshops und ich öffnete die Augen. Ich stellte den leeren Becher auf die Theke zurück und der junge Mann dahinter bedachte mich mit einem schwachen Lächeln. Ich schaute auf sein Namensschild. *Matt* stand darauf und plötzlich fiel der Groschen. Ich hatte seine Bilder auf Effies Handy gefunden. Er hatte sie ermutigt, ihm Fotos ihres halb nackten Körpers zu schicken.

Auf dem Weg ins Büro verfinsterte sich meine Stimmung zunehmend. Mit gesenktem Kopf und dem Handy in der Hand loggte ich mich in das Facebook-Konto meiner Tochter ein. In ihrem Posteingang fand ich ein Foto von Matt, das er ihr geschickt hatte und auf dem er nackt und erregt war. Der Hintergrund ließ vermuten, dass er es im hinteren Teil des Coffeeshops aufgenommen hatte. Ich war nicht nur wütend auf ihn, sondern auch auf sie, weil sie es nicht gelöscht hatte. Er war ein siebzehnjähriger Mann, der einem vierzehnjährigen Kind pornografische Bilder schickte.

Würde ich ihn bei der Polizei anzeigen, käme er höchstwahrscheinlich mit einer Verwarnung davon. Also nahm ich die Sache selbst in die Hand.

Wenn es um Teenager und soziale Medien ging, war nichts mehr vertraulich. Wenn Matt sich gerne nackt zeigte und von aller Welt begutachtet werden wollte, wäre es doch interessant herauszufinden, wie er reagierte, wenn andere ihn anhand seiner wenig beeindruckenden Genitalien beurteilten. Er war dumm genug gewesen, sein Gesicht auf dem Bild zu zeigen. Also machte ich einen Screenshot von dem Foto und schickte es von meinem eigenen anonymen Twitter-Konto an die internationale Coffeeshop-Kette, bei der er angestellt war. Natürlich nannte ich auch seinen Namen und die Filiale, in der er arbeitete und das Foto gemacht hatte.

Dann loggte ich mich in mein gefälschtes Facebook-Konto ein. Ich hatte es angelegt, damit ich die Profile meiner Kandidaten durchforsten konnte, sobald sie mir genug über sich verraten hatten. Nun postete ich Matts Bild auf seiner eigenen Profilseite, damit es alle sehen konnten, bevor ich es auf den Seiten all jener einstellte, die auf seiner Freundesliste standen oder den gleichen Nachnamen trugen. Zuletzt veröffentlichte ich es auch auf der Facebook-Seite der Schule und auf allen Seiten, die die Eltern für die einzelnen Jahrgänge eingerichtet hatten. Schließlich loggte ich mich wieder in Effies Profil ein, postete es auf ihrer Seite und änderte ihr Passwort, damit sie es nicht mehr löschen konnte.

Als ich das Büro erreichte, war ich davon überzeugt, dass die Sache zwischen Effie und diesem Jungen nun beendet war.

Kapitel 11

Dafür, dass es Nachmittag war, herrschte auf den Fluren der Intensivstation des Krankenhauses von Northampton eine ungewöhnliche Stille.

Ich hatte zwar die Besuchszeit knapp verpasst, doch das hatte mich nicht davon abgehalten, unangemeldet aufzutauchen und nachzusehen, ob es Nate inzwischen besser ging.

Wir waren im Laufe der Jahre schon oft in diesem Gebäude gewesen. Die Gründe waren immer verschieden, aber typisch für einen Obdachlosen: Hepatitis B, Bronchitis, entzündete Schwielen an den Füßen, Zahnfleischabszesse. Meistens kamen wir aber wegen seiner Leberzirrhose im Frühstadium, die auf häufigen Alkoholmissbrauch zurückzuführen war. Nun hatte ihn die Tuberkulose erwischt, eine direkte Folge seines schwachen Immunsystems, dem der HI-Virus mächtig zusetzte. Jede Krankheit beschleunigte wiederum den Fortschritt der anderen und stürzte seinen Körper von einem Chaos ins nächste.

In seiner Akte des staatlichen Gesundheitsdiensts war ich als Notfallkontakt angegeben. Tony verstand nicht, warum ich Nate beistehen musste, egal in welcher Klemme er gerade steckte oder welche selbst verschuldete Krankheit ihn gerade ausknockte. Mein Mann hatte mich oft gedrängt, »mir selbst einen Gefallen zu tun« und den Kontakt zu ihm abzubrechen. Doch das könnte ich niemals tun.

Die Türen zu seiner Station waren verschlossen, um die Ausbreitung von Infektionen zu verhindern. Also spähte ich durch die Fensterscheiben, durch die man den Raum teilweise einsehen konnte, konnte ihn aber nicht entdecken. Beim letzten Mal hatte ihn das Atmen derart angestrengt, dass eine laute Maschine diese schwere Arbeit für ihn übernahm, während er unter dem Einfluss starker Beruhigungsmittel stand. Man hatte ihm eine Plastikmaske über den Mund geklebt und ein Rohr in den Hals gesteckt, damit sich seine Brust hob und senkte. Es zerriss mir das Herz, ihn so zu sehen.

Weil er auf der Straße lebte, trug er immer mehrere Kleidungsschichten übereinander. Er meinte, es wäre besser, sie am Leib zu tragen, als sie irgendwo abzulegen und zu riskieren, dass jemand sie stahl. Ich dachte daran, wie ausgemergelt und knochig er in diesem blauen, hauchdünnen Krankenhauskittel ausgesehen und dass er kaum eine Wölbung unter der Bettdecke verursacht hatte. Fast eine Woche lang hatte ich an seinem Bett ausgeharrt, wie damals, als Henry gegen die Lungenentzündung angekämpft hatte. Ich wunderte mich, wie viel Zeit ich bereits damit verbracht hatte, jemanden, den ich liebte, dazu zu bewegen, um sein Leben zu kämpfen.

Ich schaute mich noch einmal in dem Zimmer um. Vielleicht hatte ich Nate nicht erkannt, weil die Schwestern ihn geschrubbt und gebadet, seinen Bart gestutzt und ihm das Haar kurz geschnitten hatten. Er würde es hassen, weil er es hasste, in irgendeiner Form dem Jungen zu ähneln, der mit mir in einer Pflegefamilie gelebt hatte.

* * *

Sylvia Hughes, unsere Pflegemutter, war die größte Manipulantin gewesen, die ich je getroffen hatte. Das einzig Gute an der Zeit unter ihrem Dach war, dass sie mich gelehrt hatte, wie man die Welt davon überzeugt, man wäre das eine, während man tief in seinem Innern jemand ganz anderes ist.

Sie hatte alle Personen, die etwas zu sagen hatten, davon überzeugt, dass sie den Dutzenden von Pflegekindern, die sie im Laufe der Jahre aufgenommen hatte, einen sicheren Zufluchtsort bot. Doch sie nahm uns nur aus einem einzigen Grund in ihre Obhut.

Selbst heute erinnere ich mich noch an die Angst, die mir jedes Mal die Kehle zuschnürte, wenn ich um die Ecke bog und immer langsamer wurde, je näher ich ihrem Wohnblock kam. Vor jedem Wochenende graute es mir davor, in das marode zehnstöckige Gebäude aus grauem Beton zurückzukehren. In eine neue Schule zu gehen und keine Freunde zu haben war immer noch besser, als ein ganzes Wochenende in Sylvias Gesellschaft zu verbringen.

Ich kann mich noch heute an jede Minute dieses letzten Wochenendes mit Nate erinnern, ab dem Moment, in dem ich an jenem Freitagnachmittag die Treppe hinaufstieg und die Luft anhielt, während ich den Türknauf drehte. Ich drückte mir selbst die Daumen und hoffte, dass Nate bereits zu Hause sei. Doch in der Wohnung herrschte absolute Stille.

Das Sozialamt glaubte, wir lebten in der Wohnung nebenan. Diese war schön eingerichtet und verfügte über zwei zusätzliche Schlafzimmer voller Spielsachen und eine Küche mit einem prall gefüllten Kühlschrank. Dort durften wir aber nur hineingehen, wenn die Kontrolltermine der Sozialarbeiter anstanden, die unser Wohlbefinden überprüfen sollten. Nate hatte es in »Qualbefinden« umbenannt. Die Wohnung, in der wir in Wirklichkeit lebten, sah ganz anders aus.

Ich bahnte mir einen Weg durch die alten Zeitungen und Mülltüten, die den Flur verstopften, und öffnete mit knurrendem Magen den Kühlschrank. Doch wie so oft enthielt er nicht mehr als ein defektes Licht und ein total vereistes Gefrierfach. Darin lag eine einsame Tiefkühlpizza mit Käse und Tomaten, die ich in den Ofen schob.

Ich schnitt sie gerade in gleich große Stücke, als die Tür aufging und Sylvia und Nate hereinkamen. Mir wurde schwer ums Herz. An seinem benommenen Gesichtsausdruck erkannte ich, wo sie ihn hingebracht hatte. Durch halb geschlossene Augen versuchte er, so zu tun, als wäre alles in Ordnung, und schenkte mir ein geistesabwesendes Lächeln, von dem wir beide wussten, dass es etwas anderes verbarg. Mit seinen vierzehn Jahren stand Nate zwar an der Schwelle zur Männlichkeit, doch da er so klein und schmal war, wirkte er viel jünger. Auch ich war zu klein für meine dreizehn Jahre. Er stolperte in sein Schlafzimmer und schloss die Tür hinter sich.

»Wie war die Schule?«, fragte Sylvia, während sie sich das Stück Pizza aus meiner Hand schnappte und es einsaugte wie eine Schlange, die eine Maus verschlang. Dabei schob sich ihr T-Shirt hoch und gab den Blick auf ihren Bauch frei. Ich sah die frischen Stichwunden. Anscheinend hatte sie es aufgegeben, nach einer Vene in den Armen oder Beinen zu suchen, die noch nicht kollabiert war. Mithilfe ihrer langärmeligen Oberteile verheimlichte sie vor den anderen geschickt die Tatsache, dass sie heroinsüchtig war.

»Ganz gut, danke«, antwortete ich.

»Gutes Mädchen«, sagte Sylvia, bevor sie sich einen Joint anzündete und sich auf den Weg in ihr Wohnzimmer machte. »Ich gehe nach nebenan und ruhe mich etwas aus.«

Ich wartete, bis ich den Fernseher hörte. Dann schlich ich zu Nates Schlafzimmer und öffnete leise die geschlossene Tür einen Spaltbreit. Ich hasste geschlossene Türen. Er schreckte aus dem Schlaf hoch und warf sich wie ein in die Enge getriebenes Tier gegen die Wand.

»Alles okay, ich bin's«, flüsterte ich. »Ich bringe dir nur die Pizza.«

»Danke«, krächzte er mit schmerzender Stimme und entspannte sich.

Schweigend teilten wir uns das Essen, während ich mich bemühte, die blauen Flecken an den Handgelenken und am Hals und die Blutkrusten in den Nasenlöchern zu ignorieren. Ich bemerkte auch die roten Flecken in der Unterwäsche, die er auf einem Haufen auf dem Boden liegen gelassen hatte und die immer noch in seiner Hose steckte. Doch ich war klug genug, nicht zu fragen, was passiert war oder wer dafür verantwortlich war.

Langsam glitt er in die Sicherheit des Schlafes, während durch die Wände die laute Radiomusik von nebenan dröhnte. Ich legte mich vor ihn und schützte seinen mageren Körper mit meinem Rücken. Ich kuschelte mich an ihn und zog seinen Arm über meine Brust.

»Ich liebe dich, Nate«, flüsterte ich und wusste, dass wir zusammen sicherer waren als getrennt.

* * *

»Hallo, Mrs Morris, richtig?«

Die Vergangenheit verblasste beim Klang der Stimme von Dr. Khatri. Ich hatte ihn nicht kommen hören und wich zurück, als er mir auf die Schulter tippte. »Was verschlägt Sie denn auf die Intensivstation?«

»Mein Freund Nate«, antwortete ich.

»Ach so«, meinte er verwundert. »Ich wusste nicht, dass man ihn stationär aufgenommen hat.«

»Als er das letzte Mal hier war, meinten Sie, er sollte seine Lebensumstände grundlegend ändern. Andernfalls würden Sie sich um seine Zukunft ernsthafte Sorgen machen. Ich weiß nicht, was ich noch tun kann. Ich habe ihn angefleht, endlich die Anzahl seiner CD4-Rezeptoren und damit den Zustand seines Immunsystems überwachen zu lassen und mit dem Trinken aufzuhören. Ich habe ihm sogar ein Zimmer in meinem Haus angeboten, damit er endlich trocken wird. Aber er will nicht.«

Meine Lippen zitterten und ich krallte Zehen und Finger ein, um nicht loszuheulen. Dr. Khatri nickte mitfühlend, als verstünde er mein Dilemma, weil er es schon oft erlebt hatte.

»Leider können Sie nicht mehr tun«, antwortete er mit einem liebenswürdigen Lächeln. »Ich kann versuchen, noch einmal mit ihm zu reden, wenn Sie das möchten.«

»Ja, bitte.«

»Gut, dann überlassen Sie das mir.« Er lächelte mich noch einmal an, bevor er mich wieder vor Nates Zimmer allein ließ.

Ich verließ das Krankenhaus, ohne Nate gesehen zu haben, hoffte aber, dass er meine Gegenwart gespürt hatte.

Kapitel 12

Fünf Monate und eine Woche nach David

Im Gemeindehaus von Great Houghton warteten fast dreißig Mitglieder des Frauenkreises von Northampton.

Sie standen vor einem Tisch an, auf dem sich ein Tablett mit Gebäck und ein Heißwasserspender befanden, und ließen Teebeutel oder Instantkaffee und Zucker in die bunt zusammengewürfelten Becher fallen. Die meisten von ihnen sahen aus wie scheintot. Sie waren hergekommen, um zu hören, was Mary und ich über unsere ehrenamtliche Arbeit bei der Telefonseelsorge zu sagen hatten.

Janine hatte mich aus reiner Boshaftigkeit mit Mary hierhergeschickt. Sie wusste genau, dass ich sehr gerne lokale Unternehmer bezirzte, um Lotteriespenden warb und Kuchenverkäufe und Flohmärkte organisierte. Doch dieses altersschwache Publikum lag weit außerhalb meiner Komfortzone.

Mary hatte mit ihnen mehr gemeinsam als ich. Bei alten Leuten fühlte ich mich meistens unwohl, als besäßen sie dank ihrer jahrelangen Weisheit und Erfahrung die Fähigkeit, mich zu durchschauen. Nur Mary bildete eine Ausnahme. Selbst wenn ich eine Serienmörderin wäre, die sich durch den Raum arbeitete und jede Einzelne hier einschläferte, würde sie noch etwas Gutes in mir sehen.

Wir saßen nebeneinander auf zwei Plastikstühlen ganz vorne im Saal. Ich hielt den Blick fest auf sie gerichtet, während die leuchtend bunten Karteikarten sie an die Themen erinnerten, über die sie sprechen wollte. Ihre Stimme war so selbstsicher, als fühlte sie sich unter ihresgleichen wohl, während ich nur zurück ins Büro wollte, um auf den nächsten Anruf zu warten.

Es waren mehr als fünf Monate vergangen, seitdem ich David geholfen hatte, und ich war auf der Suche nach einer neuen Herausforderung. Steven hätte eigentlich der Richtige sein sollen, doch sein alles entscheidender dritter Anruf war bisher nicht eingegangen.

Im Idealfall nahm ich immer nur einen Kandidaten auf einmal an. Manchmal war es aber wie mit dem Bus und es kamen gleich zwei auf einmal daher. Diese zu manipulieren konnte anstrengend sein. Wie Brendan und Helena, zwei meiner ersten Kandidaten. Er war ein Mann mittleren Alters mit Prostatakrebs im Endstadium. An einem Montagabend hatte er sich dann mit einer Plastiktüte und einem Gaskanister erstickt. Am nächsten Morgen hatte Helena eine Überdosis Schmerzmittel genommen. Sie war Anfang zwanzig gewesen und hatte eine Affäre mit einem verheirateten Vater von zwei Kindern gehabt, der sein Versprechen, seine Frau für sie zu verlassen, nicht gehalten hatte. Durch meine Hilfe hatte sie erkannt, dass ihm ihr Tod eine Lektion sein würde. Ich hatte es ihm dann noch einmal unmissverständlich klargemacht, indem ich in seinem Namen einen Nachruf in der Lokalzeitung veröffentlichte, dabei seinen vollständigen Namen verwendete und sie als seine »wunderschöne Freundin« beschrieb.

Wie es der Zufall wollte, fanden ihre Beerdigungen am selben Tag in zwei benachbarten Kirchen statt. Ich war von der einen zur anderen gelaufen und kam trotzdem rechtzeitig zur Nachmittagsschicht ins Büro.

»Braucht man eine längere Ausbildung oder kann man sofort Anrufe annehmen?«, fragte eine Frau in der ersten Reihe. Ihre Knöchel waren genauso dick wie ihre Waden. Zu gern hätte ich ihr erklärt, dass es viele sinnlose bürokratische Hindernisse gab, die man zuerst überwinden musste und die einen lehrten, gegen seinen Instinkt zu handeln und zuzuhören, anstatt zu beraten. Doch ich tat es nicht.

»Ja, es bedarf einer umfangreichen Ausbildung, damit man auf das vorbereitet ist, was man vielleicht hören wird«, antwortete ich stattdessen. »Manchmal sind die Anrufe, die wir bekommen, ziemlich heftig, weshalb wir für alles gewappnet sein müssen.«

Nach meinem ersten Gespräch bei der Telefonseelsorge hatte ich meine Hausaufgaben gemacht und mich über die Antworten informiert, die sie in ihren Psychologie- und Persönlichkeitstests erwarteten. Man fragte mich nach meiner Meinung zu allem Möglichen, von Abtreibungen bis zu dem, was ich einem todkranken Freund erzählen würde, der keine medizinische Behandlung mehr wünschte. Alle Fragen zielten nur darauf ab herauszufinden, wie aufgeschlossen, liberal und wertfrei ich war. In Wahrheit werte ich natürlich, doch ich handelte gegen mein wahres Selbst, weil Ratschläge zu geben nicht zuhören bedeutet. Nur einmal beging ich einen Fehler, als ich die Worte »Selbstmord begehen« benutzte. Wir verwenden niemals den Begriff »begehen«, da er so klingt, als wäre Selbstmord ein Verbrechen. Das ist er aber nicht.

Ich bestand die Tests trotzdem und anschließend folgte die Ausbildung – an einem Tag pro Woche, fast zwei Monate lang. Mary, meine Mentorin, war leicht einzuschätzen. Ihr erwachsener Sohn hatte längst Nest und Land verlassen und sie mit einem Ehemann zurückgelassen, der seine Zeit lieber auf dem

Golfplatz verbrachte als mit ihr. Ich spürte, dass sie keine Ziele mehr hatte und ihrem früheren Leben nachtrauerte. Aus ihr könnte schnell eine Kandidatin werden.

Sie vertrieb sich die Zeit, die ihr bis zum Tod noch verblieb, indem sie anderen Menschen ein offenes Ohr schenkte. Sie war schlanker als ich, versteckte ihre Figur aber unter altmodischen Kleidern, die sich anscheinend an das Motto des Zweiten Weltkriegs hielten: »Aus Alt mach Neu«. Ich sah, wie sie neidisch meine Kleidung beäugte, und legte großen Wert darauf, ihr zu erzählen, wo ich sie gekauft und wie viel sie gekostet hatte.

Mary trug nur wenig Make-up, was sie noch älter aussehen ließ, und sämtliche Anti-Falten-Cremes der Welt könnten ihr Gesicht nicht mehr glatt bügeln. Sie färbte sich nicht einmal die kurzen silbernen Haare, als hielte sie es für vergebliche Mühe. Wenn sie über eine Frage nachdachte oder in Gedanken versunken war, bewegte sie ihren Kiefer von links nach rechts, als versuchte sie, ihre lockeren Prothesen wieder in die richtige Position zu bringen. Ich wäre lieber tot als Mary.

Gemeinsam erforschten wir die hypothetischen Tiefen der Verzweiflung, um herauszufinden, wie viel ich über die verschiedenen Arten von Problemen wusste, die die Anrufer plagten. Da es nicht in meiner Natur lag, andere aufzuheitern oder ihnen zu versichern, dass ich wusste, wie sie sich fühlten, musste ich mir diese Angewohnheit auch nicht abgewöhnen. Trotz ihres Alters war Mary leicht zu täuschen. Genau das ist das Problem mit jedem, der nur das Gute in den Menschen sieht. Traurig zu wirken fiel mir nicht schwer, als sie mir von einigen schrecklichen Geschichten berichtete, die die Anrufer ihr erzählt hatten. Insgeheim konnte ich es kaum erwarten, dass sie die Zügel aus der Hand gab und ich deren Leiden endlich aus erster Hand erfuhr.

Als die Zeit gekommen war, konnte ich meine Aufregung kaum unterdrücken. Nicht jeder Anrufer wurde von Selbstmordgedanken geplagt, doch als der erste bei mir durchkam, musste ich die Fäuste ballen, um nicht vor Begeisterung in die Hände zu klatschen. Während meiner ersten acht Probeschichten hörte Mary die Gespräche über Kopfhörer mit. Manchmal schob sie mir einen Notizzettel mit einem Vorschlag zu, und sobald der Anruf beendet war, sprachen wir ihn noch einmal durch und sie gab mir ein konstruktives Feedback. Das heißt, sie fand es konstruktiv. Ich hielt es für zeitraubenden Unsinn. Nachdem ich ihr schließlich genügend Sand in die Augen gestreut hatte, ließ sie mich endlich von der Leine und ich war auf mich allein gestellt.

Es gab viele Richtlinien, die ich befolgen musste und an die ich mich noch immer im Großen und Ganzen halte. Ich bin zwar nicht mit allen einverstanden, doch es ist sinnlos, nur deswegen die Regeln zu brechen. Solange man nicht weiter auffällt, erkennt niemand, wer man wirklich ist. Doch ich ging auf Nummer sicher und wartete drei oder vier Monate, bevor ich nach meinen eigenen Regeln zu spielen begann.

Ich zog mich nicht komplett aus den Internetforen zurück, sondern besuchte sie einmal pro Woche, beantwortete einige Fragen oder sprach mit den Menschen, mit denen ich vorher schon in Kontakt gestanden hatte. Doch die Telefonseelsorge gab mir etwas, was die Foren nicht konnten.

»Worüber denken Sie nach, wenn Sie abends nach Hause kommen?«, wollte eine Frau aus der hinteren Reihe des Frauenkreistreffens von Northamptonshire wissen. »Machen Sie sich jemals Sorgen, wie es mit den Leuten, mit denen Sie gesprochen haben, weitergeht?«

Ich vergesse niemals eine Stimme und erkannte ihre sofort. Sie hatte mich schon einmal angerufen, weil sie bis über beide

Ohren in Kreditkartenschulden steckte. Dabei hatte sie ihr Geld bestimmt nicht für ihr Äußeres ausgegeben.

»Einige von ihnen begleiten uns länger als andere«, antwortete ich und dachte dabei an David. Seine Beerdigung und die jener Frau, mit der ich ihn zusammengebracht hatte, waren die einzigen gewesen, zu denen ich nicht gegangen bin. Ich hatte nicht einmal ein Foto von ihnen gesehen. Und doch brannte er immer noch stärker in mir als alle anderen.

Kapitel 13

Ich hasste dieses Haus.

Ich sah mich in dem offen gestalteten Raum um, in dem viele kaum benutzte Gegenstände standen. Ein teurer Zweiundfünfzig-Zoll-Fernseher, der so gut wie nie eingeschaltet wurde, ein Esstisch für acht Personen, an dem bisher noch niemand gegessen hatte, und zwei L-förmige Sofas, auf denen nur selten jemand Platz nahm. Unsere Zwanzigtausend-Euro-Küche zierten eingebaute Markengeräte, Designer-Oberflächen und italienische Marmorfliesen. Alles war nur wenige Jahre alt, wunderschön, nagelneu, aber unglaublich leer. Das Haus besaß alles, was eine Familie brauchte, nur keine Liebe. Sosehr ich mich auch bemühte, ich konnte mich nicht daran erinnern, wann wir fünf uns zum letzten Mal zusammen zur selben Zeit unter demselben Dach aufgehalten hatten. Je mehr Stunden ich hier verbrachte, desto dunkler wurden die Wände und desto mehr hasste ich das Haus, weil es alles verändert hatte.

Ein Niesen durchbrach die Stille. Dieser Kater hatte bisher zu einem kleinen Knäuel zusammengerollt auf der Fensterbank geschlafen und war nun aufgewacht. Ich hatte angenommen, dass nur Hunde ihre Besitzer freudig begrüßten, wenn sie nach Hause kamen. Doch immer wenn Tonys Auto langsam die Auffahrt hinauffuhr, flitzte Bieber durch das Haus. Sobald sich die Haustür öffnete, schnurrte er und rieb den Kopf an Tonys Knöcheln, wofür ihm mein Mann mehr Aufmerksamkeit schenkte als mir. Heute Abend würde Bieber mit mir zusammen warten müssen. Ich setzte mich auf meinen Platz an der Frühstückstheke und starrte auf den Backofen. Ich musste kurz nachdenken, damit mir wieder einfiel, was ich überhaupt kochte.

Ich schickte allen dreien eine Nachricht über unsere WhatsApp-Gruppe, um herauszufinden, wo sie waren. Doch niemand antwortete. Vermutlich hatten sie ihr Handy nicht dabei oder empfingen kein WLAN-Signal. Ich ließ die Post ordentlich sortiert auf der Küchentheke liegen. Vermutlich hatte Tony sie bereits durchgesehen, denn sie lag nicht mehr so da, wie ich sie zurückgelassen hatte – der Größe nach sortiert.

Ich schaltete das Radio ein und suchte nach meinem Lieblingssender, der Musik aus den Achtzigerjahren spielte. Whitney Houston fragte sich, woran sie es erkennen werde, die Eurythmics wollten herausfinden, wer dieses Mädchen war, und Carly Simon fragte, warum. Damals wurden so viele Fragen gestellt. Alles, was ich wissen wollte, war, wo meine Familie steckte.

Als die Sechs-Uhr-Nachrichten begannen, ging ich davon aus, dass Tony bereits das Büro verlassen hatte und ins Fitnessstudio gegangen war, um auf einen Sandsack einzuprügeln. Er trainierte wahrscheinlich für eines seiner Büro-Boxturniere, bei denen er gegen andere gleichgesinnte Büroangestellte in organisierten, regelkonformen Wettkämpfen antrat. Wenn unser Verhältnis angespannt war, blieb er immer länger im Fitnessstudio. Außerdem hatte er mir unmissverständlich klargemacht, dass ich bei seinen Kämpfen nicht zuschauen sollte. Aber ich konnte nicht anders. Ich musste mich einfach in den hinteren Reihen im Veranstaltungssaal der Freimaurer verstecken, wo sich mit jedem Schlag, der seinen Gegner traf, und jeder Verletzung, die er dem anderen zufügte, meine Erregung weiter steigerte.

Alice war vermutlich noch in der Nachmittagsbetreuung ihrer Schule. Sie würde später von der Mutter einer Klassenkameradin abgeholt werden, während Effie sich bestimmt wegen Matt bei einer Freundin ausweinte. Er gab vermutlich ihr die Schuld an seiner öffentlichen Demütigung, weil sie Gott und der Welt sein Nacktselfie geschickt hatte. Vielleicht hatte Tony die Mädchen aber auch auf eine Pizza eingeladen, ohne mich. Zutrauen würde ich es ihm.

Ich hatte mich daran gewöhnt, die Mitglieder meiner Familie dabei zu beobachten, wie sie miteinander Zeit verbrachten, während ich am Rande herumlungerte wie ein Komparse in meiner eigenen heimischen Theaterproduktion. Doch ich konnte die Schuld daran nicht allein den Mädchen geben. Tony hatte immer die Geburtstagsfeiern und Ausflüge organisiert und sie verwöhnt, indem er sich zu viel Zeit nahm, um sich auch noch das kleinste Detail ihres Lebens anzuhören. Dadurch stand ich unter enormem Druck, den Schein zu wahren und so zu tun, als sei ich auch an ihren Geschichten interessiert. Andernfalls hätte ich als unbeteiligte Mutter dagestanden. Nur leider war ich nicht so überzeugend wie mein Ehemann.

Der Abstand zwischen Tony und mir hatte sich inzwischen von einem Riss kurz vor meiner Krebsdiagnose zu einem wahren Abgrund entwickelt. Ich war ihm nicht einmal mehr einen Kuss auf die Wange wert, wenn wir uns auf der Treppe begegneten. Ich erinnerte ihn daran, wie gut er aussah, wenn er in seine Sportkleidung sprang, um dann so zu tun, als verletzte es mich nicht, wenn er sich nicht mit einem Kompliment in meine Richtung revanchierte. Ich tat sogar so, als gefielen mir die Tätowierungen, die inzwischen an seinem linken Arm vom Handgelenk bis zur Schulter reichten, obwohl ich sie insgeheim hasste.

Für einen Mann Ende dreißig hatte Tony eine beneidenswerte Figur. Als wir noch in unserem alten Haus gewohnt hatten, kamen seine Freunde im Sommer bei uns zum Grillen vorbei. Er trug ein ärmelloses Shirt und Cargoshorts und ich hatte zugesehen, wie die anderen Ehefrauen ihn anschmachteten. Da ihre Männer inzwischen pummelig geworden waren und ihre Bierbäuche zur Schau trugen, stockte ihnen fast der Atem, wenn sie Tony sahen. Früher hatte ich Mitleid mit ihnen gehabt. Doch heute beneidete ich sie, weil ihre außer Form geratenen Männer wenigstens präsent waren. Tony war es nicht. Er war ganz weit weg.

Ich schenkte mir noch ein Glas Merlot von dem Online-Weinklub ein, in dem er nur noch Mitglied war, weil er immer vergaß, sich abzumelden. Ich fragte mich, ob ich den exakten Zeitpunkt benennen könnte, in dem er mich angesehen und beschlossen hatte, dass ich nicht mehr die Frau war, die er geheiratet hatte, wenn ich mehr auf Tonys Gefühle geachtet hätte.

Als ich ihn das letzte Mal verführen wollte, spielten die Mädchen gerade mit Henry im Garten und ich war Tony nach oben gefolgt. Er war bereits Wochen zuvor ins Gästezimmer gezogen, doch ich hatte mir eingeredet, dass ihm nur der Stress durch den Aufbau seines eigenen IT-Unternehmens schlaflose Nächte bescherte. Doch irgendwann hatte er beschlossen, aus der vorläufigen Maßnahme eine Dauerlösung zu machen, ohne darüber mit mir zu sprechen.

Ich schlich mich an ihn heran, als er gerade den Anzug auszog. Bevor er protestieren konnte, glitt ich mit der einen Hand über die Vorderseite seiner Hose und legte die andere um seine Taille.

»Was machst du da?«, hatte er gefragt und dabei irgendwie irritiert geklungen.

»Ich denke, du weißt genau, was ich mache«, antwortete ich und fuhr mit der Hand in seine Boxershorts.

»Das war eine rhetorische Frage«, gab er zurück. Ich spürte seine Erregung, auch wenn er versuchte, ihr zu widerstehen. Er wand sich, bis ich meine Hand zurückzog. Doch ich war noch nicht bereit, aufzugeben. Also öffnete ich nach und nach die Knöpfe meiner Bluse. Früher hatte er es sexy gefunden, wenn ich mich bereits auszog, während er noch vollständig bekleidet war. Und ich wollte ihn unbedingt erregen.

»Laura, hör auf damit. Ich habe dir doch gesagt, dass ich keine Zeit habe.«

»Du hast nie Zeit«, seufzte ich. »Zumindest nicht für mich.« Ein Teil von mir hasste mich dafür, weil ich mich noch immer nach einer körperlichen Beziehung mit jemandem sehnte, der nicht mit mir zusammen sein wollte. Doch ich vermisste seine Nähe.

»Vielleicht solltest du mehr Zeit mit deinen Kindern verbringen und mich in Ruhe lassen.«

»Was meinst du damit?«

Er gab keine Antwort.

»Glaubst du, ich verbringe zu viel Zeit bei der Telefonseelsorge? Ich könnte meine Stundenzahl verringern, wenn es das ist, was du willst.«

»Es ist mir egal, was du tust.«

»Das sollte es aber nicht sein. Wir können die Dinge, die zwischen uns passiert sind, nicht aus der Welt schaffen, wenn du es nicht einmal versuchst.«

»Manche Dinge lassen sich nicht aus der Welt schaffen.«

Mir wurde übel. »Ich verstehe nicht, warum du so bist. Wir sind seit fast sechzehn Jahren verheiratet. Alle Paare haben hin und wieder eine Krise …«

»Eine Krise? Ist es das, was du dir selbst eingeredet hast?« Er senkte die Stimme, damit die Kinder ihn nicht durch das offene Fenster hören konnten. Dann sah er mich mit einer Verachtung an, die ich noch nie in seinen Augen gesehen hatte.

»Ich weiß über dich Bescheid, Laura«, knurrte er. »Ich weiß, wer du bist und was du getan hast. Ich weiß alles.«

Ich starrte ihn an und glaubte, die Beine gäben jeden Moment unter mir nach. Er konnte nicht das meinen, woran ich dachte.

»Was … Was meinst du damit?«, stammelte ich.

»Du hast zwar versucht, deine alte Akte vom Sozialamt vor mir zu verstecken, aber ich habe sie gefunden und das verdammte Ding gelesen«, blaffte er mich an. »Du hast mich schon am Anfang unserer Beziehung belogen, und von da an bei jedem Schritt. Über das, was passiert ist, als du mit Nate in diese Pflegefamilie gekommen bist … einfach alles. Ich habe keine Ahnung, mit wem ich verheiratet bin.«

Ich trat einen Schritt zurück und spürte, wie mir die Galle hochkam. Ich versuchte, so zu tun, als hätten mich seine Worte nicht wie Glasscherben aufgeschlitzt.

»Jetzt weißt du nicht, was du sagen sollst, was?«, fuhr er fort.

Er hatte recht, ich wusste es nicht. Ich verfluchte mich selbst. Ich wusste, dass es ein Riesenfehler gewesen war, die Vergangenheit aufzudecken. Doch nachdem ich es schwarz auf weiß aufgeschrieben hatte, konnte ich es nicht mehr wegwerfen, wie schmerzhaft und ungenau es auch war. Stattdessen hatte ich die Akte versteckt, damit ich sie immer wieder lesen und mich selber quälen konnte. Leider war Tony auch über sie gestolpert. Das erklärte, warum er mir gegenüber so kühl geworden war, warum er mich manchmal mit Abscheu anschaute, wenn ich ihn liebevoll ansah.

Plötzlich holte mich ein Motorengeräusch vor dem Haus wieder in die Gegenwart zurück. Ich reckte den Hals und hoffte, Tonys Wagen zu sehen. Doch es war nur das übergewichtige Paar von nebenan. Tony wartete wahrscheinlich, bis ich ins Bett ging, bevor er mit den Mädchen nach Hause kam.

Die Uhr des Backofens klingelte. Ich zog die Topfhandschuhe über und nahm einen großen Kochtopf heraus. Ich öffnete den Deckel, um mich selbst daran zu erinnern, dass ich einen Hühnerschmortopf gekocht hatte. Ich gab etwas davon in eine Schüssel für mich. Den Rest würde ich den anderen überlassen, damit sie ihn sich aufwärmen konnten, sollten sie hungrig sein. Doch vermutlich würden sie ihn ignorieren. Der Gefrierschrank war vollgepackt mit Mahlzeiten in Plastikdosen, die ich für vier Personen zubereitet hatte, von denen aber nur eine etwas gegessen hatte.

Kapitel 14

Fünf Monate und zwei Wochen nach David

»Wenn Sie sich nicht vorstellen können, dass es Ihnen irgendwann wieder besser geht, was ist dann das beste Ergebnis, auf das Sie hoffen können?«, fragte ich Steven.

Wie alle meine Fragen stellte ich auch diese auf eine fürsorgliche, bedächtige Art und Weise. Dabei war es eine Fangfrage. Ich konzentrierte mich auf den Sekundenzeiger der Uhr an der Wand und maß die Zeit, die er für seine Antwort benötigte. Vierundzwanzig Sekunden vergingen, bevor er weitersprach.

»Dass ich eines Morgens einfach nicht mehr aufwache.«

»Sie wollen nicht mehr aufwachen«, wiederholte ich. »Ich verstehe.« Und das tat ich wirklich. Derselbe Gedanke war mir im Laufe der Jahre öfter durch den Kopf gegangen, als ich zugeben wollte. Doch ich besaß die Stärke, weiterzumachen.

»Sollten Sie mich jetzt nicht nach den Dingen fragen, für die es sich zu leben lohnt?«, fragte er.

»Wollen Sie, dass ich das tue? Würden Sie mir zuhören, wenn ich einige Gründe aufzählte?«

»Nein, wahrscheinlich nicht.«

»Dann werde ich Sie auch nicht bevormunden. Wenn Sie lange und intensiv darüber nachgedacht haben, Ihr Leben zu beenden, so wie Sie es getan haben, dann habe ich nicht das Recht, Ihnen zu sagen, dass Sie sich irren. Dafür ist die Telefonseelsorge nicht da. Ich werde nicht versuchen, Sie aus diesem Loch herauszuziehen. Ich bin in diesem Loch an Ihrer Seite. Haben Sie darüber nachgedacht, wie Sie es tun könnten? In unserem ersten Gespräch haben Sie mir erzählt, dass Sie Ihrem Leben ein Ende setzen wollten, indem Sie sich vor einen Zug werfen.«

»Inzwischen habe ich meine Meinung geändert.«

»Was wollen Sie nun tun?«

»Mich erhängen.«

Meine Augen leuchteten auf. Fast sechzig Prozent der lebensmüden Männer beenden ihr Leben durch Strangulation, doch ich war noch keinem von ihnen begegnet. Die Aussicht darauf fand ich sehr erregend. Bisher hatte ich es auf acht Überdosen mit illegalen oder verschreibungspflichtigen Medikamenten, drei Springern und vier Personen gebracht, die verblutet sind.

Ich brauchte einen Moment, um meine Fassung wiederzuerlangen. »Wo würden Sie es tun?«

»In meinem Schlafzimmer. Ich wohne in einem Haus mit Gewölbedecke und Holzbalken. Ich habe sie getestet und Klimmzüge daran gemacht, um sicherzugehen, dass sie mein Gewicht tragen können. Ehrlich gesagt, es ist der perfekte Ort.« Seine Stimme klang so aufgeregt wie die eines Kindes, das seine Eltern beeindrucken will.

Ich hatte mich gefreut, von Steven zu hören, nachdem er mich endlich wiedergefunden hatte, obwohl er länger brauchte, als ich erwartet hatte. Ihm schien es ernster denn je zu sein, als habe er sich zwischen seinen Anrufen die Zeit genommen, um wirklich darüber nachzudenken, wie er sich das Leben nehmen könnte.

Die Tür zum Büro ging auf und Zoe trat ein. Sie schenkte mir eines ihrer Zähne-mit-Lippenstift-Lächeln und einen erhobenen Daumen, bevor sie sich einige Tische weiter setzte und ihre Tasche auspackte. Ich hatte diesen Tornister noch nie zuvor gesehen. Hätte ich noch Zweifel daran gehabt, dass sie lesbisch war, wären sie nun endgültig ausgeräumt. Ich zog den Hörer näher an den Mund und wählte meine Worte mit Bedacht, damit Zoe sie nicht verstand.

»Warum würden Sie … diese Möglichkeit … anderen vorziehen?«

»Weil ich davon ausgehe, dass sie schnell und einfach ist und nicht viel schiefgehen kann.«

Ich schüttelte den Kopf. Genau aus diesem Grund brauchten Menschen wie Steven mich. Er war so naiv. Seine Methode wäre nur »schnell und einfach«, wenn er akribisch recherchierte und vorging. Es gab so viele Dinge, die er nicht beachtet hatte. Würde er sich für das Erhängen mit Fall entscheiden, fiele er sofort in Ohnmacht und der Tod würde bald folgen. Dann wäre er tatsächlich »schnell und einfach«.

Doch die Chancen, dass die Balken in einem alten Haus dafür hoch genug waren, standen schlecht. Steven würde vermutlich kaum mehr als einen Meter tief fallen. Wenn er sich irrte, würde sein Tod sehr lange dauern. Es gab einiges, das ich ihm beibringen musste.

»Ich habe ein Seil gekauft und die Knoten mit YouTube-Videos geübt«, fuhr er fort.

»Ich denke nicht, dass es so einfach wird.«

»Warum nicht?«

Ich sah zu Zoe hinüber. Sie war gerade in ein Snapchat-Gespräch vertieft und schickte lächerliche Bilder von sich mit Hasenohren und Hundeschnauze an irgendeinen Idioten, der ebenfalls unbedingt jung wirken wollte.

»Bei dieser Methode können viele Komplikationen auftreten … falls Sie sich dazu entschließen sollten«, flüsterte ich.

»Aber wir können ein anderes Mal darüber sprechen, wenn Sie sich tatsächlich dafür entschieden haben.«

»Also werden Sie mir helfen?«

»Ich habe Ihnen schon einmal erklärt, dass es nicht meine Aufgabe ist, Ihnen irgendetwas auszureden oder Sie zu meiner Sichtweise zu überreden. Ich bin nur hier, um zuzuhören.«

»Was, wenn …« Seine Stimme erstarb.

Ich wartete darauf, dass er seinen Satz beendete. Doch er tat es nicht. »David?«, fragte ich. »Sind Sie noch dran?«

»David?«

»Entschuldigung, ich meinte Steven.« Ich kniff mir fest in den Arm. »Sie sagten gerade ›was, wenn‹?«

»Was, wenn Sie bei mir wären, wenn ich es tue?«

Mein Magen zog sich zusammen, wie immer, wenn mir jemand diese Frage stellte.

»Wenn Sie jemanden brauchen, der bei Ihnen ist, höre ich Ihnen gern zu und begleite Sie.«

»Ich meine nicht am Telefon.«

Seine Frage traf mich unvorbereitet und ich war mir nicht sicher, ob ich ihn richtig verstanden hatte. Er zögerte, bevor er weitersprach.

»Was, wenn ich Sie bitte, bei mir zu sein, Laura, hier in meinem Haus, wenn ich mich erhänge? Würden Sie kommen?«

Kapitel 15

Ich hatte den Wecker überhört und niemand hatte daran gedacht, mich zu wecken. Also war das Haus still und leer, als ich aufstand.

Ich ging an dem Gästezimmer vorbei, das Tony zu seinem Zimmer gemacht hatte, und fragte mich, ob ich jemals wieder seinen Atem im Nacken spüren würde, wenn er schlief. Mein Arm streifte die Treppenwand, welche einen schwarzen Fleck auf meinem weißen Morgenmantel hinterließ. Ich verfluchte die Wand und warf ihn in die Waschmaschine. Während ich auf das Ende des dreißigminütigen Waschprogramms wartete, saß ich im Schlafanzug an der Frühstückstheke und aß zwei Erdbeerjoghurts, die Effie so liebte, doch sie hatten das Haltbarkeitsdatum fast erreicht. Die Trommel der Waschmaschine wirbelte den Morgenmantel in alle Richtungen. Das erinnerte mich daran, wie es sich seit Stevens letztem Anruf in meinem Kopf anfühlte.

Seine Bitte, bei seinem Tod leibhaftig bei ihm zu sein, war alles, woran ich denken konnte. Wenn ich während der letzten sechsunddreißig Stunden versucht hatte, den einen Gedanken zu verarbeiten, stürzte schon der nächste auf mich ein. Und in jedem von ihnen spielte er eine wichtige Rolle.

Beim Sterben wollen die meisten nicht allein sein. Viele Menschen, denen ich geholfen hatte, hatten mir ihre Dankbarkeit gezeigt, indem sie mich baten, ihre letzten Momente am anderen Ende der Telefonleitung mitzuerleben. Nur wenige waren zu egoistisch gewesen, um über meine Bedürfnisse nachzudenken, und ich hatte nur aus der Zeitung von ihrem Tod erfahren. Doch niemand, nicht einmal David, hatte mich je gebeten, persönlich dabei zu sein, wenn er starb. Bis auf Steven.

Was, wenn ich Sie bitte, bei mir zu sein, Laura, hier in meinem Haus, wenn ich mich erhänge? Würden Sie kommen? Seine Frage hallte ständig in mir nach.

Als er sie mir gestellt hatte, hatte ich überrascht die Augen zusammengekniffen und den Kopf geschüttelt. Sein Angebot hatte mich völlig verblüfft. Doch ich hatte versucht, weiterhin ruhig und professionell zu wirken.

»Ich glaube nicht, dass das angemessen wäre«, hatte ich schließlich geantwortet.

»Entschuldigung, ich habe nur … Angst, etwas falsch zu machen.« Er schien von mir enttäuscht zu sein.

»Ich verstehe das und ich würde an Ihrer Stelle wohl dasselbe empfinden. Aber ich kann so lange am Telefon bei Ihnen bleiben, wie Sie möchten.«

»Ich brauche Sie hier, damit Sie mir sagen, wenn ich etwas durcheinanderbringe. Und damit Sie mir versichern, dass alles gut werden wird. Und dass Sie da sind … Sie wissen schon … am Ende.«

»Haben Sie Zweifel?«

»Nein, habe ich nicht. Aber es ist nur so, dass Sie mich, na ja, *verstehen.* Sie sind nicht wie diese Therapeuten, die mir erklären wollen, dass es so vieles gibt, wofür es sich zu leben lohnt, oder die mir einen Medikamentencocktail verabreichen wollen, damit ich nicht mehr klar denken kann. Sie kümmern sich wirklich.«

»Ja, das tue ich.« Dass er das in mir sah, schmeichelte mir.

»Würden Sie wenigstens darüber nachdenken?«

»Ich kann nicht, Steven. Es tut mir leid, aber Sie bitten mich, etwas zu tun, das illegal und unmoralisch ist. Das könnte mich in große Schwierigkeiten bringen.«

Eine unangenehme Stille entstand und wir wussten beide nicht, was wir als Nächstes sagen sollten.

»Sie haben recht. Es tut mir leid. Ich hätte das nicht fragen sollen«, antwortete er schließlich. »Ich werde es nicht noch einmal tun.«

»Ist schon okay.«

»Ich sollte jetzt gehen«, meinte er und legte auf.

Ich saß noch erstarrt da, den Hörer ans Ohr geklemmt, als das Tuten in der Leitung erklang. Die rationale Seite in mir sträubte sich gegen seine Einladung.

Ich war wütend auf ihn, weil er mich in eine derart schwierige Lage gebracht hatte. Doch gleichzeitig war ich auch aufgeregt – und das machte mir Angst.

»Ist alles in Ordnung, Laura?«, fragte Sanjay. »Du bist ja mit den Gedanken ganz woanders.«

Hau ab und lass mich in Ruhe, hätte ich ihm am liebsten gesagt. Ich musste ungestört sein, um Stevens Bitte zu überdenken.

»Ja, ich hatte gerade ein schwieriges Gespräch«, antwortete ich. »Vergewaltigung, weißt du.«

»Brauchst du eine Auszeit im Besprechungszimmer, um darüber zu reden?«

»Nein, ich bin okay. Aber trotzdem danke.«

Ich schenkte ihm ein halbherziges Lächeln und eilte von meiner Kabine in Richtung Toilette. Ich spritzte mir kaltes Wasser ins Gesicht und tupfte es dann mit einem Papiertuch wieder trocken. Ich starrte in mein Spiegelbild, während ich wieder Lippenstift und Make-up auftrug.

Natürlich kannst du das nicht tun! Wie kommt er nur darauf, dass du es könntest? Du bist eine Mutter, um Gottes willen. Er hat nichts zu verlieren, aber deine Kinder und dein Mann brauchen dich. Du hast keine Ahnung, wer er wirklich ist, wenn er nicht am Telefon ist. Er könnte ein Wahnsinniger sein. Du wärst niemals so dumm, Ja zu sagen.

Plötzlich piepte die Waschmaschine, um mir mitzuteilen, dass der Schleudergang beendet war. Ich legte meinen feuchten Bademantel in den Wäschetrockner und schob eine Zimtwaffel in den Toaster.

Mich zu weigern war die richtige Entscheidung gewesen. Während Stevens Tod anwesend zu sein, war eine lächerliche und gefährliche Idee.

Kapitel 16

»Es tut mir leid, aber ich kann keine Aufzeichnungen darüber finden, dass er hier war«, meinte der Pfleger, während er Nates Krankenakte im Computer durchsah. »Sind Sie ganz sicher, dass Sie im richtigen Krankenhaus sind?«

»Natürlich bin ich mir sicher! Sehe ich aus, als wäre ich blöd? Ich war vor zwei Wochen hier, als er auf der Intensivstation lag. Schauen Sie noch mal nach.«

Er überprüfte es erneut. Doch als er statt einer Antwort nur entschuldigend mit den Achseln zuckte, hätte ich mich am liebsten über den Schreibtisch hinweg auf ihn gestürzt.

Als ich kurz zuvor auf die Station gekommen war, auf der man Nate behandelt hatte, hatte ich erfahren, dass er nicht mehr dort war. Natürlich hatte ich das Schlimmste befürchtet und war zur Rezeption gelaufen. Meine Erleichterung, dass mein Freund nicht tot war, wich der Frustration, dass er sich offensichtlich selbst entlassen hatte.

Meine Nase lief und scharfe Tränen der Wut rannen meine Wangen hinunter, während ich zu meinem Auto rannte. Ich ließ mich auf den Fahrersitz fallen und glitt von der Gegenwart zurück in die Vergangenheit, als mich die Erinnerung an das letzte Wochenende in der Obhut unserer Pflegemutter überkam.

Ich erinnerte mich daran, dass das flüssige Betäubungsmittel, das Sylvia Nate beim Frühstück zu trinken gegeben hatte, viel stärker gewesen war als sonst.

»Dadurch bleibst du länger entspannt«, hatte sie ihm erklärt, als sie ihm die braune Glasflasche reichte und ihn aufforderte, ihren Inhalt in einem Zug zu trinken. Nate gehorchte und verzog bei dem bitteren Geschmack das Gesicht. Das einzige Mal, bei dem er etwas Ähnliches wieder ausgespuckt hatte, ohne dass sie es bemerkt hätte, hatte er am Ende stärkere körperliche Schmerzen verspürt, als er sich jemals vorgestellt hatte. Sylvia wolle nur sein Bestes, erklärte er mir, um mich zu beruhigen. Keiner von uns hat es geglaubt. Innerhalb weniger Augenblicke zeigte die Flüssigkeit die gewünschte Wirkung und seine Glieder hingen schlaff herab, als wäre er völlig kraftlos. Nate erkannte den Besucher am Samstagmorgen kaum, der nur kurz vorbeikam, um ihn mitzunehmen.

Stunden später kam er wieder zurück und bewegte sich ruhelos im Schlaf hin und her. Ich blieb bei ihm in seinem Schlafzimmer, weil das erste Gesicht, das er beim Aufwachen sah, jemandem gehören sollte, der ihn liebte.

Während ich geduldig wartete, spielte ich mit seinen Spielzeugautos und baute Traumhäuser mit großen Fenstern und Gärten aus den Bausteinen, die ihm der Besucher von Mittwochnacht geschenkt hatte, bevor er stundenlang mit Nate verschwunden war. Ich verabscheute Puppen, Plastikpferde und all das Spielzeug, das Mädchen bevorzugen sollten. Ich hasste auch die Klamotten, in die Sylvia mich steckte. Ich verstand nicht, warum sie an diesem Wochenende darauf bestand, dass ich einen hübschen Rock mit weißen Gänseblümchen am Saum und ein zu enges T-Shirt trug, das mir in die Achselhöhlen schnitt und die leichten Kurven meiner Brust zu stark betonte.

Am frühen Abend wachte Nate auf und wir machten das Beste aus dem leeren Wohnzimmer. Gedankenverloren zog ich

Schaumstoffstücke aus den Armlehnen des Sofas, während wir versuchten zu erraten, was in dem Bereich des Fernsehers gezeigt wurde, der zersprungen war. Wir sahen gern Reiseberichte und stellten uns dabei vor, wir wären irgendwo auf der Welt, nur nicht in dieser Wohnung. Als Sylvia schließlich in der Tür erschien, war sie nicht allein. Sofort verfinsterte sich die Stimmung im Raum.

»Seid nicht unhöflich und sagt Hallo zu meinen Freunden«, setzte Sylvia in einem Alles-ist-gut-Ton an. Sie spürte unsere Beklommenheit, war aber darauf angewiesen, dass wir uns benahmen. Sie schaute uns an, doch weder Nate noch ich antworteten. Die drei Männer hinter ihr schienen uns mit ihren Blicken zu durchbohren.

Die Fremden starrten uns an und lächelten, doch das Lächeln erreichte ihre Augen nicht. Niemand in meiner unmittelbaren Umgebung, mit Ausnahme von Nate, lächelte jemals mit den Augen. Und mit der Zeit bemerkte ich, wie das Leuchten in seinen Augen immer schwächer wurde. Das machte mich traurig. Ich hatte ihn zu meinem Anker gemacht, doch andere Kräfte zerrten ihn am Meeresboden entlang, immer weiter fort von mir. Ich spürte, wie er an mir zog.

Ich starrte die unwillkommenen Gäste an. Zwei waren dunkelhäutig, mit grau melierten Bärten und ausgebeulter Kleidung. Der Dritte war ein Weißer, schlank, mit sauber geschnittenem dunklem Haar, das nach hinten gekämmt war. Seine Haut war makellos. Und so glänzende Schuhe hatte ich noch nie gesehen.

»Nate, meine Freunde möchten wissen, ob du Lust hast, mit ihnen in ihrem Auto irgendwohin zu fahren«, fuhr Sylvia fort. »Du magst deine Autos, oder? Du spielst doch immer mit ihnen.«

Nate starrte sie argwöhnisch an. Er wusste, was sie in Wirklichkeit mit ihm vorhatten.

»Und Laura, mein anderer Freund würde gern mit dir einkaufen gehen«, meinte sie. »Ich habe dir doch gesagt, was für ein hübsches Ding sie ist«, sagte sie zu dem eleganten Mann. »Steh auf und zeig ihm deinen Rock.«

»Aber die Geschäfte sind doch längst geschlossen«, gab ich kleinlaut zurück und blieb sitzen. Ich schaute zu Nate, der sich mühsam hochrappelte, obwohl er offensichtlich noch Schmerzen hatte.

»Nein, lass sie in Ruhe, nimm nur mich«, sagte er. Sylvia starrte ihn finster an. »Was hast du gesagt?«

»Ich werde gehen, aber lass Laura in Ruhe.«

»Für wen hältst du dich, dass du mir sagen willst, was das Beste für sie ist?«, schrie Sylvia ihn an. »Ich gebe euch Essen, Klamotten und ein Dach über dem Kopf. Und sie ist jetzt alt genug, um es mir auf ihre Art zurückzuzahlen.«

»Nein!«, schrie Nate.

Ich hatte meinen Freund noch nie so wütend erlebt. Tränen traten mir in die Augen. Ich wollte nicht mit dem Fremden gehen. Ich wollte bei Nate bleiben. Er würde mich beschützen, so wie er es versprochen hatte, bis wir alt genug waren, um zusammen wegzulaufen.

Plötzlich schoss Sylvia schneller durch das Zimmer, als ich es je erlebt hatte, und griff nach meinem Arm. Nate stellte sich ihr in den Weg, was sie noch wütender machte. Sie verpasste ihm eine derart feste Ohrfeige, dass er rückwärts auf das Sofa fiel.

Die drei Männer schauten schweigend zu, wie Nate wieder auf die Füße kam und sich zwischen Sylvia und mich stellte. Sie reckte den Hals in Richtung der Männer. »Wenn ihr ihn haben wollt, dann helft mir«, blaffte sie. Aber bevor sie ihr zu Hilfe kommen konnten, holte Nate aus und versetzte ihr den härtesten Schlag, den seine dünnen Arme zustande brachten. Seine Faust prallte gegen Sylvias Schläfe. Sie verlor das Gleichgewicht, fiel zur Seite und schlug mit dem Kopf auf dem Kaminsims auf. Sie ging zu Boden, und bevor sie sich wieder rühren konnte, hob Nate einen Keramikaschenbecher über den Kopf und schmetterte ihn ihr auf die Stirn.

Die Männer rannten aus der Wohnung und verschwanden in der Dämmerung. Nate und ich verharrten regungslos und starrten auf Sylvia hinab. Asche und Zigarettenkippen übersäten ihre Wangen und ihren Hals. Ihr letzter Atemzug ging schnell und mühelos. Und ich empfand weder Mitleid noch Reue, daran beteiligt gewesen zu sein.

Als uns klar wurde, dass sie sich nicht mehr rühren würde, liefen wir in unsere Zimmer, warfen die wenigen sauberen Kleider zusammen mit unseren Zahnbürsten, einem Stück Seife und einem Handtuch in eine Mülltüte und rannten davon. Selbst als wir uns in dieser ersten Nacht in dem kalten, dunklen Wald des Klosters von Delapré aneinanderkauerten, fühlten wir uns sicherer als je zuvor bei Sylvia. Doch schon am nächsten Tag wurden wir von zwei Polizistinnen angesprochen.

Als man uns auf der Polizeiwache befragte, sagten wir die Wahrheit darüber, wie wir unsere Pflegemutter verletzt hatten, und erzählten, wie sie uns behandelt hatte. Doch niemand glaubte uns. Ich wurde als ein leicht beeinflussbares Kind entlassen, das unter den Bann eines älteren Jungen geraten war. Und egal wie vehement ich versuchte, sie davon zu überzeugen, dass Nate mich beschützen wollte, bekam er die volle Macht des Gesetzes zu spüren.

Auf Anraten eines Anwalts, der sich nicht um seinen jungen, seelisch verletzten Schützling scherte, bekannte Nate sich des Totschlags an Sylvia schuldig und wurde in eine Jugendstrafanstalt verlegt. Als er älter wurde, überstellte man ihn in ein Gefängnis für Erwachsene, und als er mit Mitte zwanzig freigelassen wurde, war er innerlich bereits am Zerfallen. Mich hatte man in der Zwischenzeit in anderen Pflegefamilien untergebracht, bis ich schließlich in Tony einen neuen Anker fand. Nate fand seinen im Alkohol.

Ich fuhr vom Krankenhausparkplatz zu den Orten, an denen ich Nate früher gefunden hatte: zu den Bushaltestellen, den Recyclingtonnen für Lebensmittel hinter den Supermärkten, einer Kontaktstelle für Süchtige, den Parkbänken und einer Reihe heruntergekommener Häuser, die auf ihren Abriss warteten. Alles, was ich brauchte, war, einen kurzen Blick auf ihn zu werfen, um mich davon zu überzeugen, dass es ihm gut ging. Doch er hielt sich gut versteckt.

Kapitel 17

Mary hielt einen Becher Kamillentee in den faltigen Händen und schloss die feuchten Augen.

Ihr unaufhörliches Schniefen, während sie versuchte, ein weiteres Schluchzen zu unterdrücken, ging mir auf die Nerven. Am liebsten hätte ich ihr ins Gesicht geschlagen und ihr gesagt, sie solle sich zusammenreißen. Stattdessen biss ich die Zähne zusammen, legte meine Hand auf ihre und hoffte, dass Altersflecken nicht ansteckend waren.

Wir saßen nebeneinander auf dem Sofa im Besprechungszimmer der Telefonseelsorge. Dieser Raum im Erdgeschoss wurde nur selten genutzt und war für Besucher gedacht, die nicht anonym am Telefon, sondern persönlich mit einem Ehrenamtlichen sprechen wollten. Und er war genauso erbärmlich wie das Leben der Leute, die hierherkamen, um ihre Untergangsstimmung zu verbreiten. An den Wänden hingen verblasste Aquarellkopien über einem weißen Plastikregal mit abgewetzten Ratgebern. Eine Tür mit Vorhängeschloss verband unser Gebäude mit den baufälligen Büros nebenan.

Das unauffällige grüne Licht an der Überwachungskamera über uns blieb unverändert und signalisierte, dass unsere Unterhaltung nicht aufgezeichnet wurde. Wäre Mary ein Klient und nicht der ungefährlichste Trottel, den es gab, würde ein

Kollege im Obergeschoss unser Gespräch überwachen und aufzeichnen.

»Er war fest entschlossen, sein Leben zu beenden«, wimmerte Mary. »Ich habe jede offene Frage gestellt, die mir einfiel, um etwas oder jemanden zu finden, der es lebenswert gemacht hätte. Aber er war unerbittlich.«

»Deine Aufgabe ist es nicht, dass sich jemand besser fühlt oder seine Lebenseinstellung ändert. Das weißt du doch«, antwortete ich. »Das Letzte, was sie hören wollen, ist deine Missbilligung. Sie haben meistens selbst Angst davor zu sterben und wünschen sich, dass sich ihre letzten Momente so normal wie möglich anfühlen.«

»Ich konnte hören, wie er sich in seinem Schlafzimmer vorbereitete, und er hörte sich so ... normal an ... Doch dann mit anzuhören, wie jemand eine Überdosis nimmt und langsam stirbt ... Daran werde ich mich niemals gewöhnen.«

»Wir haben das alle schon einmal erlebt und fühlen mit dir«, meinte ich. Das war natürlich eine glatte Lüge. Ich empfand kein Mitleid. Wenn überhaupt, war ich wütend, dass sie und nicht ich diesen Anruf erhalten hatte. Der Tod war in den Schoß einer undankbaren alten Frau gefallen, die es nicht verdient hatte.

Das Ausmaß der Bestürzung, die ein Ehrenamtlicher nach einem besonders erschütternden Anruf empfindet, wird von eins bis fünf eingestuft. Und als Janine erkannt hatte, in welchen emotionalen Zustand Mary sich hineingesteigert hatte, bewertete sie ihn mit einer Vier. Die Regeln rieten dringend, dass Mary ihre Schicht nicht beendete, sondern sich mit einem Kollegen austauschte. Da ich die Einzige war, die gerade keinen Anrufer hatte, fiel mir diese Aufgabe zu, ich Glückspilz.

»Es tut mir leid, das zu sagen, aber am Ende habe ich darüber nachgedacht, den Hörer aufzulegen«, gab Mary zu. Erneut hätte ich ihr am liebsten eine Ohrfeige verpasst, diesmal aber so heftig, dass ihre Zahnprothesen durch den Raum flogen. Seinen letzten Atemzug nicht zu hören, wäre so gewesen, als hätte man stundenlang auf ein Konzert gewartet, um dann kurz vor dem Moment zu gehen, in dem der Sänger die Bühne betrat. »Er machte plötzlich diese schrecklichen kehligen Kratzgeräusche. Ich glaube, er hat sich übergeben. Vielleicht ist er daran erstickt. Was für ein furchtbarer Tod.«

Das wäre selbst für eine Veteranin wie mich eine neue Methode gewesen. Nun war ich im Stillen dankbar, dass Janine mich gebeten hatte, mit Mary zu sprechen. So konnte ich sie den Schmerz dieses Anrufs immer wieder durchleben lassen.

* * *

»Es tut mir so leid, wirklich.«

Als Steven im Laufe der Woche anrief, um sich bei mir zu entschuldigen, zweifelte ich nicht daran, dass er es aufrichtig meinte.

»Ist schon in Ordnung«, antwortete ich.

»Nein, ist es nicht. Ich hätte Sie nicht in diese Lage bringen dürfen. Ich weiß nicht, was ich mir dabei gedacht habe. Ich habe mich in den letzten Tagen total mies gefühlt und wollte Ihnen unbedingt sagen, dass ich inzwischen weiß, dass ich falschlag.«

»Ehrlich, Steven, ich bin nicht hier, um Sie zu verurteilen. Ich bin hier, um allem zuzuhören, was Sie mir sagen möchten.«

»Wer hört denn Ihnen zu, wenn Sie reden müssen?«

Ich hielt kurz inne. Früher war es Nate gewesen, dann Tony, und zuletzt David. Jetzt schenkte mir nur noch Henry sein Ohr. »Ich habe Freunde und Kollegen«, antwortete ich schließlich.

»Haben Sie Familie?«

Wir durften persönliche Fragen nicht beantworten, falls unsere Antworten zu selbstzufrieden klingen könnten, aber auch nicht lügen. Stattdessen sollten wir das Ganze herunterspielen. »Ja, habe ich«, sagte ich.

»Ich versuche, mir vorzustellen, wie Sie im wirklichen Leben aussehen.«

»Warum?«

»Na ja, ich habe so ein Bild von Ihnen vor Augen. Ich stelle mir vor, dass Sie so etwas wie eine ältere Jennifer Lawrence sind. Nichts für ungut!«

»Kein Problem«, kicherte ich und spürte, wie ich rot wurde. »Selbst der Teil mit dem ›älter‹ ist sehr schmeichelhaft. Aber ich spiele leider nicht in ihrer Liga.«

»Haben Sie Kinder?«

»Ja. Und Sie?«

»Nein.«

»Haben Sie je darüber nachgedacht, Vater zu werden?«

»Ich hatte keinen Vater. Also wusste ich auch nicht, wie ich einer sein sollte. Ich habe es einfach verbockt!«

»Die Natur und der Instinkt finden immer Wege, uns zur Elternschaft zu führen.« Das hatte ich einmal in einer Zeitschrift gelesen, die auf dem Tisch im Wartezimmer eines Therapeuten lag. Obwohl ich das nicht glaubte, schrieb ich es mir aber auf die Rückseite meines Notizbuchs, für den Fall, dass es einmal nützlich sein könnte.

»Ich glaube, es gab da mal eine Frau, mit der ich mir eine Familie hätte vorstellen können«, sagte Steven.

»Wollen Sie mir von ihr erzählen?«

»Sie war ein guter Mensch und ich dachte wirklich, dass sie mich liebt. Doch dann verschwand sie plötzlich aus meinem Leben.«

»Es tut mir leid, das zu hören.«

In Wirklichkeit freute es mich natürlich. Denn je offener und verwundbarer Steven sich mir gegenüber zeigte, desto mehr glaubte ich, dass er aufrichtig war. Ich hatte ihn auf die Probe gestellt und gebeten, mir noch einmal bestimmte Dinge zu erzählen, von denen er bereits berichtet hatte, und dabei aufmerksam auf Widersprüche geachtet. Aber sie klangen jedes Mal fast Wort für Wort gleich.

Das bewies natürlich nicht unbedingt, dass er aufrichtig war. Wenn ich das Bild einer Person aufrechterhalten konnte, die ich überhaupt nicht war, konnte jeder andere das auch. Und leider wusste ich nicht genug über ihn, um ihn zu überprüfen. Konnte ich ihm so vertrauen, wie ich David vertraut hatte?

Mit jedem Gespräch erinnerte Steven mich mehr und mehr an den Freund, den ich verloren hatte. Doch dieses Mal würde ich mir nicht gestatten, derart emotional involviert zu werden. Bei David hatte ich den Fehler gemacht, ihm zu erlauben, mir nahezukommen. Ich hatte gehofft, unsere Beziehung wäre beendet, sobald er über die Klippen gesprungen war und die Flut ihn mit sich gerissen hatte, und dass ich dann weitermachen konnte. Doch selbst jetzt hörte ich seine Stimme im Wind, wenn sich die Äste in ihm wogen. Sie war in der Musik, die ich laufen ließ, um die Stille zu überspielen, und jetzt drang sie in Stevens Stimme durch die Telefonleitung. Vielleicht war Steven dazu bestimmt gewesen, mich zu finden und mir sein Angebot zu machen. Vielleicht konnte ich mich von David befreien, indem ich dabei war, wenn er sich erhängte.

Ich schaute durch das Büro zu Mary hinüber. Ihre Augen waren immer noch geschwollen, als sie in ihren abgetragenen Mantel schlüpfte und nach ihrer Tasche griff, um in ein leeres Nest zu einem Ehemann zurückzukehren, der sie seit Jahren nicht mehr wirklich sah.

Für den Bruchteil einer Sekunde konnte ich mich selbst sehen, wie ich wie sie wurde, umgeben von Menschen und dabei so verzweifelt allein, zu festgefahren in den Gewohnheiten, um ein Risiko einzugehen. Das erschreckte mich zu Tode.

Sie konnte es nicht ertragen, einer Person beim Sterben zuzuhören, doch ich war dazu in der Lage. Ich wusste, dass ich damit umgehen konnte, es nicht nur zu hören, sondern auch zu sehen. Also traf ich eine Entscheidung und hoffte, dass ich sie nicht bereuen würde.

»Ich mache es.«

»Wie bitte?«, fragte Steven.

Leise flüsterte ich in den Hörer: »Wenn es Ihnen ernst damit ist, Ihrem Leben ein Ende zu setzen, werde ich persönlich bei Ihnen sein, wenn Sie es tun.«

Kapitel 18

Sechs Monate nach David

»Warum erzählen Sie mir nicht, was Sie dorthin gebracht hat, wo Sie heute sind?«, fragte ich Steven am Telefon.

Vorsichtig nippte ich an meinem dampfenden Becher Pfefferminztee und ließ mich tiefer in den Stuhl sinken, während ich mir in dem Buch Notizen machte, das ich stets in meiner Tasche versteckt hielt. Ich hörte schweigend zu, als Steven die Lücken in seiner Geschichte füllte.

Er war weder ein Opfer körperlicher oder sexueller Gewalt noch süchtig oder verschuldet – was die häufigsten Gründe für Selbstmordgedanken waren. Er litt an Depressionen, so wie ein Viertel der britischen Bevölkerung es irgendwann einmal im Leben tut. Es hatte in seiner Teenagerzeit mit vorübergehenden depressiven Episoden begonnen. Diese Phasen wurden aber mit der Zeit immer länger, bis sie schließlich sein ganzes Leben beeinflussten. Sie beeinträchtigten sein Studium, ruinierten seine Prüfungen und führten zu einer Reihe unbefriedigender Jobs. Als er mich gefunden hatte, kämpfte er schon seit zwei Jahren mit einer psychotischen Depression, die zu Halluzinationen und Paranoia geführt hatte.

Man musste Steven aber zugutehalten, dass er nie aufgegeben und sein Schicksal akzeptiert hatte. Er hatte mit Therapien und einer Unmenge an Medikamenten gegen das eigene Gehirn gekämpft. Manche Mittel hatten ihm zwar vorübergehend Erleichterung verschafft, die Umwelt aber zu einer verschwommenen, falschen Realität werden lassen. Und keiner der Fachleute, die er aufgesucht hatte, konnten ihm sagen, wie die nächsten achtundzwanzig Jahre seines Lebens besser werden könnten als die ersten. Er beanspruchte einen Platz in dieser Welt, ohne eine Gegenleistung anzubieten.

»Was haben Sie von unserer Vereinbarung?«, fragte Steven plötzlich. »Sie nehmen all diese Schwierigkeiten auf sich, um mir zu helfen, und als Gegenleistung verlangen Sie nur, dass ich Ihnen von mir erzähle. Kann ich denn sonst nichts für Sie tun?«

Seine Aufmerksamkeit rührte mich. Niemand, nicht einmal David, hatte mich das je gefragt.

»Nein, da gibt es nichts«, antwortete ich. »Ihr Vertrauen ist alles, was ich brauche.«

»Darf ich fragen, ob Sie das schon einmal für jemanden getan haben?«, wollte er wissen.

»Ja, es gab andere.«

»Erzählen Sie mir mehr über sie?«

»Würden Sie wollen, dass der Nächste, den ich auswähle, mehr über Sie erfährt?«

»Nein, nicht wirklich.«

»Dann müssen Sie auch deren Privatsphäre respektieren.« Ich zögerte, bevor ich fortfuhr. »Ich helfe verschiedenen Menschen auf unterschiedliche Weise. Dieses Leben ist zu schwierig, um es allein zu bewältigen. Manche bleiben auf der Strecke und brauchen Hilfe, um wieder auf den richtigen Weg zurückzufinden. Andere dagegen wollen ganz davon abkommen. Und dann komme ich ins Spiel.«

»Sie haben mich einmal David genannt. War er so jemand wie ich?«

Meine Haut brannte, als hätte ich eine Brennnessel gestreift. »Ja, ich habe David geholfen und Sie erinnern mich manchmal an ihn. Vielleicht habe ich deshalb aus Versehen seinen Namen gesagt.«

Ich schaute kurz zu unserem Team hinüber. Zwei Ehrenamtliche tratschten in der Küche neben einem kochenden Wasserkessel, einer telefonierte und Janine starrte in ihrem Büro auf ihren Computer. Im Glas eines Fotorahmens hinter ihr spiegelte sich das Bild eines sich drehenden Rouletterads auf dem Bildschirm. Ihre Miene verriet mir, dass es sich nicht zu ihren Gunsten drehte.

»Lassen Sie uns noch einmal über das von vorhin reden«, meinte ich und erklärte ihm, wo genau die Schlinge am Hals sitzen musste. »Wenn Sie es nicht richtig machen, wird Ihr Instinkt nicht zulassen, dass Sie dort einfach hängen bleiben, bis Sie ohnmächtig werden. Er wird Sie vielmehr dazu bringen, sich an das Seil zu klammern und gegen das Ersticken zu wehren. Sie werden große Schmerzen haben und es wird fünf Minuten dauern, bis Sie das Bewusstsein verlieren, und dann noch einmal zwanzig, bis Sie sterben.«

Zufrieden hörte ich, wie er sich Notizen machte. Im Geiste erstellte ich eine eigene To-do-Liste und erinnerte mich daran, das Haus nach seinem Tod zu durchsuchen, um sicherzustellen, dass er keine Beweise hinterlassen hatte, die uns miteinander in Verbindung brachten. Keine einzelnen Notizen, die zusammengeknüllt in einem Mülleimer lagen, und kein Block, auf dem mein Name geschrieben stand. Außerdem brauchte ich das vertragsfreie Prepaidhandy, das er auf meine Bitte hin gekauft hatte, damit er mich anrufen konnte, nachdem ich ihm meine Hilfe zugesagt hatte. Und ich brauchte auch keine Polizei, die in seinem eigentlichen Telefon herumschnüffelte und dort wie bei Chantelle die Nummer der Telefonseelsorge fand.

»Darf ich Sie um etwas bitten, bevor … es passiert?«, fragte er.

»Natürlich.«

»Ich schäme mich fast, es zu sagen, aber könnten Sie … mich … umarmen? Wir müssen nicht reden oder so und es hat auch nichts mit Sex zu tun. Es ist nur so, dass ich gar nicht mehr weiß, wann mich das letzte Mal jemand in den Arm genommen hat.«

Ich öffnete schon den Mund, zögerte dann aber. »Ja«, antwortete ich schließlich und versuchte, jegliche Anzeichen von Emotionen unter Kontrolle zu bekommen. Doch ich wusste genau, wie er sich fühlte.

Kapitel 19

Sieben Monate nach David

Plötzlich fuhr ich aus einem Traum hoch. Ich war zwar verwirrt, wusste aber, dass ich gerade »Nein!« gerufen hatte.

Ich saß kerzengerade in meinem abgedunkelten Schlafzimmer und wandte mich Trost suchend nach Tony um, bevor mir wieder einfiel, dass er nicht mehr in unserem Bett schlief. Also benutzte ich einige Atemtechniken aus meinen Yogakursen und dachte so lange an Henrys wunderschönes Lächeln, bis ich mich wieder beruhigt hatte.

Seitdem ich zugestimmt hatte, bei Stevens Tod dabei zu sein, schlief ich kaum mehr als einige Stunden, ohne aufzuwachen und an ihn zu denken. Also versuchte ich, schon am frühen Abend müde zu werden, und ging in den Zumbakurs oder zum Hanteltraining. Doch leider trieb der Sport nur die Endorphine in meinem Körper in die Höhe, die mich dann bis in die frühen Morgenstunden hellwach hielten.

Ich dachte über die fünf Regeln nach, die ich für meine Kandidaten aufgestellt hatte, und welche Änderungen ich eigens für Steven vorgenommen hatte. Schließlich sollte ich zum ersten Mal einen Menschen bei seinem Selbstmord begleiten. Obwohl ich ihm so weit vertraute, wie ich jemandem in dieser Situation vertrauen konnte, musste ich mich selbst schützen und rechtzeitig wissen, wohin ich kommen sollte und was mich dort erwartete. Ich bestand darauf, dass er auf jeden Fall allein sein musste und sich alles im Haus genau dort befand, wo er gesagt hatte. Schon bei dem kleinsten Verdacht, dass irgendetwas nicht in Ordnung sei, würde ich wieder gehen.

Der Wecker zeigte 4.27 Uhr. Die Ängste ließen sich nicht abschütteln und ich brauchte den Trost meines Ehemanns. Also schlich ich leise am Treppenabsatz entlang, vorbei an den angelehnten Schlafzimmertüren der Mädchen, in denen es zu dunkel war, um drinnen etwas zu erkennen. Die Vorhänge in Tonys Zimmer standen dagegen offen und das orangefarbene Licht einer Straßenlaterne warf einen orangeroten Schatten auf die Tapete. Als ich leise zwischen die Bettlaken glitt, bemerkte ich, dass sein Bett noch genauso war, wie ich es an diesem Morgen zurückgelassen hatte, unbenutzt und mit vier Zierkissen, die senkrecht auf den Kopfkissen standen. Er war nicht nach Hause gekommen.

Ich faltete die Hände vor dem Mund, als würde ich beten. Wo war Tony? Und, was noch wichtiger war, mit wem war er zusammen?

Ich ging in die Küche, schenkte mir ein Glas Wasser ein und versuchte, das unbehagliche Gefühl zu unterdrücken. Ich zog das Ladekabel von meinem Handy ab und sah nach, ob er mir eine SMS geschrieben oder eine Nachricht hinterlassen hatte, nachdem ich ins Bett gegangen war. Doch da war nichts.

Ich griff nach meinem Tablet und besuchte die Selbstmordforen, da es mich meistens entspannte, vom Leid anderer Leute zu lesen und deren Fragen zu beantworten. Doch nicht heute Morgen.

Schließlich gab ich mich geschlagen, ging nach oben und zog mich um. Dann verließ ich das Haus.

* * *

Der Wind traf mich im Gesicht wie eine harte Ohrfeige, bevor er mir um den Kopf wirbelte und meinen Pferdeschwanz in alle Richtungen blies. Seitdem ich das letzte Mal hier gewesen war, wusste ich, wie kalt es selbst im August hier oben sein konnte. Also hatte ich ein Paar gemusterter Handschuhe und einen dazu passenden Schal mitgenommen. Ich stand hinter dem Schutzgeländer, sechzig Meter über dem Parkplatz unter mir.

Seit ich denken konnte, war das Hartley Hotel ein Schandfleck in der Innenstadt von Northampton gewesen – ein bizarres Gebäude mit fünfundzwanzig Stockwerken, das man nur übersehen konnte, wenn man mit geschlossenen Augen durch die Gegend lief. Ich war unbemerkt durch die mit Mahagoni getäfelte Lobby zu den monströsen Aufzügen geschlichen und in die oberste Etage gefahren. Über ein muffiges Treppenhaus, das nur von einem grünen Notausgangsschild beleuchtet wurde, hatte ich schließlich das Dach erreicht.

Eleanor, meine fünfte Kandidatin, hatte mir von diesem Ort erzählt. Sie hatte ihre Füße genau an der Stelle vom Asphalt gehoben, auf der ich gerade stand, war über das Geländer geklettert und hinuntergestürzt. Seitdem kam ich manchmal hierher, um herauszufinden, ob diese Welt mich noch brauchte. Ich lehnte mich gegen das rostige Geländer. Sollten die Metallstäbe nachgeben und brechen, entschied das Schicksal darüber, ob meine Zeit gekommen war, nicht ich. Wenn ich bliebe, wo ich war, bedeutete das, es war immer noch Gottes Plan, dass ich die Welt von den rettungslos Unglücklichen befreite.

Besonders in der Zeit, nachdem man mir Henry weggenommen hatte, hatte ich mich oft sehr weit vorgelehnt und es der Schwerkraft leicht gemacht. Eleanor hatte mir erlaubt, ihren letzten Atemzug zu hören, bevor sie bei dem Aufprall starb. Das Einzige, was mich daran hinderte, das Gleiche zu tun, waren mein Anker und das Wissen, dass niemand meinen letzten Atemzug hören würde. Was wäre das für eine Verschwendung.

Seitdem ich ein kleines Mädchen war, hielt ich den letzten Atemzug eines Menschen für den schönsten Klang auf der Welt. Das Geräusch, das den Übergang von diesem Leben in das nächste markiert, ist einzigartig. Mit einem Kandidaten Zeit zu verbringen, seine Entscheidung zum Selbstmord zu unterstützen, um dann mit seinem letzten Atemzug belohnt zu werden, ist berauschend. Das ist etwas, das niemals wiederholt werden kann. Als ich dieses Geräusch das erste Mal hörte, entwich es den Lippen meiner Mutter.

Das Krebsgen, das ich von ihr geerbt hatte und das mich Jahre später fast umbringen sollte, hatte sie das Leben gekostet, als sie zweiunddreißig und ich elf Jahre alt gewesen war. Tagelang waren mein Vater und sie allein in ihrem Schlafzimmer geblieben und zweimal am Tag kam eine Krankenschwester der Macmillan-Krebsstiftung vorbei.

Dad wollte das Unvermeidliche so lange wie möglich von Sara und Karen, meinen jüngeren Schwestern, und mir fernhalten. Also landeten wir auf der Willkommensmatte der Ronsons, die ein Stück weiter die Straße hinauf wohnten. Manchmal schlich ich mich aber nach Hause zurück, um Mum zu besuchen, obwohl sie die meiste Zeit schlief. An ihrem letzten Tag versteckte ich mich im Wohnzimmer unseres Bungalows, wartete, bis Dad im Badezimmer war, und kroch unter ihr Bett. So konnte ich in ihrer Nähe sein, ohne ihre skelettartigen Umrisse und ihr eingesunkenes Gesicht sehen zu müssen.

Ihr Körper hinterließ zwar kaum eine Ausbuchtung in der Matratze über mir, dennoch fuhr ich mit den Fingern ihre möglichen Umrisse nach. Ihr Atem ging sehr schwer. Plötzlich gab sie ein lautes Keuchen von sich, als würde sie ersticken. Dann wurde es still. Ich hörte, wie Dad genau in dem Moment die Toilettenspülung betätigte, als Mum ein letztes Mal ausatmete. Es war ein langer, tiefer und zarter Atemzug, den ich mir so weich wie Watte vorstellte. Ich fühlte ihn in mir, als würde irgendetwas meine Wirbelsäule zum Leuchten und alle Nerven zum Kribbeln bringen. Ich dachte, wenn ich meine Lippen so weit wie möglich vorstülpte und einatmete, könnte ich ihren letzten Atemzug einfangen und für immer in mir bewahren.

Doch unser gemeinsamer Moment dauerte viel zu kurz. Denn als mein Vater zurückkehrte und sah, dass sie tot war, ging er in die Knie und schluchzte vor Schuldgefühlen, weil er ihr erlaubt hatte, allein zu sterben. Ich verharrte regungslos in meinem Versteck, bis er endlich ging, um Hilfe zu holen.

Ohne seine Seelenverwandte an der Seite wusste Dad nicht, wie er als Vater oder Mensch funktionieren sollte. Selbst sein Körper schien unter dem Druck der Trauer zu schrumpfen. Es genügte ihm nicht, in seinen drei Töchtern ihr Ebenbild zu sehen. Und als er im folgenden Jahr immer depressiver wurde, übernahm ich Mums Rolle im Haus. Ich spülte das Geschirr, wusch die Kleidung, putzte das Bad und las den Mädchen Gutenachtgeschichten vor.

Tagsüber wusch Dad sich nur selten, wechselte kaum die Kleidung und ging so gut wie nie aus dem Haus. Nachts, wenn ich in meinem Bett lag, hörte ich ihn bis in die frühen Morgenstunden ziellos umherlaufen oder fernsehen, bis er endlich einschlief.

Manchmal, wenn alles im Bungalow still und ich allein war, schloss ich die Augen und erinnerte mich an das Geräusch von Mums letztem Atemzug. Dadurch waren wir uns näher, als es zwei Menschen jemals sein konnten. Und ich sehnte mich danach, so etwas wieder zu hören.

Allmählich wurde die Kluft zwischen meinen jüngeren Schwestern und mir immer größer, denn während ich tagsüber zur Schule ging, blieben sie mit Dad zu Hause. Und für eine Weile schien es, als würden sie das schaffen, was ich nicht konnte, wenn sie ihn mit ihren imaginären Teepartys und Picknicks im Garten aus seiner Düsternis herauslockten.

»Was machst du da, Dad?«, fragte ich ihn an einem Samstagnachmittag. Er stand in der Küche und zerdrückte etwas mit dem Löffelrücken auf einem Schneidebrett.

»Möchtest du mir helfen?« Er lächelte mich liebevoll an und reichte mir ein Nudelholz. Dieses Lächeln werde ich niemals vergessen, denn es erreichte sogar seine Augen. Es war das erste Mal seit Mums Tod, dass ich es gesehen habe. »Aus den Tabletten machen wir ein Pulver, bevor wir es in den Krug geben und gut verrühren.«

Er gab mir eine Handvoll Pillen. Dass er mich brauchte, tat mir so gut, dass ich ihn nicht fragte, warum wir das taten. Als ich fertig war, nahm er noch mehr Tabletten aus einer anderen Packung, die wie jene aussahen, die er neben seinem Bett aufbewahrte, um besser schlafen zu können. Auch diese zerdrückten wir.

Schweigend arbeiteten wir nebeneinander, ich mit dem Nudelholz und er mit einem Löffel. Obwohl niemand sprach, spürte ich, dass sich in unserer Welt alles zum Besseren wenden würde. Endlich wurde ich für meine Geduld belohnt und mein Vater kam zu mir zurück. Als wir keine Tabletten mehr hatten, schoben wir den kleinen Pulverberg in einen Krug. Er gab einen halben Liter fettarme Milch, einige Esslöffel Zucker und etwas Milchshakesirup mit Erdbeergeschmack hinzu.

»Mädchen, kommt her und holt euch eure Milch«, rief er. Karen und Sara kamen aus dem Garten zu uns gerannt und stießen mit den Pos auf demselben Holzstuhl am Küchentisch zusammen. Er füllte drei Gläser und ich schob mein leeres Glas in seine Richtung.

»Du bist jetzt ein großes Mädchen«, erklärte er mir. »Warum holst du dir nicht lieber eine Cola?«

»Das schmeckt aber komisch«, beschwerte Sara sich, doch Dad ignorierte sie und grinste mich an. Ich machte gern bei Insider-Witzen mit, auch wenn ich die Pointe nicht verstand.

»Können wir jetzt im Garten spielen?«, fragte Karen und leerte ihr Glas.

»Warum gehen wir nicht alle nach oben und machen ein Nickerchen?«, schlug Dad vor. »Ich bin aber nicht müde«, antwortete sie.

»Okay, dann spielen wir ein Spiel. Wir machen für eine halbe Stunde die Augen zu, und wenn wir nicht einschlafen, gehen wir stattdessen in den Park Eis essen.«

Aufgeregt hüpften meine beiden Schwestern in Dads Zimmer hinauf und sprangen auf die Matratze, während er und ich ihnen folgten. Doch als ich hineingehen wollte, versperrte er mir mit dem Arm den Weg.

»Das ist nur etwas für uns, mein Schatz.« Er beugte sich vor und küsste mich auf die Stirn. »Du bist viel stärker als wir. Und wenn du deinen Anker gefunden hast, lass ihn nie wieder los. Egal, was passiert.«

Bevor ich fragen konnte, was er damit meinte, schloss er vorsichtig die Tür und drehte den Schlüssel im Schloss um. Ich wusste nicht, was in diesem Zimmer passieren würde, doch ich hatte das drängende Gefühl, es hören zu müssen. Also presste ich mein Ohr an die Tür und versuchte, ihre gedämpfte Unterhaltung zu verstehen. Schließlich rutschte ich mit dem Rücken an der Wand zu Boden und wartete darauf, dass die dreißig Minuten vorüber waren. Ich hasste geschlossene Türen, weil sie Geheimnisse bedeuteten, und ich mochte es nicht, wenn man sie mir vorenthielt.

Allmählich verstummten ihre Stimmen und sie schliefen ein. Vermutlich würden wir jetzt nicht in den Park gehen. Trotzig verschränkte ich die Arme und zog einen Schmollmund. Ich wollte gerade aufstehen, als ein Kribbeln meinen Körper durchfuhr. Wenige Augenblicke später spürte ich es wieder. Dann dauerte es etwas länger, bis es ein drittes Mal wiederkam.

Es war das gleiche warme Gefühl wie damals, als ich Mums letzten Atemzug gehört hatte.

Erst da verstand ich, was für ein wunderbares Geschenk mein Vater mir gemacht hatte. Er hatte mich so sehr geliebt, dass er wollte, dass unsere Familie in mir, dem stärksten Mitglied dieser Einheit, weiterlebte. Egal wo ich war oder was ich mit dem Rest meines Lebens tun würde, sein Verhalten erlaubte mir, sie alle in mir zu bewahren, wo sie niemals einen Verlust oder Schmerzen erleiden mussten.

Ich wanderte tagelang durch das Haus und wartete geduldig ab, ob ich mich geirrt hatte und sie wieder aus Dads Schlafzimmer kämen. Manchmal nutzte ich die Tatsache aus, dass ich den Fernseher für mich allein hatte, und sah mir Dramen und Kindernachrichten an. Doch all das endete abrupt, als mein Englischlehrer vor der Haustür stand und fragte, warum ich fast eine Woche nicht in der Schule gewesen sei.

Später, als die Polizeiwagen und Krankenwagen eintrafen, musste ich hinter der geschlossenen Wohnzimmertür warten. Eine Polizistin in Uniform hielt meine Hand und sagte mir, dass alles wieder gut werden würde. Sie log. Doch das konnte sie nicht wissen.

Ich starrte aus dem Fenster zu den Nachbarn hinüber, die in ihren Einfahrten lungerten und sich fragten, was so Schreckliches in ihrer Straße passiert sein könnte, dass deshalb so viele Blaulichter aufleuchteten. Einige hielten sich aneinander fest, als man die schwarzen Plastiktüten, in denen meine Familie lag, hinaustrug.

»Dieses arme kleine Ding!«, hörte ich jemanden rufen, als man mich hinausbrachte. Die einzige Person, die mich nicht bedauerte, war ich.

In den folgenden Wochen und Monaten hatten mich die Behörden immer wieder gefragt, wie es mir ginge, ob ich verstanden hätte, was passiert war, ob ich darüber sprechen wollte oder etwas brauchte. Ich erzählte niemandem von den letzten Atemzügen meiner Familie, die ich eingefangen hatte, weil sie es nicht verstehen würden. Sie würden auch nicht verstehen, dass ich nun dank meines Vaters ein Ziel hatte: anderen verlorenen Seelen zu helfen und sie in mir zu tragen, wann und wo auch immer ich auf sie treffen würde.

Sechs Jahre in Pflegefamilien, dann in Wohngruppen – manche waren gut, manche eher nicht – hatten mir letztlich keinen bleibenden Schaden zugefügt.

Sylvia hatte mir beigebracht, mich zu verstecken, und Nate hatte mir gezeigt, wie wichtig ein Anker ist, der einen im Sturm festhält.

Der scharfe Wind auf dem Dach des Hotels trieb mir die Tränen in die Augen. Doch ich fühlte mich unglaublich stark. Ich beugte mich weiter über das Geländer und balancierte auf den Zehenspitzen. Eine einzige Böe würde genügen, um mich über den Rand zu stoßen. Doch das Schicksal griff nicht ein. Meine Zeit war noch nicht gekommen. Ich hatte noch etwas zu erledigen. Steven brauchte mich und viele andere auch.

Am frühen Abend würde er mich ein letztes Mal anrufen, um den Plan durchzusprechen. Vielleicht war niemand da, der meinen letzten Atemzug hören würde. Doch ich würde dafür sorgen, dass es jemanden gab, der bei seinem dabei war.

Kapitel 20

Sieben Monate und eine Woche nach David

Bis auf das Brummen des Motors und der Fahrzeuge, an denen ich vorbeifuhr, herrschte Stille im Innern meines Autos. Ich fuhr etwas langsamer als die zulässigen dreißig Stundenkilometer, um nicht auf dem Foto einer Verkehrsüberwachungskamera zu landen.

Gelegentlich unterbrach die abgehackte Stimme meines Navis diese Stille, doch ich achtete darauf, durch nichts aus der Ruhe gebracht zu werden, die ich auf dem Weg zu Stevens Haus brauchte.

Bevor ich das Haus verlassen hatte, hatte ich den Mädchen eine SMS geschickt und ihnen gesagt, dass ich etwas länger als geplant im Büro bleiben würde. Vermutlich hatten sie aber kein Telefonguthaben mehr, denn ich hatte nichts von ihnen gehört. Ich hatte nach dem Mantel mit den tiefen Innen- und Außentaschen gegriffen, in die ich – nur für alle Fälle – Handschuhe, eine batteriebetriebene Taschenlampe, ein Päckchen Feuchttücher und ein Steakmesser gesteckt hatte. Und während die Kilometer bis zu meiner Ankunft heruntergezählt wurden, schlug mein Herz immer schneller.

Wie vereinbart, hatte ich Steven um sechs Uhr vom Büro aus auf seinem neuen Wegwerfhandy angerufen und mir die Adresse geben lassen. Ich hatte gleich die Postleitzahl in eine Handy-App eingegeben, die mir eine Luftaufnahme der Straße und eine weitere Ansicht auf Straßenhöhe anzeigte. Das Haus entsprach seiner Beschreibung. Anschließend rief ich eine Immobilienseite im Internet auf, auf der noch die Fotos zu sehen waren, die man beim letzten Verkauf dieses Hauses online gestellt hatte. Das Haus wäre ganz passabel, wäre es nicht so heruntergekommen gewesen. Steven hatte mich vorgewarnt. Wegen seiner seit dem Kauf immer schlimmer werdenden Depression hatte er immer weniger Interesse gehabt, es in Schuss zu halten. Ich schaute mir den Grundriss an und stellte fest, dass sein Schlafzimmer genau dort war, wo er gesagt hatte.

Die vergangene Woche hatte ich damit verbracht, mich auf den Moment vorzubereiten, in dem ich ihn zum ersten und letzten Mal persönlich treffen würde. Zu sehen, wie er sich mit der von mir vorgeschlagenen Methode ein Seil um den Hals legen, auf einen Stuhl steigen und dann der Schwerkraft und der Natur ihren Lauf lassen würde, würde nervenaufreibend und aufregend werden. Sein Tod würde besser sein als alles, was ich mir je als Lohn meiner Arbeit bei der Telefonseelsorge ausgemalt hatte.

Ich hatte mich auf das vorbereitet, was mich während und nach Stevens Tod erwarten würde. Ich hatte mir im Internet Bilder von den leblosen, verdrehten Körpern der Menschen angeschaut, die sich für diese Methode entschieden hatten. Keines war wie das andere. Ich studierte jedes Detail: die Einkerbungen, die durch den Knoten am Hals entstanden waren, die blutigen, karmesinrot aufgeschäumten Nasenlöcher und Münder, die lang gestreckten Hälse, die markanten Augen mit den erweiterten Pupillen, die geschwollenen Zungen und geballten Fäuste. Ich hatte mir Videos angesehen, die ausländische Terroristen von öffentlichen Hinrichtungen, langsamen Erstickungstoden und Strangulationen hochgeladen hatten. Doch weder das Bildmaterial noch die beschreibenden Texte konnten mich auf Stevens letzten Gesichtsausdruck vorbereiten. Und erst recht nicht auf seinen letzten Atemzug.

Es kam mir wie eine Ewigkeit vor, als ich nach zwanzig Minuten das Dorf erreichte. »Kenton – bitte vorsichtig fahren!«, stand auf einem Schild. Ich folgte den Anweisungen des Navis in Richtung einer Häusergruppe, die abseits der Hauptstraße lag.

»Sie haben Ihr Ziel erreicht«, meinte das Navi. Also fuhr ich an den Straßenrand, schaltete den Motor aus und blieb für einen Moment sitzen, während ich die Hausnummer elf anstarrte, die auf der rechten Seite ein Stück weiter vorn stand. Ich hielt das Lenkrad mit den Händen umklammert, damit ich nicht so tief in meinen Sitz versank, dass ich niemals wieder herausklettern konnte.

Ich betrachtete Stevens Haus genau. Einige Schindeln des Schieferdachs hingen schief oder mussten ersetzt werden, und an den Fensterrahmen blätterte die weiße Farbe ab. Der Garten war zugewuchert, und ein Holztor, das aus den Angeln gefallen war, lehnte an einer ungepflegten Hecke. Die Veranda auf der rechten Seite hatte ein schräges Dach und eine Vordertür, die man von der Straße nicht sehen konnte.

Ich warf einen Blick auf die Uhr: Es war 19.50 Uhr. In zehn Minuten sollte ich hineingehen. Jetzt, wo ich hier war und den Ort sehen konnte, wuchs die Angst. Meine Beine zitterten, als versuchten sie, mit dem immer schneller werdenden Herzschlag mitzuhalten. Sosehr ich mich auch bemühte, ich konnte sie nicht stillhalten. Die Dämmerung umhüllte das Dorf und ließ meine Mission noch unheimlicher wirken.

»Beruhige dich, Laura!«, sagte ich laut. »Behalte die Kontrolle und denk an deinen Anker!«

Doch nicht einmal Henry konnte mir jetzt helfen.

Ich blieb, wo ich war, bis ich mir sicher war, dass niemand mich gesehen hatte. Schließlich stand ich den Risiken meines Tuns nicht blauäugig gegenüber. Ein kleiner, rationaler Teil meines Gehirns hielt an dem anfänglichen Verdacht fest, dass Steven mich genau dorthin gebracht hatte, wo er mich haben wollte. Und dieser Teil zwang mich, noch etwas länger vor seinem Haus sitzen zu bleiben, um sicherzugehen, dass es kein kranker Witz war. Wenn dem so war, lief mir Stevens Talent zum Geschichtenerzählen den Rang ab.

Ich sehnte mich nach einer Zigarette und knabberte an der Haut um meine Fingernägel, während ich mich fragte, was zum Teufel ich hier tat. Niemand zwang mich, dort hineinzugehen. Ich müsste nur den Zündschlüssel umdrehen und losfahren. Dann wäre ich in wenigen Minuten sicher zu Hause. Das würde eine vernünftige, vorsichtige Person tun. Das würde Mary tun. Aber sie war schwach und ich war nicht wie sie und würde auch niemals so sein. Und die Verlockung dessen, was unter diesem Dach passieren würde, war zu groß, um sie zu ignorieren. Ich musste einfach hineingehen.

Ich zog die braunen Lederhandschuhe über, damit ich keine Fingerabdrücke hinterließ. Dann lief ich vorsichtig einen Kiesweg hinauf, vorbei an den Fenstern mit ihren zugezogenen Vorhängen. Ich schaute zu dem einzigen erleuchteten Fenster im ersten Stock hinauf, in dem Steven auf mich warten würde.

Die Tür war nur angelehnt. Ich stieß sie auf, holte tief Luft und trat ein. Ich zog meine Taschenlampe heraus und richtete den Strahl auf mehrere geschlossene Türen. Die einzigen Möbelstücke auf der Veranda und im Flur waren ein kleiner Tisch mit vertrockneten Blumen in einer Vase und ein Holzstuhl. Für den Fall, dass ich übereilt den Rückzug antreten musste, hielt ich die Vordertür mit dem Stuhl offen, steckte die Hand in meine Tasche und umklammerte den Griff des Messers.

Wir hatten vereinbart, dass Steven in seinem Schlafzimmer auf mich wartete. Langsam stieg ich die Treppe hinauf, wobei jede Stufe knarrte, als wollte sie meine Ankunft ankündigen. Auf dem Treppenabsatz blieb ich stehen, um noch einmal Luft zu holen. Dann trat ich auf die einzige Tür zu, unter der ein schwacher Lichtschein hindurchschien.

»Steven?«, flüsterte ich, während ich über die Schwelle trat. Ich ließ den Blick durch das kaum beleuchtete Zimmer streifen, konnte ihn aber nirgends entdecken. Tatsächlich war das Zimmer leer – es gab kein Bett, keinen Kleiderschrank, keine Kommode. Nur ein tapezierter, nahezu kahler Raum mit einer Lampe auf dem Boden. Ich schaute nach oben zu dem Deckengewölbe, das Balken hatte, wie Steven es beschrieben hatte. Und ich sah das daran befestigte Seil. Es schwankte im Luftzug der offenen Tür leicht hin und her. In meinem Kopf schrillten Alarmglocken.

Hier stimmt etwas nicht. Wo ist er? Das hatten wir so nicht vereinbart. Verschwinde von hier!

Die Angst kroch mir den Rücken hinauf bis zu den Schultern, wo sie sich wie eine Schlange um meinen Hals wickelte und mir die Kehle zuschnürte. Ich wollte fortlaufen, konnte mich aber vor Angst nicht rühren. Plötzlich entdeckte ich etwas. Ich blinzelte, bis ich es deutlich sehen konnte, und mein Magen zog sich zusammen.

»Oh, mein Gott«, flüsterte ich und umklammerte das Messer noch fester. Anstatt einen Mann vorzufinden, dem ich in den letzten Augenblicken seines Lebens beistehen sollte, stand ich etwas Schockierendem gegenüber, das sich in den Mustern der Tapete abzeichnete. Denn plötzlich erkannte ich, dass es überhaupt keine Tapete war, sondern Hunderte von Fotos von mir.

Ich, wie ich die Stufen hinauf ins Büro gehe. Ich in meiner Straße. Ich im Auto. Ich auf einem Spinningrad im Fitnessstudio. Ich, wie ich einen Einkaufswagen durch den Supermarkt schiebe. Ich, durch das Küchenfenster gesehen. Ich, wie ich im Coffeeshop in der Stadt sitze. Ich, wie ich auf den Parkplatz des Hartley Hotels fahre. Soweit ich das erkennen konnte, war jedes Bild verschieden. Steven musste mir wochenlang gefolgt sein.

Doch es wurde noch schlimmer, denn ich war nicht der einzige Fokus seiner Kamera. Tony hatte er im Fitnessstudio beim Boxen und auf dem Weg in sein Büro fotografiert. Es gab auch Fotos meiner Kinder auf dem Weg zur Schule. Wie ich Alice auf dem Spielplatz mit ihren Freunden beobachte. Effie, die auf dem Beifahrersitz im Wagen eines Jungens sitzt. Henry im Gemeinschaftszimmer des Wohnheims, während ich ihm das Haar kämmte. Bei manchen Fotos musste Steven nur wenige Meter hinter mir gestanden haben. Und ich hatte es nicht bemerkt.

Instinkt und Angst brachten mich dazu, nach ihnen zu greifen, sie zu zerreißen und in meine Taschen zu stopfen oder sie auf den Boden zu werfen, als würde das genügen, um aus diesem Albtraum zu erwachen. Doch es waren zu viele, um sie zu entsorgen. Und wenn Steven sich so viel Mühe gemacht hatte, um mich zu erschrecken, wozu wäre er dann noch fähig?

»Mögen Sie es nicht, wenn man Fotos von Ihnen macht?«

Ich wirbelte in die Richtung herum, aus der Stevens Stimme wie aus dem Nichts zu kommen schien. Ein Mann stand in der Tür, dessen Gesicht im Dunkel des Flurs verborgen lag. Er trat zwei Schritte vor, damit ich ihn besser sehen konnte. Ich wich zurück. Er hatte die Hände in die Hüften gestemmt und ich sah die Intensität seines Blicks.

»Ich habe mir sehr viel Mühe gegeben.« Seine Stimme klang fester und zuversichtlicher als je zuvor am Telefon. »Ich habe

Wochen damit verbracht, Ihnen und Ihrer Familie zu folgen. Das könnten Sie wenigstens zu würdigen wissen.«

Ich wich noch einen Schritt zurück ins Schlafzimmer, erkannte dann aber, dass er mich dadurch in die Enge trieb. Ich rang nach Luft. Ich hatte das Gefühl, jemand würgte mich.

»Was … Was wollen Sie von mir?«, stammelte ich.

»Ich will wissen, warum Sie verletzbare Menschen manipulieren und was Sie davon haben«, antwortete er. »Und erzählen Sie mir nichts von diesem Schwachsinn, Sie wollten den Leuten helfen, die nicht mehr weiterwissen.«

Als er auf mich zukam, zog ich das Messer aus der Tasche und hielt es vor mich. Das gedämpfte Licht im Zimmer spiegelte sich in der silbernen Klinge. Meine Hand zitterte. Jetzt konnte ich Steven deutlicher sehen. Er wirkte zwar nicht so bedrohlich, wie er klang, doch seine Körpersprache erschreckte mich. Er lachte spöttisch, als er das Messer sah. »Sie mögen vieles sein, Laura Morris. Aber Sie haben nicht den Mut, jemanden mit bloßen Händen zu töten! Dafür verstecken Sie sich hinter einem Telefon oder einer Tastatur. Ich dagegen … nun, ich bin eine unbekannte Größe, nicht wahr? Sie wissen nicht, wozu ich fähig bin.«

»Kommen Sie nicht näher«, sagte ich. Plötzlich spürte ich etwas Warmes an meinen Beinen und bemerkte, dass ich einnässte, konnte aber nichts dagegen tun. »Lassen Sie mich gehen. Bitte.«

»Sie glauben, Bitte zu sagen würde Ihnen jetzt helfen? Sie gehen nirgendwohin, Laura. Sehen Sie das Seil? Nicht ich werde heute Abend an dem Balken hängen, sondern Sie!«

Ich streckte meinen Arm weiter aus und wedelte mit dem Messer vor ihm herum. Doch er kam noch ein Stück näher und war nur noch wenige Meter von mir entfernt. Ich trat noch einen Schritt zurück, bis ich die Wand erreichte.

»Machen Sie schon, Laura, geben Sie Ihr Bestes! Ich habe nichts mehr zu verlieren, weil Sie mir schon alles genommen haben.«

Ich hatte das Gefühl, als hätte jemand in diesem Moment die Pausetaste gedrückt. Keiner von uns rührte sich. Doch plötzlich packte Steven mein Handgelenk und krallte die Finger so tief in meine Hand, dass ich glaubte, er würde mir die Knochen brechen. Ich schrie, als er mich herumwirbelte, mir den Arm hinter den Rücken drehte und mich in Richtung Seil schob.

Ich wehrte mich, doch er hielt mich nur noch fester. Meine Finger lösten sich vom Messer und es fiel auf den Boden.

»Keine Sorge, Laura. Es wird nicht lange dauern. Die Schlinge ist exakt so gebunden, wie Sie es mir gesagt haben, genau in der richtigen Höhe für einen schnellen Tod.«

»Bitte, Steven«, flehte ich. »Was auch immer ich dir angetan habe, es tut mir leid.« »Dafür ist es jetzt zu spät.«

»Ich habe Kinder …«

»Die ohne Sie besser dran sind.«

Mit der anderen Hand griff er nach dem Seil. Doch als er mir die Schlinge um den Hals legen wollte, nutzte ich die Gelegenheit und rammte ihm den Ellbogen in den Schritt, während ich ihm gleichzeitig, so fest wie ich konnte, gegen das Schienbein trat. Durch den Schock lockerte er den Griff um meinen Arm gerade so weit, dass ich mich ganz befreien konnte. Ich bückte mich, griff nach dem Messer, drehte mich in seine Richtung und stieß es blind nach vorne, bis ich plötzlich spürte, wie seine Hand erneut nach meinem Handgelenk griff und das Messer nicht weiter ging. Doch als ich mit der freien Hand nach ihm schlagen wollte, ging er plötzlich in die Knie. Er sah erst zu mir auf und dann auf seinen Bauch hinunter, in dem mein Messer steckte.

Ich erstarrte. Ich hatte gerade den Mann erstochen, dem ich beim Sterben hatte zusehen wollen. Doch dann war alles anders gekommen und ich wollte nicht länger hierbleiben oder gar seinen letzten Atemzug hören. Denn was, wenn er nicht allein war? Was, wenn noch jemand im Haus wartete? Ich musste mich selbst schützen.

Während Steven noch auf dem Boden kniete und offensichtlich Schmerzen hatte, beugte ich mich zu ihm hinunter und zog ihm, bevor er mich daran hindern konnte, das Messer aus dem Bauch. Er schrie auf, fiel zur Seite und brüllte etwas, das ich nicht verstand.

Ich stürmte, so schnell ich konnte, aus dem Zimmer zum Treppenabsatz. Doch ohne die Taschenlampe, die mir den Weg leuchtete, verpasste ich in der Panik die erste Treppenstufe und trat auf die Kante der zweiten. Ich fiel kopfüber und schlug mit dem Wangenknochen auf dem Fuß des Geländers auf. Ich rollte seitlich weiter und prallte mit der Stirn gegen den Handlauf, während mein Körper u-förmig zusammensackte und am Treppenende zum Liegen kam. Ich rührte mich nicht, zu benommen und verwirrt wegen dem, was gerade passiert war. Doch als ich hörte, wie Steven stöhnte und sich über die Dielen im oberen Stock schleppte, riss ich mich zusammen.

Mit letzter Kraft zog ich mich mit beiden Händen am Handlauf hoch und taumelte zur Haustür. Ich stolperte zurück in mein Auto, verriegelte die Türen und steckte den Schlüssel in das Zündschloss. Die Räder drehten durch, als ich so schnell davonraste, wie es mir der Mini erlaubte.

RYAN

Kapitel 1

Während ich mit den Fingern im Takt eines Liedes im Radio gegen das Lenkrad trommelte und laut mitsang, freute ich mich, dass ich mich auch nach mehr als zehn Jahren an jedes Wort von Justin Timberlakes »SexyBack« erinnern konnte, das in jener Nacht gespielt wurde, als ich Charlotte auf einer Feier der Studentenvereinigung kennenlernte.

Sie hatte mit einigen Freundinnen getanzt, als ich auf sie aufmerksam wurde und sie im betrunkenen Zustand in eine Unterhaltung verwickelte. Und auch später, wenn sie wieder einmal todtraurig war, konnte ich sie zum Lachen bringen, wenn ich nackt durch das Schlafzimmer tanzte und dieses Lied sang. Die Ironie dabei war, dass das, was ich da tat, ziemlich genau das Gegenteil von sexy war.

Bei einem unserer ersten Dates hatte sie mir gestanden, dass sie in seinen *NSYNC-Zeiten in ihn verliebt gewesen war. Und nach ein paar Jägermeistern gab sie zu, als junges Mädchen das Gesicht seiner damaligen Freundin Britney Spears in den Klatschzeitungen ihrer Mutter bemalt und so getan zu haben, als ginge sie mit ihm. Ich hoffte, ihr Teenager-Ich wäre nicht allzu enttäuscht, dass sie jetzt Mrs Ryan Smith und nicht Mrs Justin Timberlake war.

Als ich an einer roten Ampel halten musste, ließ ich den Blick zur Skyline der neu gebauten Büros und Hochhäuser von Northampton wandern. Ich war hier geboren und aufgewachsen. Früher hatte sich alles so klein und beengt angefühlt, dass ich es kaum erwarten konnte, von hier fortzugehen. Doch nach wenigen Semestern an der Universität von Sunderland verstand ich, dass alle Städte gleich sind, wenn man erst einmal hinter die Fassaden schaut.

Charlottes Bereitschaft, über ihre weniger coolen Angewohnheiten zu lachen, fand sich nur selten unter den Mädchen, mit denen ich mich damals traf. Auch äußerlich unterschied sie sich von ihnen. An ihren zarten Gesichtszügen, kastanienbraunen Locken, himmelblauen Augen und der androgynen Kleidung, die sie trug, erkannte ich schnell, dass sie etwas Besonderes war. Inzwischen waren elf Jahre vergangen und ich hatte immer noch recht mit der Einschätzung.

Im letzten Jahr an der Uni beschlossen wir, nach dem Abschluss unser Glück in London zu versuchen. Wir waren so jung und voller Enthusiasmus. Nichts konnte uns davon abhalten, die Hauptstadt zu erobern. Doch als wir dort ankamen, sah die Realität so aus, dass wir zwei anonyme kleine Fische in einem riesigen, schmutzigen Teich waren. Wir teilten uns eine lächerlich überteuerte Wohnung über einem chinesischen Imbiss, lebten eine Stunde von all den coolen Orten entfernt, an denen wir abhängen wollten, und hatten kaum genug Geld, um das erträumte Stadtleben zu führen. Doch es erfüllte seinen Zweck und nach einem Jahr Ausbildung stieg ich die Karriereleiter auf, weshalb wir es klaglos durchstanden.

Nach der Heirat hielten wir die Zeit für gekommen, eine Familie zu gründen, und ich bestand darauf, dass wir aus London fortzogen. Ich ergatterte noch vor Charlotte einen Job in unserer Heimatstadt. Obwohl sie nicht wirklich davon überzeugt war, dass das der richtige Ort für uns war, gab sie der Stadt eine Chance und nahm eine Stelle als Grafikdesignerin in einer Agentur nahe der Wohnung an, die wir uns gekauft hatten.

Die Ampel sprang auf Grün, und während die Januarnacht hereinbrach, fuhr ich am Becket's Park entlang und mein Blick fiel auf die bunten, vertäuten Kanalboote im Jachthafen. Ich musste grinsen, als ich am Barratt-Geburtshaus vorbeikam, denn in etwas mehr als zwei Monaten würden Charlotte und ich dort auf ein freies Bett warten. Doch es war nicht leicht gewesen: Aufgrund ihres polyzystischen Ovar-Syndroms und meiner geringen Spermienzahl konnten wir nur mithilfe einer vom staatlichen Gesundheitsdienst geförderten künstlichen Befruchtung schwanger werden. Doch schon bei unserem zweiten Zyklus hatte es geklappt! Wir wurden Eltern.

Ich konnte es kaum erwarten, in diesem Krankenhaus zum ersten Mal mein Kind zu sehen. Anfangs war ich, um ehrlich zu sein, sogar ein wenig neidisch auf Charlotte und darauf, was ihr Körper leisten konnte, während meiner nur dank meiner helfenden Hand und der Spritze eines Fruchtbarkeitsexperten seinen Teil dazu beigetragen hatte.

Doch schon bald änderte ich meine Meinung. Einige Frauen nehmen eine Schwangerschaft mit größter Selbstverständlichkeit an, aber Charlotte bekam nach dem ersten Monat große Probleme. Die Übelkeit morgens, nachmittags und abends raubte ihr jede Energie und sie fühlte sich ständig mies. Schließlich wurde es so schlimm, dass sie von der Arbeit, die sie so liebte, freigestellt werden musste. Den Großteil des Tages verbrachte sie von da an damit, in der Wohnung herumzuhängen und sich niemals zu weit von der Toilettenschüssel zu entfernen. Doch als wir uns dem Ende des letzten Trimesters näherten, schien sie die Kurve zu kriegen.

Ich warf einen Blick auf die Uhr, während ich nach Hause fuhr – ich hätte noch eine halbe Stunde Zeit zum Duschen und Anziehen, bevor wir bei unserem Lieblingsthailänder den vierten

Hochzeitstag feierten. Dort wollte ich ihr die Überraschung ihres Lebens bereiten. Ich klopfte auf meine Jackentasche, um sicherzugehen, dass der Geschenkkarton noch da war. Ich konnte es kaum erwarten, ihren Gesichtsausdruck zu sehen, wenn sie ihn öffnete.

Charlottes Auto stand nicht auf seinem Parkplatz vor der Wohnung, als ich in der Auffahrt hielt. Also rief ich sie an, um herauszufinden, wo sie war. Doch es meldete sich gleich die Mailbox. Ich hatte zuletzt in der Mittagspause mit ihr gesprochen, als sie gerade einige Besorgungen erledigte. Ihre Stimme zu hören, die so temperamentvoll klang, hatte Schmetterlinge in meinem Bauch fliegen lassen. Bevor sie aufgelegt hatte, hatte sie zum ersten Mal seit Wochen wieder »Ich liebe dich, Ry« gesagt. Und es hatte sich wie die innigste Umarmung angefühlt.

Ich ging die beiden Treppen hinauf, öffnete unsere Wohnungstür und wurde vom Geruch nach Zimt und Gewürzen überwältigt. Sie hatte schon immer gern Lufterfrischer verwendet, doch seit sie schwanger war, roch unser Haus das ganze Jahr nach Weihnachten. Sie hatte auch gründlich aufgeräumt. Es stand kein Geschirr im Waschbecken und die Geschirrtücher lagen sauber gefaltet auf der Arbeitsplatte. Das Badezimmer roch nach Bleiche und an den elektrischen Zahnbürsten klebte keine getrocknete Zahnpasta mehr. Und die Zeitschriften lagen ordentlich sortiert auf dem Couchtisch. *Sie baut ein Nest,* dachte ich und lächelte.

Ich rief sie noch einmal an, als ich aus der Dusche kam, aber sie antwortete wieder nicht. Nun war ich doch ein wenig beunruhigt. Hätten die Wehen frühzeitig eingesetzt, hätte man mich inzwischen sicherlich informiert. Nachdem ich mich geföhnt und rasiert hatte, schaute ich noch einmal auf mein Telefon. Nur um sicherzugehen, erkundigte ich mich schließlich im Geburtshaus. Ich rief auch ihre Freunde an, und als auch sie nichts von ihr gehört hatten, wuchs mein ungutes Gefühl.

Plötzlich klingelte es.

Gott sei Dank, dachte ich und lief zur Haustür.

»Hast du deine Schlüssel vergessen?«, rief ich, während ich die Tür öffnete. Doch auf der Schwelle standen ein Mann und eine Frau mit sehr ernsten Mienen.

»Mr Smith?«, fragte er.

»Ja. Und Sie sind …«

»Ich bin Detective Sergeant Mortimer und das ist meine Kollegin, Police Constable Coghill. Dürfen wir hereinkommen?«

Kapitel 2

Ein Tag nach Charlotte

Meine Eltern saßen aufgelöst neben mir und stellten die Fragen, zu denen ich mich nicht durchringen konnte.

Eine halbe Stunde nachdem die Polizei bei mir aufgetaucht war, waren sie zusammen mit meinem Bruder Johnny hergeeilt. Die Situation war für alle im Raum Neuland. Mum und Dad wussten nicht, was sie sagen sollten, um meinen Schock zu mildern. Und die Polizisten konnten mir nur ihr Beileid aussprechen und mir versichern, dass man bereits untersuchte, was mit meiner Frau passiert war.

Bisher wussten sie nur, dass man Charlottes Leiche am Fuße einiger Klippen in East Sussex gefunden hatte. Ein Zeuge hatte beobachtet, wie sie gemeinsam mit einer weiteren Person hinuntergestürzt war. Die zweite Leiche konnte noch nicht identifiziert werden, da die Strömung sie ins Meer hinausgezogen hatte, während Charlotte auf die Felsen gestürzt war.

»Warum sollte jemand meine Frau ermorden wollen?«, fragte ich schließlich. Die Beamten schauten sich kurz an und Detective Sergeant Mortimer schien etwas sagen zu wollen, überlegte es sich dann aber anders. »Ich weiß es nicht. Es tut mir leid, Mr Smith.«

Sie erklärten mir, die Kollegen, die den Fall untersuchten, kämen am nächsten Tag vorbei, und überließen uns dann unserer Trauer.

Den Fall. In weniger als einer Stunde war Charlotte von meiner Ehefrau und der Mutter unseres ungeborenen Kindes zu einem *Fall* geworden.

Der Schock über Charlottes Tod war zu groß für mich, um alles auf einmal aufnehmen zu können. Den Rest des Abends und die frühen Morgenstunden über versuchten wir zu begreifen, dass wir sie nie wieder sehen würden. Gleichzeitig war der Schmerz über den Verlust meines Babys grenzenlos.

Am nächsten Tag tauchten zwei andere Polizisten auf und wollten mehr über Charlotte erfahren. Detective Sergeant O'Connor war ein kräftiger Mann um die vierzig, dessen Nase und Wangen von roten Äderchen überzogen waren. Sein unbeholfenes Auftreten ließ darauf schließen, dass er überall anders lieber wäre als hier bei mir. Mir ging es genauso. Detective Sergeant Carmichael war wesentlich jünger, hatte ein mitfühlendes Lächeln und rotes Haar, das sie zu einem straffen Knoten zusammengebunden hatte. Vermutlich spielte sie in den Verhören immer den guten Polizisten.

In Anbetracht der Höhe, aus der sie gestürzt war, und der Haltung, in der sie aufgeschlagen war, rieten sie mir, Charlottes Leiche nicht zu identifizieren. Vermutlich war sie also kopfüber gefallen. Man hatte sie mit einem Hubschrauber durch die Luft zurück zur Felskuppe gebracht, doch es war offensichtlich, dass sie schon längere Zeit tot war. Ich kam mir egoistisch vor, weil ich erleichtert war, sie nicht in diesem Zustand sehen zu müssen.

»Wissen Sie schon, warum meine Frau gestorben ist?«, fragte ich.

»Wir können noch nicht genau sagen, was gestern passiert ist«, antwortete Carmichael. »Zurzeit gehen wir noch die Zeugenaussagen durch.«

»Wer hat sie entführt?«

O'Connor rutschte unbehaglich auf dem Stuhl hin und her. »Wie gesagt, diese Frage können wir erst beantworten, wenn seine Leiche ans Ufer gespült oder aus dem Meer gefischt wurde. Wir hoffen natürlich, dass es bald sein wird.«

»Also war es ein Mann?«

»Davon gehen wir aus.«

»Das ergibt keinen Sinn«, entgegnete ich. »Warum sollte er Charlotte entführen und so weit fahren, nur um sie dann umzubringen? Es muss jemand gewesen sein, den wir kennen. Sonst wäre sie nie mit ihm in ihren Wagen gestiegen. Und warum wird diese Wohnung nicht als Tatort untersucht? Müssten Sie nicht nach Beweisen suchen?«

Mum umklammerte meinen Arm. Johnny, der mit seinen neunundzwanzig zwar zwei Jahre jünger als ich, aber schon immer der Pragmatischere von uns beiden gewesen war, sah aus, als sollte ich ihn fragen, was er dachte. O'Connor schaute erst zu ihm und meinen Eltern und dann zu mir, doch niemand sagte etwas.

»Habe ich irgendetwas verpasst?«, fragte ich schließlich.

»Es wird Ihnen nicht leichtfallen, das zu hören, Ryan. Aber nach unseren ersten Untersuchungen scheint Charlotte bei dem, was gestern passiert ist, freiwillig mitgemacht zu haben.«

»Das ist doch Unsinn«, gab ich zurück. »Natürlich hat sie das nicht. Sie war nicht freiwillig dort. Vielleicht hat der Mann sie gezwungen, dorthin zu gehen …«

Carmichael unterbrach mich. »Ryan, zwei Augenzeugen haben unabhängig voneinander gesehen, wie sie zusammen zum Rand der Klippen gingen. Weder Charlotte noch der Mann wirkte verzweifelt. Sie hielten sich jeweils ihr Handy ans Ohr, während sie über den Zaun stiegen und dann über die Klippen sprangen. Leider waren die Überwachungskameras des Parkplatzes außer Betrieb, weshalb wir ihre Aussagen noch nicht bestätigen können.«

»Dann irren sich die Zeugen«, beharrte ich. »Gut, Charlotte war in der letzten Zeit ein wenig deprimiert. Doch es ging ihr schon wieder besser. Sie hätte sich nicht einfach so umgebracht. Wir haben uns so sehr ein Baby gewünscht und es waren doch nur noch ein paar Monate. Sie hätte ihrem Leben nicht freiwillig ein Ende gesetzt. Oder dem unseres Kindes. Sie hatte keinen Grund dazu.«

»Sie gingen Hand in Hand«, sagte Carmichael leise.

»Wie bitte?«

»Laut den Zeugen hielten sich Charlotte und der Mann an den Händen, als sie sprangen.«

Meine Welt schien plötzlich stillzustehen. Ich öffnete den Mund und wollte ihr widersprechen. Doch anscheinend glaubten ihr alle anderen im Raum. Ich war nicht schnell genug mit der Hand an den Augen, um die Tränen zurückzuhalten. Dad zog mich zu sich heran und ich spürte, dass er selbst mit den Tränen kämpfte.

»Welche Art von Beziehung hatte Charlotte Ihrer Meinung nach zu diesem Mann?«, wollte Johnny wissen.

»Auch diese Frage können wir derzeit nicht beantworten«, antwortete O'Connor. »Wir stehen mit unseren Ermittlungen noch am Anfang.«

»Also glauben Sie, dass es eine Beziehung zwischen ihnen gab?«

»Aber nur weil sie aus irgendeinem Grund zur selben Zeit am selben Ort waren, um dasselbe zu tun.«

»Um zu sterben«, meinte ich. Das war keine Frage. Sie nickten, während ich den Kopf schüttelte.

»Nein, das kaufe ich Ihnen nicht ab. Charlotte hätte weder sich noch uns so etwas angetan. Das ergibt keinen Sinn. Sie glauben es nur, weil Sie sie nicht kannten. Mum, glaubst du, dass sie eine Affäre hatte oder sich umgebracht hat?«

»Ich weiß nicht mehr, was ich glauben soll.« Sie schaute auf den Tisch hinunter.

»Bisher deuten die Beweise zwar darauf hin, dass sie freiwillig gestorben ist, Ryan«, meinte Dad. »Doch darüber sollten wir uns im Moment keine Gedanken machen.«

»Worüber sollte ich mir denn Gedanken machen?«, rief ich, bekam aber keine Antwort.

Ich wollte weder der Polizei noch meiner Familie länger zuhören. Ich stürmte aus dem Wohnzimmer in unser Schlafzimmer und knallte die Tür so fest hinter mir zu, dass die Hochzeitsfotos, die im Flur hingen, klirrten.

Alles in mir schrie danach, Charlotte anzurufen, damit sie mir sagte, dass alles ein Riesenirrtum gewesen wäre und es ihr gut ginge. Wie sollte ich überhaupt begreifen, dass ich nie wieder ihre Stimme hören würde?

Kapitel 3

Drei Tage nach Charlotte

Vieles von dem, was man glaubt – oder von dem man sich selbst überzeugt hat, dass es wahr ist –, kann schneller auf den Kopf gestellt werden als gedacht. Ich wollte unbedingt glauben, dass das, was Charlotte zugestoßen war, die Folge von Fremdeinwirkung war, dass sie von dem noch unbekannten Fremden ermordet worden war – dass sie nicht freiwillig mit ihm in den Tod gesprungen war.

Nach einer weiteren unruhigen Nacht schaltete ich schließlich mein iPad ein und suchte im Internet nach dem Ort, an dem sie gestorben war. Birling Gap lag in East Sussex an der Kliffküste, die man auch die »Sieben Schwestern« nannte und von der man einen herrlichen Ausblick auf den Ärmelkanal hatte. Man hatte Charlotte am Fuß eines einhundertfünfzig Meter hohen Felsens gefunden, der infolge jahrelanger Erosion bereits brüchig geworden war.

Das ergab Sinn! Dieser Mann und sie hatten sich nicht das Leben genommen. Der Boden unter ihren Füßen hatte einfach nachgegeben.

Wären sie so weit gefahren, um zu sterben, wären sie noch einige Kilometer weiter die Küste nach Beachy Head hinuntergefahren. Das war ein beliebter Ort für Selbstmörder, nicht Birling Gap!

»Dad, ich glaube, ich weiß, was mit Charlotte passiert ist …«, rief ich, während ich in die Küche stürmte. Meine Eltern, Johnny und Detective Sergeant Carmichael saßen an dem Tisch. Ein geöffnetes Notebook stand vor ihnen. Ich war überrascht, die Polizei an einem Sonntagmorgen hier vorzufinden.

»Setz dich, Ry«, bat mich Johnny.

»Die Klippen sind dafür bekannt, dass sie unter einem wegbrechen«, fuhr ich fort. »Was mit Charlotte passiert ist, war ein Unfall.«

»Ich muss Ihnen etwas zeigen. Aber es wird nicht leicht für Sie sein, es sich anzusehen«, begann Carmichael vorsichtig.

»Bitte, Ryan, setz dich kurz hin«, drängte Mum.

Carmichael drückte auf die Wiedergabetaste. Aufnahmen einer Dashboard-Kamera tauchten auf. Ein Autofahrer hatte sie nicht ausgeschaltet, nachdem er seinen Wagen an den Klippen geparkt hatte und mit dem Hund Gassi gegangen war. Als er zurückkam, bemerkte er, dass seine Stoßstange zerkratzt war. Doch erst als er die Aufnahmen überprüfte, entdeckte er, was er noch aufgenommen hatte.

Ich hielt den Atem an, als ich sah, wie Charlotte aus ihrem Auto stieg. Im Vergleich zu vielen anderen werdenden Müttern war ihr Babybauch relativ klein und an diesem Tag verbarg sie ihn unter einem Mantel. Sie hielt ihr Handy ans Ohr, während sie langsam über den Parkplatz lief. Dann tauchte ein Mann auf. Auch er hatte die Hand am Ohr, als telefonierte er. Ich zuckte zusammen, als sie sich umarmten. Ich wollte die Augen schließen, konnte sie aber nicht vom Bildschirm lösen. Sie hielten sich an den Händen und gingen langsam, aber zielstrebig über den Parkplatz zu dem Schutzgeländer, das die Besucher daran hinderte, dem Abgrund zu nahe zu kommen.

Er kletterte als Erster darüber, bevor er die Hand ausstreckte, um ihr zu helfen, bis sie schließlich nebeneinanderstanden. Mit den Handys am Ohr gingen sie in Richtung Horizont. Mir drehte sich der Magen um, als sie plötzlich über die Klippen fielen und aus dem Blickfeld verschwanden. Mum hielt sich die Hand vor den Mund und Dad wandte den Kopf vom Bildschirm ab. Das war der endgültige Beweis dafür, dass man Charlotte nicht entführt hatte. Sie hatte auch keinen furchtbaren Unfall gehabt und der Boden unter ihren Füßen war nicht weggebrochen. Ich konnte mir nicht mehr länger einreden, dass die Augenzeugen sich geirrt hatten.

Ich weiß nicht, wie lange wir schwiegen. Ich spürte, wie mich die anderen mit Blicken durchbohrten, auf eine Reaktion warteten oder darauf, dass ich irgendetwas sagte. Doch ich war nicht in der Lage zu irgendeiner Form der Reaktion.

Stattdessen fragte ich mich, woran Charlotte in ihren letzten Augenblicken gedacht haben mochte. Hatte sie Angst gehabt? War sie sofort tot gewesen oder hatte sie Schmerzen gehabt? Hatte sie an mich gedacht oder mich völlig aus ihren Gedanken verdrängt? Warum hatte sie das getan? Hatte sie erfahren, dass etwas mit dem Baby nicht in Ordnung war, und geglaubt, ihr bliebe keine andere Wahl, als ihrer beider Leben zu beenden? War dieser Mann, dieser unbekannte Fremde, schon länger Teil ihres Lebens gewesen, der sich im Schatten hielt und sich hinter meinem Rücken versteckte? Hatte er sie geschwängert? Wer war am anderen Ende der Telefonleitung, als sie in den Tod sprangen? Wie mies muss unser gemeinsames Leben gewesen sein, dass sie auf derart brutale, furchtbare Weise daraus verschwunden war?

Trotz aller Verwirrung gab es eine Sache, derer ich mir sicher war: Ich hatte meine Frau nicht so gut gekannt, wie ich geglaubt hatte. Ich griff nach Jacke und Schlüssel und verließ wortlos die Wohnung.

Ich lief zu Fuß zum Becket's Park, wo ich als Kind in den Ferien und am Wochenende viel Zeit verbracht und mit Freunden Fußball und Kricket gespielt hatte. In letzter Zeit waren Charlotte und ich hier samstagnachmittags spazieren gegangen, hatten den Enten und Gänsen an den Seen Brot gebracht und Eiscreme an dem Lieferwagen in der Nähe des Kinderspielplatzes gekauft.

Ich hatte mir vorgestellt, wie ich eines Tages hierherkäme und mein Kind am Ende der Rutschbahn auffinge oder es festhielte, falls es auf dem Klettergerüst Angst bekäme. Doch all das würde ich niemals tun.

Ich saß auf einer Bank und schaute dem Fußballspiel zweier Hobbymannschaften auf einem der Spielfelder zu, ohne viel um mich herum wahrzunehmen. Gedankenverloren spielte ich mit meinem Ehering, als mir die Beule in der Jackentasche auffiel. Plötzlich fiel mir wieder ein, woher sie kam. Ich zog die kleine Schachtel heraus, die ich mit einer Schleife verziert hatte, um sie Charlotte am Abend unseres Jahrestags zu geben. Darin lag der Schlüssel zu einem Haus, das ich ohne ihr Wissen gekauft hatte.

Bevor ich an jenem Morgen zur Arbeit gegangen war, hatte ich den Kaufvertrag unterzeichnet und die Schlüssel für das Haus abgeholt, in das sie sich verliebt hatte. Es stand in Kenton, einem Dorf am Stadtrand, und war seit Jahren unbewohnt. Sie hatte es oft gesehen, wenn wir mit Oscar, dem Hund meiner Eltern, durch die Dörfer spazierten, während wir überlegten, wohin wir ziehen könnten, wenn unsere Wohnung uns zu klein wurde.

Ich erinnerte mich vage daran, als Kind ein paar Mal in dem Haus gewesen zu sein. Und obwohl es inzwischen ein wenig heruntergekommen war, hatte Charlotte sein Potenzial erkannt und sich darin verliebt.

Es war verdammt schwierig gewesen, den Kauf vor meiner Frau geheim zu halten. Ich musste hinter ihrem Rücken

Termine mit Anwälten, dem Immobilienmakler, dem Hypothekenmakler und der Bank arrangieren. Außerdem hatte ich sämtliche offizielle Schreiben an die Adresse meiner Eltern schicken lassen. Es ist mir ein Rätsel, wie Menschen, die fremdgehen, ihr Geheimnis bewahren können. Ich hielt den Schlüssel so fest in der Hand, dass er einen tiefen Abdruck in meiner Haut hinterließ. Hätte es Charlotte gerettet, wenn ich ihr einen Tag vorher erzählt hätte, dass wir bald in unser endgültiges Zuhause ziehen konnten? Ich würde es nie erfahren.

Kapitel 4

Sechs Tage nach Charlotte

Meine Liebe zu Charlotte schlug schnell in Hass um.

Einige Tage zuvor wollte ich mich noch in unser Schlafzimmer einschließen und nie wieder herauskommen. Sie war überall in diesem Zimmer, von der geblümten Laura-Ashley-Tapete bis hin zum Duft ihres Parfüms, der in den farblich dazu passenden Vorhängen und Kissen hing. Ich wusste, dass dieser Geruch irgendwann verfliegen würde. Also hatte ich ihn so lange aufgesaugt, wie ich konnte. Doch jetzt machte er mich nur noch krank.

Ich brauchte eine Erklärung, warum sie mir das angetan hatte. Also durchsuchte ich die Wohnung nach einem Abschiedsbrief. Ihre Elektronikgeräte hatte die Polizei mitgenommen. Also nahm ich mir Notizblöcke, Mülleimer, Manteltaschen, Bücher, Schränke und Schubladen vor. Doch ich fand nichts.

Ich brauchte einen sicheren Ort, weit weg von der Frau, die mich mit einer einzigen selbstsüchtigen Handlung zerstört hatte, und so kehrte ich in das Haus zurück, in dem ich aufgewachsen war. Bei meinen Eltern zu sein machte mir bewusst, dass ich als Kind vieles für selbstverständlich gehalten hatte.

Damals musste ich mir nur Sorgen darum machen, ob ich die Hausaufgaben erledigt hatte und FIFA 99 auf der Nintendo 64 spielen durfte oder wie lange Johnny und ich draußen bleiben konnten, bis Mum uns zum Essen rief. Ich sehnte mich nach dieser Zeit zurück. Ich wollte kein Erwachsener mehr sein. Zumindest nicht dieser Erwachsene.

Meine Eltern fassten mich mit Samthandschuhen an. Sie warfen mir niemals vor, meine Frau vernachlässigt zu haben, und fragten nicht, wie sie mir aus den Händen gleiten konnte. Das überließen sie meinem Gewissen und Barbara und Patrick, Charlottes Eltern. Die beiden waren vorzeitig in Rente gegangen und wohnten in einer großen weißen Villa an den Berghängen von Alicante. Als die Polizei sie aufspürte, befanden sie sich gerade auf einer Mittelmeerkreuzfahrt. Sie nahmen die nächste freie Maschine, um von der Türkei nach Hause zu fliegen.

Sobald wir uns im Wohnzimmer meiner Eltern gegenüberstanden, brauchten sie jemanden, an dem sie ihre Wut auslassen konnten. Was wohl verständlich war. So machten sie mich zu ihrem Prügelknaben.

»Du hast gesagt, es ginge ihr besser!«, schnappte Barbara und bemühte sich überhaupt nicht, ihre Verbitterung zu verbergen. »Du hast mit ihr zusammengelebt und nicht erkannt, dass es ihr immer schlechter ging?«

»Sie meinte, es ginge ihr besser.«

»Warum hast du nicht mit ihrem Arzt gesprochen und ihm erklärt, dass sie stärkere Antidepressiva benötigt?«

»Sie durfte nicht jedes Medikament nehmen, weil sie schwanger war.«

Barbara schüttelte den Kopf und weigerte sich, meine Antworten zu akzeptieren. Patricks Augen waren blutunterlaufen und von dunklen Ringen umgeben. »Davon verstehe ich nichts«, murmelte er. »Ich weiß nur, dass du mir versprochen hast, auf mein kleines Mädchen aufzupassen. Aber du hast versagt.«

»Ich weiß und es tut mir so leid …« Meine Stimme erstarb.

Ich erinnerte mich an die letzten Monate, in denen Charlotte und ich am glücklichsten hätten sein sollen, und wie dunkle Wolken aufgezogen waren, kurz nachdem sie schwanger geworden war. Zunächst hatte ich es auf die morgendliche Übelkeit zurückgeführt. Doch ihr wurde nicht nur beim Frühstück schlecht, sondern oft auch nach dem Mittag- und Abendessen. Manchmal konnte sie nicht einmal eine Scheibe trockenen Toast bei sich behalten.

Als diese Phase irgendwann vorüber war, hoffte ich, es würde besser und sie teilte endlich meine Begeisterung darüber, dass wir Eltern wurden. Doch sie blieb weiter unglücklich.

Laut der Internetseite des staatlichen Gesundheitsdiensts kam es häufig zu pränatalen Depressionen und ihre Symptome entsprachen den dort genannten: Sie war oft niedergeschlagen, wirkte allgemein apathisch, weinte viel, konnte nicht schlafen und regte sich oft auf.

Deshalb schlug ich ihr vor, es beim nächsten Termin mit der Hebamme anzusprechen. Doch Charlotte bestand darauf, ihre Stimmungsschwankungen selbst in den Griff zu bekommen, und nahm keine Medikamente. Ich versuchte, ihr zu helfen, indem wir die Ernährung umstellten und industriell verarbeitete Lebensmittel durch solche ersetzten, die für Mutter und Kind besser waren und voller Antioxidantien steckten. Doch es half nichts. Es wurde sogar noch schlimmer.

Jede Kleinigkeit regte sie auf, selbst die Nachrichten. Jeder Terrorangriff, jeder Krieg und jede Naturkatastrophe zogen sie magisch an, als könnte sie nicht genug von den Eilmeldungen auf dem Bildschirm bekommen, um sich dann darum zu sorgen, was das für unser Baby bedeuten könnte.

»In was für eine Welt setze ich mein Kind bloß?«, fragte sie mich einmal. »In eine, in der Menschen wegen ihrer Religion oder Sexualität lebendig verbrannt oder von Dächern gestoßen werden?«

»Na ja, erst mal ist es *unser* Baby. Also lastet die Verantwortung nicht allein auf deinen Schultern«, antwortete ich. »Es ist unsere Aufgabe, für seine oder ihre Sicherheit zu sorgen und aufeinander aufzupassen.«

»Was, wenn ich es nicht einmal richtig austragen kann? Sieh mich an, es ist kaum ein richtiger Bauch zu sehen.«

»Laut den Ultraschalluntersuchungen ist alles in Ordnung.«

»Jeden Morgen wache ich mit diesem schrecklichen Gefühl auf und muss ständig weinen. Und das soll die schönste Phase in der Schwangerschaft sein, von der alle Mütter reden? Mir tut sie nur weh.«

Ich wischte eine Träne fort, die ihr über die Wange kullerte. »Denk für einen Moment an die vielen Millionen Menschen, denen niemals etwas Schreckliches passiert ... die nicht in einem Bus in die Luft gesprengt oder von einem Tsunami weggespült werden. Wer sagt denn, dass wir nicht auch zu diesen Leuten gehören?«

Wir führten diese Unterhaltung weder zum ersten noch zum letzten Mal. Und immer wenn wir darüber sprachen, nickte Charlotte zustimmend, als ob sie meinen Beschwichtigungen Glauben schenkte. Rückblickend hätte ich wissen müssen, dass sie mich nur zum Schweigen bringen wollte. Sie glaubte nicht, dass ich sie verstand. Und vermutlich hatte sie recht. Ich hätte mehr tun können. Ich hätte mehr tun müssen.

Charlottes Eltern stellten mir noch viele Fragen, auf die ich keine Antwort wusste. Und ich fühlte mich mehr und mehr wie ein Versager und nicht wie ein Ehemann. Trotzdem war ich wütend, dass sie so taten, als wären ihnen Charlottes Depressionen völlig neu. Dabei hatten sie bei ihrem letzten

Besuch in der Heimat gesehen, wie schlecht es um sie stand. Trotzdem hielten sie die Lage nicht für ernst genug, um dem milden spanischen Klima den Rücken zu kehren. Sie übernahmen keine Verantwortung. Das überließen sie mir.

Als bei Charlotte die schlechten Tage die guten irgendwann überwogen, wich meine Besorgnis nach und nach der Angst um sie. Nach langer Überredungskunst stimmte sie endlich einer kognitiven Verhaltenstherapie zu. Doch nach drei Sitzungen bezeichnete sie ihren Therapeuten als »Vollidioten« und ging nie wieder zu ihm. Erst als sie ihren Tiefpunkt erreicht hatte, gab sie endlich nach und akzeptierte den Vorschlag ihres Arztes, ein niedrig dosiertes Antidepressivum einzunehmen.

Von da an kehrte allmählich Charlottes altes Ich zurück, wie ein Schmetterling, der aus dem Winterschlaf erwacht war. Sie verließ wieder die Wohnung, lächelte, ohne dass man sie dazu aufforderte, und verschwand in unserem Schlafzimmer, um lange zu telefonieren. Kurz vor Weihnachten pflanzte sie neue Frühlingszwiebeln in die Blumenkästen und wählte Farben und Stoffe für das Kinderzimmer aus, während ich die Möbel aufbaute. Außerdem verbrachte sie Zeit in Internetforen, in denen sie sich angeblich mit anderen Frauen austauschte, die verstanden, was sie gerade durchmachte. Sie nahm wieder an der Welt teil, vor der sie sich vorher gescheut hatte.

Schließlich schlug sie vor, dass wir den ersten Auslandsurlaub zu dritt anstatt zu zweit buchen sollten. Wir überlegten, wer von unseren Freunden als Pate geeignet wäre und ob wir jemals ein Haus wie das in Kenton finden würden. Erst jetzt konnte ich erkennen, dass das alles für sie keine Rolle mehr gespielt hatte, sondern nur ein brillantes Täuschungsmanöver gewesen war. Sie wollte all das nicht mehr. Sie wollte uns nicht mehr.

An dem Morgen, als sie starb, hatte sie mir gesagt, dass sie mich liebte. Wie konnte sie das zu mir sagen und ein paar Stunden später alles wegwerfen?

Kapitel 5

Acht Tage nach Charlotte

Mit Ausnahme zweier Großeltern, die in meiner Kindheit an Krebs gestorben waren, hatte ich das Glück, mit Anfang dreißig mit dem Tod kaum in Berührung gekommen zu sein. Jetzt fragte ich mich, ob der Sensenmann einfach nur seine Zeit abgewartet hatte, bis er mein Leben so heftig wie möglich beeinflussen konnte.

Ich lernte, was viele andere in meinem Alter bereits wussten – dass die Trauer der schlimmste Ort der Welt ist, an dem man gefangen sein kann. Tatsächlich ist es eine Art Unterwelt, von der man glaubt, als Einziger darin zu leben. Man ist natürlich nicht allein, weil diejenigen, die einem nahestehen, den Schmerz teilen. Aber es ist nicht wirklich ihr Schmerz, oder? Es ist der eigene. Und es ist so viel schlimmer für einen selbst als für alle anderen. Manchmal dachte ich, ich könnte ihn tatsächlich berühren, wenn ich meinen Arm ausstrecken würde.

Während die Trauer mich in eine Art Schockstarre versetzte, befand ich mich gleichzeitig in einer Art Schwebezustand, in dem ich darauf wartete, dass die Polizei Charlottes Leiche freigab. Ohne sie konnte es keine Beerdigung geben. Ich verstand nicht, wieso es zu dieser Verzögerung kam. Schließlich war es kein Geheimnis, wie sie starb, sondern warum. Trotzdem musste eine Autopsie durchgeführt werden.

Bis sie abgeschlossen war, blieb mir nichts anderes übrig, als irgendwie die Tage herumzubringen. Ich ging mit dem Hund meiner Eltern ziellos im Park spazieren. Oder ich starrte auf den Fernseher, in dem endlose Quizshows, Seifenopern oder Realityshows liefen, bevor mir überhaupt bewusst wurde, dass ein ganzer Abend vergangen war, ohne dass ich irgendetwas von dem, was ich sah, registriert hatte.

Eines Morgens wachte ich vor sechs Uhr auf und fuhr zum Bahnhof von Northampton. Ich löste eine Fahrkarte und erwischte einen Zug für die Berufspendler nach London Euston. Von dort aus fuhr ich weiter zum Shepherd's Bush Market im Westen der Stadt. Um neun Uhr saß ich an einem Plastiktisch in einem geschäftigen Schnellrestaurant und starrte durch das Fenster auf eine Wohnung im zweiten Stock, die über einer Reihe von Geschäften an einer lauten Hauptstraße lag.

Hinter der schmutzigen Kiesfassade befand sich ein ebenso schäbiges Zuhause, das erste, das Charlotte und ich mit einundzwanzig nach dem Universitätsabschluss in der Hauptstadt gemietet hatten. Ich erinnerte mich an die schwarzen und blauen Schimmelflecken, die an den Wänden des Badezimmers hochkrochen und die wir abwechselnd mit einem pilztötenden Mittel abschrubbten. Die Fensterscheiben waren so dünn, dass die Rahmen klapperten, sobald ein Bus oder Lastwagen vorbeifuhr. Und der Heizungskessel war so unberechenbar, dass wir im Winter manchmal den Backofen anstellten und alle Zimmertüren öffneten, nur damit uns warm wurde. Doch die Miete war günstig und der Vermieter hatte nur eine Kaution von zwei Wochenmieten verlangt. Außerdem spielten materielle Dinge damals keine Rolle für uns. Tatsächlich war Charlotte nichts wichtig gewesen, solange wir glücklich waren. Und das waren wir gewesen. Oder etwa nicht? Hatte ich sie vielleicht nie richtig verstanden? Inzwischen stellte ich alles infrage. Jedes Grinsen auf einem Foto, jede SMS, die mit einem Kuss endete … war das alles nur gespielt?

Hatten die Depressionen schon damals unter der Oberfläche geschlummert? Hatte Charlotte sie immer schon in sich gespürt, aber besser verbergen können? Vielleicht war die Krankheit dann durch die Schwangerschaft und die Hormone, die alles durcheinanderbrachten, ausgebrochen und hatte sich wie ein übel riechendes Gas ausgebreitet.

Was auch immer der Grund gewesen war, es spielte keine Rolle mehr. Es hatte sie umgebracht und nun fühlte es sich an, als würde es sich auch in mir ausbreiten. Wenn ich nicht weinte, war ich empfindungslos. Wenn ich nicht empfindungslos war, rang ich nach Luft. Wenn ich nicht nach Luft rang, weinte ich. Und so weiter. Ein nie endender Teufelskreis.

Ich trank einen Schluck Tee mit Milch und schob den Frühstücksburger mit Ei und Speck und den Kartoffelpuffer mit einer Plastikgabel auf dem Teller hin und her. Ich brachte von beidem nur ein paar Bissen hinunter.

Mein Spiegelbild im Fenster überraschte mich. Das kurze aschblonde Haar lag platt und unfrisiert am Kopf, die Wangen waren hager. Ich war blass und mein Blick leer. Mit meinen eins achtundsiebzig war ich weder groß noch klein, hatte aber das Gefühl, von Tag zu Tag zu schrumpfen. Trotz unseres zweijährigen Altersunterschieds, seiner Brille und dem Bart sahen Johnny und ich uns eigentlich sehr ähnlich. Stellte man uns jedoch heute nebeneinander, hätte man uns nicht für Brüder gehalten.

Ein Restaurantangestellter streifte im Vorbeigehen mit dem Arm meine Schulter und ich wich so abrupt zurück, dass er mich überrascht ansah. »Bleib locker, Mann«, murmelte er.

So viele Leute hatten mich mit Umarmungen trösten wollen, dass ich keinen körperlichen Kontakt mehr ertrug. Von jemandem berührt zu werden, egal wie nah wir uns emotional standen, fühlte sich an, als verätzte Säure meine Haut.

Ich warf das halb aufgegessene Essen auf dem Tablett in einen Mülleimer und ging zur Bushaltestelle, ohne zu wissen, wohin ich als Nächstes fahren sollte.

»Borough Market«, kam es mir plötzlich in den Sinn und ich fuhr mit dem Finger über den Busfahrplan, der an einem Laternenpfahl hing.

Obwohl wir kaum Geld für Freizeitaktivitäten hatten und dank billiger Mahlzeiten für die Mikrowelle überlebten, hatten Charlotte und ich jede Woche etwas Geld zurückgelegt, um samstagmorgens frische Lebensmittel auf dem Markt zu kaufen. Damit kochten wir uns dann ein Mittag- und ein Abendessen aus biologisch angebauten Zutaten. Das waren unsere beiden einzigen gesunden Mahlzeiten in der Woche. Wir waren zwar pleite, aber zufrieden. Nun, zumindest war *ich* das gewesen.

Ich stieg in den roten Doppeldeckerbus und ging zur hinteren Sitzreihe auf dem Oberdeck. Dort hatten Charlotte und ich immer gesessen. Ich stellte mir vor, sie wäre jetzt bei mir, und für einen Moment fühlte ich mich wieder geliebt.

Ich schaute auf dem Handy nach der Uhrzeit. Ich hatte es stumm geschaltet und sah erst jetzt, dass ich sieben Anrufe verpasst hatte – drei von Mums Handy und vier von Dads. Außerdem gab es mehrere Textnachrichten von Bekannten.

Sobald sich die Nachricht von Charlottes Tod in unserem Freundeskreis herumgesprochen hatte, wollten alle wissen, was passiert war. Ihnen zu erklären, dass ich es nicht genau wusste, aber Charlotte allem Anschein nach ihrem Leben ein Ende gesetzt hatte, war furchtbar gewesen. Ich hätte genauso gut sagen können: »Es war so verdammt schrecklich, mit mir verheiratet zu sein, dass sie lieber sterben wollte.« Sie versuchten, ihre Tat zu verstehen, und suchten nach Gründen, fanden aber keine Antworten. Bekäme ich ein Pfund für jeden, der sagte

»Ich kapiere es einfach nicht« oder »Sie hatte doch alles, für das es sich zu leben lohnte«, hätte ich genügend Geld, um ihre Beerdigung bar zu bezahlen.

Ihre Freunde teilten sich in zwei Lager, die durch einen gemeinsamen Verlust miteinander verbunden waren. Auf der einen Seite standen die Leute, die Schuldgefühle plagten, weil sie Charlottes Schmerz nicht erkannt oder nicht darauf reagiert hatten. Und sie wollten mich wissen lassen, dass sie sich dafür verantwortlich fühlten, dass sie ihnen entglitten war. Sie bemitleideten mich und meinen Verlust und dafür hasste ich sie.

Für die anderen war ich der Schuldige: Ich kam ihnen als Sündenbock für ihr eigenes Versagen sehr gelegen. Es war einfacher, mir anstatt sich selbst oder Charlotte die Schuld zu geben.

Der Bus erreichte die Southwark Street. Ich stieg aus und starrte von der gegenüberliegenden Seite der London Bridge auf das Glasdach und die im Art-déco-Stil gehaltenen grünen Metallbögen der Borough Market Hall. Ich stellte mir vor, wie ich mit Charlotte im Arm die Straße überquerte. Wir trügen zwei Lebensmitteltüten in den Händen und atmeten die köstlichen Düfte an den Ständen ein. Wir wanderten von Händler zu Händler, wählten Gemüse und Fleisch aus und stritten darüber, wer mit Kochen an der Reihe war. Charlotte und ich hatten uns früher gern hier aufgehalten. Doch diese Tage waren vorbei und für mich gab es keinen Grund mehr hineinzugehen. Es gab für nichts mehr einen Grund.

Kapitel 6

Zwölf Tage nach Charlotte

Es war ein Junge. Es *war* ein Junge. Das Baby, das Charlotte und ich erwartet hatten, wäre ein Junge geworden.

Während ihrer Schwangerschaft hatten wir das Geschlecht nicht wissen wollen. Wir waren einfach nur glücklich gewesen, dass bei uns schon der zweite Versuch einer künstlichen Befruchtung zum Erfolg geführt hatte, während andere Paare sich Jahre darum bemühten. Uns war es egal, ob es ein Junge oder ein Mädchen war. Doch als ich mich nach ihrem Tod selbst damit quälte, mir auszumalen, wie unsere Familie ausgesehen hätte, gab es eine Lücke in meiner Vorstellung. Ich musste wissen, ob ich an einem Spielfeldrand gestanden hätte, um ihn bei einem Rugby-Match anzufeuern, oder ob ich ihr als stolzer Vater beim Korbball zugesehen hätte.

Der Wunsch, das zu wissen, wurde zu einer fixen, alles beherrschenden Idee.

Einen Tag nach meinem Gespräch mit Detective Sergeant Carmichael rief sie mich zurück.

»Nach den vorläufigen Ergebnissen des Gerichtsmediziners erwartete Charlotte einen Jungen«, sagte sie.

»Danke«, murmelte ich und legte auf, bevor sie mich trösten konnte.

Jetzt stellte ich ihn mir im Geiste vor. Sein Name wäre Daniel gewesen, so wie wir es entschieden hatten. Er hätte meine dunkelblonden Haare und Charlottes hellblaue Augen, meine Wangengrübchen und das Lächeln seiner Mutter, mit dem er Eisberge zum Schmelzen brachte. Er hätte meinen athletischen Körperbau und ihre Schnelligkeit. Ich stellte mir vor, wie ich ihm das Segeln beibringen würde, so wie mein Vater es mir und meinem Bruder am Pitsford Reservoir gezeigt hatte. Oder vielleicht wäre er künstlerisch veranlagt und ich würde ihm Klavier spielen beibringen. Ich schüttelte den Kopf, und er löste sich so schnell in tausend kleine Bruchstücke auf, wie er gekommen war.

Ich war zum ersten Mal allein im Haus meiner Eltern, seitdem ich dort vorübergehend eingezogen war. Mum ging wieder in das Schuhgeschäft in der Stadt, in dem sie arbeitete, und Dad in die Druckerei. Johnny war in der Bank und spielte Gott für diejenigen, die eine Hypothek aufnehmen wollten, während ich im Treibsand feststeckte, einen dünnen Ast umklammerte, um zu überleben, und darauf wartete, dass er brach. Das Leben der anderen um mich herum drehte sich weiter. Zwar nicht ganz so, wie vor Charlottes Tod, aber sie waren wieder im Tritt und bewegten sich zumindest in die richtige Richtung.

Ich lief zum Tante-Emma-Laden um die Ecke, um billiges Bier zu kaufen. Es stimmt, was die Leute sagen: Der Alkohol lindert manches. Aber zu viel davon kann die Realität verzerren. Ich wollte nur so viel trinken, dass er mir durch einen besonders schweren Tag half. Mrs Verma stand hinter der Theke und bediente mich mit einem mitfühlenden Lächeln. Ich war ihr dankbar, dass sie mich nicht fragte, wie es mir ging. Ich hatte diese Frage satt.

Anscheinend war die Schule gerade aus, denn ich sah Mütter und Väter vorbeigehen, die auf dem Heimweg von der nahe gelegenen Grundschule ihre Kinder an der Hand hielten. Ich hätte ihnen am liebsten zugerufen: »Ihr wisst ja gar nicht, wie glücklich ihr seid!« Denn wenn ich Daniels Hand festhalten könnte, würde ich sie niemals loslassen.

Meine Gedanken wanderten wieder zu Charlotte. Ich konnte mir nicht vorstellen, warum sie mir diese Chance auf derart grausame Weise geraubt hatte. Sie hatte doch gewusst, wie gern ich Vater werden wollte. Sie hatte meinen innig herbeigesehnten Jungen getötet. Wenn sie wirklich nicht mehr hatte leben wollen und den Tod für die einzige Option gehalten hatte, hätte ich es vielleicht verstehen können, wenn sie es nach Daniels Geburt getan hätte. Ich wäre zwar immer noch am Boden zerstört gewesen, aber er hätte mir die Kraft gegeben weiterzumachen. Doch jetzt, wo sie meinen Sohn ermordet hatte, hatte ich keinen Grund mehr dafür.

Ich trug das Bier in einer Plastiktüte nach Hause und beschloss, es im Garten zu trinken. Koniferen, große grüne und rote Büsche und der ein Meter achtzig hohe Zaun schützten mich vor den Blicken der Nachbarn. Nicht, dass es mich interessiert hätte, wenn sie mir dabei zusahen, wie ich mich schon am Nachmittag betrank. Ich machte mir nicht die Mühe, die Plane von den Gartenmöbeln zu ziehen, sondern ließ mich auf einen Stuhl fallen und spülte zwei Dosen Bier herunter, während ich die Libellen beobachtete, die über den Teich flogen. Der Hund meiner Eltern leistete mir Gesellschaft. Doch der Alkohol der dritten Dose auf nüchternen Magen umnebelte allmählich mein Gehirn. Anstatt mich zu beruhigen, wurden meine Gedanken immer düsterer.

Ich dachte wieder über meinen Sohn nach und fragte mich, ob er bereits im Mutterleib das chemische Ungleichgewicht in Charlotte aufgenommen hatte. Ich spekulierte, wie viel

Schmerz er gespürt hatte, als sie gesprungen war. Vor Monaten hatte ich gelesen, dass ein ungeborenes Kind schon ab der zwanzigsten Woche Schmerzen intensiver empfinden konnte als ein Erwachsener. Hatte er in diesen wenigen Sekunden, in denen sie durch die Luft flog, den Unterschied in der Schwerkraft bemerkt? Man hatte mir gesagt, dass Charlotte infolge der traumatischen Kopfverletzungen vermutlich sofort tot gewesen war. Aber war Daniel es auch gewesen? Oder war er in ihr gefangen gewesen und unter Schmerzen langsam am Sauerstoffmangel gestorben? Es war fast unerträglich, darüber nachzudenken. Doch ich konnte nicht damit aufhören und begann, um ihn zu weinen.

Die Druckluft zischte aus der vierten Dose heraus, als ich die Lasche nach hinten zog. Ich nahm einen großen Schluck, erbrach ihn aber gleich wieder auf meinen Schoß und den Rasen. Ich schob Oscars Kopf beiseite, als er zu mir kam, um den Geruch genauer zu untersuchen, und krümmte mich auf allen vieren, bis der letzte Tropfen aus meinem erbärmlichen Körper herausgekommen war und im Gras versickerte.

»Ich hasse dich, Charlotte«, murmelte ich. »Ich hasse dich für das, was du uns angetan hast.«

Kapitel 7

Drei Wochen nach Charlotte

»Leugnen. Wut. Verhandeln. Depression. Akzeptanz.«

Ich überflog die Internetseite, für die Johnny mir per E-Mail einen Link gesendet hatte. Er wollte mir helfen und zeigen, dass alles, was ich fühlte, völlig normal war. Doch ich wurde nur wütend. Ich brauchte niemanden, der mir sagte, wie ich mich fühlen sollte. Laut den dort zitierten Experten gab es diese fünf Phasen der Trauer. Doch ich kämpfte damit, die Phase der Wut hinter mir zu lassen. Die Seite riet, man solle, je wütender man war, desto mehr Herr über dieses Gefühl werden, um es schneller zu überwinden. Dann wäre man bereit für den nächsten Schritt.

So ein Quatsch. Ich will nicht weitermachen. Ich weiß, wo ich stehe. Ich bin wütend, weil ich um meinen Sohn trauere, und ich hasse seine Mutter, die ihn getötet hat. Vergäbe ich ihr und akzeptierte ich, was geschehen ist, wo zum Teufel käme ich dann hin? Mir geht es besser, wo ich jetzt bin, weil mir das inzwischen vertraut ist. Das Unbekannte macht mir Angst.

Meine Verbitterung saß so tief, dass ich kaum noch Charlottes Namen aussprechen konnte. Ich hatte nicht einmal versucht, mich mit der Affäre abzufinden, die sie mit einem anderen Mann gehabt und die zu ihrem Selbstmordpakt geführt hatte. Ich wurde immer verbitterter, und da es niemanden außer einem Geist gab, den ich beschuldigen konnte, richtete sich meine Wut auf meine Eltern, auf ihre Eltern, auf unsere Freunde, auf die Polizei, die ihren Fall untersuchte, und auf einen Gott, an den ich nicht mehr glaubte.

»Wir konnten keine Beweise dafür finden, dass Charlotte und dieser Mann vor ihrem Tod Freunde gewesen waren oder in irgendeiner Art von Beziehung zueinander standen«, erklärte mir Detective Sergeant O'Connor. »Vielleicht erleichtert Sie das ein wenig.«

»O ja, das ist wirklich eine große Erleichterung.« Ich versuchte gar nicht, meinen Sarkasmus zu verbergen.

Er nahm einen Schluck Tee aus seinem Becher und sah zu meinen Eltern, als erwartete er, dass wir dankbar für diese kleine Gnade wären. Ich hoffte, dass er sich in meiner Gegenwart unbehaglich fühlte, denn er konnte nur kurz Blickkontakt mit mir halten. Ich blieb bei meinem Pokergesicht. Für mich machte es keinen Unterschied, ob Charlotte mit dem Mann, mit dem sie gestorben war, oder mit halb Northamptonshire geschlafen hatte.

Wir saßen am Esszimmertisch meiner Eltern, während O'Connor uns auf den neusten Stand brachte. Ich meinte, eine Alkoholfahne zu riechen. Vermutlich hatte er sich Mut angetrunken, bevor er dem wütenden Witwer gegenübertrat.

Witwer. Verdammt, das bin ich. Ich bin Witwer. Von einem Moment zum anderen vom Ehemann zum Witwer.

»Wie haben sie sich dann kennengelernt?«, wollte Dad wissen.

»Das überprüfen wir noch«, antwortete er.

»Sie wissen es nicht?«, hakte ich nach. »Es ist Ihre Aufgabe, das herauszufinden, und Sie ›überprüfen es noch‹? Sie hatten fast drei Wochen Zeit. Wie lange brauchen Sie denn noch?«

»Lass ihn ausreden, mein Sohn.« Dad warf dem Polizisten einen entschuldigenden Blick zu.

»Wie Sie wissen, haben wir Charlottes Anruflisten von Handy und Festnetz durchgesehen. Es gibt nicht ein Telefonat, das nicht erklärbar ist. Wir haben ihre E-Mail-Adressen und Skype-Kontakte überprüft und auch hier nichts gefunden. Sie scheint weder einen Chatdienst verwendet noch über Internetforen oder über soziale Medien mit jemandem kommuniziert zu haben, auf den seine Beschreibung passt. Wir haben mit ihren Freunden gesprochen. Doch niemand erinnert sich daran, dass sie jemals einen anderen Mann erwähnt hat. Die beiden sind bis zu diesem Nachmittag, an dem sie sich trafen, Fremde füreinander gewesen. Nur ein Punkt in ihren Telefonlisten ist wirklich interessant, die Nummer der Telefonseelsorge.«

»Was für eine Nummer, bitte?«, fragte Dad nach.

»Es handelt sich um die Telefonnummer einer Beratungsstelle für Menschen mit seelischen Problemen. Charlotte hat in den letzten Wochen wiederholt eine zentrale Rufnummer angerufen, die den Anruf in die nächstgelegene Einrichtung weiterleitet.«

»Warum?«

»Das wissen wir nicht.«

»Wie viel ist ›wiederholt‹?«

»Fast hundert Mal.«

»Mein Gott«, meinte ich und atmete hörbar aus. Ich hatte meine Frau wirklich nicht gekannt.

»Eine Woche vor ihrem Tod hören die Anrufe plötzlich auf.«

»Aber das ergibt doch keinen Sinn«, sagte Mum und sah mich an. Ihr Blick schien zu fragen, wieso ich das nicht über die Frau wusste, mit der ich zusammengelebt hatte.

»An dem Nachmittag, an dem sie starb«, sagte ich, »ging sie auf die Klippen zu, weil sie beschlossen hatte, mit diesem Mann zu sterben. Ihre Hand sah aus, als hielte sie etwas ans Ohr. Wenn sie mit dem Handy in der Hand starb, wie konnten Sie es dann nach ihrem Tod in ihrem Auto finden? Und mit wem hat sie telefoniert?«

O'Connor zuckte mit den Schultern. »Sie muss zwei Handys gehabt haben. Der andere Mann sah auch so aus, als telefonierte er.«

»Mit der Telefonseelsorge?«

»Solange wir ihn nicht identifiziert oder sein Handy gefunden haben, können wir das nicht feststellen.«

»Also müssen wir herausfinden, mit wem sie vor ihrem Tod bei der Telefonseelsorge gesprochen haben«, schlug Dad vor. Johnny lehnte sich gegen die Anrichte und nickte zustimmend.

»Ich fürchte, das ist nicht so einfach.« O'Connor kniff sich in den oberen Teil der Nase und schloss die Augen. Vielleicht ließ die Wirkung des Alkohols nach. »Die Telefonseelsorge garantiert absolute Anonymität. Die Menschen, die dort arbeiten, sehen weder, von welcher Nummer ein Anruf erfolgt, noch können sie diesen zurückverfolgen. Und sie unterstehen auch keiner gesetzlichen Verpflichtung, eine Person zu melden, die Selbstmordgedanken hegt. Selbst wenn jemand das, was Charlotte getan hat, tut, während er mit ihnen spricht, müssen sie nicht die Polizei anrufen. Außerdem hätte sie mit jedem der ehrenamtlichen Mitarbeiter in fünf Bezirken sprechen können. Das sind über hundert Personen und wir verfügen nicht über genügend Ressourcen, um sie alle zu befragen. Es tut mir leid, das zu sagen, aber unter anderen Umständen – wäre Charlotte … rechtswidrig zu Tode gekommen … lägen die Dinge anders.«

»Aber weil es ein Selbstmord ist, nimmt man es nicht so ernst«, blaffte ich ihn an.

»Wirklich, Ryan, wir nehmen das sehr ernst. Aber wir haben keinen Grund zu der Annahme, dass hier ein Verbrechen vorliegt. Und solange sich derjenige, der mit Charlotte und dem anderen Mann gesprochen hat, nicht zu erkennen gibt, werden wir wohl niemals etwas über ihre Gründe oder die Art ihrer Beziehung erfahren.«

»Was ist mit der moralischen Verpflichtung?«, fragte Johnny. »Wenn die Mitarbeiter der Telefonseelsorge wüssten, warum Sie mit ihnen sprechen wollen, sind sie vielleicht bereit, uns zu helfen, damit wir verstehen, was passiert ist.«

»Dann liegt es an ihnen, diese Informationen freiwillig herauszugeben.«

Ich wurde immer frustrierter, als uns im Laufe des Gesprächs immer mehr Hindernisse in den Weg gelegt wurden. Es war, als säße ich hinter dem Lenkrad meines eigenen Autos, das jemand fernsteuerte.

»Da ist noch etwas«, meinte O'Connor. »Wir wurden von einer Nachrichtenagentur angesprochen. Gemäß einer mündlichen Vereinbarung berichten sie in der Regel nicht über Selbstmorde. Aber dieser Fall ist etwas anderes, da es anscheinend ein Pakt zwischen zwei Fremden war. Sie haben einen anonymen Tipp bekommen und glauben, es wäre von öffentlichem Interesse, darüber zu berichten.«

»Sagen Sie ihnen, dass wir nicht mit ihnen reden wollen«, blaffte ich ihn an. »Es ist schlimm genug, dass unsere Freunde davon wissen, es muss nicht auch noch der Rest der Welt erfahren.«

»Wir könnten aber unter Umständen einen Nutzen daraus ziehen. Vielleicht kommen wir so an Namen oder Informationen darüber, wer der Fremde sein könnte.«

»Nein«, gab ich unnachgiebig zurück und schlug mit der Hand auf den Tisch.

»Okay«, gab O'Connor seufzend nach und trank schnell noch einen Schluck Tee. »Ich werde Ihre Antwort weitergeben.« Dann erhob er sich, um zu gehen. »Aber wir haben keine Kontrolle darüber, was sie schreiben und was nicht. Also stellen Sie sich besser darauf ein, da es ein gewisses Interesse an dieser Geschichte gibt.«

Damit sollte er recht behalten. Zwei Tage später hatte sie es nicht nur auf die Titelseite unserer Wochenzeitung geschafft. Sie wurde auch in vier Boulevardblättern und in der Kolumne zweier Tageszeitungen erwähnt. Die Journalisten durchforsteten Facebook nach Fotos von Charlotte und sprachen mit früheren Arbeitskollegen und Bekannten, die sie kaum gekannt hatten. Die Geschichten wurden durch geschmacklose Zeichnungen von der Klippe und ihrer Flugbahn während des Falls illustriert.

Als mir einige Journalisten Sprachnachrichten und Textmitteilungen hinterließen, in denen sie mich aufforderten, mit ihnen zu sprechen, schaltete ich das Handy aus. Ich konnte kaum mit den Menschen in meinem Umfeld reden, geschweige denn mit Fremden.

Kapitel 8

Zwei Monate nach Charlotte

Ich hatte keine Lust, zu Charlottes Beerdigung zu gehen.

Ich musste mich nicht von ihr verabschieden. Ich wollte mich nicht gern an sie erinnern und ich wollte ihr nicht die letzte Ehre erweisen. Ich war ihr nichts schuldig. Ich war nur bereit, an der kirchlichen Zeremonie teilzunehmen und kurz ins Krematorium zu kommen, weil meine Eltern mir Schuldgefühle eingeredet hatten. Wenn Charlotte ihr Leben nicht feiern wollte, warum sollte ich es dann?

Ich war total benebelt, weil ich zwei Schlaftabletten meiner Mutter geschluckt und einen Kater vom Biergelage der letzten Nacht hatte. Daher konnte ich mich kaum darauf konzentrieren, wer am Rednerpult stand und versuchte, positive Dinge über eine Frau zu finden, die ihr Baby ermordet hatte.

Ich schaute mich in der Kirche um, die mit Vasen voller Narzissen und Plakaten geschmückt war, die die bevorstehenden Osterfeierlichkeiten ankündigten. Doch als vier Sargträger Charlotte hereintrugen, ging mein Blick zum Sarg und konnte sich nicht mehr davon lösen. Ich ignorierte die Gottesdienstordnung und stimmte nicht in die Lieder ein. Ich senkte nicht einmal zum Gebet den Kopf.

Mein Vater und Johnny standen neben mir und zogen mich in den Momenten hoch, in denen ich aufstehen musste. Später entschuldigten sie mich bei jedem, der kurz mit mir reden wollte, während sie mich zurück zum Trauerfahrzeug führten. Mir war alles so egal, dass ich nicht einmal versuchte, den Reportern am Ausgang der Kirche auszuweichen, die jeden in Beschlag nehmen wollten, der zu ihnen herübersah.

Nachdem man Charlottes Leiche freigegeben hatte, hatte ich meinen Schwiegereltern die Organisation der Beerdigung überlassen. Die Auswahl eines Bestattungsunternehmens und der Kleidung, die sie tragen sollte, wenn sie ins Feuer ging, welche Gegenstände ihrem Sarg beigelegt werden sollten, welche Musik spielen sollte, wenn man ihn in die Kirche brachte, wie viele Autos benötigt wurden … Sie war ihre Tochter, also war sie auch ihr Problem. Ich ließ ihnen über Dritte ausrichten, dass sie auch ihren Ehering behalten könnten. Ich konnte mit meinem eigenen nichts anfangen, geschweige denn mit ihrem. Alles, was er bedeutete, war eine Lüge. Charlotte hatte mich so wenig geschätzt, und nun beruhte das Gefühl auf Gegenseitigkeit. Ich wollte nur, dass alles endlich vorbei war.

Trotzdem wollte ich in derselben Woche zur gerichtlichen Leichenschau gehen, bei der die Todesursache untersucht wurde. Ich erlaubte Johnny und meiner Mutter, mich zu begleiten. Wir saßen zwei Reihen hinter Charlottes Eltern und unsere Familien würdigten sich keines Blickes.

Ich wusste nicht, warum ich dabei sein wollte. Vielleicht glaubte ich, noch nicht genug gelitten zu haben, und musste wissen, wie viel Schmerz ich wirklich ertragen konnte, bevor ich völlig zusammenbrach.

Ich hörte genau zu, als die Zeugenaussagen und Leumundszeugnisse vorgelesen wurden. Und ich sah zu, als man die Kameraaufzeichnung des Fahrzeugs zeigte, das auf dem Parkplatz an den Klippen gestanden hatte. Dann legte die

Richterin, eine füllige Frau mittleren Alters mit weichem Gesicht und mitfühlenden Augen, die medizinische Todesursache als »Mehrfachverletzungen« fest.

»Ach was, echt?«, murmelte ich leise vor mich hin. Vielleicht hatte Johnny es trotzdem gehört.

»Bevor ich einen Selbstmord feststelle, müssen für mich zwei Punkte zweifelsfrei geklärt sein«, fuhr sie fort. »Dass Mrs Smith die Tat verursacht hat, die zu ihrem Tod geführt hat, und dass sie dies mit der Absicht tat, sich selbst zu töten. Ich muss mir in beiden Punkten sicher sein, dass dies der Fall ist – und das bin ich auch. Mrs Smith sprang mit einem noch unbekannten Mann von den Klippen von Birling Gap und starb tragischerweise, als sie auf den Felsen aufschlug. Unter diesen Umständen komme ich zu dem Ergebnis, dass es sich hierbei um Selbstmord handelt.«

Das war es also: Innerhalb von drei Tagen war meine Frau eingeäschert worden und alle Welt konnte in den offiziellen Bekanntmachungen nachlesen, dass sie sich umgebracht hatte. Vielleicht konnte ich jetzt weitermachen.

Nachdem ich acht Wochen im Haus meiner Eltern gewohnt hatte, spürte ich den Drang, wieder in die eigene Wohnung zurückzukehren. Ich brauchte mein vertrautes Umfeld, damit ich mich wieder annähernd als der Mensch fühlen konnte, der ich einmal gewesen war. Ich konnte Charlottes Geist nicht erlauben, mich aus meinem eigenen Haus zu vertreiben.

Als ich die Haustür aufschloss, blieb ich nervös im Türrahmen stehen. Es roch noch nach dem Duft der Lufterfrischer, die sie so gemocht hatte. Ihr Regenmantel hing schlaff an einem Kleiderhaken. Auf dem Hochzeitsfoto, das bereits Staub angesetzt hatte, strahlten wir unter einem Rosenbogen.

Ich hatte fast ein Drittel meines Lebens als »wir« verbracht und musste plötzlich akzeptieren, wieder ein »Ich« zu sein. Mir wurde schlagartig bewusst, dass das frühere Leben, das ich so geliebt hatte, unwiederbringlich vorbei war und ich niemals mehr in der Lage wäre, es mit jemand anderem zu wiederholen. Als die Tränen erst einmal eingesetzt hatten, konnte ich sie nicht mehr aufhalten.

Ich konnte nicht in unser Schlafzimmer zurückkehren. Also beschloss ich, in der kleinen Kammer zu schlafen. Es war der einzige Raum in der Wohnung, den wir in der Zeit, die wir hier wohnten, noch nicht eingerichtet hatten. Wir hatten es gerade mal geschafft, eine einzelne Matratze und ein winziges Nachtschränkchen hineinzuzwängen. Doch jetzt war er genau der richtige Ort. Nebenan lag das Kinderzimmer. Ich war noch nicht bereit, es zu betreten. Solange es blieb, wie es war, mit den neutralen Gelbtönen und den umherliegenden Plüschtieren, konnte ich so tun, als würde Daniel dort schlafen. Ich wollte ihn nicht gehen lassen.

Einige Tage später druckte ich Charlottes Handyaufzeichnungen aus. Ich hatte O'Connor zwar geglaubt, dass sie so oft die Telefonseelsorge angerufen hatte, wollte es aber trotzdem mit eigenen Augen sehen. Ich ging jede Spalte durch. Die meisten Anrufe hatten morgens oder am frühen Nachmittag stattgefunden, während ich arbeiten war. Manchmal hatte sie auch an den Abenden und Wochenenden angerufen, wenn wir beide zu Hause waren. Ich erinnerte mich daran, wie sie hin und wieder in ein anderes Zimmer gegangen war. Damals hatte ich geglaubt, sie würde mit einer Freundin telefonieren. Doch jetzt wusste ich, dass sie nur wenige Meter von mir entfernt einem Fremden erzählte, dass sie sterben wollte.

Einige Anrufe dauerten nur Sekunden, andere länger als eine Stunde. Für einen Moment ließ ich zu, dass Mitleid meine Wut milderte.

Warum konntest du nicht mit mir über deinen Schmerz reden?

Ich dachte an Charlottes Auto und dass ich es irgendwann verkaufen müsste. Es gab tatsächlich vieles, was ich organisieren musste, sobald ich wieder in die Normalität zurückkehrte. Doch ihre Kleider wegzuräumen, ihre Unterlagen durchzusehen, den Namen auf den Stromrechnungen zu ändern, ihr Bankkonto zu kündigen und so weiter –all diese Dinge mussten warten.

Genauso wie meine Arbeit. Der Gedanke, durch diese ewig kalte Eingangshalle zu gehen, als ob mein Leben noch dasselbe wäre wie beim letzten Mal, als ich dort gewesen war, erschreckte mich. Mein Arzt war äußerst verständnisvoll und hatte mich für einen weiteren Monat krankgeschrieben. Doch er hatte mich erst aus der Praxis entlassen, nachdem er mir einige Faltblätter zur Trauerbewältigung und die Telefonnummern diverser Beratungsstellen gegeben hatte. Als ich in meinem Wagen saß, überflog ich die Ratschläge eines Ratgebers. »Verreisen Sie doch mal am Wochenende an einen Ort, der Ihnen völlig neu ist. Oder unternehmen Sie einen langen Spaziergang. Vielleicht schaffen Sie sich auch ein Haustier an.« Ich musste laut lachen.

Ja, Herr Doktor, ich werde meine verstorbene Ehefrau durch einen Hamster ersetzen. Eine tolle Idee!

Johnny und die Jungs, mit denen ich in einer Hobbymannschaft Fußball spielte, schauten zwar abwechselnd bei mir vorbei, um mich abzulenken. Doch trotz ihrer Bemühungen unterhielt ich mich nur wenig mit ihnen. Außerdem bestand Johnny darauf, dass ich mit in unsere Kneipe ging, das Abington. Er tat sein Bestes, um mich aus meinem Kokon heraus und wieder in die Welt da draußen zu holen. Doch es war mir egal. Es gab überhaupt wenig, das mich noch kümmerte.

»Mum und Dad machen sich Sorgen um dich«, meinte Johnny eines Abends ernst. In der Kneipe war es sehr ruhig. Er saß auf dem Rand eines abgewetzten Sofas, schaute auf den Boden und spielte geistesabwesend mit den Kordeln an seinem Kapuzenpullover. »Sie haben Angst, du könntest … du weißt schon … dasselbe wie Charlotte tun.«

»Was meinst du? Mich grundlos umbringen? Mich von den Klippen stürzen und mit dem Kopf auf den Felsen aufschlagen, sodass mein Gesicht nicht mehr zu erkennen ist?«

Ich wusste, dass meine Antwort unangebracht war. Ich hätte lügen müssen, würde ich sagen, dass ich nicht schon einmal darüber nachgedacht hatte. Doch es war nur ein flüchtiger Gedanke gewesen. »Was ist mit dir?«, wollte ich wissen. »Was glaubst du?«

»Ich habe ihnen gesagt, dass du nicht so egoistisch bist. Und dass du weißt, sie würden daran zugrunde gehen, wenn du das tust.« Ich nickte langsam. »Ich würde auch daran zugrunde gehen«, meinte er leise und sah mich besorgt an.

Obwohl Johnny und ich uns nahestanden, sprachen wir nur selten über Herzensdinge. Doch nach Charlottes Tod war er zu meinem Felsen geworden. Er hatte mich in den schlimmsten und verzweifeltsten Momenten erlebt. Er hatte neben mir gesessen, als ich mir die Augen ausheulte. Er hatte das Erbrochene von meinem Gesicht gewischt, wenn ich zu viel getrunken hatte. Und er hatte seinen gesamten Urlaub aufgebraucht, um Zeit mit mir zu verbringen und mir Kraft zu geben. »Wenn du dir etwas antust, würde ich mir das nie verzeihen, Ry«, fuhr er fort. »Zuzusehen, wie du durch die Hölle gehst, tut mir unendlich weh. Du musst mir versprechen, dass du nichts Dummes tun wirst.«

»Ich verspreche es.«

»Gut. Und versprich mir, dass du über Dads Vorschläge nachdenkst, zum Beispiel über eine Trauerberatung oder Medikamente vom Arzt.«

»Okay, das werde ich.« Natürlich hatte ich nicht die Absicht, das zu tun. Ich hatte nur zugestimmt, damit er mich in Ruhe ließ. »Ich muss mal aufs Klo. Und du bestellst in der Zeit noch eine Runde«, sagte ich und klopfte ihm auf die Schulter, als ich vom Tisch aufstand.

Während ich an der Theke vorbeiging, fiel mein Blick auf ein Schwarzes Brett, an dem Visitenkarten von Taxiunternehmen und Flyer für verschiedene Veranstaltungen hingen – und eine Broschüre der Telefonseelsorge. Ich zog die Reißzwecke heraus und steckte das Heft in die Tasche. Nachdem Johnny mich später zu Hause abgesetzt hatte, starrte ich auf die Broschüre in meiner Hand. *Wir hören zu, wir verurteilen nicht*, stand dort in blauen Druckbuchstaben.

Ich würde nur herausfinden, was die Beratungsstelle Charlotte im Gegensatz zu mir hatte bieten können, wenn ich dort anrief. Zögernd griff ich nach dem Handy und wählte die Nummer. Nach fünf Klingelzeichen hob jemand ab.

»Guten Abend, Sie sprechen mit der Telefonseelsorge. Hier ist Kevin. Und wie heißen Sie?«

Ich hatte keine Ahnung, was ich sagen sollte.

»Nehmen Sie sich die Zeit, die Sie brauchen«, meinte Kevin nach kurzem Schweigen. »Ryan«, antwortete ich. »Ich heiße Ryan.«

»Hallo, Ryan. Wie geht es Ihnen heute Abend?«

Ich weiß nicht, ob es wirklich an Kevins Stimme lag oder nur an den vier Litern Ale, die durch meine Adern flossen, aber er klang so freundlich und mitfühlend. Ich fragte mich, warum er sich entschieden hatte, bis spät in der Nacht aufzubleiben, um mit Leuten zu reden, die er nicht kannte. Vielleicht klaffte in seinem Leben eine ebenso große Lücke wie in meinem.

»Mir geht es gut«, antwortete ich.

»Das freut mich zu hören. Gibt es einen bestimmten Grund, warum Sie uns heute Nacht anrufen?«

»Meine Frau …«, setzte ich an, geriet aber ins Stocken und konnte den Satz nicht beenden.

»Ihre Frau«, wiederholte er. »Ist Ihrer Frau etwas zugestoßen?«

»Sie … ist gestorben. Vor ein paar Monaten.«

»Es tut mir leid, das zu hören, Ryan. Wollen Sie mir von ihr erzählen?«

Ich zerbrach mir den Kopf, um mir eine andere Todesursache als Selbstmord auszudenken, weil ich nicht wollte, dass er mich verurteilte. Doch durch den Alkohol war ich zu langsam und mir fiel nicht schnell genug etwas ein. Also erzählte ich ihm die Wahrheit und wie ich zunächst Charlotte mit jeder Faser meines Körpers vermisst hatte, jetzt aber nie wieder an sie denken wollte.

»Ein solches Gefühlschaos zu durchleben, ist völlig normal«, erklärte Kevin. »Wollen Sie mir mehr darüber erzählen, was Sie fühlen?«

Ich saß auf dem Fußboden des Wohnzimmers und erzählte einem Fremden Dinge, die selbst meine Familie nicht wusste. Und obwohl er mir keine Wunderlösungen anbot, schlug er mir zumindest nicht vor, einen langen Spaziergang zu machen oder ein Haustier anzuschaffen. Stattdessen konnte ich dank unseres Gesprächs verstehen, warum es Charlotte vielleicht so leichtgefallen war, mit jemandem von der Telefonseelsorge zu sprechen.

Aber es erklärte noch nicht, warum sie mehr als hundert Mal dort anrufen musste.

Kapitel 9

Vier Monate nach Charlotte

Nachdem die Untersuchungen abgeschlossen waren, gab die Polizei mir Charlottes Handy, iPad und Notebook zurück. Die Geräte lagen in transparenten, versiegelten Plastikbeuteln mit Aufklebern, auf denen man mit schwarzem Filzstift Beweis- und Fallnummern vermerkt hatte. Mehr war sie nicht für die Menschen, die sie nicht gekannt hatten: nur ein Fall, der durch zwei Buchstaben und sieben Ziffern gekennzeichnet wurde.

Mitarbeiter der digitalen Forensik hatten ihre Elektronikgeräte gründlich untersucht, aber nichts von Bedeutung entdeckt. Und leider gab es immer noch keine Verbindung zu dem Mann, mit dem sie gestorben war. Trotz der Aufmerksamkeit der Medien, die ihre Geschichte gebracht hatten, war er offiziell noch nicht identifiziert worden. Auch seine Leiche war noch nicht an Land gespült worden.

Ich hatte nie einen Grund gehabt, Charlotte nachzuspionieren. Doch sie hatte mich mit so vielen unbeantworteten Fragen zurückgelassen, dass sie mir einige Erklärungen schuldig war. Es war acht Uhr abends, als ich mit ihrem Handy begann und unsere Beziehung durch die Textnachrichten noch einmal durchlebte. Dass die Polizei wahrscheinlich unsere intimsten

Gedanken oder auch nur so banale Dinge gelesen hatte wie die Frage, wer an der Reihe war, das Auto zur Inspektion zu bringen, missfiel mir. Mir war nicht bewusst gewesen, wie sehr ich es vermisst hatte, ihren Namen auf meinem Handy zu lesen.

Während Charlottes Schwangerschaft voranschritt, rief sie immer seltener bei ihren Freunden an, während die Anzahl ihrer E-Mails und Textnachrichten zunahm. Vermutlich hatte sie beim Schreiben ihre Traurigkeit besser verbergen können als die Leere in ihrer Stimme.

Ich blätterte durch ihr Facebook-Profil und stellte fest, dass sie in den letzten Monaten nichts mehr gepostet hatte. Die meisten werdenden Mütter berichten nur zu gerne, in welchem Stadium der Schwangerschaft sie gerade sind, oder beschweren sich darüber, wie dick sie sich fühlen. Doch ich war der Einzige von uns beiden gewesen, der für unsere Freunde den Status aktualisierte oder Fotos teilte. Charlotte war von einer aktiven Posterin zu einer passiven Zuschauerin geworden.

Ich sah die gespeicherten Dokumente auf ihrem Notebook durch, die aber alle aus der Zeit stammten, in der sie vor der Schwangerschaft als Designerin gearbeitet hatte. Ihre Musikbibliothek war voll von der kitschigen Popmusik, die sie so geliebt hatte, und auch in ihrem Browserverlauf oder auf ihren Lieblingsseiten fand sich nichts Verdächtiges. Die meisten E-Mails waren gelöscht und anschließend aus dem Papierkorb entfernt worden. Dasselbe traf auf die Cookies zu. Wie ich befürchtet hatte, erfuhr ich nichts Neues über meine Frau.

Ich war überrascht – und enttäuscht –, dass es weder auf ihrem Handy noch auf ihrem iPad Fotos von uns gab. Früher hatte ich sie immer damit aufgezogen, dass sie den Finger ständig am Auslöser ihrer Handykamera hatte. Egal, wo wir waren – in der Küche, im Urlaub am Pool oder im Supermarkt –, die Frau machte ständig Fotos. Ich durchsuchte noch einige andere Ordner auf ihren Geräten, aber sie hatte alle Bilder gelöscht, die sie je von uns gemacht hatte. Anscheinend war unsere Beziehung für sie so schrecklich gewesen, dass sie jede Spur davon beseitigen musste. Selbst vier Monate nach ihrem Tod fand sie immer neue Wege, mir wehzutun.

Inzwischen war es kurz vor Mitternacht und ich wusste aus Erfahrung, dass ich immer wütender werden und keinen Schlaf finden würde, sollte ich heute Abend so weitermachen. Ich wollte gerade das iPad beiseitelegen, als ich den Halt verlor. Meine Finger glitten über die Bildschirmtastatur, während ich versuchte, es aufzufangen, damit es nicht zu Boden fiel.

Als ich es wieder hinstellte, fiel mein Blick plötzlich auf zwei Taschenrechner-Apps – die Standardversion des Betriebssystems und eine weitere. Welcher Mensch braucht zwei Taschenrechner? Ich klickte auf die mir unbekannte Anwendung und sah, dass vier Zahlen bereits eingegeben waren – 1301. Ich erkannte sie sofort: Es war Charlottes Todestag. Ein Tag, auf den sie hingearbeitet hatte.

Ich drückte auf das Gleichzeichen, doch nichts passierte. Also versuchte ich es nacheinander mit den Plus-, Minus- und Geteiltsymbolen. Doch erst beim Prozentzeichen tauchte eine neue Seite auf. Plötzlich wurde ein Startbildschirm aktiv, auf dem viele verschiedene Ordner mit Fotos, Dokumenten und Notizen zum Leben erwachten und sich über dem gesamten Monitor verteilten. Sie hatte eine App heruntergeladen, mit der sie alles verstecken konnte, was ich niemals finden sollte.

Ich ging mit dem Computer ins Schlafzimmer und setzte mich auf das Bett. Der Ordner mit den ersten Dokumenten enthielt Dutzende Screenshots, die sie von vielen verschiedenen Internetseiten gemacht hatte, und Seiten mit Links zu anderen Internetseiten. Überall ging es um Selbstmord.

Neben den Bildern gab es auch Illustrationen, an welcher Stelle man sich am besten den Arm aufschlitzte, um wirklich zu verbluten, und Dokumente mit den erfolgversprechendsten

Kombinationen von Tabletten für eine Überdosierung. Es gab auch Hyperlinks, durch die man erfuhr, aus welchen Ländern man sie online bestellen konnte.

Zu ihren Favoriten hatte Charlotte ein Forum namens »Der letzte Schlag« hinzugefügt, das »Selbstmord-Hotspots« im ganzen Land vorschlug. Es gab mehrstöckige Parkhäuser ohne Sicherheitsgeländer oder -netze, leicht zugängliche Brücken, Eisenbahnstrecken mit defekten Einzäunungen und Gewässer mit starken Strömungen, die einen in Sekundenschnelle in die Tiefe zogen. Es gab Fotos, Straßenkarten, schriftliche Anweisungen, wie man sie fand, Postleitzahlen für Navis und Koordinaten des Landesvermessungsamts. Alles war bis ins kleinste Detail durchdacht. Und Charlotte hatte sie nicht nur gelesen, sondern sogar mit Lesezeichen versehen.

Ich konnte den Blick nicht vom Bildschirm abwenden. Die Verzweiflung der Leute, die am Ende ihrer Weisheit angekommen waren, machte mich traurig. Und die Begeisterung derer, die sie zum Sterben ermutigten, widerte mich an. Soweit ich erkennen konnte, hatte keiner einen Link oder eine Telefonnummer der Telefonseelsorge eingefügt. Niemand hatte erwähnt, dass der Tod nicht unbedingt die richtige Lösung für Probleme war, oder sie gedrängt, mit jemandem darüber zu reden.

Es gab Threads von Jugendlichen, die genug davon hatten, schon in ihrem viel zu jungen Alter Opfer tödlicher Krankheiten und psychischer Probleme zu sein. Einige stammten von älteren Menschen, die sich vor einem langwierigen Tod so sehr fürchteten, dass sie lieber zu ihren eigenen Bedingungen gehen wollten. Einsamkeit, Missbrauch, Depressionen, Krieg, Mobbing, Sexualität, Essstörungen … es gab endlos viele Gründe, warum sie sterben wollten.

Ich durchsuchte die Seiten nach Namen, die darauf hindeuten könnten, dass Charlotte Mitglied in diesen Foren gewesen war. Doch ich fand keine Hinweise, dass sie selbst Posts veröffentlicht hatte. Vielleicht hatte sie sich dort nur umgesehen und die anderen beobachtet, wie sie es auf Facebook getan hatte.

Dann sprang mir ein Thread in einem anderen Forum ins Auge, der erst vor wenigen Tagen geschrieben worden war. Die Überschrift lautete »Brauche jemanden, der mit mir redet, während ich sterbe«. Der Aufruf zeigte fast dreihundert Nachrichten unter ihrem Avatar, für den sie ein Foto der jungen Angelina Jolie und den Nickname »DurchgeknalltesMädchen« gewählt hatte.

Also, Leute, ich habe festgelegt, wo und wann ich es tue (die Tabletten sind am Mittwoch aus Trinidad eingetroffen und ich habe mir ein Hotelzimmer in Birmingham gebucht). Ich bin außerdem zu dem Entschluss gekommen, dass ich zwar allein hergekommen bin, aber nicht allein gehen möchte. Ist hier also irgendjemand, der am anderen Ende der Telefonleitung sein will, während es passiert? Ich brauche Gesellschaft.

Unter den vielen Gratulanten hatte niemand in ihrem Netzwerk den Mut gehabt, die Grenzen zwischen Vorstellung und Realität aufzuheben und sie bei ihrer Bitte zu unterstützen. Dafür nannten sie nur allzu schnell Nicknamen anderer Personen, die vielleicht helfen könnten.

Wo wohnst du denn, Süße?, fragte jemand namens R.I.P.

Leicester, Großbritannien, antwortete sie.

Kennst du Chloe4, die früher hier gepostet hat? Sie war Britin und hat immer von einer Frau erzählt, die schon ihren Freunden geholfen hatte und dann auch ihr helfen wollte. Es muss funktioniert haben, denn ich habe nie wieder von Chloe4 gehört, obwohl wir sehr eng waren.

Was meinst du mit »Hilfe«?

Sie sagt den Leuten, was sie tun und besser sein lassen sollen. Sie kennt sämtliche Risiken, macht Vorschläge, wie man sich verhalten soll, usw. Chloe4 nannte die Frau die »Befreierin der verlorenen Seelen«.

Postet sie hier?

Nein, sie ist ein Profi und hält sich bedeckt, weil sie für eine Selbstmordberatungsstelle arbeitet. Ich glaube, für die Telefonseelsorge. LOL. Jemand hat sie Chloe4 empfohlen.

Ich merkte, dass ich unwillkürlich den Atem angehalten hatte, und stieß ihn in einem langen Zug aus, riss meinen Blick vom Bildschirm los und schaute hinaus. Die Dunkelheit wich mit der aufgehenden Sonne. Ab und an beleuchteten die Scheinwerfer eines Autos die Straße, als die Pendler ihren neuen Arbeitstag begannen.

Ich hatte Monate damit verbracht, nach etwas – irgendetwas – zu suchen, das erklärte, warum Charlotte ihr Leben beendet hatte und warum sie es mit einem völlig Fremden getan hatte. Irgendetwas in mir sagte mir jetzt, dass die »Befreierin der verlorenen Seelen« eine Antwort für mich hatte, sofern es sie wirklich gab.

Kapitel 10

Vier Monate und eine Woche nach Charlotte

Es war, als würde ich mit dem Kopf gegen eine Wand rennen.

So viel Mühe, Geschick und Aufwand – und was hatte ich erreicht? Nichts. Trotz aller Bemühungen wusste ich noch immer nicht, ob die Befreierin der verlorenen Seelen eine reale Person oder bloß das Hirngespinst einer moralisch verkommenen Internetseite war. Zumindest gab mir die Suche nach ihr eine Aufgabe.

Einen Tag nachdem ich im Internet über sie gelesen hatte, führte ich in diesem und in vier weiteren Foren eine Stichwortsuche durch. Ihr Spitzname versteckte sich zwischen Hunderten anderen Posts, wurde aber definitiv Dutzende Male erwähnt, wenn auch in den letzten Jahren nicht mehr so häufig. Wie es sich für jeden anständigen modernen Mythos gehörte, konnte niemand ihre Existenz wirklich bestätigen. Doch wenn sie ihre Sache gut machte, sahen sich die Beweise ihres Erfolgs das Gras von unten an, anstatt online von ihr zu schwärmen.

Ich verstand noch immer nicht, dass jemand, der für ein Sorgentelefon arbeitete, Hintergedanken haben konnte. Aber ich kannte mich damit nicht gut aus – bis vor einem Tag hatte ich auch nicht gewusst, dass Menschen mit Selbstmordgedanken in gewissen Foren zum Sterben ermutigt wurden. Doch wenn es sie wirklich gab, würde ich sie jagen und unter dem Stein aufspüren, unter dem sie sich verkroch.

Ich richtete mich auf dem Esstisch ein und erstellte ein eigenes Konto und ein Profil in diesem Internetforum. Als R.I.P. meine direkte Nachricht ignorierte, wandte ich mich stattdessen an »DurchgeknalltesMädchen«.

Hi, sorry, wenn ich nerve, schrieb ich*, aber hattest du Glück? Ich meine, hast du die Frau von der Telefonseelsorge gefunden, von der R.I.P. geschrieben hat? Die Befreierin der verlorenen Seelen?*

Ich lief in der Wohnung auf und ab, während ich auf den Hinweiston wartete, der den Eingang ihrer Antwort vermeldete. Nach einer Stunde kam er.

Nein, tut mir leid, Kumpel. R.I.P. wusste auch nicht mehr über sie. Habe sogar die einzelnen Einrichtungen angerufen, aber immer nur die falschen drangehabt. Ist wie die Suche nach der Nadel im Heuhaufen, was? Wusste aber auch nicht, was ich sagen sollte – »Hi, wer von euch Weibern würde mir gern beim Sterben zuhören?« LOL

Ich antwortete auch mit »LOL«, obwohl mir wirklich nicht zum Lachen war.

Ich brauchte frische Luft und Koffein. Also tauschte ich die Wohnung gegen eine nahe gelegene Ladenzeile. Früher war ich dort fast jeden Sonntagmorgen in ein Café gegangen und mit einer Tüte englischer Muffins, Zimtschnecken und heißen Getränken für Charlotte und mich nach Hause zurückgekehrt. Nun kam ich zum ersten Mal seit ihrem Tod hierher und es war ein seltsames Gefühl, nur für mich allein zu bestellen.

Ich entschied mich für einen doppelten Cappuccino, und als die Kaffeemaschine zum Leben erwachte, überkamen mich für einen Moment Schuldgefühle. Ich fragte mich, ob mein Leben anders verlaufen wäre, wenn ich ein besserer und aufmerksamerer Ehemann gewesen wäre. Ein Mann, der nicht so stur darauf beharrt hätte, dass sein Weg der richtige war. Dieser Ryan hätte früher erkannt, wie ernst Charlottes Depressionen waren, und ihr zugehört, anstatt zu versuchen, sie zu heilen. Dann würde Charlotte jetzt mit ihm in der Schlange stehen. Mit der einen Hand würde sie ihre Handtasche umklammern und mit der anderen den Griff von Daniels Kinderwagen. Ich schüttelte den Kopf und das Paralleluniversum schmolz wie eine Schneeflocke dahin.

Ich kehrte mit meinem Cappuccino in die Wohnung zurück und überlegte, wie lange es wohl dauerte, bis ich die Existenz der Befreierin der verlorenen Seelen entweder bewiesen oder widerlegt haben würde. Mir blieb nur eine Möglichkeit – ich musste das Sorgentelefon anrufen, bis ich sie aufgespürt hatte. Doch meine Chancen standen schlecht. Northamptonshire hatte mehr als vierundneunzig ehrenamtliche Mitarbeiter, Leicestershire über sechsundachtzig, Warwickshire über achtundfünfzig und Bedfordshire über sechzig. Ab- oder zuzüglich der wenigen Mitarbeiter, die seit der Veröffentlichung der jüngsten Zählung im letzten Jahresbericht dazugekommen und fortgegangen waren, standen meine Chancen, sie zu finden, eins zu dreihundert.

Doch ich sah keine andere, einfachere Möglichkeit, die mich schneller ans Ziel bringen könnte. Außerdem musste ich die Mitarbeiter davon überzeugen, dass ich echt war.

Also erfand ich eine Hintergrundgeschichte. Ich würde behaupten, dass ich an schweren Depressionen litt und nicht mehr wüsste, warum ich überhaupt noch weiterleben sollte. Ich würde ihnen sagen, dass ich an Selbstmord dachte und ihn fast schon begangen hätte. Irgendetwas hätte mich dann aber davon abgehalten. Also brauchte ich jemanden, der mir bei diesem letzten Schritt half, weil ich es allein nicht schaffte.

Damit mein Plan aufging, musste ich gut organisiert sein. Ich legte eine neue Excel-Tabelle in Charlottes Notebook an, in die ich die Namen aller ehrenamtlichen Mitarbeiter der Telefonseelsorge eintrug, mit denen ich gesprochen hatte. Außerdem notierte ich Datum und Uhrzeit des Anrufs und eine kurze Zusammenfassung der Antworten auf das, was ich ihnen erzählt hatte. Vermutlich gab es einige mit dem gleichen Vornamen. Also müsste ich Kriterien wie »alt«, »jung«, »näselt«, »Dialekt« oder »Akzent« hinzufügen, um sie voneinander zu unterscheiden.

Ich würde ihnen meinen zweiten Vornamen nennen, Steven, und mein Schlafverhalten so anpassen, dass alle Schichten abgedeckt waren. Vor mir lag eine Herkulesaufgabe. Doch je schneller ich die Sache anging, desto schneller würde ich mit Sicherheit wissen, ob ich nach einer realen Person oder einem Internetgeist suchte. Ich besorgte mir sogar ein Diktiergerät, das ich mithilfe einiger online bestellter Hilfsmittel an mein Telefon anschloss. So konnte ich alle Gespräche aufzeichnen, falls sie dran war.

Jeden Tag sprach ich mit möglichst vielen verschiedenen ehrenamtlichen Mitarbeitern. Dabei dauerten meine Gespräche so lange, bis ich sie als »Ja«, »Vielleicht« oder »Nein« in meine Tabelle aufnehmen konnte. Nach und nach zeichneten sich bestimmte Muster ab, wer wann wie oft arbeitete und an welchen Wochentagen ich wen erreichte.

Nach ungefähr zwei Wochen hatte ich eine seitenlange Tabelle mit Namen, Daten, Uhrzeiten und Beschreibungen. Doch es gab kein einziges eindeutiges »Ja«.

Ich fühlte mich mies, da ich die Telefonseelsorge missbrauchte, indem ich so oft anrief und ihnen ein X für ein U vormachte, vor allem weil sie durchweg wohlmeinende Menschen waren. Sie versuchten nicht, Steven auszureden, seinem Leben ein Ende zu setzen. Stattdessen hörten sie ihm zu, halfen ihm, seine Gefühle zu ergründen, und ließen ihn seinen eigenen Weg finden. Alle Stimmen klangen unglaublich warmherzig. Ich musste mir immer wieder in Erinnerung rufen, dass ich das eigentlich auch war.

Es gab Zeiten, in denen ich sie als so warm und herzlich empfand, dass ich mein Schutzschild fallen ließ und Ryan sich zeigte. Dann gab ich zu, dass ich mit Problemen zu kämpfen hatte.

Ich stellte mir vor, wie die Befreierin der verlorenen Seelen aussehen könnte. Sie war Ende fünfzig, eine alte Jungfer mit blasser Haut, die allmählich faltig wurde und an Wangen und Hals schlaff herunterhing. Über ihre Stirn zogen sich tiefe Falten und ihre Schultern wurden von der Schuld niedergedrückt, die sie auf sich geladen hatte, die sie sich aber weigerte anzuerkennen. Auf den ersten Blick hatte sie gütige Augen, doch sah man genau hin, konnte man die Frau dahinter erkennen – eine dunkle, kalte Seele, die sich am Schmerz anderer erfreute. Sie war wie Judi Dench in dem Film »Tagebuch eines Skandals«. Nur noch heimtückischer.

Wer auch immer sie war, allmählich beherrschte die Befreierin meine Tage, meine Nächte, meine wachen Gedanken und meine unbewussten Träume. Obwohl sie mir eine Aufgabe gegeben hatte, war sie für mich auch zu einer fixen Idee geworden, die die Heilung meines inneren Schmerzes verzögerte. Doch wenn ich jetzt das Handtuch warf, ohne zu beenden, was ich mir vorgenommen hatte, würde ich mich immer fragen, ob sie wirklich existierte.

Natürlich erzählte ich weder meiner Familie noch meinen Freunden, was ich vorhatte. Doch den vielen frustrierten Sprachnachrichten und E-Mails nach zu urteilen, in denen sie sich beschwerten, dass mein Telefon ständig besetzt war, ahnten sie vermutlich, dass irgendetwas in der Luft lag. Also ging ich so oft wie nötig mit Freunden auf einen Drink in die Kneipe oder aß mit der Familie im Restaurant oder bei ihnen zu Hause, um sie davon zu überzeugen, dass ich viereinhalb Monate nach Charlottes Selbstmord wieder auf dem Weg der Besserung war.

Zum Teil stimmte das. Ich war auf dem Weg. Und am Ende würde er mich zu der Frau führen, nach der ich suchte.

Kapitel 11

Vier Monate und zwei Wochen nach Charlotte

Zweiundachtzig Menschen. So viele Menschen hatte ich angelogen und in die Irre geführt, bevor ich die Person mit dem Spitznamen »Befreierin der verlorenen Seelen« gefunden hatte.

»Guten Abend, Sie sprechen mit der Telefonseelsorge. Hier spricht Laura. Und wie heißen Sie?«, begann sie.

Wie bei jedem Anruf startete ich mein Diktiergerät und glitt mit dem Kopfhörer im Ohr so mühelos in mein Alter Ego Steven wie in ein Paar bequeme Hausschuhe. Ich spulte die gleiche Antwort herunter, die ich die letzten einundachtzig Male gegeben hatte. »Ich habe noch nie eine solche Nummer angerufen. Ich weiß gar nicht, wo ich anfangen soll.«

»Fangen wir doch einfach mit einem Namen an. Wie soll ich Sie nennen?«

Wie bei den meisten Ehrenamtlichen lag auch in ihrer Stimme etwas Beruhigendes. Sie war sehr wortgewandt und ihre Stimme klang freundlich und tröstend. Sie könnte glatt Gutenachtgeschichten im Kinderfernsehen vorlesen.

»Steven«, antwortete ich.

»Schön, mit Ihnen zu reden, Steven«, erwiderte sie. »Darf ich Sie fragen, warum Sie uns heute Abend anrufen?«

»Ich bin mir nicht sicher. Ich … Ich glaube, ich habe sonst … niemanden. Ich weiß nicht, ob ich noch länger … hier … sein möchte.« Ich hatte den Text in letzter Zeit so oft abgelesen, dass ich ihn auswendig kannte. Ich wusste, an welchen Stellen ich stocken oder ganz verstummen musste, damit es dramatisch wirkte. Gäbe es einen Oscar für die theatralischste Rolle am Telefon, wäre mir der Preis so gut wie sicher.

»Nun, es ist gut, dass Sie angerufen haben«, sagte sie. »Erzählen Sie mir von den Menschen, die Sie lieben und die sich um Sie sorgen. Wer in Ihrem Leben gehört zu dieser Art Menschen?«

Ich tat so, als dächte ich kurz nach. »Da gibt es nicht wirklich jemanden.« Ich seufzte übertrieben. »Ich habe überhaupt niemanden.«

Sie wollte wissen, ob ich Freunde hätte, an die ich mich wenden könnte, und reagierte sehr mitfühlend, als ich das verneinte. Ihre Antworten waren wie aus dem Lehrbuch. Leise glitten meine Finger über die Tastatur des Notebooks, während ich ihren Namen in die Tabelle einfügte. Laura war zwar kein ungewöhnlicher Name, aber sie war die erste Ehrenamtliche, die so hieß. Ich wusste schon jetzt, dass sie zu den Frauen gehörte, bei denen das Glas immer halb voll war.

Unwahrscheinlich, tippte ich.

»Haben Sie schon mit einem Arzt darüber gesprochen, wie Sie sich fühlen?«

»Ja, mit meiner Ärztin. Sie hat mir Antidepressiva verschrieben.«

»Und helfen sie Ihnen?«

»Ich nehme sie jetzt seit vier Monaten, aber ich weiß morgens immer noch keinen Grund, warum ich aufstehen sollte. Manchmal glaube ich, ich sollte die Tabletten lieber sammeln und dann … Sie wissen schon …«

»Denken Sie das nur manchmal oder oft?«

Wieder zögerte ich. »Oft«, flüsterte ich.

Unser Gespräch verlief plötzlich anders als die einundachtzig vorangegangenen mit ihren Kollegen. Ich hörte ein leises Rascheln und vermutete, dass sie neu war und gerade in ihrem Handbuch nachschlug. Also wäre ich nicht zuletzt eine gute Übung für sie. Ich unterdrückte ein Gähnen und sah mir die Fußballergebnisse auf der Internetseite von BBC Sport an.

»Sie müssen sich nicht schämen, Steven. Wir alle denken manchmal darüber nach, unserem Leben ein Ende zu setzen. Haben Sie es schon einmal versucht?«

Moment, sagte sie gerade »wir alle«?

Keiner der anderen achtzig Mitarbeiter der Notrufstelle hatte das jemals zugegeben. Wollte sie mir nur versichern, dass sie mich wirklich verstand?

»Nein«, antwortete ich und tat dabei so, als schämte ich mich. »Aber ich hatte es mal geplant.«

»Sie hatten es geplant?«

Ich folgte dem Ratschlag aus dem Internet und erzählte ihr, wie ich es denjenigen, die ich zurückließ, einfacher machen wollte, indem ich meine Angelegenheiten in Ordnung brachte, bevor ich starb. Ich sah auf einer Seite mit Notizen nach, die ich mir gemacht hatte, und erwähnte die Bahngleise in der Nähe von Kelney, auf die man durch einen defekten Zaun gelangen konnte. Sie hörte mir schweigend zu, während ich meiner Fantasie das Reden überließ.

»Vielleicht wollen Sie tief in Ihrem Innern Ihr Leben gar nicht beenden.« Das war weniger eine Frage als eine Feststellung. Und plötzlich klang ihre Stimme nicht mehr warm und angenehm, sondern eher anklagend.

»Vielleicht ist es ein Hilfeschrei?«, fuhr sie fort. »Ich erhalte viele Anrufe von Menschen, die mir erzählen, dass sie sterben wollen. Wenn man aber nachhakt, stellt sich oft heraus, dass sie sich nur selbst bemitleiden. Gehören Sie auch zu diesen Menschen, Steven? Stecken Sie auch in dieser Spirale aus Selbstmitleid fest? Sind Sie zu tief in ihr gefangen, um zu erkennen, dass sich nur dann etwas ändern wird, wenn Sie den Mut finden, selbst etwas dagegen zu tun? Denn wenn Sie nicht aktiv werden, wird der Schmerz, den Sie heute empfinden, für den Rest Ihres Lebens andauern, also vielleicht noch vierzig oder fünfzig Jahre. Und dieser Schmerz, der so furchtbar ist, dass Sie mich anrufen, wird nur noch schlimmer. Es wird für Sie nicht besser werden. Können Sie so leben, Steven? Ich weiß, dass Sie es nicht können.«

In diesem Moment wusste ich, dass ich sie gefunden hatte.

Keiner der anderen Mitarbeiter hatte annähernd so mit mir geredet. Ich sollte mich freuen, doch während all meiner Vorbereitungen hatte ich dummerweise nicht überlegt, was ich tun würde, sobald ich diese Stufe erreicht hatte. Ich hatte angenommen, ich könnte improvisieren, doch ich hatte mich geirrt. Stattdessen war ich sprachlos.

»Ich ... Ich ... Ich verschwende nicht Ihre Zeit, wirklich nicht«, stotterte ich. »Ich habe lange darüber nachgedacht, und es ist das, was ich will. Aber wenn ich es dann doch nicht fertigbringe, dann bin ich ein Feigling, oder?«

»Nein, Steven, Sie sind kein Feigling«, fuhr sie fort. »Sie haben mich heute angerufen, was zeigt, dass Sie mutig sind. Vielleicht hatten Sie den falschen Tag ausgewählt, um auf diesen Zug zu warten. Das passiert vielen Menschen.« Jetzt klang ihre Stimme wieder beruhigend.

Bilde ich mir das alles nur ein?

Ich konnte mir ihr Lächeln fast vorstellen, während sie sprach, als könnte sie kein Wässerchen trüben. »Denken Sie einfach daran, dass wir für Sie da sind, auf welche Weise auch immer Sie es wünschen.«

»Sie meinen, um mir zuzuhören?«

Ich hielt den Atem an, während ich auf ihre Antwort wartete. Erst hatte sie mir quasi zugestimmt, dass es keinen Grund für mich gab weiterzuleben, und nun erzählte sie mir, dass ich mutig war. Ich war mir nicht sicher, wer hier mit wem Katz und Maus spielte.

»Wenn das alles ist, was Sie von mir wollen, dann ja.«

»Was, wenn … Was, wenn ich … Was, wenn ich beschließe …« Meine Stimme erstarb. Wie um alles in der Welt könnte ich es in Worte fassen, ohne sie zu erschrecken?

»Rufen Sie an, um mir zu sagen, dass Sie Ihrem Leben ein Ende setzen wollen und ich Ihnen dabei helfen soll?«

Sie hatte es für mich getan. Plötzlich begann mein Herz wie wild zu schlagen und meine Hände zitterten. *O verdammt! Das ist es! Was zum Teufel soll ich als Nächstes sagen?*

»Ich … Ich denke, ja.« Ich verzog das Gesicht, als mir die Worte unbeholfen über die Lippen kamen. Und wieder änderte sich ihr Tonfall und sie klang plötzlich belehrend.

»Die Telefonseelsorge ist neutral und verurteilt nicht«, fuhr sie fort. »Wir sind hier, um Ihnen zuzuhören. Wir werden nicht versuchen, Ihnen etwas auszureden, das Sie tun möchten. Wir bitten Sie nur, zuerst mit uns zu sprechen und alle Möglichkeiten auszuloten, bevor Sie einen so großen Schritt machen. Verstehen Sie das?«

»Ja«, sagte ich. Ich zerbrach mir den Kopf, wie ich darauf antworten sollte. Schließlich brachte ich ein schwaches »Aber …« hervor.

»Aber?«, wiederholte sie.

Sie hatte mich in Bedrängnis gebracht und genoss das. »Aber wenn ich das wirklich … Sie wissen schon … tun will, würden Sie dann …«

»Würde ich was, Steven? Was soll ich für Sie tun?« Mein Mund wurde trocken und ich schwieg erneut.

Was ist los mit dir, Ryan? Komm schon! Du hast sie! Sag irgendetwas!

Doch ich war völlig verblüfft. Ich brauchte Zeit zum Nachdenken. »Es tut mir leid, ich muss jetzt gehen«, sagte ich und legte auf.

»Verdammt!«, schrie ich laut auf, bevor ich mir einen Becher vom Tisch schnappte und gegen die Wand schleuderte. Er zersprang in tausend Teile und brachte einen Bilderrahmen zu Fall.

Ich blieb sitzen, den Kopf in die Hände gestützt, und holte mehrmals tief Luft. Laura war anders als die anderen Ehrenamtlichen, mit denen ich gesprochen hatte. Sie war es. Sie war die Befreierin der verlorenen Seelen. Und ihre Fähigkeit, in Sekundenschnelle die Persönlichkeit zu wechseln, jagte mir Angst ein. Sie war nicht einfach auf mich zugekommen und hatte gesagt: »Ich werde dir helfen, dich umzubringen«. Trotzdem hatte sie mir unmissverständlich zu verstehen gegeben, dass ich weiterhin in dieser Hölle leben würde, wenn ich nichts Drastisches dagegen unternahm. Ich spulte das Diktiergerät zurück und hörte mir die ganze Unterhaltung noch einmal an. Sie hatte die komplette Kontrolle über den Anruf übernommen und ich war wütend auf mich selbst, weil ich von meinem eigenen Plan abgewichen war. Anstatt cool zu bleiben, war ich in Panik geraten und hatte aufgelegt. Instinktiv wollte ich sie gleich noch einmal anrufen. Doch ich hielt mich zurück. Würde ich mich sofort wieder melden, wirkte ich womöglich unentschlossen oder wie jemand, der nach Aufmerksamkeit suchte. Sie musste glauben, dass ich mir fast sicher war, dass ich sterben wollte – »fast« war das Wort, auf das es ankam. Denn das Ganze zu einer Gewissheit zu machen, wäre für sie bestimmt eine Herausforderung, und ich könnte wetten, dass sie es genoss. Ich würde also so tun, als verbrächte ich die nächsten Tage damit, darüber nachzudenken, bevor ich erneut die Telefonseelsorge anrief und nach ihr suchte.

Was sollte ich bis dahin tun? Ich musste die Zeit sinnvoll nutzen. Es bestand durchaus die Möglichkeit, dass Laura mir einen falschen Namen genannt hatte. Doch er war alles, was ich hatte. Ich googelte »Laura« und »Telefonseelsorge«, fand aber nichts. Also verfeinerte ich meine Suche mit den Begriffen »Nächstenliebe« und »Selbstmord«, was mich auf die Internetseite einer Lokalzeitung brachte, dem »Chronicle & Echo«.

Unter der Überschrift »Über dreihundert Euro bei Spendenverkauf gesammelt« befand sich ein Foto mit drei Frauen und einem Mädchen, die hinter einem Tisch mit Backwaren standen. Der Artikel war fast ein Jahr alt. *Die Telefonseelsorge sammelte mehr als dreihundert Euro durch den Verkauf von Kuchen, den Mitarbeiter der Hilfseinrichtung gebacken hatten,* hieß es darin. *Das Geld wurde von der Notrufstelle, die seit acht Jahren besteht, durch den Stand auf einer Veranstaltung der Rennbahn gesammelt. Ein Sprecher erklärte: »Wir finanzieren uns selbst und dieses Geld hilft uns sehr, die laufenden Kosten zu tragen.« Im Foto oben (von links nach rechts): Zoe Parker, Mary Barnett, Effie Morris und Laura Morris.*

Laura Morris. Ich vergrößerte das Foto auf dem Bildschirm und starrte auf die Frau ganz rechts. In Wirklichkeit sah sie ziemlich normal aus und war keine altbackene Vogelscheuche, wie ich sie mir vorgestellt hatte. Sie war sogar recht attraktiv. Sie trug eine schicke Bluse und einen Faltenrock, das Haar hatte sie zu einem Pferdeschwanz zusammengebunden und ihr Lächeln gab den Blick auf perfekt stehende Zähne frei. Irgendwie kam mir der Name ihrer Tochter Effie und deren Gesicht bekannt vor. Ich suchte auf Facebook nach ihr, und als ich ihr Profil anklickte, sah ich ein schärferes Foto ihres Gesichts.

Ich tippte *Laura Morris* und *Telefonseelsorge* in die Suchmaschine ein. Ein neuer Artikel erschien. »Veranstalterin einer Spendenaktion erhält höchste Auszeichnung«. Das Foto zeigte dieselbe Frau. Ein Mann im Rollstuhl überreichte ihr ein silbernes Schild, weil sie allein über fünfundfünfzigtausend Euro in einem Jahr für die Wohltätigkeitsorganisation gesammelt hatte, die größte Summe in all ihren Einrichtungen.

Ich arbeite schon seit mehreren Jahren hier. Daher kenne ich die hervorragende Arbeit der Wohltätigkeitsorganisation aus erster Hand, wurde Laura zitiert. *Das Geld zu sammeln war harte Arbeit, von Wohltätigkeitsbasaren und Kuchenverkäufen bis hin zum Sponsoring. Und ich möchte an dieser Stelle auch dem Unternehmen meines Mannes Tony für seine Unterstützung danken.*

Sie war also verheiratet. Ich fragte mich, wie berechnend ein Mensch sein musste, um seinem Partner ein X für ein U vorzumachen. Oder war er ein Gleichgesinnter? Wusste er, was sie tat, und ignorierte es?

Doch das Ganze konnte auch ein riesiger Irrtum sein und ich lag völlig falsch. Ich wollte gerade den Computer herunterfahren, als mir die letzte Zeile des Artikels ins Auge sprang.

Auf die Frage, welchen Rat Laura jedem geben würde, der überlegte, die Telefonseelsorge anzurufen, antwortete sie: »Wir sind für Sie da, auf welche Weise auch immer Sie es wünschen.«

Denselben Satz hatte sie zu mir gesagt, als ich meinte, dass ich sterben wollte. Als ich ihn googelte, stellte ich fest, dass er weder von der Telefonseelsorge noch aus einer anderen Quelle stammte. Sie hatte ihn also nicht zitiert. Es war ihre eigene Aussage. Also musste sie die Frau sein, mit der ich gesprochen hatte.

Dann lächelte ich in mich hinein, weil ich plötzlich genau wusste, wie ich an Laura herankommen würde.

Kapitel 12

Ich saß einige Meter vom Büro der Telefonseelsorge entfernt im Auto.

Ich stand im Halteverbot und sah alle vierzig Minuten dieselbe Verkehrspolizistin im Rückspiegel, die auf der Straße patrouillierte. Jedes Mal, wenn sie in meine Richtung kam und die Kennzeichen mit dem Elektrogerät in der Hand überprüfte, startete ich den Motor und fuhr einmal um den Block. Sobald sie gegangen war, parkte ich wieder an genau derselben Stelle.

Dass Laura Morris an diesem Tag Dienst hatte, wusste ich, als sie meinen dritten Anruf bei der Telefonseelsorge entgegengenommen hatte. Wie die Chancen wohl gestanden hatten, dass es so bald geschah? Doch dieses Mal hatte ich nicht mit ihr reden wollen. Stattdessen hatte ich aufgelegt, mir Mantel, Schlüssel und Handy geschnappt und war zu ihrem Büro geeilt, um darauf zu warten, dass sie herauskam.

Ich musste fast den ganzen Morgen warten, bis endlich mehrere Personen innerhalb weniger Minuten das Gebäude betraten. Vermutlich begann bald eine neue Schicht. Kurze Zeit später kam Laura heraus. Sie schaute zu dem wolkenlosen Himmel hinauf, um das Wetter an diesem Maifeiertag abzuschätzen, bevor sie die wenigen Betonstufen hinunterging und an meinem Wagen vorbeilief. Ich verglich ihr Gesicht mit dem

Foto in dem Internetartikel, den ich ausgedruckt hatte, und war mir sicher, dass es dieselbe Frau war. Mir wurde schwindelig, als ich sie nach all den Wochen mühsamer Suche und Enttarnung endlich vor mir sah. Ich ballte die Fäuste und atmete tief durch.

Sie trug weiße Turnschuhe, eine Regenjacke und einen handtaschengroßen, zusammengefalteten Regenschirm. Vermutlich war sie nicht mit dem Wagen gekommen. Für den Fall, dass ich ihr in einen Bus folgen musste, nahm ich etwas Kleingeld aus dem Aschenbecher, stieg aus dem Wagen und nahm die Verfolgung auf, ohne mich um die Verkehrspolizistin zu kümmern. Ich ließ mich kurz zurückfallen, als sie sich noch einmal umschaute, bevor sie die Tasche öffnete, eine Zigarette herauszog und sie anzündete.

Ich hatte genügend Krimis im Fernsehen gesehen, um zu wissen, dass ich einen gewissen Abstand zu ihr halten musste. Obwohl Laura wohl kaum damit rechnete, verfolgt zu werden, durfte ich kein Risiko eingehen. Wenn ich sie sehen konnte, konnte sie mich auch sehen. Ich steckte mir die Kopfhörer in die Ohren, damit sie mich nur für irgendeinen Mann hielt, der Musik hörte, falls sie sich umdrehte.

Sie lief in einem gleichmäßigen Tempo und wenn auch nicht sehr schnell, so doch zielstrebig. Ich war ihr ungefähr eine halbe Stunde gefolgt, als wir eine Wohnsiedlung erreichten. Es war eine mäßig wohlhabende Gegend mit großen Vorgärten und akkurat geschnittenen Hecken, Rasenflächen und Blumenreihen.

Ein Haus unterschied sich komplett von den anderen. Und auf dieses Haus ging Laura zu. Seine Außenwände waren verputzt und cremefarben gestrichen und im Gegensatz zu den Nachbarhäusern hatte es keine Bleiglasfenster mit braunen Kunststoffrahmen, sondern leicht getönte Scheiben in modernen dunkelgrauen Rahmen. Statt eines Rasens gab es Pflastersteine und neben dem gelben Mini Cooper, der dort parkte, hätten noch zwei weitere Autos Platz finden können. Unter einem Fenster standen einige sorgfältig arrangierte Terrakottapflanztöpfe. Obwohl alles stilvoll gestaltet war, passten Haus und Garten nicht in diese Umgebung.

Laura schloss eine zweiflügelige Haustür auf, und als sie hineintrat, konnte ich einen kurzen Blick auf die Wände erhaschen, die ein ungewöhnliches Muster mit ungleichmäßigen dunkelgrauen und schwarzen Streifen zierte. Ich wartete, bis sie die Tür hinter sich geschlossen hatte, bevor ich zufrieden zu meinem Auto zurückging.

Am nächsten Morgen kam ich um sieben Uhr zurück. Ich musste unbedingt mehr über ihren Tagesablauf erfahren. Ausgestattet mit einer Thermosflasche voll lauwarmem Kaffee, parkte ich auf der gegenüberliegenden Straßenseite und wartete.

Ihren Ehemann hatte ich wohl verpasst. Nur der Mini stand in der Auffahrt und mit seiner knallbunten Farbe gehörte er wohl kaum ihm. Als Laura anderthalb Stunden später endlich herauskam, hatte sie sich einen rosafarbenen Rucksack auf den Rücken geschnallt und marschierte los.

Sie ging recht zügig, während ich mich auf der anderen Straßenseite hinter Bäumen und Autos versteckte und sie mit der Handykamera fotografierte. Vor der Grundschule von Westfield blieb sie kurz stehen und beobachtete eine Gruppe von Kindern, die vergnügt herumrannten. Sie winkte einem Mädchen zu, doch ihr Lächeln erlosch, als es sie nicht bemerkte. Für einen kurzen Moment wurde Laura von einigen anderen Müttern abgelenkt, die ebenfalls am Tor standen. Sie schien zu überlegen, ob sie sich der Unterhaltung anschließen sollte, drehte sich dann aber um und ging davon, als hätte sie Angst davor, dieses Risiko einzugehen.

Während sie weiterlief, machte ich noch mehr Fotos. Schließlich erreichte sie die Auffahrt zu einem großen weißen

Gebäude, das sich über mehrere Flügel erstreckte und mir sehr vertraut war. *Was will sie bloß hier?*, fragte ich mich.

Es war das Pflegeheim von Kingsthorpe, in das mein Großvater Pete gezogen war, nachdem seine rechte Körperseite infolge eines Schlaganfalls gelähmt war. Er konnte sich kaum noch bewegen oder sprechen. Meine Eltern besuchten ihn zweimal in der Woche, Johnny und ich seltener. Besonders nach Charlottes Tod war ich zu sehr mit mir selbst beschäftigt gewesen, um an ihn zu denken.

Die Dame am Empfang schien Laura Morris zu kennen, denn sie betätigte den Türöffner, ohne nach einem Ausweis zu fragen. Laura lief einen Korridor entlang und verschwand aus meinem Blickfeld.

Ich blieb vor dem Eingang stehen und trippelte von einem Fuß auf den anderen. Was sollte ich nun tun? Pokerte ich zu hoch, wenn ich ihr hinein folgte? Vielleicht, aber ich musste es riskieren.

»Hallo, ich möchte Pete Spencer besuchen«, erklärte ich der jungen Frau hinter der Rezeption und schenkte ihr mein strahlendstes Lächeln.

»Sind Sie mit Mr Spencer verwandt?«, fragte sie mich mit steinerner Miene.

»Ich bin sein Enkel, war aber eine Weile nicht mehr hier.« Sie sah mich an, als wollte sie sagen: *Das weiß ich. Schämen Sie sich!*

Nachdem ich mich auf ihre Bitte hin mit meinem Führerschein ausgewiesen hatte, reichte sie mir ein Besucherband, das ich um den Hals tragen sollte. Das Zimmer meines Großvaters lag in einem separaten Flügel rechts vom Korridor, in dem körperlich beeinträchtigte Patienten untergebracht waren. Laura war jedoch nach links abgebogen. Ich vergewisserte mich kurz, dass niemand hinsah, um dann den gleichen Weg wie sie zu nehmen. Es dauerte nicht lange, bis ich sie gefunden hatte.

Sie saß in einem Gemeinschaftszimmer und hielt die Hand eines Jungen, der in einem Rollstuhl saß und über die Geschichte lachte, die sie ihm vorlas. Ihr Blick huschte ständig zwischen dem Buch und seinem Lächeln hin und her, als könne er sich in Luft auflösen, sobald sie woanders hinschaute. Nur eine Mutter konnte ihr eigenes Kind mit so viel Liebe ansehen. Sie streichelte seine Hand und lachte mit ihm.

Ich war verblüfft und versuchte, die Frau vor mir mit derjenigen in Einklang zu bringen, die mir vor wenigen Tagen einen Selbstmord nahegelegt hatte. Ich beobachtete sie noch eine Weile, fühlte mich dabei aber wie ein Eindringling. Ich musste mir selbst ins Gedächtnis rufen, dass ein Kind mit besonderen Bedürfnissen nichts daran änderte, wer sie war oder was sie verletzlichen Menschen angetan hatte.

So leise, wie ich gekommen war, ging ich wieder zurück und beschloss, meinen Großvater zu besuchen, wo ich schon einmal hier war. Ich klopfte an seine Zimmertür und trat ein. Er hatte die Augen geschlossen und ich sah ihn aufmerksam an. Er war nicht mehr der kräftige, muskulöse Handwerker aus meiner Kindheit. Ich erinnerte mich daran, wie ich neun Jahre alt war und mit Johnny in unserem Garten spielte, während wir beide zusahen, wie Großvater Pete mit Schindeln auf der Schulter eine Leiter hinauf- und wieder hinunterstieg und das Dach neu eindeckte. Schließlich trug er uns nacheinander huckepack hinauf und wir krabbelten auf den Dachfirst und winkten den vorbeifahrenden Autos und Bussen auf der Straße zu. Als unsere Mutter abends von der Arbeit zurückkam, schrie sie Zeter und Mordio, bis er uns wieder hinunterbrachte.

Seitdem waren zwanzig Jahre vergangen, und nach mehreren Schlaganfällen, vermutlich verursacht durch den jahrzehntelangen Konsum von zwei Packungen Zigaretten am Tag, war er nur noch ein Schatten seiner selbst.

Fotos meiner verstorbenen Großmutter Elsie und meiner Eltern standen auf den Regalen um sein Bett herum. Kinderfotos von Johnny und mir hingen an seiner Wand und in einem großen Silberrahmen steckte ein Foto von Charlotte und mir an unserem Hochzeitstag. Das überraschte mich.

»Hallo, Großvater, ich bin es, Ryan«, sagte ich leise und nahm seine Hand. Die Haut fühlte sich sehr dünn an und die violetten Adern traten deutlich hervor. »Es tut mir leid, dass ich eine Weile nicht gekommen bin.«

Seine Augenlider entspannten sich langsam und ich sah, wie sich seine milchig-grauen Augen darauf konzentrierten, woher und von wem die Stimme kam. Die Bereiche seines Gehirns, die Sprache und Motorik steuerten, waren durch den letzten schweren Schlaganfall unwiderruflich geschädigt worden. Trotzdem erkannte er seinen ältesten Enkel. Die linke Mundhälfte hob sich leicht, als er zu lächeln versuchte. Sein Zeigefinger streifte meinen.

»Lot«, murmelte er. Ich runzelte die Stirn.

»Was meinst du?«, fragte ich leise.

»Lot«, wiederholte er und sah vor sich. »Lot. Cha. Cha.« Er sah auf mein Hochzeitsfoto.

»Lot cha«, wiederholte ich. »Du meinst Charlotte?« Erneut berührte sein Finger meinen. »Mum hat es dir gesagt?« Ich hatte sie nie danach gefragt. Er nickte.

»Die letzte Zeit war echt hart«, gab ich zu. Und bevor ich mich zurückhalten konnte, brach alles aus mir heraus. Ich erzählte ihm von Charlottes Tod – dass ich dachte, man hätte sie dazu gezwungen, sich umzubringen, und wie ich die Frau gefunden hatte, die dafür verantwortlich war. Ich musste es einfach jemandem erzählen.

»Ich habe Angst, Großvater«, sagte ich schließlich. »Ich habe Angst davor, wie weit ich bei dieser Frau gehen könnte. Ich wünschte, du könntest mir sagen, was ich tun soll.«

Er starrte mich mit einer solchen Intensität an, als zwinge er sein Gehirn dazu, den Mund einen vollständigen Satz aussprechen zu lassen. Wangen und Stirn liefen hochrot an, als er die Lippen öffnete und ein kratzendes Geräusch von sich gab.

»Es ist okay«, antwortete ich. Es war so egoistisch von mir gewesen, alle Probleme auf ihn abzuwälzen.

»Auge«, murmelte er, »Auge um.« Er flehte mich an, ihn zu verstehen. »Auge, Auge um«, wiederholte ich, bevor ich verstand, was er meinte.

»Auge um Auge«, sagte ich schließlich und er presste noch einmal seinen Finger gegen meinen.

Er nickte kaum merklich.

»Danke«, antwortete ich und drückte seine Hand ganz fest.

Kapitel 13

Vier Monate und drei Wochen nach Charlotte

Ich hielt einige Tage durch, bevor ich wieder bei der Telefonseelsorge anrief.

Ich kam gerade von einem Mittagessen mit Johnny und meinem Vater im Abington zurück. Vor ihnen tat ich noch immer so, als wäre ich auf dem Weg der Besserung. Sie schienen erleichtert zu sein, als sie erfuhren, dass ich bald wieder zur Arbeit gehen würde. Ich hatte die Stelle erst neun Monate vor Charlottes Tod angetreten und inzwischen war sie fast fünf Monate fort. Also hatte ich Bruce Atkinson, meinem Chef, einen Termin genannt, zu dem ich zurückkommen würde. Und er sagte, er würde alles Nötige in die Wege leiten, damit ich mich schrittweise wieder in den Arbeitsalltag eingewöhnte.

Doch heute galt Laura meine oberste Priorität. Ein sintflutartiger Sommerregen hatte mich bis auf die Haut durchnässt. Sobald ich wieder in der Wohnung war, zog ich die nassen Sachen aus, hängte sie zum Trocknen über die Duschstange und konnte es kaum erwarten loszulegen. Das Glück war auf meiner Seite und ich hatte sie innerhalb weniger Stunden aufgespürt.

»Ich heiße Steven. Wahrscheinlich erinnern Sie sich nicht mehr an mich, aber ich glaube, Sie sind die Frau, mit der ich kürzlich gesprochen habe.«

»Ja, hallo, Steven, Sie haben mit mir gesprochen. Und ja, ich erinnere mich an Sie. Wie geht es Ihnen heute?«

»Ganz gut, danke.«

»Das klingt weitaus positiver als beim letzten Mal. Haben sich Ihre Lebensumstände inzwischen verändert?«

»Nicht wirklich, glaube ich.« Die größte Veränderung war, dass ich inzwischen viel mehr darüber wusste, wer am anderen Ende der Leitung war.

»Oh, das tut mir leid. Aber davon abgesehen, hatten Sie denn wenigstens heute einen guten Tag?«

»Ich denke schon.«

»Nun, manchmal wachen wir am Morgen nach einer guten Nacht auf und fühlen uns gleich besser.«

»Das bedeutet aber nicht, dass die schlechten Dinge verschwinden, oder?«

Sie tat so, als hätte unsere erste Unterhaltung nie stattgefunden. Stattdessen betonte sie ständig das Positive und ich fragte mich, ob sie mir irgendwie auf die Schliche gekommen war. Vielleicht war es aber auch genau das, was sie immer tat – sie spielte mit den Anrufern, um herauszufinden, wie ernst es ihnen mit dem Sterben war. Angeblich macht man einen Hund am schnellsten scharf, wenn man ihn zuerst streichelt und dann schlägt, damit er nie weiß, woran er ist. War ich ihr Hund?

Auf jeden Fall tanzten wir umeinander herum wie ein Skorpion, der eine Klapperschlange umkreist. Keiner von uns schlug zu. Als ich mich schließlich weigerte, irgendwelche positiven Antworten auf ihre Fragen zu geben, biss sie endlich an.

»Steven, ich hoffe, es ist okay, wenn ich das sage, aber obwohl Sie vorhin meinten, es ginge Ihnen ganz gut, hören Sie sich nicht so an.«

»Ich glaube, ich sage das aus reiner Gewohnheit, damit die Leute sich keine Sorgen machen.«

»Das hier ist ein wertfreier Ort. Sie müssen mir gegenüber nicht so tun, als wären Sie jemand, der Sie nicht sind. Gibt es etwas Spezielles, über das Sie gern reden möchten?«

»Ähm … bei unserem letzten Gespräch …«

»Ich erinnere mich daran …«

»Da habe ich Ihnen etwas erzählt.«

»Sie haben mir viele Dinge erzählt.«

»Dass ich darüber nachdenke, mir das Leben zu nehmen …«

»Ja, das haben Sie.«

»Sie haben mich gefragt, ob ich bereit sei, es zu tun.«

»Ich kann mich nicht an meine genauen Worte erinnern, Steven. Ich denke, Sie haben etwas, das ich gesagt habe, falsch verstanden.«

Das verwirrte mich. »Oh.«

»Haben Sie sich noch einmal mit der Frage auseinandergesetzt, ob Sie Ihrem Leben ein Ende setzen wollen, seitdem wir das letzte Mal telefoniert haben?«

Ich blätterte in meinem Notizbuch, konnte aber die Seite nicht finden, auf der ich notiert hatte, was sie vorher gesagt hatte. Also musste ich bluffen.

»O ja, ich habe viel darüber nachgedacht. Tatsächlich war es das Einzige, was mich beschäftigt hat, und ich kann nicht damit aufhören. Sie haben recht – egal was ich tue, es wird sich nichts ändern. Ich werde mich immer so wie jetzt fühlen.«

»Und wie, glauben Sie, können Sie sich selbst von diesen Gefühlen befreien?«

Ich konnte nicht aufs Ganze gehen, schließlich musste sie glauben, alles unter Kontrolle zu haben. »Ich weiß es nicht.«

»O doch, ich denke, das wissen Sie, oder? Wenn Sie wirklich ehrlich zu sich selbst sind.«

»Ja«, flüsterte ich. »Ich bin bereit. Ich meine, ich will … ich will sterben …«

»Steven, es tut mir leid, Sie unterbrechen zu müssen, aber ich fürchte, ich muss jetzt gehen. Meine Schicht ist zu Ende. Leider kann ich Sie auch nicht an einen meiner Kollegen weiterleiten. Aber wenn Sie noch einmal anrufen, wird bestimmt jemand anderes gerne dort weitermachen, wo wir aufgehört haben.«

»Was? Aber …«

»Passen Sie auf sich auf, David«, sagte sie.

Dann war die Leitung tot. Ich saß regungslos da und hörte dem Regen zu, der gegen das Balkonfenster peitschte. Ich fuhr mir mit den Händen durchs Haar und versuchte herauszufinden, ob das alles – Laura, unsere Gespräche, was ich dachte, wozu sie Charlotte ermutigt hatte – nur in meinem Kopf stattgefunden hatte. Hatte eine Mischung aus Kummer, Alkohol und Schlafmangel dazu geführt, dass ich beim ersten Mal nur das gehört hatte, was ich hören wollte? Oder hatte sie Steven durchschaut und Ryan entdeckt?

Nein, das konnte sie nicht. Es war viel wahrscheinlicher, dass sie mich auf die Probe stellte, um herauszufinden, wie ehrlich ich es meinte und wie weit sie mich treiben konnte.

Und wer zur Hölle war David?

Den Rest der Woche parkte ich zu verschiedenen Zeiten in der Nähe von Laura Morris' Haus, um sie zu beobachten oder ihr zu folgen. Doch die Überwachung war alles andere als lustig, weil in genau dieser Woche eine Hitzewelle hereinbrach. Um einen Hitzschlag zu vermeiden, musste ich entweder die Fensterscheiben herunterlassen oder mich ständig dem Gebläse der Klimaanlage aussetzen. Die nächsten öffentlichen Toiletten waren längst geschlossen, weshalb ich meine Blase in einer Gasse leeren musste. Und vom ständigen Starren auf das Haus und in den Rückspiegel brannten meine Augen.

Sobald Laura in Sicht war, schoss ich so viele Bilder wie möglich von jeder noch so banalen Tätigkeit. Sie ging nirgendwo hin, ohne dass ich ihr nicht an den Fersen hing und auch die kleinsten Details ihres Alltags kennenlernte.

Manchmal, wenn sie zu Hause war, folgten meine Augen ihrer dunklen Gestalt durch die getönten Fenster, während sie von Raum zu Raum ging. Ich konnte sie kaum durch die Lücken ihrer heruntergelassenen Jalousien und in der Küche erkennen, wo sie – meistens allein – saß. Einmal wurde es gerade Abend und sie hatte die Jalousien noch nicht geschlossen. Ich stand dicht neben ihrem Küchenfenster und beobachtete, wie sie mit jemandem sprach, den ich nicht sehen konnte. Ich fragte mich, wer noch im Haus war, von dem ich nichts wusste.

Ich überprüfte das Wählerverzeichnis und stellte fest, dass sie sich das Haus mit ihrem Ehemann Tony und drei nicht benannten Kindern unter sechzehn Jahren teilte. Dass der Junge nicht mehr dort lebte, wusste ich bereits. Das zweite Kind war vermutlich jene Effie, die in der Zeitung abgebildet gewesen war und die ich auf Facebook gefunden hatte. Damit blieb nur noch ein Kind übrig.

Tony war nicht schwer zu finden, da Laura ihn in ihrem Zeitungsinterview erwähnt hatte. Er besaß ein IT-Unternehmen und war leicht zu erkennen, da der Name seiner Firma – und auch sein Foto – die Längsseite einer Limousine zierte.

Ich fuhr gerade auf den Parkplatz in dem Industriegebiet, als ich sah, wie er sein Büro verließ. Ich folgte ihm, so wie ich seiner Frau folgte, diesmal nur mit dem Auto. Dabei machte ich Fotos, wenn wir vor einer roten Ampel halten mussten, und später dann von der anderen Straßenseite, als er in ein Fitnessstudio ging. Nachdem er seine Kleidung gewechselt hatte, saß ich an der Rezeption und tat so, als würde ich mit meinem Handy im Internet surfen, während ich stattdessen Fotos von ihm durch die Glaswand machte, wie er wie verrückt auf einen Sandsack einschlug.

Als Nächstes stand Effie im Fokus meiner Aufmerksamkeit. Am Ende der Woche wusste ich schließlich genau, wie ich Laura alles wegnehmen würde, so wie sie mir alles genommen hatte.

Kapitel 14

Fünf Monate und zwei Wochen nach Charlotte

Laura schien meine Stimme sofort wiederzuerkennen.

Sie klang erleichtert, dass ich ein drittes Mal anrief, und fast schon dankbar, als hätte ich ihr damit etwas bewiesen.

Ich drückte auf den Aufnahmeknopf meines Diktiergeräts und wieder hielt sie sich zu Beginn unseres Gesprächs genau ans Lehrbuch. Aber sie wäre mit dem, was sie getan hatte, auch nicht durchgekommen, wenn sie nachlässig wäre. Doch dieses Mal war ich vorab alles im Kopf durchgegangen, was sie meiner Meinung nach fragen könnte. Dieses Mal würde es keine Überraschungen geben und ich würde nicht auflegen müssen wie beim ersten Anruf. Ich hatte mir sogar eine falsche Hintergrundgeschichte zu Steven notiert, um sie in das Gespräch einfließen zu lassen. Sie musste glauben, dass er verzweifelt, naiv und verletzlich genug war, um manipuliert zu werden.

»Wenn Sie sich nicht vorstellen können, dass es Ihnen irgendwann wieder besser geht, was ist dann das beste Ergebnis, auf das Sie hoffen können?«, wollte sie gerade von mir wissen.

Ich schwieg so lange wie möglich, um einen dramatischen Effekt zu erzielen. »Dass ich eines Morgens einfach nicht mehr aufwache.«

»Sie wollen nicht mehr aufwachen. Ich verstehe.«

»Sollten Sie mich jetzt nicht nach den Dingen fragen, für die es sich zu leben lohnt?«

»Wollen Sie, dass ich das tue? Würden Sie mir zuhören, wenn ich einige Gründe aufzählte?«

»Nein, wahrscheinlich nicht.«

»In unserem ersten Gespräch haben Sie mir erzählt, dass Sie Ihrem Leben ein Ende setzen wollten, indem Sie sich vor einen Zug werfen«, erinnerte sie mich.

»Inzwischen habe ich meine Meinung geändert.«

»Was wollen Sie nun tun?«

»Mich erhängen.«

Ich hatte ein wenig im Internet recherchiert und herausgefunden, dass sich Männer am häufigsten auf diese Art umbrachten. Sie wollte sehen, wie ernsthaft ich darüber nachgedacht hatte, warum ich diese Methode gewählt hatte, wo es passieren sollte und wie ich es tun wollte. Ich spürte, dass meine Antworten sie irritierten.

»Bei dieser Methode können viele Komplikationen auftreten … falls Sie sich dazu entschließen sollten«, meinte sie gereizt, fasste sich aber schnell wieder. »Aber wir können ein anderes Mal darüber sprechen, wenn Sie sich tatsächlich dafür entschieden haben.«

Durch diesen Satz wusste ich, dass ich sie am Haken hatte. Hätte ich auch nur den Hauch eines Zweifels gehabt, so hatte sie ihn jetzt beseitigt.

Das Machtverhältnis zwischen uns hatte sich umgekehrt. Sie saugte alles gierig auf, was ich ihr erzählte, und versuchte nicht mehr, mir dabei zu helfen, die positiven Dinge im Leben zu sehen. Wie auch immer sie mich in den vergangenen Wochen getestet hatte, ich hatte bestanden.

»Also werden Sie mir helfen?«, fragte ich.

»Ich habe Ihnen schon einmal erklärt, dass es nicht meine Aufgabe ist, Ihnen irgendetwas auszureden oder Sie zu meiner Sichtweise zu überreden. Ich bin nur hier, um zuzuhören.«

»Was, wenn …« Meine Stimme erstarb. Das war nicht Teil meines Plans gewesen, zumindest noch nicht. Mein Herz raste und ich rang mit mir, ob ich das Risiko eingehen und sie geradeheraus fragen sollte. Ich öffnete den Mund, zögerte aber.

»David?«, hörte ich sie. »Sind Sie noch dran?«

»David?«, fragte ich.

»Entschuldigung, ich meinte Steven. Sie sagten gerade ›was, wenn‹?«

Verdammt, sag es einfach! »Was, wenn Sie bei mir wären, wenn ich es tue?«

»Wenn Sie jemanden brauchen, der bei Ihnen ist, höre ich Ihnen gern zu und begleite Sie.«

»Ich meine nicht am Telefon.«

Ich hatte sie völlig überrascht. Sie wusste genau, was ich meinte, wollte aber, dass ich es für sie laut aussprach.

»Was, wenn ich Sie bitte, bei mir zu sein, Laura, hier in meinem Haus, wenn ich mich erhänge? Würden Sie kommen?«

Es herrschte absolute Stille. Wir hörten nur den nervösen Atem des jeweils anderen, bis sie schließlich antwortete.

»Ich … Ich … glaube nicht, dass das angemessen wäre«, stammelte sie.

Ich musste schnell reagieren und meine Frage rechtfertigen.

»Ich brauche Sie hier, damit Sie mir sagen, wenn ich etwas durcheinanderbringe. Und damit Sie mir versichern, dass alles gut werden wird. Und dass Sie da sind … Sie wissen schon … am Ende.«

»Haben Sie Zweifel?«

»Nein, habe ich nicht. Aber es ist nur so, dass Sie mich, na ja, *verstehen.*« Ich appellierte weiterhin an ihr Ego, indem ich darauf bestand, dass sie mir in den drei Gesprächen mehr geholfen hatte als die monatelangen Beratungen. »Würden Sie wenigstens darüber nachdenken?«, bat ich sie schließlich.

»Ich kann nicht, Steven. Es tut mir leid, aber Sie bitten mich, etwas zu tun, das illegal und unmoralisch ist. Das könnte mich in große Schwierigkeiten bringen.«

»Sie haben recht. Es tut mir leid. Ich hätte das nicht fragen sollen«, lenkte ich ein. »Ich werde es nicht noch einmal tun.«

Ich grinste von einem Ohr zum anderen, als ich das Gespräch zu meinen Bedingungen beendete. Meine Pläne für Laura hingen davon ab, dass sie Ja sagte. Jetzt musste ich nur noch warten.

Kapitel 15

Laura war besorgt, das konnte ich spüren. Von dem Moment an, als sie ans Telefon ging und ich mich meldete, sagte mir etwas in ihrer Stimme, dass sie versuchte, ihre Gefühle unter Kontrolle zu halten. Doch sie war keine gute Schauspielerin.

Und ich spürte noch etwas: Ich sollte nicht wissen, wie froh sie war, dass ich wieder anrief. War Charlotte durch dieselbe verhüllte Begeisterung getäuscht worden?

Vorhin hatte ich geglaubt, in der Wohnung nicht mehr atmen zu können. Die Wände schienen mir die Luft zu nehmen. Also hatte ich mir Handy und Notebook geschnappt und war in den Becket's Park gegangen. Ich beobachtete gerade, wie sich die Enten in dem kleinsten der drei Seen im Park um ein Stück Brot stritten, als ich Laura wieder in der Leitung hatte. Ich hatte ein paar Tage verstreichen lassen, nachdem ich sie gefragt hatte, ob sie persönlich bei mir sein würde, wenn ich starb. Ich wollte, dass sich meine Bitte in ihrem Kopf festsetzte, dass sie darüber nachdachte und dann – Daumen drücken – zustimmte.

Ich begann mit einer falschen Entschuldigung, weil ich sie in eine schwierige Lage gebracht hatte.

»Ehrlich, Steven, ich bin nicht hier, um Sie zu verurteilen. Ich bin hier, um allem zuzuhören, was Sie mir sagen möchten.«

Ihr Atem ging unregelmäßiger als sonst und sie musste sich zwingen, ihre Stimme unter Kontrolle zu halten. Sie schien mir etwas sagen zu wollen, rang aber mit sich, ob sie es wirklich tun sollte. Wir unterhielten uns eine Weile und ich stellte ihr Fragen über sie selbst. Ich schmeichelte ihr absichtlich und behauptete, ich stellte mir vor, sie sähe wie die Schauspielerin aus den »Tribute von Panem«-Filmen aus. Natürlich wusste ich genau, wie Laura aussah, weil ich sie schon oft von Nahem gesehen hatte. Als sie dann aber wissen wollte, ob ich jemals daran gedacht hätte, Kinder zu bekommen, war ich ein wenig überrumpelt.

»Es gab einmal eine Frau, mit der ich mir eine Familie hätte vorstellen können«, antwortete ich. »Sie war ein guter Mensch und ich dachte wirklich, dass sie mich liebt. Doch dann verschwand sie plötzlich aus meinem Leben.«

Je verletzlicher ich mich machte, desto mehr würde sie hoffentlich meine vermeintliche Schwäche erkennen und mein Angebot annehmen. Eine weitere Viertelstunde Small Talk verstrich, bis sie sich nicht mehr zurückhalten konnte.

»Ich mache es«, sagte sie plötzlich. »Wenn es Ihnen ernst damit ist, Ihrem Leben ein Ende zu setzen, werde ich persönlich bei Ihnen sein, wenn Sie es tun.« Sie flüsterte, vielleicht weil sie Angst hatte, belauscht zu werden.

Ich versuchte, dankbar zu klingen, während ich in Wirklichkeit von ihrer Zustimmung gleichzeitig begeistert und angewidert war. Sie erklärte mir, dass sie nur mit Menschen zusammenarbeite, die sie in- und auswendig zu kennen glaube. Also erwarte sie von mir, dass ich über jeden Aspekt meines Lebens offen mit ihr spräche. Sie gab mir ihren Dienstplan und ich sollte mich mindestens dreimal in der Woche zu festgelegten Zeiten bei ihr melden. Nur dann würden wir ein Datum für meinen Tod festlegen.

»Ich werde dabei von Anfang bis Ende an Ihrer Seite sein. Doch das Ganze ist eine Art Geschäftsbeziehung«, erklärte sie mir. »Wir haben beide unsere Aufgaben zu erfüllen, Steven. Sie sagen mir, wer Sie sind, und ich werde sicherstellen, dass Ihr Tod reibungslos verläuft.«

Bei dem ersten Test war es um Beharrlichkeit gegangen und darum, sie zu überzeugen, dass ich bereit war zu sterben. Bei dem zweiten musste ich sie hundertprozentig davon überzeugen, dass Steven echt war. Ich wusste, dass sie die Sache schon beim kleinsten Zweifel durchschauen würde.

Ich musste mein ganzes Können aufbringen, um Laura mit ihren eigenen Mitteln zu schlagen.

Kapitel 16

Sechs Monate nach Charlotte

»Der Knoten muss hoch über dem Nacken verlaufen, damit er enger wird, je mehr Druck ausgeübt wird«, erklärte Laura. Sie sprach sehr leise und manchmal musste ich mich anstrengen, um sie zu verstehen. »Wenn Sie das üben, achten Sie darauf, dass das Seil nicht verrutscht, wenn Sie es am Balken festbinden. Es ist sehr wichtig, dass Sie daran denken.«

Sie hatte mir fünf Wochen bis zum Tag meiner Selbstexekution gegeben. In der zweiten Woche beschrieb sie mir nun die praktischen Einzelheiten, wie ich mich erhängen sollte. Ich lag auf dem Bett, das Telefon ans Ohr geklemmt. Die Knie ragten wie zwei Pyramiden nach oben und mein Notizbuch lag auf den Oberschenkeln. Manchmal zeichnete ich Strichmännchen. Heute hängte ich eins an einen Galgen. Solange sie ein Rascheln oder meine Stimme hörte, die ihre Worte wiederholte, schien sie glücklich zu sein.

Als Nächstes riet sie mir, die Stärke des Seiles zu testen und eine Polsterung zu verwenden, damit es sich nicht in meinen Hals bohrte und eine blutende Wunde verursachte. Sie erklärte, welche Art von Knoten ich wo genau ansetzen sollte. Sie schien sichergehen zu wollen, dass mein Tod eine saubere und möglichst schmerzfreie Angelegenheit werden würde. Ich verstand nicht, warum sich jemand, der so begierig darauf war, mich sterben zu sehen, sorgte, ob ich verletzt wurde, während ich am Balken baumelte. Für sie machte es doch bestimmt keinen Unterschied.

Während sie redete, schloss ich die Augen. Ich versuchte, mir vorzustellen, wie sie im Büro über den Schreibtisch gebeugt saß, mir durch das Telefon etwas zuflüsterte und Spaß daran hatte, mir zu sagen, wie ich mein Leben beenden könnte, während sie in einem Raum voller Menschen saß, die keine Ahnung hatten, was sie trieb.

Es gab aber auch Momente, in denen wir über alltägliche Dinge sprachen. Tatsächlich machte der Tod und wie ich ihn herbeiführen wollte, weniger als ein Viertel unserer Gespräche aus. Sie wollte viele Einzelheiten über mein Leben wissen, zum Beispiel wie die Beziehung zu meinen Eltern und zu Johnny war, was ich gerne aß, welche Filme ich mochte, welche Lieder auf meiner Beerdigung gespielt werden sollten, meine Ex-Freundinnen … Sie fragte nach allem Möglichen. Ich hatte das Gefühl, als interessierte sie sich wirklich für das, was ich zu sagen hatte. Es war, als wollte sie die Zeit, die wir zusammen hatten, nutzen, damit sie sich ein perfektes Bild von demjenigen machen konnte, der vor ihren Augen starb.

Manchmal fragte ich mich sogar, ob ich irgendetwas falsch verstanden hatte und Laura vielleicht nur eine gelangweilte Hausfrau mit reichlich Fantasie war, die herausfinden wollte, wie weit sie gehen konnte, bevor einer von uns beiden aufgab und dem anderen gestand, dass alles nur ein Spiel gewesen war. Doch als die Wochen vergingen und der Tag meines »Selbstmords« näher rückte, machte sie immer noch keine Anstalten, damit aufzuhören.

Die Rolle eines Mannes zu spielen, der sich darauf vorbereitete, seinem Leben ein Ende zu setzen, war schwieriger, als ich gedacht hatte. Alles wurde davon in Anspruch genommen und ich musste mir jede Lüge notieren, die ich ihr erzählte. Mein Notizbuch enthielt die Biografie eines Mannes, der nie existiert hatte.

»Darf ich Sie etwas fragen?«, wollte ich während eines unserer Gespräche wissen.

»Ja, natürlich«, antwortete Laura.

»Erzählen Sie mir etwas über sich? Es muss nichts Persönliches sein oder so.«

Sie schwieg eine Weile, bevor sie antwortete. »Warum?«

»Weil ich mehr über die Person erfahren möchte, die sich so sehr um Menschen wie mich sorgt und ihnen wirklich helfen will.«

»Was wollen Sie denn wissen?«

Ich wusste, wo sie wohnte und arbeitete. Ich hatte ihre Familie gesehen. Ich war ihr in ihre Lieblingsgeschäfte gefolgt. Ich hatte zugesehen, wie sie ihrem behinderten Sohn aus einem Buch vorlas. Sie schien eine ganz normale Frau zu sein. Doch ich hatte keine Ahnung, warum sie tat, was sie tat.

»Darf ich fragen, ob Sie das schon einmal für jemanden getan haben? Gibt es noch mehr Menschen wie mich?«

»Ja, es gab andere.«

»Können Sie mir mehr über sie erzählen?«

»Würden Sie wollen, dass der Nächste, den ich auswähle, mehr über Sie erfährt?«

»Nein, nicht wirklich.«

»Dann müssen Sie auch deren Privatsphäre respektieren.«

Wir führten bereits unsere zwölfte Unterhaltung, sodass ich die leichten Nuancen in ihrem Tonfall gut genug kannte, um zu wissen, wann sie ihre Komfortzone verließ. Doch da mir nicht mehr viel Zeit blieb, setzte ich darauf, dass sie schon zu viel in mich investiert hatte, um sich von meiner Vertrautheit abschrecken zu lassen. Stattdessen erklärte sie mir, dass die Menschen grundverschieden seien und sie deshalb immer anders vorging. Anscheinend schnürte sie für jeden ein maßgeschneidertes Selbstmordpaket. Nicht dass ich jemals das Wort »Selbstmord« aus ihrem Mund gehört hätte. Anscheinend scheute sie sich bewusst davor, es laut auszusprechen.

»Dieses Leben ist zu schwierig, um es allein zu bewältigen«, fuhr sie fort. »Manche bleiben auf der Strecke und brauchen Hilfe, um wieder auf den richtigen Weg zurückzufinden. Andere dagegen wollen ganz davon abkommen. Und dann komme ich ins Spiel.«

Ich dachte an Charlotte und wie ich jetzt meinen vier Monate alten Sohn dabei beobachten könnte, wie er hier vor mir auf dem Boden mit seinen Stofftieren spielte, wenn Laura sie nur ermutigt hätte, noch ein wenig durchzuhalten. Dann würde ich auch nicht planen, die Frau zu vernichten, die seine Mutter und sein eigenes Leben zerstört hatte.

»Haben Sie jemals darüber nachgedacht, ob Sie sich bei jemandem geirrt haben? Haben Sie schon einmal jemandem geholfen und später überlegt, ob er nicht vielleicht nur noch etwas länger hätte durchhalten müssen?«

»Nein«, antwortete sie, ohne zu zögern. »Jeder, der zu mir kommt, macht das freiwillig. So wie Sie. Ich suche nicht die Menschen aus, sondern sie mich. Ich habe niemals etwas bereut und werde niemals bereuen, was ich tue.«

Ich hatte das Gefühl, dass Laura ihre Meinung bald ändern würde.

Kapitel 17

Sieben Monate und eine Woche nach Charlotte

Stevens Tag der Abrechnung war gekommen.

Es war früher Nachmittag, als ich über den verwilderten Rasen zu dem Haus stapfte, das ich als Überraschung für meine Frau gekauft hatte.

Das weiß-blaue »Verkauft«-Schild des Immobilienmaklers stand noch immer da. Ich riss es aus dem Boden und warf es hinter ein paar Büsche. Farbe blätterte von den ursprünglichen Fensterrahmen ab und zwischen den Ziegeln, die dringend neu verlegt werden mussten, brach der Zement heraus. Einige der grauen Schieferplatten waren lose und mussten ausgetauscht oder gerichtet werden, bevor das Dach undicht wurde. Das Haus hatte bereits viereinhalb Jahre leer gestanden und nach weiteren sieben Monaten Vernachlässigung durch mich waren die Disteln und Brennnesseln am Wegesrand fast einen Meter hoch gewachsen und der Löwenzahn begrub den Kiesweg unter sich.

Meine Eltern hatten mir ein Darlehen in Höhe von fünfunddreißigtausend Euro zur Verfügung gestellt, das ich als Kaution hinterlegt hatte. Den Rest erledigte eine Hypothek. Für die dringendsten Reparaturen hätten Charlottes und meine

Ersparnisse gereicht und den Rest, so hatte ich geglaubt, würden wir zu gegebener Zeit erledigen. Es war eine klassische Win-win-Situation – mein Vater heimwerkte für sein Leben gern, und da es in seinem eigenen Haus nichts mehr zu verändern gab, sehnte er sich nach einem neuen Projekt, in das er sich hineinknien konnte. Er war bereit, uns ein Vermögen für Handwerkerrechnungen zu ersparen. Doch das Haus, das so viel versprochen hatte, hatte nie eine Chance gehabt. Denn Charlotte hatte sich an dem Tag, an dem ich die Schlüssel bekam, umgebracht. Seit damals war ich nicht einmal in der Lage gewesen, daran vorbeizufahren, geschweige denn hineinzugehen.

»Wollen Sie es kaufen?«, fragte eine Frau mit einem Kopftuch, die gerade mit ihrem winzigen Hund, der eher an eine Ratte erinnerte, an einer rosa Leine vorbeispazierte.

Ich schüttelte den Kopf. »Nein.«

»Das ist eine Schande«, meinte sie, bevor sie weiterging. »Es wäre so ein schönes Zuhause für eine Familie.« Ihre beiläufige Beobachtung erschreckte mich. Bestimmt würde das eines Tages passieren. Aber nicht heute Abend. Heute Abend brauchte ich es, um Laura Morris zu vernichten.

Ich ging zum Wagen zurück, nahm ein Seil, eine Glühbirne, drei Kartons mit Fotos von Laura und ihrer Familie sowie zwei Klebebandrollen heraus und trug alles zur Haustür. Zögernd schloss ich sie auf und öffnete sie. Für den Strom hatte ich bereits gezahlt. Also schaltete ich den Lichtschalter ein und langsam wurde es hell im Flur. Der frühere Bewohner hatte einige alte Möbel und Bilder zurückgelassen, die nun dick mit Staub bedeckt waren. Ansonsten stand das Haus größtenteils leer.

Ich beklebte jeden Zentimeter der Schlafzimmerwand mit Fotos, bis kein Fleck mehr frei war. Dann schraubte ich eine schwache Glühbirne ein, damit Laura sie nicht sofort sah, und merkte mir nacheinander alle knarrenden Treppenstufen und wie ich diese meiden konnte. Die nächsten zwanzig Minuten war ich damit beschäftigt, immer wieder die Schlinge zu binden, bis sie genau so war, wie sie es erwartete. Dann hängte ich das Seil an den Holzbalken. Das, was ich für Laura geplant hatte, hatte sie verdient. Daran zweifelte ich nicht. Doch ich würde sie nicht töten. Sie sollte zugeben, was sie Charlotte angetan hatte. Ich wollte sie erschrecken und sie glauben lassen, sie würde diesen Raum nicht lebend verlassen. Natürlich würde ich sie gehen lassen – aber sie sollte wissen, dass ihre Taten Konsequenzen hatten. Vielleicht hörte sie dann damit auf.

Ich setzte mich auf den Boden des Schlafzimmers und sie rief zur vereinbarten Zeit das Prepaidhandy an, das ich gekauft hatte, damit ich ihr sagte, wo ich wohnte.

»Und es taucht nicht plötzlich jemand unerwartet auf?«, fragte sie. Zum ersten Mal, seit ich die Befreierin der verlorenen Seelen enttarnt hatte, spürte ich echte Angst.

»Nein – niemand«, antwortete ich in meinem gewohnt nachdenklichen Tonfall.

»Und Sie denken daran, die Haustür offen und das Licht eingeschaltet zu lassen?«

»Ja. Vertrauen Sie mir nicht?«

»Doch, natürlich. Aber Sie sind ein Mensch, und Menschen lassen einen von Natur aus hängen. Ich muss mir so sicher wie möglich sein, dass Sie mir bei allem, was ich gesagt habe, zugehört haben, damit es keine Überraschungen oder Komplikationen gibt. Okay, spielen Sie den Ablauf für mich noch einmal durch.«

»Sie kommen Punkt acht Uhr hierher. Wenn Sie etwas Verdächtiges sehen oder sich unwohl fühlen, fahren Sie wieder. Ich werde allein sein, im Schlafzimmer. Das ist das zweite Zimmer links oben neben dem Treppenabsatz. Das Seil wird am Balken hängen und der Knoten gepolstert und richtig gebunden sein, so wie Sie es mir gesagt haben. Sie werden dann zusehen, wie ich auf einen Stuhl klettere und einen Schritt nach vorn mache. Wenn Sie sicher sind, dass ich tot bin, gehen Sie.«

»Gut. Und, Steven, ich weiß, dass ich Ihnen das bisher noch nicht gesagt habe, aber danke, dass Sie mich gebeten haben, bei Ihnen zu sein. Ich habe unsere Gespräche in den letzten Monaten genossen. Wenn Sie irgendwelche Zweifel haben, müssen Sie nur daran denken, warum Sie anfangs nach mir gesucht haben. Zusammen sind wir jede Möglichkeit genau durchgegangen, bevor Sie entschieden haben, dass es nur diesen Ausweg gibt. Sie gehen weiter und erlauben allen anderen, die sie lieben, dasselbe zu tun. Und dafür bewundere ich Sie so sehr.«

»Vielen Dank«, erwiderte ich. Ihre Worte klangen einstudiert und ich fragte mich, ob Charlotte genau dieselben gehört hatte.

Es war kurz vor acht Uhr und es dämmerte bereits, als ich sie von meiner Position im Vorgarten hinter den überwucherten Nadelbäumen kommen sah. Sie dagegen konnte mich nicht sehen. Ich hielt den Atem an und beobachtete, wie ihr Wagen am Straßenrand hielt. Mein Blick fiel auf ihre Finger, die das Lenkrad fest umklammerten. Sie wartete, unsicher, ob sie ihrem Herzen folgen und ins Haus gehen oder auf ihren Verstand hören und wieder verschwinden sollte. Innerhalb weniger Sekunden drehte sie sich ein paar Mal um und betrachtete das Haus aus jedem Winkel, den ihre Position zuließ.

Sie ist wirklich gekommen. Laura Morris ist gekommen, um mir beim Sterben zuzusehen.

Ich ballte die Fäuste, während ich mir wünschte, dass sie ins Haus ging. Nachdem sie sich ein letztes Mal umgesehen hatte, öffnete sie die Haustür, die ich nicht verschlossen hatte, und ging hinein. Doch nach wenigen Sekunden kehrte sie noch einmal zurück, um sie mit einem Stuhl zu sichern. Ich spürte ein Ziehen im Bauch, als müsste ich dringend zur Toilette.

Ich gab ihr etwas Zeit, um die Treppe zu unserem Treffpunkt hinaufzugehen, bevor ich ihr vorsichtig folgte und darauf achtete, den knarrenden Stufen auszuweichen. Im Schutz der Dunkelheit beobachtete ich vom Korridor aus, wie sie panisch die Fotos von der Wand riss. Lautlos trat ich ein. Als ich sie ansprach, wirbelte sie herum, die Augen weit aufgerissen. Ich trat einen Schritt vor, sie einen zurück.

»Was … Was wollen Sie von mir?«, fragte sie in einem Tonfall, den ich noch nie zuvor bei ihr gehört hatte. Sie versuchte nicht einmal, ihre Angst zu verbergen. Ich machte noch einen Schritt auf sie zu, um sie weiter einzuschüchtern, während ich von ihr wissen wollte, warum sie verletzlichen Menschen so etwas angetan hatte. Anstatt einer Antwort zog sie etwas, das wie ein Küchenmesser aussah, aus ihrer Manteltasche heraus und fuchtelte damit ängstlich vor sich herum. Sie hatte nicht den Mut, es zu benutzen. Das sagte ich ihr auch.

Plötzlich stieg der unverwechselbare Geruch von Urin auf. Sie hatte sich vor Angst in die Hose gemacht. Für einen kurzen Moment verspürte ich Schuldgefühle. Doch dann erinnerte ich mich daran, was sie Charlotte angetan hatte und warum sie hier war – um mich sterben zu sehen. Ich trat noch näher auf sie zu.

»Sehen Sie das Seil?«, fragte ich sie. Natürlich sah sie es. »Nicht ich werde heute Abend an diesem Balken hängen, sondern Sie!«

Für einen Moment waren ihre zitternde Hand und das Messer die einzigen Dinge, die sich in dem Raum bewegten. Dann überwand ich meine Starre. Ich beugte mich vor, griff nach ihrem Handgelenk, wirbelte sie herum und nahm sie in den Schwitzkasten. Als sie vor Schmerzen aufheulte, fiel das Messer zu Boden und ich bugsierte sie im Polizeigriff in Richtung Seil.

Ich wollte es ihr um den Hals legen. Und sobald sie um ihr Leben bettelte, sich als die erbärmlichste aller Kreaturen entpuppte und um Verzeihung winselte, würde ich sie gehen lassen. Morgen würde ich die Aufnahmen unserer Telefongespräche ihrem Chef in der Telefonseelsorge übergeben, damit er und die Polizei sie zur Rede stellen konnten.

Nur leider hatte ich nicht darüber nachgedacht, wie ich das Seil um ihren Hals bekommen würde. Als ich meinen Griff um ihren Arm etwas löste, nutzte sie den Moment, trat mir erst zwischen die Beine und dann mit voller Wucht gegen das Schienbein. Automatisch lockerte sich mein Griff, aus dem sie sich nun ganz befreite. Sie hob das Messer auf und rammte es mir in den Bauch.

Es war ein Glückstreffer – zumindest für sie. Zuerst spürte ich nur den Druck der Klinge, keinen Schmerz. Der kam erst, nachdem ich die Hand auf die Wunde presste und das Blut an meiner Jeans heruntertropfte. Ich spürte einen kleinen Luftzug, als Laura sich bückte und das Messer aus mir herauszog. Als ich zur Seite fiel, hörte ich, wie ihre Schritte im Haus immer leiser wurden, bevor es auf der Treppe einen lauten Knall gab, als wäre sie gestürzt. Ich hielt inne und horchte, während ich betete, dass sie sich nicht den Hals gebrochen hatte. Dann geriet ich in Panik und fragte mich, was ich dann mit ihrer Leiche anstellen sollte. Plötzlich rührte sie sich wieder und ich hörte, wie sie das Haus verließ und ein Auto gestartet wurde.

Ich lag allein in dem Zimmer, umgeben von ihren Fotos an der Wand und denen, die sie abgerissen und auf dem Fußboden verstreut hatte.

Wir hatten uns gegenseitig unterschätzt, und sie hatte mich geschlagen. Zumindest vorerst.

TEIL ZWEI

Kapitel 1

Laura

Ich atmete tief ein und saugte den Duft von Sandelholz auf, der aus dem Badeschaum emporstieg. Dann rutschte ich etwas tiefer nach unten, bis das warme Seifenwasser meine Brust bedeckte und knapp unterhalb des Kinns endete.

Um die Badewanne herum standen sieben Vanilleduftkerzen. Hin und wieder wurde die Stille des Raumes durch ein scharfes Knistern des brennenden Dochts und des Wachses unterbrochen.

Ich begann mit meinen Achtsamkeitsübungen und konzentrierte mich darauf, wie sich das Wasser auf der Haut anfühlte, wie sich die Zehen anfühlten, wenn ich die Füße anhob und sie die Blasen auf der Oberfläche berührten, und spürte den Druck der Wanne gegen den Rücken. Nun konzentrierte ich mich auf die Atmung. Ich ließ sie langsamer und tiefer werden und hob dabei nur den Bauch an. Rücken und Schultern blieben regungslos. Als ich völlig entspannt war, schob ich den Po vor, öffnete den Mund, glitt mit dem Kopf unter Wasser und schluckte so viel Wasser, wie ich konnte, bis es in die Lungen strömte.

Mein Gehirn reagierte unmittelbar. Es wollte mich an die Oberfläche zwingen, damit ich das Wasser aushusten konnte. Doch ich kämpfte dagegen an und blieb unter Wasser, wie ein Fisch in einem Netz. Ich spürte, wie sich die Muskeln um den Kehlkopf zusammenzogen, und wartete auf den Countdown des restlichen Sauerstoffs im Blut. Die Augen brannten, doch ich hielt sie offen und konnte das verschwommene Blau der Handtücher auf der Heizung erkennen. Es kostete mich all meine Kraft, doch ich blieb so lange unter Wasser, bis ich das Brennen nicht mehr aushalten konnte. Benommen zog ich mich hoch, beugte mich über den Wannenrand und erbrach Wasser und Galle auf den gefliesten Badezimmerboden. Ich war mir sicher, dieses Mal ein wenig länger unter Wasser geblieben zu sein als beim letzten Mal.

Ich riss mich zusammen, ging zum Badezimmerspiegel, wischte mit einem Handtuch den Dampf fort und starrte auf mein Spiegelbild. Sechs Wochen waren seit der nächtlichen Konfrontation mit Steven und dem Treppensturz vergangen. Für meinen Geschmack heilten die blauen Augen, die aufgeplatzte Lippe, das aufgeschlagene Ohr und die Prellungen an Wangen, Hals und Armen zu schnell. Ich trug das Make-up nur sparsam auf, sodass der Schorf sichtbar blieb, und kniff mir fest in die Blutergüsse, damit sie ihre Farbe behielten.

Ich war bereit, als Heldin zur Arbeit zurückzukehren.

* * *

Einen Überfall auf mich kurz nach der Flucht aus Stevens Haus zu erfinden, mag eine verzweifelte, spontane Entscheidung gewesen sein, aber eine verdammt gute. Sie hatte mir ein Alibi verschafft und mich meinem Mann nähergebracht.

Anfangs hatte ich nicht einmal versucht, die Tatsache zu verarbeiten, dass ich gerade einen Mann erstochen hatte. Ich stand unter Schock und wollte nur nach Hause, wo ich mich sicher fühlte und mir alles vertraut war. Schon während ich die Treppe hinuntergestürzt war, hatte ich die Schmerzen in Armen und Kopf gespürt. Doch ich versuchte, sie zu ignorieren, während ich die Straße entlangrannte. Ein kalter Schauder lief mir über Schultern und durch Arme und Beine, bis es keinen Teil meines Körpers mehr gab, der sich nicht eisig anfühlte. Wie hatte ich nur so dumm sein können? Warum hatte ich nicht in Betracht gezogen, dass ich in eine Falle tappen könnte? Steven wusste so viel über mich, Gott weiß, wie lange er mir bereits gefolgt war.

Die rote Ampel bemerkte ich erst, als ein anderer Fahrer heftig auf die Hupe drückte. Ich trat auf die Bremse und schlitterte über die Kreuzung, während er versuchte, mir auszuweichen, und auf den Bürgersteig geriet. Ich wartete weder seine Reaktion ab, noch entschuldigte ich mich. Stattdessen fuhr ich nur noch schneller.

Ich bog scharf links in eine Nebenstraße ein und blieb vor einer Reihe öder Reihenhäuser stehen. Verzweifelt versuchte ich, meinen keuchenden Atem zu beruhigen, während ich mir selbst einredete, dass alles wieder gut werden würde.

Doch das wird es nicht!, warnte mich eine innere Stimme. *Du hast gerade auf einen Mann eingestochen. Was, wenn er tot ist? Dann bist du eine Mörderin.*

Was mich beunruhigte, war nicht die Tatsache, vielleicht für den Tod eines Mannes verantwortlich zu sein, sondern dass man in dem Fall genügend Beweise in dem Haus finden würde, durch die man uns miteinander in Verbindung bringen konnte. Ich hatte zwar angefangen, meine Fotos von den Wänden zu reißen, damit aber aufgehört, als er plötzlich aufgetaucht war. Es waren noch genügend Aufnahmen übrig geblieben.

In diesem Moment wurde mir bewusst, dass es nur einen einzigen Ausweg gab – ich musste das Opfer sein, nicht der Täter.

Die Nacht war längst hereingebrochen, als ich meinen Wagen vor der Telefonseelsorge abstellte, die Straßen hinunterlief und mich dabei geistesgegenwärtig vergewisserte, dass es keine Überwachungskameras gab. Ich lief in Richtung des Racecourse, eines hundertzwanzig Hektar großen, rechteckig angelegten Parks, der kaum beleuchtet war. Sobald ich eine dunkle, abgelegene Stelle erreicht hatte, starrte ich auf die Zeitangabe des Handys und wartete fünf Minuten regungslos ab. Mein Gesicht brannte scharf und in meinen Ohren rauschte es. Am liebsten hätte ich vor Schmerzen geheult.

»Nicht nachgeben!«, murmelte ich atemlos und biss die Zähne zusammen. Nach den fünf Minuten holte ich tief Luft und rannte über die Wege des Parks zurück auf die stark befahrenen Straßen und vorbei an Geschäften und Straßenlaternen, an denen Überwachungskameras hingen.

»Ich wurde überfallen!«, erklärte ich schluchzend dem diensthabenden Beamten der Polizeiwache am Campbell Square. Mein Körper zitterte auch ohne mein Zutun, und er konnte an dem Blut in Gesicht und an den Händen erkennen, dass man mir heftig zugesetzt hatte.

Er rief eine Kollegin herbei und eine junge Frau in Uniform führte mich zu einem Stuhl.

»Brauchen Sie dringende ärztliche Versorgung?«, fragte sie sanft.

Ich schüttelte den Kopf. »Nein, er hat mich nicht … vergewaltigt … Ich konnte ihm vorher entkommen.«

Sie führte mich in einen Vernehmungsraum im hinteren Bereich der Wache. Die nächsten beiden Stunden meines Lebens nahm ich nur verschwommen war. Es war, als hätte ich jemand anderem erlaubt, meinen Körper, mein Gehirn und meine Worte zu steuern. Ich wurde zu einem Zuschauer, der mir zuhörte, wie ich eine Lüge nach der anderen vortrug.

Ich behauptete, ich hätte von der Telefonseelsorge durch den Park nach Hause gehen wollen, als ich plötzlich von hinten auf den Boden geschleudert worden wäre. Es wäre zu dunkel gewesen, um sein Gesicht zu sehen, als er mich umgedreht und mir immer wieder ins Gesicht geschlagen hätte, bevor er mich fest an Schultern und Armen gepackt und ich ein Messer in seiner Hand gesehen hätte. Doch es wäre mir irgendwie gelungen, ihm in die Leistengegend zu treten. So hätte ich ihn ausschalten und fliehen können.

Man schickte mehrere Beamte an den Tatort und nahm die Anzeige des Verbrechens auf. Dann wurden meine Aussage und Fotos meiner Verletzungen zu Protokoll genommen. Bedenken kamen mir nur, als ich für weitere Untersuchungen die Kleidung ablegen sollte, zumal ich dann gezwungen war, einen unvorteilhaften Krankenhauskittel zu tragen.

Nun war ich das Opfer eines Verbrechens. Sollte man mich jemals mit den Ereignissen in diesem Haus in Zusammenhang bringen, hätte ich ein Alibi. Sollte das schiefgehen, würde ich ihnen erklären, Steven wäre ein Anrufer, der mir ans Herz gewachsen wäre und mich mit der verzweifelten Drohung, sich umzubringen, in sein Haus gelockt hätte. Obwohl ein solches Vorgehen völlig unprofessionell gewesen wäre, hätte ich mir große Sorgen um sein Wohlergehen gemacht. Dann würde ich behaupten, er hätte mich angegriffen und sein Tod wäre Notwehr gewesen. Ich hatte an alles gedacht.

Doch die Stunden auf der Wache erfüllten noch einen anderen Zweck – sie brachten mir Tony zurück. In den frühen Morgenstunden erschien mein besorgter Ehemann nach einem Anruf des diensthabenden Beamten auf der Wache. Als er seine verletzte, wehrlose Frau sah, schmolz die Feindseligkeit des letzten Jahres dahin.

»Geht es dir gut?«, fragte er und legte den Arm um meine Schultern, während er mir instinktiv einen Kuss auf den Scheitel gab. Seine Lippen fühlten sich unglaublich weich an, doch ich wich zurück, da jeder körperliche Kontakt nach meinem Treppensturz schmerzte. »Was ist passiert?«

Ich strengte mich an, um wieder in Tränen auszubrechen, legte die Nase an seinen Hals und atmete tief ein. Ein schwacher Duft von Aftershave und Feuchtigkeitscreme lag auf seiner Haut. Der Polizist erklärte Tony, was mir zugestoßen war.

»Bringst du mich bitte nach Hause?«, bat ich ihn.

Wir verließen die Wache, versehen mit einem Aktenzeichen und der Aufforderung, am nächsten Tag meinen Hausarzt aufzusuchen, sollten die Verletzungen schlimmer werden. Eine Viertelstunde später bog Tonys Wagen in unsere Einfahrt ein.

»Wissen die Mädchen Bescheid?«, fragte ich.

»Nein, ich wollte sie nicht aufwecken und beunruhigen. Ich habe Effie eine Nachricht hinterlassen, für den Fall, dass sie aufwacht, und geschrieben, dass ich es ihr am Morgen erkläre. Wo ist dein Auto? Es steht nicht in der Einfahrt.«

»Ich habe es vor dem Büro stehen gelassen«, antwortete ich.

»Warum gehst du zu Fuß nach Hause, wenn du Nachtschicht hast?«, fragte er, wobei er klang, als sei er enttäuscht von mir, wollte aber nicht mit mir schimpfen.

»Willst du damit sagen, dass es meine Schuld ist?«

»Nein, nein, das habe ich nicht gemeint. Ich bringe dich hinein.«

Tony half mir aus dem Wagen, legte den Arm um meine Hüfte und führte mich vorsichtig ins Haus. Seine Berührung fühlte sich wunderbar an. Tonys Blick wanderte zu den Wänden, die er eine nach der anderen anstarrte, bevor er mich ansah. Ich wusste, was er dachte.

»Ich will nur schlafen«, sagte ich leise und wandte mich ab.

Er half mir nach oben, wo ich in meinen Schlafanzug schlüpfte und ins Bett kroch.

»Bleibst du heute Nacht bei mir?«, fragte ich.

Tony schaute mich seltsam an. »Laura …«, setzte er an.

»Nur heute Nacht«, bettelte ich. »Ich habe Angst und brauche dich, um mich sicher zu fühlen.«

Er nickte und ich zog die Tagesdecke von seiner Bettseite herunter. Er schaltete die Nachttischlampe an, ließ sich aber in den Sessel in der Zimmerecke sinken. Das war ein Fortschritt. Wenigstens schliefen wir im selben Raum. Zu wissen, dass er in greifbarer Nähe war, half mir, trotz meiner körperlichen Schmerzen in einen erholsamen Schlaf zu gleiten.

Als ich spät am Morgen aufwachte, war Tony bereits gegangen und hatte mich allein dem Tag überlassen. Er schrieb mir in einer Nachricht, er sei zur Telefonseelsorge gegangen, um mein Auto abzuholen. Nun stände es wieder in der Auffahrt und er werde zum Tee zurück sein. Er ließ mich also für sieben Stunden allein. Nur dass ich nicht allein war, denn Steven war in meinen Gedanken allgegenwärtig. Lag er noch immer in diesem Haus und verblutete langsam oder war er gestorben, kurz nachdem ich ihm mein Messer in den Bauch gestoßen hatte? Ich musste es einfach wissen.

Ich fuhr mit dem Auto in sein Dorf und näherte mich langsam dem Haus. Ich verriegelte die Autotüren und versuchte, meine zitternden Hände zu beruhigen. Es wimmelte weder von Polizisten noch gab es ein Band, das die Gegend abriegelte. Die Haustür, die ich mit einem Stuhl aufgehalten hatte, war verschlossen und das Licht im vorderen Schlafzimmer ausgeschaltet. Also war etwas passiert, nachdem ich gegangen war. Plötzlich öffnete sich die Tür und ein Mann erschien. Er war viel älter als Steven. Ich sah, wie er nach einer Gartenschere griff und eine Hecke zu schneiden begann. Läge Stevens Leiche in diesem Haus, hätte man sie inzwischen entdeckt. Es bestand also kein Zweifel daran, dass er noch lebte.

Doch das zog weitere Probleme nach sich. Wo war er?

In den folgenden Wochen war ich ständig nervös. Alle paar Stunden spähte ich vorsichtig durch die Jalousien des Schlafzimmerfensters und suchte zuerst jedes geparkte Auto, dann jeden Busch und jedes Nachbarfenster nach einer Person oder einem Schatten ab. Ich hielt die Vorhänge geschlossen und überprüfte morgens und abends alle Fensterschlösser.

Das Radio blieb stumm und bereits das leiseste Knarren eines Dielenbretts oder das Geräusch der Katze, die sich rührte, erschreckte mich. Wenn Tony nicht bei mir war, schottete ich mich manchmal von der ganzen Welt ab, schaltete die Alarmanlage ein und versteckte mich im Schlafzimmer. Ich verließ das Haus nur für Arzttermine, zu denen Tony mich fuhr.

Der Morgen verschmolz mit dem Nachmittag und die Tage wurden zu Wochen. Die ganze Zeit quälte ich mich selbst, indem ich Steven erlaubte, alles zu dominieren, während ich darauf wartete, dass er wieder auftauchte. Er war in dem Essen, das ich aß, in dem Wein, den ich trank, um schlafen zu können, im Gesicht jedes Fremden, der am Haus vorbeiging. Doch was mir am meisten Angst machte, war, dass er so viele Dinge über mich wusste, während ich nur wusste, wie er aussah.

Ich war der Freiheit beraubt, die ich für selbstverständlich gehalten hatte. Mein Handeln hatte auch Henry in Gefahr gebracht, denn Steven wusste, wo er lebte. Ich hatte Angst, ihn wieder zu besuchen und dadurch zu gefährden. Also rief ich jeden Tag im Pflegeheim an, damit sie ihm das Telefon ans Ohr hielten und er die Stimme seiner Mutter hören konnte. Doch es war nicht einmal annähernd dasselbe.

Ohne meinen Anker war ich hilflos und sah in nichts einen Sinn. Eines Morgens, als ich gerade badete, fragte ich mich, wie es sich angefühlt hätte, wenn ich an dem Tag anstelle von

Charlotte an Davids Seite gewesen wäre, an dem er von der Klippe gestürzt war. Wie war es für ihn gewesen, im Meer zu ertrinken?

Ich hielt den Kopf unter Wasser und stellte mir vor, wie es sich wohl angefühlt hatte, keinerlei Kontrolle mehr zu haben: weder über die Wassertemperatur noch über die Strömung, die ihn immer tiefer und weiter vom Ufer fortzog, noch über den Schmerz, den sein Körper bei dem Aufprall verspürt hatte. Ich atmete das Wasser durch Nase und Mund ein. Der Schmerz kam so schnell und heftig, dass ich mich wieder hochzog. Doch ich hatte das Gefühl, als wäre er das Einzige in meinem Leben, über das ich seit dieser Nacht in seinem Haus noch Kontrolle hatte. Und solange ich nicht wieder selbst die Verantwortung übernahm, würde das so bleiben.

So bist du nicht. Du bist eine Überlebende. Du musst dich zusammenreißen.

Dann dachte ich an all die Menschen, die litten, wenn ich nicht da war, um mich um sie zu kümmern. Ich überlegte, wie Tony, die Mädchen und Henry damit zurechtkamen, dass ich mich vor der Welt versteckte, und dass Steven dabei war zu gewinnen.

Das konnte ich nicht länger zulassen. Ich stieg aus der Wanne, atmete tief durch und spürte die Wärme der Sonne, die durch das Fenster fiel, auf meinem Gesicht. Es war Zeit für Lauras Rückkehr.

* * *

An dem Morgen, an dem ich zum ersten Mal wieder zur Telefonseelsorge ging, besah ich mich ein letztes Mal im Spiegel unseres Flurs. Ich zupfte die Bluse zurecht und zwirbelte ein paar Haarsträhnen, damit sie mein Gesicht vorteilhaft umrahmten.

Meine Garderobe hatte ich sorgfältig ausgewählt – einen schicken Hosenanzug, der »Überlebende« sagte, nicht »Opfer«.

Obwohl es nur ein dreißigminütiger Fußweg bis zum Büro war, nahm ich das Auto. So demonstrierte ich allen – ohne es laut auszusprechen – meine andauernde Angst, allein irgendwohin zu gehen. Als ich dort ankam, sammelte ich mich kurz, bevor ich die Tür zu Janines Büro öffnete.

»Schön, dass du wieder da bist«, sagte sie und begrüßte mich mit einem lauwarmen Händedruck.

»Danke«, antwortete ich, als die Kollegen, die gerade nicht am Telefon waren, auf mich zukamen. Obwohl mich jede Umarmung und jeder Kuss auf die Wange nervös machte, ließ ich sie über mich ergehen. Ich versicherte ihnen, dass ich mich von Tag zu Tag besser fühlte und so gut wie möglich mit dem umging, was geschehen war.

Ich hatte nicht gleich ans Telefon zurückkehren dürfen. Unsere Aufgabe erfordert große emotionale Stärke, weshalb wir alle in Bestform sein müssen, um den Anrufern gerecht zu werden. Doch schließlich hatte ich die Entscheidungsträger davon überzeugt, dass mich das, was mich in dieser Nacht nicht getötet hatte, nur stärker gemacht hatte. Und man erlaubte mir wie damals, nach meiner Krebserkrankung, neben Mary zu sitzen und ihren Anrufen zuzuhören, damit ich mich wieder an die Umgebung in der Telefonseelsorge gewöhnte.

Innerhalb eines Monats war ich wieder auf dem Damm und begann mit drei Schichten pro Woche. Mein Selbstvertrauen war zurückgekehrt. Wenn Steven mich wollte, war ich bereit für ihn. Ich war aus meiner Deckung gekommen und hoffte, ihn aus seiner zu locken. Er hatte sich so viel Mühe gegeben, mich zu entlarven. Nun war es an mir, dasselbe mit ihm zu tun.

Ich lebte nur für seinen nächsten Anruf.

Kapitel 2

Ryan

Es fühlte sich seltsam an, nicht mehr mit Laura zu reden.

Das Autoradio zeigte 7.40 Uhr an. Vor wenigen Monaten hatte ich mir um diese Zeit immer Notizen für unser nächstes Gespräch am Abend gemacht. »Steven« hatte sie mehrmals in der Woche angerufen und ich hatte ausführlich über sein Leben erzählt, so wie sie es von mir verlangt hatte. Ich hatte mir einige Dinge ausgedacht und sie in ein Notizbuch gekritzelt oder in mein Handy getippt, wann immer mir etwas einfiel. Doch immer dann, wenn ich von Stevens Verzweiflung und Hoffnungslosigkeit gesprochen hatte, waren es eher meine als seine Worte gewesen. Ich hatte mehr Zeit mit Laura verbracht als mit meiner Familie und Freunden. Es war wie das Stockholm-Syndrom, nur dass ich ein psychologisches Abhängigkeitsverhältnis zu jemandem entwickelt hatte, der mich nicht einmal gefangen hielt.

Ich war ihr Projekt und sie meines. Sie wollte mich tot sehen und ich wollte sie davon abhalten, das Leben anderer Menschen zu ruinieren. Und obwohl ich niemals vergaß, wie böse sie tief in ihrem Innern war, verstand ich beinah, was meine Frau in ihr gesehen hatte. Man konnte sich so leicht mit

Laura unterhalten und auf gewisse Weise hatten wir unseren Leben gegenseitig einen Sinn gegeben. Wir hatten eine völlig verkorkste, co-abhängige Beziehung zueinander aufgebaut, die auf meinen Lügen und ihrer Krankheit basierte. Es gab Ehen, die auf weniger gründeten und fortbestanden.

Doch jetzt gab es nichts mehr zwischen uns als Stille. Es war, als wäre jemand in meinem Leben gestorben, auf den ich mich verlassen hatte.

Ich stellte den Wagen auf dem mir zugewiesenen Parkplatz vor meiner Arbeitsstelle ab, schnappte mir die Tasche und einen Armvoll Ordner vom Rücksitz des Autos und ging in das Gebäude. Als mir ein Hefter aus den Fingern glitt und zu Boden fiel, spürte ich einen Stich im Bauch, als ich ihn aufheben wollte. Nachdem ich der Arbeit so lange ferngeblieben war und die meiste Zeit mit meiner Familie oder einigen wenigen Freunden verbracht hatte, musste ich mich erst wieder daran gewöhnen, von vielen Menschen umgeben zu sein. Doch im Laufe der Monate wurde es immer einfacher.

Meine Eltern und Johnny waren erleichtert, dass ich die Kurve gekriegt hatte. Ich begann, abends mit Freunden auszugehen, wollte das Training mit dem Fußballteam wieder aufnehmen und ging erneut ins Fitnessstudio. Für sie sah es so aus, als wäre ich fast der Alte. Doch sie wussten nicht, dass ich den Mann, den sie gekannt hatten, neben Charlotte begraben hatte.

Mit einem aufgesetzten Grinsen lief ich durch die Korridore und nickte den vertrauten Gesichtern zu, während ich auf mein Abholfach zusteuerte. Darin lag eine Nachricht von Bruce Atkinson, der mich vor dem Beginn meines Arbeitstags um ein kurzes Treffen bat.

»Setzen Sie sich doch«, sagte er, als ich sein Büro betrat, und deutete auf den leeren Stuhl vor dem Schreibtisch.

»Gibt es ein Problem?«, fragte ich.

»Nein, nein, überhaupt nicht, Ryan«, antwortete er. »Ich wollte nur mal hören, wie es seit Ihrer Rückkehr bei Ihnen so läuft. Sie sind jetzt seit zwei Monaten zurück?«

»Seit drei. Und ja, so weit ist alles in Ordnung, denke ich. Es tut gut, wieder zurück zu sein … Es hilft mir, mich abzulenken.«

»Ja, ähm, ich bin mir sicher, dass es nach dem, ähm, was mit Ihrer Frau passiert ist, nun ja, das tut es bestimmt.« Ebony aus der Personalabteilung musste ihn gebeten haben, nach mir zu sehen. Diese Unterhaltung war zu peinlich, als dass er sie von sich aus angesetzt hätte. Doch ein kleiner Teil in mir sah ihm amüsiert dabei zu, wie er sich wand.

»Und wie behandeln die anderen Sie?«, fuhr Bruce fort.

»Auch gut, danke.«

Er nickte und schien erleichtert, dass ich keine Probleme mit mir herumtrug, um die er sich kümmern müsste, und schnäuzte sich kurz. »Gut, aber Sie wissen ja, dass Sie nur fragen müssen, wenn Sie … ähm … mehr Zeit brauchen, um … ähm … oder wenn es irgendetwas gibt, was ich für Sie tun kann.«

»Danke«, erwiderte ich und schüttelte schweigend den Kopf, als er mich aus seinem Büro führte. Er wäre der letzte Mensch, den ich um Hilfe bitten würde.

Ich ging den Flur entlang, während mir bewusst war, dass er nicht der Einzige war, der keine Ahnung hatte, was er mir gegenüber sagen sollte. Wäre Charlotte an Krebs oder einer Herzkrankheit gestorben, könnten die Menschen vielleicht besser mit mir umgehen. Schließlich hatten viele schon einmal jemanden durch solche Krankheiten verloren. Doch bei einem unsichtbaren Problem wie seelischen Erkrankungen oder einem Selbstmord weiß man nicht, was man sagen soll. Und dann schweigt man lieber, um nicht etwas Unsensibles oder

Dummes von sich zu geben oder verzweifelt um Worte zu ringen. Dadurch wurde mein Leben jedoch sehr einsam.

Wieder spürte ich diesen Schmerz an der Stelle im Bauch, an der die Stichwunde noch verheilte. Obwohl er nicht so stark war, dass ich zusammenzuckte, war ich mir seiner trotzdem bewusst. Ich hatte meine Rückkehr zur Arbeit um zwei Wochen hinausgezögert und behauptet, ich müsse an einem Leistenbruch operiert werden. Die Tatsache, dass man mich niedergestochen und dem Sterben überlassen hatte, behielt ich für mich. Das würde auch die Narbe erklären, die das Messer hinterlassen hatte, sollte einer sie jemals bemerken.

Ich dachte daran, wie Laura an diesem Abend aus dem Haus geflohen war, während ich zusammengekrümmt am Boden gelegen und mein ganzer Körper geschmerzt hatte, als hätte er in Flammen gestanden.

Bald nachdem ich gehört hatte, wie sie fortfuhr, hatte ich gewusst, dass ich Hilfe brauchte. Ich konnte keinen Krankenwagen rufen und überlegte kurz, ob ich meine Eltern anrufen sollte. Doch ich hätte zu viel erklären müssen. Also blieb mir nichts anderes übrig, als mich selbst darum zu kümmern.

Jeder Schritt die Treppe hinunter bis zu meinem Auto war qualvoll gewesen. Sobald ich im Wagen saß, presste ich ein Taschentuch auf die Wunde, um die Blutung zu stoppen. Die Fahrt zur Notaufnahme des Kreiskrankenhauses von Northampton dauerte nur fünfzehn Minuten, fühlte sich aber wie Stunden an. Nachdem ich auf einem Behindertenparkplatz geparkt und mich durch den Eingang zur Rezeption geschleppt hatte, bemerkte eine Krankenschwester, wie ich mir den Bauch hielt. Als sie den Blutfleck auf meinem Hemd sah, führte sie mich direkt in ein Untersuchungszimmer.

An den Rest der Nacht kann ich mich kaum erinnern. Ich wurde von Ärzten untersucht und stabilisiert. Sie überprüften meinen Kreislauf, setzten mir eine Sauerstoffmaske auf, gaben mir eine Infusion, machten Röntgenaufnahmen und wuschen mich. Trotz des Blutverlusts war keine Transfusion erforderlich. Und zum Glück hatte die Klinge keine lebenswichtigen Organe verletzt, sodass die Wunde nur genäht werden musste. Als man nach meiner Familie fragte, behauptete ich, wir seien zerstritten.

Am nächsten Morgen kam eine Frau, die einen weißen Kittel über ihrem schicken Hosenanzug trug, zu mir. Sie stellte sich als psychiatrische Krankenschwester vor und fragte mich leise, wie es zu der Verletzung gekommen sei. Ich behauptete, sie wäre das Ergebnis eines verpatzten Versuchs, verrottete Dielen herauszureißen. Doch die Frau wirkte nicht überzeugt.

»Wir müssen verdächtige Verletzungen der Polizei melden«, antwortete sie.

»Nein, bitte, tun Sie das nicht«, bettelte ich leicht panisch. »Es war nur ein dummer Fehler. Ich bin ziemlich ungeschickt, wollte aber Geld sparen und keinen Fachmann rufen. Ernsthaft, wenn Sie mir nicht glauben, schicken Sie jemanden zu mir nach Hause, damit er sich das Chaos ansieht, das ich hinterlassen habe.«

Hoffentlich bemerkte sie den Bluff nicht. Sie stellte mir alle möglichen Fragen, um herauszufinden, ob ich psychische Probleme hatte und mir die Verletzung vielleicht selbst zugefügt hatte. Schließlich ging sie hinaus und eine andere Krankenschwester erklärte mir, dass man mich noch an diesem Tag entlassen würde, sofern ich die Antibiotika einnahm und es jemanden gab, der mich nach Hause begleitete.

Als Johnny mich abholen kam und mit der psychiatrischen Krankenschwester sprach, wusste sie, dass ich wegen meiner »zerstrittenen« Familie gelogen hatte. Und ihn müsste ich nun auch anlügen.

»Du hast dich also selbst niedergestochen, als du ein bisschen im Haus herumgewerkelt hast«, legte er los, als er mich in meinen Wagen nach Hause fuhr. »Seit wann renovierst du denn Häuser?«

»Ich dachte, ich sollte es mal versuchen … War wohl nicht die beste Idee, was?« Ich lachte gezwungen.

»Um acht Uhr abends hast du versucht, ein paar Dielen mit einem Messer zu reparieren. Allein.« Er glaubte mir nicht.

»Das war eine spontane Entscheidung. Und ich weiß, dass ich so etwas Dad überlassen sollte. Du hast ihm doch nicht davon erzählt, oder?«

»Wenn ich es getan hätte, wäre er jetzt auch hier. Aber ich will auch keine Geheimnisse vor ihm oder vor Mum haben.«

»Es tut mir leid. Ich bin ein Idiot.«

»Ja, das bist du.« Er zögerte kurz, bevor er weitersprach, als würde er seine Worte sorgfältig abwägen. »Sag mir, dass du das nicht mit Absicht getan hast. Und dass du, trotz all dem Mist, den du erlebt hast, stark genug bist, um weiterzukämpfen. Lass nicht zu, dass das, was mit Charlotte passiert ist, dein Leben beherrscht und dich auffrisst. Das ist es nicht wert.«

»Natürlich war es keine Absicht«, erwiderte ich. Doch als er mir nicht antwortete, wusste ich, dass er mir nicht glaubte.

Den Rest der Fahrt schwiegen wir und ich presste die Hand auf meinen Verband.

In diesem Moment wusste ich, dass ich damit aufhören sollte. Ich hatte bekommen, was ich wollte. Ich hatte Laura Morris zu Tode erschreckt. Und sie hatte entkommen können, bevor ich meinen Plan bis zum Ende durchführen konnte. Und sie hatte mich sogar für tot gehalten. Es wäre also an der Zeit, zu ihrem Chef bei der Telefonseelsorge zu gehen, ihm alles zu erzählen und die Aufnahmen vorzuspielen. Dann könnte ich Laura mit dem Wissen aus meinem Leben löschen, dass sie niemandem mehr etwas antun würde, der dort anrief, weil er ein wenig Mitgefühl brauchte.

Doch während ich mich in der folgenden Woche zu Hause erholte, hatte ich genügend Zeit, über alles nachzudenken. Ja, ich hatte sie offensichtlich erschreckt. Doch nun reichte es nicht mehr, ihr nur die Arbeit wegzunehmen. Leute wie Laura sind Sklaven ihrer eigenen Zwänge. Sie tun, was sie wollen, und scheren sich nicht darum, wen sie damit verletzen. Ich hätte mein Leben darauf verwettet, dass die Befreierin der verlorenen Seelen schon nach wenigen Tagen wieder in den Internetforen nach potenziellen Opfern suchen würde.

Die Suche nach ihr hatte etwas Unerwartetes in mir hervorgebracht – ein freudiges, rachsüchtiges Gefühl. Ich musste eine andere Möglichkeit finden, um an sie heranzukommen.

Laura hatte mir den Menschen genommen, den ich am meisten liebte. Und sie musste wissen, wie sich das anfühlte. Ich öffnete die Facebook-Seite auf dem Handy, während ich mir schwor, dass ich einen Weg finden würde.

Und jetzt, wo ich wieder zum Alltag und an meinen Arbeitsplatz zurückgekehrt war, standen mir die Mittel zur Verfügung, die ich dafür brauchte.

Kapitel 3

Laura

Ich stand in der unbewachten Umkleidekabine und besah mein Spiegelbild in allen drei Spiegeln.

Während ich mich in BH und Slip nach links drehte, bemerkte ich begeistert, wie flach der Bauch geworden war. Ich fuhr mit den Fingern an den Seiten entlang und versuchte, in das überschüssige Fett zu kneifen, von dem aber nicht mehr viel übrig war. Die Stressdiät erwies sich als weitaus wirksamer als die Amphetamine in den Schlankheitspillen.

Ich schlüpfte nacheinander in die fünf Kleider, die ich von den Ständern des Geschäfts genommen hatte, und war überglücklich, dass ich nun locker in Größe sechsunddreißig passte. Ich zog die Zange aus der Tasche, schnitt das Sicherheitsetikett von dem Kleid ab, das mir am besten gefiel, wickelte es in eine Tüte und steckte diese in die Handtasche. Die übrigen Teile gab ich der ahnungslosen Verkäuferin zurück, die in diesem Moment auftauchte, dankte ihr und ging.

Ich durchquerte den zweiten Stock des Einkaufszentrums, fuhr eine Rolltreppe hinunter, schlenderte durch das Erdgeschoss und dann wieder die Treppen hinauf, bevor ich schließlich erneut die Rolltreppe hinunterfuhr. Während der ganzen Zeit schaute ich in das Spiegelbild der Schaufenster und Glastüren, um sicherzugehen, dass mir niemand folgte. Nachdem ich mich vergewissert hatte, dass ich allein war, entspannte ich mich langsam und ging zum Wagen zurück. Ich hatte zwanzig Minuten in der Abington Street auf einen Parkplatz warten müssen, hielt es aber für klüger, mich an einem offenen Platz als in einem Parkhaus aufzuhalten. Dort konnte man sich zu leicht zwischen den Fahrzeugen verstecken. Ich würde Steven niemals erlauben, mich noch einmal in einem geschlossenen Raum in die Enge zu treiben.

Wann immer ich in die Innenstadt kam, hielt ich nach Nate Ausschau. Manchmal hing er in der Nähe des Büros herum, in der Hoffnung, mich zu erwischen, manchmal suchte ich ihn an seinen Lieblingsplätzen nahe dem Busbahnhof. Doch seit er sich selbst aus dem Krankenhaus entlassen hatte, hatte ich nicht die geringste Spur von ihm entdeckt und rechnete inzwischen mit dem Schlimmsten.

Ich zwang mich, an etwas Angenehmeres zu denken. Zufrieden mit meinem neuen Outfit, musste ich während der Fahrt für einen Moment lächeln. Das Kleid würde alles zum Ausdruck bringen, was ich zu sagen hatte. Es war bequem, aber nicht zu mütterlich, und zeigte gerade so viel von meinen Beinen und wohlgeformten Armen, dass Tony bestimmt bemerkte, wie viel Mühe ich mir für ein Treffen mit Effies Jahrgangsleiter gemacht hatte.

Seit dem »Überfall« hatte Tony größeres Interesse denn je an meinem Wohlergehen gezeigt. Er hatte mich so gesehen, wie er mich sehen sollte – als eine verletzliche Frau, die immer noch die Sicherheit brauchte, die er mir damals gegeben hatte, als wir uns als Teenager kennengelernt hatten. Hätte ich bereits vor einigen Jahren daran gedacht, einen Überfall vorzutäuschen, gäbe es vielleicht gar keine Kluft zwischen uns, die ich nun überbrücken müsste. Aber was geschehen war, war nun einmal geschehen. Und es war nur noch eine Frage der Zeit, bis er in unser Schlafzimmer zurückkehren würde.

In den ersten Wochen hatte er dafür gesorgt, dass die Mädchen bei seinen Eltern blieben, damit sie beim Anblick meiner Verletzungen nicht erschraken. Dann hatte er allein Zeit mit ihnen verbracht, sodass ich mich seelisch und körperlich erholen konnte.

Trotzdem hatte es mich überrascht, dass er uns nicht gemeinsam für den Schulbesuch angemeldet hatte. Die Erinnerungs-E-Mail war in meinem Postfach gelandet. Es war das erste Mal, dass sie mich kontaktierten. Doch Tony hatte kein Wort darüber verloren. Vielleicht wollte er mich nach dem, was ich durchgemacht hatte, nicht unnötig belasten.

Alice war ein pflegeleichtes, gehorsames Kind gewesen, das es allen recht machen wollte. Effie dagegen erwies sich als schwierige Schülerin. Auch das wusste ich nur dank der E-Mails, in denen die Treffen zwischen Tony und ihren Lehrern zusammengefasst wurden – und zu denen man mich nicht eingeladen hatte.

Tony hatte damals darauf bestanden, dass sie auf die Oberschule von St. Giles wechselte, ohne mir wirklich die Gründe dafür zu nennen. Doch zu jener Zeit hatte mich meine Krebsbehandlung zu sehr in Anspruch genommen, weshalb ich mich auf sein Urteil verlassen hatte. Doch in den letzten Monaten hatten sich ihre Noten drastisch verschlechtert. Sie war von Einsen auf Dreien und Vieren abgerutscht und auch ihre Einstellung wurde immer negativer. Sie war plötzlich launisch, stritt sich gern mit den Lehrern und nahm nicht mehr an außerschulischen Aktivitäten wie Hockey oder Theater teil. Stattdessen distanzierte sie sich zunehmend von ihren Freunden.

Das überraschte mich am meisten, weil sie an der letzten Schule sehr beliebt gewesen war. Schon als Kind hatte ich immer Nein gesagt, wenn sie ihre Freunde zum Tee einladen wollte. Dasselbe verbot ich auch Alice. Kinder bedeuteten nur klebrige Fingerabdrücke an den Wänden, Kopfläuse, laufende Nasen, verkrustete Schürfwunden an den Beinen, ständige Wiederholungen, Hilfsbedürftigkeit, Gerüche, Lärm, unerbittliche, endlose Fragen, Chaos, Magen-Darm-Infekte, Durcheinander, zerbrochene Einrichtung und ungespülte Toiletten. Also ermutigte ich die Mädchen, stattdessen Zeit bei ihren Freunden zu Hause zu verbringen.

Entweder belastete Effie mein Überfall mehr, als ich gedacht hatte, oder es gab ein anderes Problem, dessen Ursache weder Tony noch ihre Lehrer ausfindig machen konnten. Mich hielt man aus dem Leben meiner eigenen Tochter völlig heraus. Das war, gelinde gesagt, frustrierend. Ich wusste, dass Tony tat, was er für das Beste hielt, indem er mich abschirmte. Doch sie brauchte jetzt ihre Mutter. Meine Anwesenheit bei diesem Treffen würde Tony zeigen, dass ich wieder stark genug war, um sie mit ihm gemeinsam zu erziehen. Vielleicht verliebte er sich dann auch wieder in mich.

Als ich zu Hause ankam, blieb ich zunächst wie gewohnt zehn Minuten im Auto sitzen. Mein Blick huschte von Fenster zu Fenster, auf der Suche nach möglichen Warnzeichen wie einem plötzlichen Wechsel von Licht und Schatten hinter den Jalousien. Steven wusste, wo ich wohnte, und bei dem Gedanken, er könnte im Haus auf mich warten, wurde mir übel.

Im Moment sah ich nur die Umrisse einer zusammengerollten Katze, die auf der Fensterbank schlief. Bieber hatte sich in letzter Zeit als äußerst nützlich erwiesen. Sein tadelloses Gehör und lautes Miauen warnten mich vor plötzlichen Geräuschen oder Bewegungen draußen.

Sobald ich im Haus war, schaltete ich die Alarmanlage aus, verriegelte die Haustür und nahm das Brotmesser aus der Schublade im Flurtisch, bevor ich leise von Zimmer zu Zimmer schlich. Ich schaute hinter Türen, Vorhängen, Schränken und unter den Betten nach. Erst wenn ich mir wirklich sicher war, dass ich allein war, entspannte ich mich.

* * *

Tonys Gesicht, als er mich im Eingangsbereich der Schule entdeckte, war ein Bild für die Götter. Er schien überrascht, fing sich aber schnell wieder. Die Mühe, die ich mir gemacht hatte, um möglichst gut auszusehen, war nicht unbemerkt geblieben.

»Was machst du hier?«, fragte er mich, während er auf mich zukam. Er klang irritiert, was mich verwirrte.

»Was glaubst du denn?«, fragte ich zurück. »Gefällt dir mein Kleid? Ich habe es extra für heute Abend gekauft.« Ich zog den Bauch ein und drehte mich um meine eigene Achse.

»Dein Kleid ist mir egal«, blaffte er mich an. »Wir hatten eine Vereinbarung. Nicht du gehst zu solchen Terminen, sondern ich!«

»Aber es ist an der Zeit, dass ich damit anfange. Sie ist meine Tochter, Tony. Irgendetwas ist mit Effie, was du vor mir verheimlichst. Aber als ihre Mutter habe ich ein Recht, es zu erfahren.«

»Wirklich?«, gab er zurück. »Das glaubst du? Du glaubst, dass dich eines der Mädchen tatsächlich braucht?«

Ich trat einen Schritt zurück und versuchte, ruhig zu bleiben. »Warum bist du so gemein zu mir? Ich dachte, wir wären uns wieder nähergekommen, seitdem mir das passiert ist. Wir waren fast wieder eine Familie, und jetzt behandelst du mich, als wäre ich nicht willkommen.«

»Laura, wir haben das schon dutzendmal durchgesprochen.« Tony klang verärgert. »Du und ich … das wird es nicht mehr geben. Unsere Familie ist nicht das, was du dir einredest.«

Mein Herz hämmerte wild und ich ballte die Fäuste. »Nein«, widersprach ich. »Das akzeptiere ich nicht.«

»Das ist weder die Zeit noch der Ort, um darüber zu diskutieren. Bitte geh nach Hause. Wir reden später darüber.«

Er drehte sich um und ging davon. Mit jedem Schritt wurde die Kluft zwischen uns größer. Doch was Tony mir auch vorwarf oder wie sehr er versuchte, mich zu verletzen, ich liebte ihn immer noch. Und was unsere Tochter betraf, so war ich entschlossen, ihm das Gegenteil zu beweisen. Weiter vorn öffnete sich eine Tür, an der der Name des Schulleiters stand, und ein Mann mit mehr Haaren in den Ohren als auf dem Kopf sah zu uns herüber.

»Mr Morris und, oh …«

»Ich glaube nicht, dass wir uns schon einmal begegnet sind. Ich bin Laura, Effies Mutter«, beendete ich den Satz für ihn.

Der Direktor schaute verwirrt zu Tony, der die Augen schloss und widerwillig nickte.

»Kommen Sie herein«, bat er uns. Wir folgten ihm in sein Büro, wo man durch zwei große Fenster das laufende Spiel auf einem Kricketplatz verfolgen konnte. Ein zweiter Lehrer stand mit dem Rücken zu uns und schaute ihm zu.

Ich redete schon, noch bevor er uns einen Platz anbot. »Ich habe Effies Berichte gelesen und bin alles andere als glücklich darüber«, sagte ich mit fester Stimme. »Ich muss wissen, warum die Noten meiner Tochter so schlecht geworden sind. Sie sind für ihre Ausbildung verantwortlich, und soweit ich das sehe, liegt es an Ihnen.«

»Darf ich Ihnen Effies Jahrgangsleiter vorstellen?«, erwiderte er. »Mrs Morris, das ist Ryan Smith.«

»Ich freue mich, Sie kennenzulernen«, meinte dieser, als er sich zu uns umdrehte. Ich erkannte erst Stevens Stimme, dann sein Gesicht. Der Boden unter mir geriet ins Wanken.

»Bitte glauben Sie mir, wenn ich Ihnen sage, dass auch ich, als ihr Lehrer, nur das Beste für Ihre Tochter möchte.«

Kapitel 4

Ryan

Mein Puls raste wie verrückt, als ich im Büro von Bruce Atkinson Lauras gedämpfte Stimme auf dem Korridor hörte.

Sie sprach mit ihrem Mann und was auch immer sie sagte, schien ihn zu verärgern.

Als Effies Klassen- und Englischlehrer hatte ich mich schon mehrmals mit Mr Morris getroffen, um Effies schlechte Noten, die schwachen Prüfungsergebnisse und ihr aufsässiges Benehmen zu besprechen. In den Schulunterlagen wurde nur er als Kontakt in sämtlichen E-Mail- und Telefonlisten aufgeführt. Außerdem war es uns per Aktennotiz streng verboten, ihre Mutter zu kontaktieren, sofern keine außergewöhnlichen Umstände vorlagen. Doch keiner der Lehrer, die ich gefragt hatte, wusste warum. Ich hatte die Notiz verschwinden lassen und Lauras E-Mail-Adresse hinzugefügt.

Während unserer Gespräche erwähnte ich Effies Mutter einige Male, nur um die Fühler auszustrecken. Doch Mr Morris reagierte nicht darauf. Ich nahm an, dass sie nur eine geringe Rolle im schulischen Leben ihrer Tochter spielte. Doch da ich Laura heimlich zur E-Mail-Liste hinzugefügt hatte, war sie mit

Sicherheit auf dem Laufenden. Und ich hatte das untrügliche Gefühl, dass sie bald aus ihrem Versteck gekrochen kam.

Ich hatte sie im Spiegelbild von Bruces Fenster beobachtet, als sie selbstbewusst die Schule betrat. Sie war eine ganz andere Frau als die, die in meinem Haus aufgetaucht war. Damals war sie sprachlos gewesen, bevor sie von Wand zu Wand gerannt war und die Bilder von sich und ihrer Familie heruntergerissen hatte, während sie geglaubt hatte, ich wollte sie umbringen. Heute war sie ganz ruhig, das Haar gewellt und das Make-up perfekt aufgetragen. Während unserer Telefongespräche hatte ihre Stimme beruhigend und gefasst geklungen, im Haus zittrig und weinerlich. Heute klang sie kraftvoll und anklagend.

Ich brauchte nur einen einleitenden Satz und den Bruchteil einer Sekunde, um ihr den Boden unter den Füßen wegzuziehen. Nach der langen Trennung waren Steven und Laura endlich wieder vereint.

Unser Treffen zu planen, hatte viel Zeit und Mühe in Anspruch genommen – und die unwissentliche Mithilfe von Effie erfordert. In dem Moment, in dem ich sie neben ihrer Mutter auf dem Foto in der Lokalzeitung gesehen hatte, hatte ich keine Zweifel, sie wiedererkannt zu haben. Trotzdem hatte ich es zur Sicherheit noch einmal mit ihrem Facebook-Profil verglichen. Sie ging tatsächlich auf meine Schule. Und während ich mich darauf vorbereitete, im neuen Schuljahr meine Arbeit wieder aufzunehmen, entpuppte sich die Schwangerschaft der Englischlehrerin Mrs Simmons für mich als Glücksfall. Dadurch war ich nicht nur irgendein Lehrer von Effie, sondern ihr Jahrgangsleiter und Klassenlehrer.

Während der Ferien kehrte ich an die Schule zurück. Ich machte mich mit dem Lehrplan vertraut und half bei einigen Sportturnieren außerhalb der Schule aus. Zunächst hatte ich darauf bestanden, dass man mir leichtere Aktivitäten zuwies, und meine vorgetäuschte Leistenoperation als Grund vorgeschoben, warum ich vorerst keine großen Anstrengungen unternehmen konnte. Als die Schule im September wieder begann, war ich bereit, wieder ganztags zu arbeiten.

Meine Kollegen gaben mir die notwendigen Informationen dazu, welche Hackordnung in der zehnten Jahrgangsstufe bestand und welche Schüler besonders beliebt waren. Effies Name tauchte immer wieder auf. Sie schien eine äußerst intelligente junge Frau mit einer etwas herrischen Art zu sein. Seit der ersten Woche nach ihrem Wechsel an unsere Schule hatte sie eine Clique um sich herum aufgebaut. Sie liebte die sozialen Medien, und wenn sie jemanden nicht mochte, scharte sie ihre Truppe um sich, um ihrem Opfer online das Leben zur Hölle zu machen. Als es einem ihrer Klassenkameraden zu viel wurde, begann er, sich Arme und Beine mit einem Tapeziermesser zu ritzen. Seitdem wechselte er ständig die Schule. Doch Effie war schlau genug gewesen, sich nicht erwischen zu lassen. Hier war der Apfel wirklich nicht weit vom Stamm gefallen.

Ich war mir der Tatsache bewusst, dass sie erst vierzehn Jahre alt war und durchaus die Chance bestand, dass sie zu einem besseren Menschen heranwuchs. Doch im Moment war sie genau so, wie ich sie brauchte. Menschen, die mobben, sind meist selbst viel unsicherer als die Opfer ihrer Schikanen. Es bedurfte also nur einer sachten Berührung, um sie von ihrem Sockel zu stoßen. In meinen neun Jahren als Lehrer hatte ich gelernt, dass einzig Popularität und Intelligenz für solche Mädchen von Bedeutung waren. Nahm man ihnen diese beiden Dinge weg, hatten sie nichts mehr.

Also bewertete ich ihre englischen Essays und Tests etwas schlechter als Mrs Simmons. Zuerst war es eine Eins minus anstelle einer Eins. Das nächste Mal war sie auf eine Zwei plus abgerutscht, bis sie am Ende meines ersten Monats auf einer glatten Drei gelandet war. Jedes Mal, wenn ich der Klasse die benoteten Blätter zurückgab, nahm ich mir einen Moment

Zeit und schaute sie finster an, während sie die deprimierende, leuchtend rote Farbe in der oberen linken Ecke ihres Tests vor ihren Mitschülern versteckte. Nach dem zweiten Monat brach sie ein.

»Warum geben Sie mir immer schlechte Noten, Sir?«, wollte sie wissen. Sie hatte gewartet, bis alle anderen aus der Klasse zur nächsten Stunde gegangen waren.

»Ich glaube nicht, dass du verstehst, was ich in deinen Antworten lesen will«, antwortete ich.

»Mrs Simmons hat mich nie so schlecht benotet.«

»Ich bin nicht Mrs Simmons.«

»Sie sagte, Englisch sei eines meiner besten Fächer.«

»Deine Noten sagen mir etwas anderes.«

Sie senkte den Kopf und in ihren Augenwinkeln sammelten sich die ersten Krokodilstränen. Ich verzog keine Miene. Sie musste lernen, dass so etwas bei mir nicht zog, sonst hätte sie niemals Respekt vor mir. Stattdessen wies ich sie darauf hin, dass einige ihrer Schlussfolgerungen zwar korrekt waren, sie beim nächsten Mal ihre Ansichten aber mit Belegen aus dem Text untermauern musste. Nur dass bei jedem »nächsten Mal« ihre Note gleich blieb oder noch schlechter ausfiel.

Ihre Klassenkameraden dagegen hielten ihre Noten, was sie völlig verwirrte. Nach und nach demontierte ich ihr Selbstvertrauen.

Ihre Essays wurden immer länger, weil sie versuchte, zwischen den Zeilen zu lesen und jeden einzelnen Punkt abzudecken, von dem sie glaubte, dass ich ihn erwartete. Also setzte ich ihre Note herab, weil ihre Texte zu weit vom Thema abschweiften. Ihr Aufsatz über John Steinbecks »Von Mäusen und Menschen« war so offensichtlich aus dem Internet kopiert worden, dass ich sie vor der Klasse nach vorne rief. Ich verkniff mir ein Lächeln, als sie tiefrot anlief. Sie hatte ihren Abschluss in englischer Literatur ein Jahr früher ablegen wollen. Doch als ich ihr meine voraussichtliche Benotung gab, entschied sie sich dagegen.

Natürlich hatte ich gehofft, dass Effie auch in anderen Fächern ihre Fähigkeiten infrage stellen würde, was schneller passierte als erwartet. Hinter ihrer Prahlerei war sie sensibler, als ich vermutet hatte. Ihre Leistungen verschlechterten sich in allen Fächern. Ihre Lehrer für Geschichte, Geografie, Philosophie und Ethik erzählten mir, dass ihre Essays plötzlich vage wurden und ihre Kursarbeiten auf einmal zusammenhangslos wirkten. Sie schien alles zu hinterfragen, was sie schrieb, selbst in Fächern wie Mathematik, wo es oft nur eine definitive Antwort geben konnte.

Und ohne ihre Intelligenz, mit der sie über ihre Klassenkameraden bestimmen konnte, tat sie das, was jeder tut, der mobbt: Sie fand einen anderen Weg, Aufmerksamkeit zu erregen, indem sie alle anderen gegeneinander ausspielte und aus dem Konzept brachte. Eines Abends bat ich sie, nach der letzten Schulstunde noch kurz zu bleiben, und sie folgte mir in mein Büro.

»Ich mache mir wirklich Sorgen um dich, Effie«, meinte ich und reichte ihr eine Tasse Kaffee. Sie versuchte, ihre Überraschung darüber zu verbergen, dass ich sie wie eine Erwachsene behandelte. »Möchtest du vielleicht über irgendetwas mit mir reden?«

»Mit Ihnen?«, spottete sie. Die Arroganz war ihr also noch geblieben. Ich musste mich ein wenig mehr anstrengen.

»Ist zu Hause alles in Ordnung?«

»Ja.«

»Bei deinen Eltern auch?«

Sie zögerte kurz, bevor sie nickte.

»Und was ist mit der Schule? Ich weiß, dass die anderen Mädchen in letzter Zeit nicht nett zu dir waren. Ist es das, was dich stört? Wirst du schikaniert?«

Sie schaute mich kurz an. »Was meinen Sie damit?«

»Ärgern sie dich wegen deiner Noten und deines – wie soll ich es nur ausdrücken – deines Aussehens?«

»Wegen meines Aussehens? Was wollen Sie damit sagen, Sir?«

»Oh, Entschuldigung, das war wirklich unpassend von mir. Das geht mich wirklich nichts an. Ich wollte nur sichergehen, dass nichts davon bis zu dir vordringt. Du hast für ein Mädchen deines Alters wirklich eine ganz normale Figur. Also hör bitte nicht auf Leute, die behaupten, deine Freunde würden hinter deinem Rücken über dich reden.«

Nun wurde sie wütend. »Wer hat etwas über mein Gewicht gesagt?«

Ich tat so, als ärgerte ich mich über mich selbst. »Ach herrje, ich bin in solchen Sachen wirklich ungeschickt. Die anderen Lehrer meinten ja auch, ich solle dir nichts sagen, sondern einfach warten, bis die Mädchen sich wieder abregen.«

»Die anderen Lehrer? Sie reden über mich? Und welche Mädchen?«

»Ich darf keine Namen nennen, aber ich habe einige von ihnen zurechtgewiesen, als ich hörte, wie sie auf dem Flur über dich hergezogen sind. Ich mag es nicht, wenn Menschen hinter dem Rücken anderer über sie lachen. Du bist weder dick noch dumm.«

Sie saß auf der Kante ihres Stuhls und zog die Wangen ein. »Wie viele? Wer?«

»Das ist doch egal.«

»Diese Schlampen …«, schnaubte sie wütend. »Ich wette, es waren Britney und Morgan.«

»Achte nicht auf die beiden«, gab ich zurück. »Solche Menschen wie sie brauchst du nicht in deinem Leben. Genauso wenig wie Melissa oder Ruby.«

»Sie auch? Werden Sie es mir sagen, wenn Sie wieder etwas hören?«

»Ich weiß nicht …«

»Bitte, Mr Smith.«

»Okay, aber ich werde keine Namen mehr nennen.«

Sie murmelte ein Dankeschön und ging hinaus. Und nachdem man sie kurze Zeit später für eine Woche vom Unterricht ausgeschlossen hatte, weil sie einen Streit mit Britney angezettelt und Morgan die Nase blutig geschlagen hatte, kam ich nicht umhin, stolz auf mich zu sein. Ich beobachtete aus der Ferne, wie Effies Clique immer kleiner wurde und ihre Klassenkameraden sie zunehmend mieden. Ihrem Vater ließ ich regelmäßig Zwischenberichte per E-Mail zukommen, die ich gleichzeitig auch heimlich an Laura sendete.

Im November vereinbarte ich mit ihrem Vater, dass wir uns vier Wochen später erneut treffen sollten, um über Effies Entwicklung zu sprechen. Ich konnte nur hoffen, dass die E-Mails, die Laura erhalten hatte, sie zum Handeln bewogen. Gleichzeitig musste ich auch bei ihrer Tochter noch einmal nachlegen.

Ich sorgte dafür, dass Effie und ich uns montags und freitags nach der Schule in meinem Büro trafen, um mir anzuhören, wie sie sich über die Lehrer und Mädchen beschwerte, die es angeblich »auf sie abgesehen« hatten. Manchmal goss ich noch etwas Öl ins Feuer, indem ich behauptete, ich hätte im Lehrerzimmer Kollegen über sie reden gehört.

Nach weniger als drei Monaten hielt sie mich für einen Vertrauten. Und im Laufe der Wochen ahnte ich, dass sie glaubte, es würde mehr daraus werden.

Anfangs öffnete sie für unsere Treffen einen weiteren Knopf an ihrer Bluse und trug etwas mehr Lipgloss auf, um ihren Schmollmund zum Leuchten zu bringen. Als ich mit dem Rücken zu ihr stand und heißes Wasser in unsere Tassen goss, sah ich im Spiegelbild des Fensters, wie sie meinen Hintern begutachtete. Als ich mich umdrehte, schaute sie schnell weg.

Ich nutzte unsere Nähe, um mehr über ihre häusliche Situation zu erfahren.

»Warum redest du nie über deine Mutter?«, fragte ich. »Du erwähnst deine Schwester und deinen Vater, aber niemals deine Mutter.«

»Ich darf es nicht.«

»Warum nicht?«

»Sie ist … Sie ist nicht wie die anderen Mütter.«

»Inwiefern?«

»Ich habe gehört, was mit Ihrer Frau passiert ist.« Der plötzliche Themenwechsel überraschte mich.

»Was hast du gehört?«, wollte ich wissen.

»Dass sie … Sie wissen schon, dass sie … sich umgebracht hat.«

»Hm, ähm, ja«, bestätigte ich.

»Vermissen Sie sie?«

»Natürlich.«

»Haben Sie eine neue Freundin?«

»Nein.«

»Suchen Sie denn eine?«

»Nein, im Moment nicht. Aber irgendwann, ja, vielleicht.«

»Warum hat sie das getan?«

»Ich glaube nicht, dass ich sie wirklich gekannt habe. Die Menschen sind kompliziert und wir verstehen nicht immer, warum sie tun, was sie tun, selbst wenn wir glauben, sie zu kennen.«

»Meine Mutter ist auch so. ›Eine unvorhersehbare zerstörerische Kraft‹, sagt mein Dad.«

»Stehst du ihr nahe?«

Sie lachte.

»Habe ich etwas Lustiges gesagt?«

»Nein.«

»Warum lachst du dann?«

»Warum fragen Sie?« Sie fuhr sich mit den Fingern durch das Haar und zwirbelte eine Strähne. »Sie stellen viele Fragen, Ryan.«

Ich zog eine Augenbraue hoch.

»Entschuldigung, ich meine natürlich, Mr Smith.«

»Es ist mein Beruf, Fragen zu stellen. Und dir zu helfen.«

»Ich wette, mit anderen Schülern verbringen Sie nicht so viel Zeit, um ihnen Fragen zu stellen.«

»Sie machen mir auch nicht so viel Sorgen wie du.«

»Also machen Sie sich Sorgen um mich?« Sie legte den Kopf schief und die Sonne, die durch das Fenster fiel, schien auf ihr rotblondes Haar und ihre grauen Augen. Plötzlich erkannte ich trotz all ihrer Wut das Kind, das sie noch war. Es zerriss mir das Herz, wozu Laura mich gezwungen hatte.

»Ich mache mir um alle meine Schüler Sorgen«, antwortete ich.

»Okay.« Sie nickte, dann nahm sie ihre Schultasche und ging zur Tür. Doch sie ging nicht hinaus, ohne sich noch einmal umzudrehen und mich anzulächeln.

Als mein zweites Treffen mit ihrem Vater anstand, hatte ich Effie genau da, wo ich sie haben wollte. Und als ich Laura vor dem Büro hörte, hätte ich am liebsten ein imaginäres Mikrofon eingeschaltet und »Bum!« gebrüllt.

Als sie erkannte, wer ich war, tat Laura ihr Bestes, um nicht zu reagieren. Ihr Gesicht blieb starr, als wäre es eingefroren, doch ihre Augen verrieten sie. Als das Adrenalin ihr Herz dazu brachte, Sauerstoff in ihre Muskeln zu pumpen, arbeitete ihr Gehirn im Schnellgang. Das konnte ich natürlich nicht wirklich sehen. Doch ihre Pupillen verrieten sie. Sie weiteten sich, damit die größtmögliche Menge an Licht in ihre Augen dringen und sie alles aufnehmen konnte, was um sie herum geschah.

Es war eine klassische Kampf-oder-Flucht-Reaktion. Obwohl sie ihren Mann an ihrer Seite hatte, konnte sie weder das eine noch das andere tun.

Kapitel 5

Laura

Es kostete mich all meine Kraft, meinen Körper daran zu hindern, in irgendeiner Form auf Ryan zu reagieren, während er neben meinem Mann Platz nahm.

Ich betete, dass ich nicht errötete oder meine Hände zitterten. Ich wollte keine Anzeichen von Schwäche zeigen. Doch im Innern brach mein Puls sämtliche Geschwindigkeitsrekorde. Ich wusste, dass ich die Augen weit aufriss, konnte den Blick aber nicht von ihm abwenden, nicht einmal für eine Sekunde.

Vielleicht irrte ich mich und bildete mir alles nur ein. Vielleicht spielte mir mein Gehirn einmal mehr einen Streich, wie es mir alle sogenannten Experten vorausgesagt hatten. Vielleicht sah und hörte ich nur, was ich sehen und hören wollte. Ich starrte ihn so angespannt an, dass mir die Augen schmerzten.

»Wie steht es um Effies Noten?«, wollte Tony wissen. »Haben sie sich verbessert?«

»Ich fürchte, da hat sich nicht viel getan«, antwortete Ryan. »In Englisch und Kunst steht sie stabil auf Drei, aber in Geschichte, Soziologie und Geografie sind ihre Noten ziemlich wackelig.«

Ja, das war Steven. Ich war mir hundertprozentig sicher. Steven, Ryan, Steven … es war egal, wie er sich nannte. Er blieb derselbe.

Vier Monate nachdem ich hätte zusehen sollen, wie sein Körper vom Deckenbalken seines Schlafzimmers baumelte, stand er da und lächelte Tony an, als plagten ihn keine Sorgen. Das war kein Zufall, da war ich mir sicher. Er hatte sich versteckt und auf den richtigen Moment gewartet. Nun verstand ich, warum mir die Schule plötzlich E-Mails über Effie geschrieben hatte. Ryan hatte gewollt, dass ich herkam, und ich hatte mich ihm auf dem Silbertablett präsentiert. Schon zum zweiten Mal war ich unachtsam gewesen und er hatte es ausgenutzt. Er hatte Tony davon überzeugt, dass er sich wirklich um Effies Wohlergehen sorgte.

Doch wir beide wussten, dass er ein Spiel spielte. Doch welches? Und warum zog er meine Tochter mit hinein?

Jetzt, wo ich ihn im Tageslicht und nicht in dem düsteren Schlafzimmer sah, wirkte er wie der unscheinbare Typ von nebenan. Er hatte dunkelbraune Augen, die leicht gerötet waren, als schliefe er nicht genug. Die dunkelblonden Schläfen waren leicht ergraut, die Haut blass. Es schien, als wäre er bis in seine Zwanziger hinein jung geblieben, bevor ihn die Umstände zum Erwachsenwerden gezwungen hätten, was sein Körper gerade erst aufholte.

Ein Teil von mir wollte Ryans Gesicht wie ein Tier zerkratzen, während der andere Teil davonlaufen und so tun wollte, als wäre all das nicht geschehen. Doch ich konnte mich nicht rühren, als wäre ich an meinem Stuhl festgeklebt.

»Anscheinend interessiert es sie nicht mehr«, fuhr Ryan fort. »Wie schätzen Sie denn ihr Verhalten zu Hause ein, Mr Morris?« Die Besorgnis in seiner Stimme klang einstudiert und spiegelte sich nicht in seiner Miene wider. Er schien vielmehr bemüht, nicht loszulachen.

Tony benutzte Worte wie »still« und »abgeschottet«, um Effie zu beschreiben. Doch in meinen Ohren klang es, als spreche er über ein anderes Kind. Das war nicht die Tochter, die ich kannte, das Mädchen, das ich, so gut ich konnte, liebte. Hatte ich zugelassen, dass der Abstand zwischen uns zu groß geworden war?

Plötzlich drehte sich Ryan zu mir um. Ein Schauder durchfuhr mich. »Haben Sie schon einmal darüber nachgedacht, ob Effie noch andere Probleme hat, Mrs Morris?«

Ich öffnete den Mund, brachte aber keinen Ton heraus, so trocken war meine Kehle. Ich räusperte mich kurz, bevor ich fragte: »Welche zum Beispiel?«

»Ich weiß nicht, ich bin kein Therapeut. Aber es sind verschiedene psychologische Probleme denkbar, die die Art und Weise beeinflussen, wie sich ein junges Mädchen in dieser Zeit verhält. Sie hat mir erzählt, dass sie von ihren Klassenkameradinnen wegen ihres Gewichts gemobbt wird.«

»Wegen ihres Gewichts?«, fragte Tony abwehrend. »Sie ist doch nicht fett!«

»Nein, das behaupte ich auch nicht. Aber wenn sie glaubt, sie sei es, und das oft genug von anderen Mädchen hört, könnte dies ihr Denken beeinflussen. Viele Jugendliche kämpfen mit Essstörungen und mangelndem Selbstvertrauen. Und mehr als eines von drei Mädchen leidet als Teenager unter Angstzuständen und psychischen Problemen.« Ich sah, wie Ryan die Hände zu Fäusten ballte und mich anstarrte. »Deshalb nennt man Depressionen auch ein schleichendes Gift.«

Ich wusste nicht, worauf er anspielte. Doch was auch immer zwischen uns war, es war definitiv etwas Persönliches.

»Meine Tochter ist weder magersüchtig noch depressiv«, antwortete Tony.

»Hormone und chemische Veränderungen im Gehirn können ein Gefühl der Unzulänglichkeit heraufbeschwören oder dazu führen, dass man das Interesse an der Umgebung, der Arbeit und den Freunden verliert«, fuhr Ryan fort, als läse er aus einem Buch vor. »Plötzlich stecken sie in einer Spirale aus Selbstmitleid fest. Als Lehrer habe ich die Aufgabe, Sie darauf aufmerksam zu machen und in jeder Hinsicht für Effie da zu sein, auf welche Weise auch immer sie es wünscht.«

Spirale aus Selbstmitleid? Auf welche Weise auch immer sie es wünscht …? Er verwendet meine Worte aus unseren Gesprächen gegen mich!

»Sehen Sie, vielleicht irre ich mich ja auch«, fuhr er fort. »Ich sage ja nur, dass egal, wie gut man einen anderen Menschen zu kennen glaubt, man doch nie vorhersagen kann, was in seinem Kopf vor sich geht, nicht einmal bei dem eigenen Kind. Menschen, von denen man es am wenigsten erwartet, können sie so beeinflussen, dass sie Dinge tun, die sie nicht tun sollten. Menschen, die ein Kind für vertrauenswürdig hält, können es zu Handlungen anstiften, die katastrophale Auswirkungen auf seine Zukunft haben. Wissen Sie, was ich meine, Mrs Morris?«

Obwohl ich es nicht wusste, verstand ich, dass seine Worte an mich gerichtet waren. Er hatte irgendetwas zu Effie gesagt, aber was?

»Und Sie glauben, sie sei anfällig für diese Art von Manipulation?«, hakte Tony nach.

»Sie wären überrascht, zu was Effie in der Lage ist.«

»Wozu zum Beispiel?«, wollte ich wissen.

Ryan sprach in Rätseln und wartete darauf, dass ich herausfand, was er meinte.

»Ich weiß es nicht«, antwortete er. »Alles, was ich Ihnen sagen kann, ist, dass sie nicht sie selbst war, als ich sie heute Mittag sah. Sie schien ziemlich verzweifelt zu sein, wollte mir aber nicht sagen, was los war. Ich habe ihr das Versprechen abgerungen, dass sie mit Ihnen redet, wenn sie nach Hause kommt, Mrs Morris.«

Das Treffen neigte sich dem Ende zu und Mr Atkinson begleitete uns aus seinem Büro zurück in den Empfangsbereich. Plötzlich klingelte Tonys Handy und er sah auf das Display. »Würden Sie mich für einen Moment entschuldigen?«, fragte er und ließ Ryan und mich zum ersten Mal allein. Mir drehte sich der Magen um und ich glaubte, mich übergeben zu müssen.

»Was wollen Sie von mir?«, fragte ich leise. »Was haben Sie zu meiner Tochter gesagt?«

Ryans Grinsen erstarb. Er beugte sich vor und flüsterte mir ins Ohr:

»Wenn ich Sie wäre, würde ich, so schnell ich könnte, nach Hause laufen und nach Effie sehen. Denn ich möchte nur ungern darüber nachdenken, was sie vielleicht getan haben könnte, nachdem ich heute Nachmittag mit ihr fertig war.«

Kapitel 6

Ryan

Ich musste Laura nicht ansehen. Ich spürte, wie sie mich anstarrte. Effie hatte denselben tiefen, durchdringenden Blick.

Effies Augen hatten mich verfolgt, während ich das Nachsitzen beaufsichtigte, bevor ich mich später mit ihren Eltern treffen wollte. Ihre Sportlehrerin hatte sie dazu verdonnert, weil sie eine Mitschülerin bedroht hatte. Sechs weitere Schüler aus der zehnten und der elften Klasse leisteten ihr wegen verschiedener anderer Verstöße Gesellschaft. Ich fragte mich, ob Effie absichtlich Ärger verursacht hatte, weil sie wusste, dass ich heute mit der Aufsicht an der Reihe war.

Die anderen hielten den Kopf gesenkt und nutzten die Gelegenheit, um ihre Hausaufgaben zu machen. Effie dagegen versuchte nicht einmal, so zu tun, als läse sie in dem Buch, das vor ihr lag. Sie starrte mich an, während ich an meinem Pult saß. Die Anzahl ihrer Freunde war in den letzten Monaten stark geschrumpft. Ich dagegen hatte ihr Aufmerksamkeit geschenkt, sie wie eine Erwachsene behandelt und ihrem Gejammer zugehört. Ich wusste genau, in welche Richtung sich unsere Beziehung ihrer Meinung nach entwickelte. Ich hätte das

Ganze jederzeit im Keim ersticken können, doch ich verfolgte einen anderen Plan.

Als die Strafstunde vorbei war, stürmten alle aus dem Klassenzimmer. Nur Effie ließ sich Zeit, während sie ihre Sachen zusammenpackte und den Mantel anzog. Sie wartete, bis wir allein waren, bevor sie ans Fenster trat und gedankenverloren mit einer Kugel am Weihnachtsbaum spielte, der den Klassenraum zierte.

»Draußen regnet es«, sagte sie schließlich.

»Das sehe ich.«

»Ich habe heute Nachmittag keinen Unterricht mehr und wollte eigentlich nach Hause gehen. Aber ich habe keinen Regenschirm dabei.«

»Und?«

»Und ich werde klatschnass werden, wenn mich niemand nach Hause fährt.«

»Ein bisschen Regen bringt dich schon nicht um.«

»Aber wenn ich mich erkälte, könnte ich einen Asthmaanfall bekommen. Und der könnte mich umbringen.«

»Ich bin mir sicher, dass du es überlebst.«

»Könnten Sie mich nicht mitnehmen, Sir? Sie haben in den nächsten beiden Stunden keinen Unterricht, oder?«

»Du kennst meinen Stundenplan, Effie?«

»Nein, Sir, ich habe nur ein ebenso großes Interesse an Ihnen wie Sie an mir. Sie haben also genügend Zeit, mich nach Hause zu fahren und wieder hierher zurückzukommen.«

»Eine Schülerin im Auto mitzunehmen verstößt gegen die Schulordnung.«

»Ich werde es niemandem erzählen.«

»Das spielt keine Rolle.«

»Ehrlich, ich werde es niemandem erzählen. Versprochen.«

»Effie, es gibt Grenzen, die wir einhalten müssen. Du bist meine Schülerin und ich bin dein Lehrer.«

»Ist das alles, was ich für Sie bin, Sir?«

Ich schwieg einen Moment. Ich musste nachdenken. Ich hatte viel Zeit und Mühe investiert, um sie an diesen Punkt zu bringen, doch jetzt geriet ich ins Grübeln. *Was würde Laura tun?*, fragte ich mich selbst. Sie würde tun, was nötig war, um zu bekommen, was sie wollte. Also musste ich dasselbe tun.

»Wir treffen uns in zehn Minuten an der Ecke Simpson Avenue und Talbot Road«, antwortete ich trotz gewisser Bedenken. »Dort gibt es ein Bushäuschen. Ich hol dich ab.«

Effie berührte mit der Hand im Vorübergehen meinen Arm und bemühte sich vergeblich, ein Grinsen zu unterdrücken. Und ich musste mir ins Gedächtnis rufen, dass dieses Mädchen seine Mitschüler gemobbt hatte und damit durchgekommen war. Sie war eine manipulierende kleine Göre, die es gewohnt war zu bekommen, was sie wollte. Leider war sie zu naiv, um zu erkennen, dass sie diese Situation nicht unter Kontrolle hatte.

Sie wartete genau dort, wo ich es ihr gesagt hatte, als ich mit dem Wagen am Straßenrand hielt. Ich sah mich um, um sicherzugehen, dass niemand uns entdeckt hatte. Als sie einstieg, bemerkte ich, dass sie sich die Augen geschminkt und rosafarbenen Lipgloss auf die Lippen aufgetragen hatte, um sie noch verlockender wirken zu lassen. Ihre Haare glitzerten vom Nieselregen und sie fuhr mit den Fingern hindurch.

»Beeil dich und schnall dich an«, drängte ich sie. »Wir müssen los.«

»Der Gurt klemmt«, gab sie zurück und versuchte, ihn ins Schloss zu stecken. Als ich nach ihm griff, hielt sie meinen Finger fest, während ich sie anschnallte.

»Wer ist das?«, fragte sie und zeigte auf das Hintergrundbild meines Handys, das in der Mittelkonsole auflud.

»Das ist Johnny, mein Bruder«, antwortete ich.

»Er sieht gut aus. So wie Sie.«

Aus den Augenwinkeln sah ich, wie sie mit dem Fuß zur Musik aus dem Radio wippte. Sie wirkte etwas verwirrt, als wir schließlich einige Häuser von ihrem Zuhause entfernt anhielten.

»Ich dachte, wir könnten eine Weile zu Ihnen gehen«, meinte sie und neigte leicht den Kopf zur Seite.

»Du weißt, dass ich wieder in die Schule muss.«

»Dann vielleicht ein anderes Mal?« Sie legte die Hand auf meinen Oberschenkel.

»Effie …«, begann ich.

»Schhh«, erwiderte sie, während ihre Hand an meinem Oberschenkel bis kurz vor den Schritt wanderte.

»Effie, ich bin dein Lehrer.«

»Nicht hier.«

»Doch, das bin ich. Hier, in der Schule, überall.«

»Ich werde es niemandem erzählen.«

Sie drehte ihren Körper und wandte mir das Gesicht zu. Ich spürte ihren warmen Atem an Hals und Ohr. Ich konnte ihr süßes Parfüm riechen. Sie hielt inne, als unsere Blicke sich trafen.

»Es gibt da etwas, das du vorher wissen solltest«, sagte ich.

»Was denn?«

»Du solltest wissen, dass ich mich selbst in einer Million Jahre niemals mit dir einlassen würde. Wenn du wirklich glaubst, ich wäre an dir interessiert, Effie, bist du dümmer, als deine Noten vermuten lassen.«

Sie hielt inne. Dann runzelte sie die Stirn und versuchte zu verstehen, was sie gerade gehört hatte. Sie zog den Kopf zurück und ließ mein Bein los.

»Wie bitte?«

»Du hast mich genau verstanden. Ich fühle mich nicht zu dir hingezogen, Effie. Du bist ein unreifes kleines Mädchen, das nach Aufmerksamkeit verlangt, während es selbst andere schikaniert und ihnen das Leben zur Hölle macht. Nun weißt du, wie es sich anfühlt, wenn man herabgesetzt und abgelehnt wird. Wenn du glaubst, ich fände jemanden wie dich anziehend, dann bist du echt dämlich. Und jetzt raus aus meinem Wagen!«

Sie schaute mich völlig entgeistert an und für einen Moment hasste ich mich für das, was ich gerade zu einem Kind gesagt hatte. Noch nie hatte ich einen Menschen so verletzt. Doch es war eine schreckliche Notwendigkeit gewesen. Sie riss die Autotür auf, sprang in den Regen hinaus und rannte die Straße hinunter, bis sie aus meinem Blickfeld verschwand.

Vier Stunden später war es an der Zeit, dass ihre Mutter erfuhr, wie man sich fühlte, wenn jemand mit einem spielte. Sie hatte meine Frau für ihre eigenen Zwecke manipuliert, und ich hatte ihrer Tochter dasselbe angetan. Wie mein Großvater Pete es mir geraten hatte: Auge um Auge.

Kapitel 7

Laura

»Wo ist Effie?«, fragte ich Tony. »Jetzt, in diesem Moment.«

Ich hatte Ryan stehen gelassen und holte meinen Mann am Eingang ein, als er gerade das Handy in die Jackentasche steckte.

Dic Panik, die Ryans Warnung in mir ausgelöst hatte, stieg vom Bauch über Brust und Kehle auf und schnürte mir fast die Worte ab. Als ich mich das letzte Mal so gefühlt hatte, stand ich mit einem Messer in der Hand einem Mann gegenüber, der mich töten wollte. Jetzt hatte derselbe Mann einen Weg gefunden, dass ich mich wieder so fühlte. Nur dass er mir dieses Mal mit der Sicherheit meiner Tochter drohte.

»Effie ist zu Hause«, antwortete Tony.

»Bist du dir sicher?«

»Ja.«

»Ist sie allein?«

»Nein, sie passt auf Alice auf«, antwortete er zögerlich.

»Ich möchte sie sehen.«

Tony schüttelte den Kopf. »Wir haben darüber gesprochen, Laura. Ich halte das für keine gute Idee.«

»Sie ist meine Tochter«, sagte ich zähneknirschend. »Sie sind beide meine Töchter. Und ich muss sie heute Abend sehen.«

»Wir waren uns doch einig, dass du die Mädchen erst wieder besuchst, wenn sie alt genug sind, um eigene Entscheidungen zu treffen.« Ich starrte ihn an, während Bruchstücke eines alten Streits in meinem Kopf aufblitzten. »Erinnerst du dich?«, fragte er.

»Ja, natürlich«, gab ich zurück, obwohl in Wahrheit wie aus dem Nichts Nebelschwaden aufzogen, die alles durcheinanderbrachten. »Aber ich muss jetzt nach Hause gehen und sicherstellen, dass es ihnen gut geht. Bitte, Tony, bring mich einfach nach Hause.«

Als er meine Angst erkannte, nahm er meine Hand und sagte leise: »Laura, wir wohnen seit fast zwei Jahren nicht mehr bei dir. Wir leben jetzt woanders, das weißt du doch. Und du erinnerst dich, warum wir ausgezogen sind, oder?«

Ich riss die Hand los und erinnerte mich vage daran, wie mich mein Mann nach der Krebsoperation vom Krankenhaus nach Hause gebracht hatte und wie still und leer sich das Haus angefühlt hatte. Ich konnte mich selbst sehen, wie ich den Flur Schlafzimmer für Schlafzimmer entlanglief und nach den Kindern suchte, während Tony mir erklärte, dass sie für eine Weile nicht nach Hause kommen würden. Aber ich konnte mich nicht erinnern, warum. Tatsächlich wusste ich nur eine einzige Sache mit Sicherheit: In den meisten Nächten kochte ich für uns alle, und wenn mal wieder niemand zum Essen kam, legte ich die Sachen ins Gefrierfach, bis kein Platz mehr darin war. Dann warf ich alles weg und fing wieder von vorne an.

Meine Schläfen zuckten im Rhythmus meines unregelmäßigen Herzschlags. Doch ich musste mich trotz all der Verwirrung konzentrieren. Ich musste meine Tochter sehen. Ich musste mich davon überzeugen, dass es Effie gut ging.

»Wie lange muss ich denn noch warten, bis ich sie sehen kann?« Meine Stimme wurde lauter. »Fünf Minuten mit ihnen, das ist alles, worum ich dich bitte. Nur damit ich beruhigt bin.«

Tony runzelte die Stirn und sah sich kurz um, als ein Gong ertönte, um das Ende des Schultags einzuläuten. Schon stürmten die Schüler in Richtung Ausgang. »Laura, jetzt beruhige dich, bevor du Aufmerksamkeit erregst.«

»Sollen sie doch schauen. Das ist mir egal.«

Er zog mich in einen leeren Raum neben dem Korridor. An den Wänden hingen Zeichnungen und Gemälde der Schüler, die mich daran erinnerten, welchen Spaß es mir gemacht hatte, mit Alice zu malen. Sie war so talentiert. Oder war es Effie? Ich war mir nicht sicher. Plötzlich war alles so verwirrend.

»Nenne es Mutterinstinkt oder Intuition, aber ich weiß, wenn mein Baby in Schwierigkeiten steckt«, fuhr ich fort. »Sieh doch nur, was passiert ist, seitdem du mich von ihr fernhältst. Willst du etwa behaupten, es wäre Zufall, dass ihre Leistungen in den Keller gehen?«

»Und du glaubst, dafür wäre jemand anders als du verantwortlich? Muss ich dir etwa erklären, warum die Mädchen nicht mehr bei dir sind?«

Das hätte er tatsächlich tun müssen, weil ich die einzelnen Puzzleteile nicht zu einem Bild zusammenfügen konnte. Plötzlich sah ich mich selbst, wie ich in einem Krankenhausbett lag. Doch ich wusste nicht, ob es nur Einbildung oder tatsächlich geschehen war. Und irgendetwas sagte mir, dass ich mir keinen Gefallen tun würde, wenn ich nachfragte. Doch eine Erinnerung war glasklar.

»Entweder lässt du mich heute Nachmittag die Mädchen sehen oder ich werde gleich morgen früh die Dokumente zur Polizei bringen, die sich in meinem Besitz befinden und die beweisen, wie wir deine Geschäfte zum Laufen gebracht haben.« Er wurde blass. »Ich habe jede Kontonummer, jeden

Kontoauszug und jede Transaktion zu Hause gespeichert. Zwing mich nicht, das zu tun, Tony!«

Tief durchatmen, Laura, tief durchatmen. Denk an deinen Anker. Er wird dich beruhigen.

»Irgendetwas, das ich nicht erklären kann, sagt mir, dass wir von hier verschwinden und Effie finden müssen«, fuhr ich fort. »Du hast ihren Lehrer gehört. Was, wenn Effies Probleme viel schlimmer sind, als du glaubst? Könntest du damit leben, wenn sie etwas Dummes getan hat?«

»Okay«, stimmte er widerstrebend zu. »Wir nehmen meinen Wagen.«

Ich weiß nicht, ob es an meiner Drohung lag oder ob er letztendlich meine Angst gespürt hat, aber ich hatte meinen Willen durchgesetzt.

Während wir über den Parkplatz liefen, fragte ich mich, wer Tony eine Nachricht geschrieben hatte und warum er sie vor mir verbergen wollte. Vermutlich kam sie von Effie und er wollte nicht, dass ich ihre Nummer sah.

»Kannst du sie anrufen?«, bat ich. Als er sie aus seinem Wagen anrief, merkte ich mir die Ziffern, die auf dem Bildschirm auftauchten. Sie ging nicht ans Telefon. Er versuchte es auf dem Festnetz, doch auch dort nahm niemand den Hörer ab.

»Warum antwortet sie nicht?«, fragte ich besorgt. »Was ist mit ihr passiert?«

»Jetzt reiß dich zusammen«, antwortete Tony mit fester Stimme. »Du weißt doch, was die letzte Erinnerung ist, die die Kinder an dich haben. Sie sollten nicht mit ansehen, wie du vor ihrer Haustür stehst und wie eine Verrückte herumschreist.«

Wieder verstand ich nicht, was er meinte, doch jetzt war nicht die Zeit für Fragen. Jedes Mal, wenn er vor einer gelben Ampel abbremste, konnte ich mich nur mit Mühe beherrschen, ihn nicht anzuschreien und zur Eile anzuhalten. Er wusste nicht, wie eilig wir es hatten. Deshalb hielt er sich an sämtliche

Geschwindigkeitsbegrenzungen, während wir durch die Straßen am anderen Ende der Stadt fuhren, fernab von dem Viertel, in dem wir früher zusammengewohnt hatten.

Schließlich hielten wir in der Sackgasse einer neu gebauten Wohnsiedlung an. Er parkte in der Einfahrt eines modernen Hauses, das ich noch nie zuvor gesehen hatte. Es hatte einen gepflegten Vorgarten, große Fenster und geschlossene Vorhänge. Im oberen Stock brannten zwei Lichter. Während er die Tür aufschloss, wappnete ich mich mental.

»Effie?«, rief er und ich folgte ihm nach oben. »Effie!« Er öffnete die Tür zu einem Schlafzimmer, dessen Vorhänge geschlossen waren, obwohl es erst später Nachmittag war. Im schwachen Lichtschein hielten wir beide abrupt inne und starrten auf unsere Tochter. Sie hatte die Augen fest geschlossen. Ihr Körper lag regungslos da und ihr Arm hing schlaff über die Bettkante herab. Ihre Finger zeigten auf den Boden.

Ich stürzte auf sie zu, warf die Bettdecke zurück, packte sie an den Schultern und schüttelte sie. Plötzlich riss sie die Augen auf und schrie, noch bevor sie mich erkannte.

»Mum! Was zum Teufel soll das?«, wetterte sie, während sie sich die Kopfhörer aus den Ohren riss und kerzengerade aufsetzte. Ich schlug die Hand vor den Mund, während Tony blieb, wo er war. »Was machst du hier?«, fragte Effie, völlig überrascht von meinem unerwarteten Erscheinen.

»Wir haben uns solche Sorgen um dich gemacht«, antwortete ich. Ihre stark geröteten Augen ließen darauf schließen, dass sie nicht einfach geschlafen hatte.

»Was ist los?«, hörte ich plötzlich eine junge Stimme hinter uns. Ich drehte mich um und entdeckte Alice, die noch ihre Schuluniform und eine Tasche über der Schulter trug. Ein breites Grinsen überzog ihr Gesicht.

Weitere Erinnerungen stiegen in mir hoch. Zuerst sah ich mich mit einer deutlich jüngeren Alice Hand in Hand zur

Schule gehen, und dann, wie ich später den Schulweg allein antrat. Ich sah mich vor den Toren stehen und sie aus der Ferne beobachten, wie sie mit ihren Freunden spielte, während ich hoffte, dass sie mich auch sah – und dass sie nicht bereits vergessen hatte, wie ich aussah oder wie meine Stimme klang. Ich selbst konnte mich nicht mehr an das Gesicht oder an die Stimme meiner Mutter erinnern.

»Mum?«, kreischte sie. »Bist du zurück?« Sie stürzte auf mich zu und schlang sich fest um meine Beine und Taille. Ich weinte vor Glück, während ich sie ganz fest hielt. »Komm mit und sieh dir mein Schlafzimmer an«, meinte sie und griff nach meiner Hand. Ich schaute zu Tony, bevor ich sie nahm. Er nickte zögernd und ich folgte ihr aus dem Zimmer in den Flur hinaus. Ihre Hand fühlte sich weich und klein an und mir wurde bewusst, wie wenig ich sie früher wertzuschätzen wusste, als ich sie so oft zurückgewiesen hatte.

Nach einigen Metern zog eine andere offene Tür meine Aufmerksamkeit auf sich. Der Mantel, den ich Tony zum letzten gemeinsam verbrachten Geburtstag geschenkt hatte, lag neben einem knallbunten orangefarbenen Kissen auf seinem Bett. Doch als ich näher trat, sah ich, dass es kein Kissen war, sondern eine Handtasche.

Eine orangefarbene Handtasche.

Janines orangefarbene Handtasche.

Janines orangefarbene Handtasche mit ihrem chinesischen Drachenmuster lag auf dem Bett meines Mannes.

Kapitel 8

Ryan

Ich ballte die Fäuste. Ein schwacher Lichtschein schimmerte durch den Spalt unter meiner Wohnungstür hindurch.

Eben auf dem Parkplatz war ich noch auf einem Höhenflug gewesen, weil ich Laura wieder von Angesicht zu Angesicht gegenübergestanden hatte. Doch jetzt hatte ich das Gefühl, dass mich alles, was sich hinter der Türschwelle befand, mit einem Schlag wieder auf die Erde zurückbringen würde. Ich zögerte, bevor ich langsam den Türknauf drehte. Die Tür war unverschlossen. Ich hatte mich seit meiner Schulzeit nicht mehr geprügelt und ich konnte mir nicht vorstellen, dass ein Schlag von mir demjenigen, der dort drinnen war, großen Schaden zufügen würde.

Ich huschte lautlos in den Flur und griff nach der schweren Glaskugel, die auf dem Tisch lag. Langsam schob ich mich in Richtung Wohnzimmer, aus dem ein raschelndes Geräusch kam. Ich hörte, wie Schubladen geöffnet und wieder geschlossen wurden. Ich schlich noch etwas näher heran, um besser sehen zu können, was mich dort erwartete.

»Mein Gott!«, schrie ich.

Johnny wirbelte herum und war genauso überrascht wie ich.

»Du hast mich zu Tode erschreckt!«, rief ich. »Was machst du hier? Und wie bist du hereingekommen?«

»Ich habe noch immer meinen Schlüssel.« Seine Stimme klang ausdruckslos.

Erst jetzt bemerkte ich die offen stehenden Schranktüren und Schubladen des Schreibtischs, in dem ich meine Rechnungen und Papiere aufbewahrte. Auf der Tischplatte lagen die Fotos von Lauras Familie, die ich an die Wände des Hauses geklebt hatte, und das Seil, das ich zu einer Schlinge geknotet hatte.

Einige Tage nach der ersten Konfrontation mit Laura und der Stichwunde, die noch immer schmerzte, war ich in das Haus zurückgekehrt, um sämtliche Spuren dieser Nacht zu beseitigen. Dazu hatte auch das Entfernen meines Blutes vom Dielenboden gehört. Ich hatte alles in einen schwarzen Müllbeutel geworfen. Doch erst jetzt, vier Monate später, fiel mir ein, dass ich ihn nicht entsorgt hatte. Ich hatte ihn im Garten hinter dem Haus zurückgelassen, wo er seitdem gelegen hatte.

»Du durchwühlst meine Sachen?«, wollte ich wissen. Doch er ignorierte meine Frage.

»Vor wessen Haus hast du Mittwochnacht stundenlang geparkt?«

»Wie bitte, verfolgst du mich etwa?«

»Das spielt jetzt keine Rolle. Mich interessiert nur, was du vor diesem Haus gemacht hast.«

Im ersten Moment schämte ich mich, weil ich erwischt worden war. Ab und an fuhr ich langsam an Lauras Haus vorbei und hin und wieder hielt ich auch am Straßenrand an, während ich mir überlegte, was sie wohl da drinnen machte. Manchmal blieb ich fünf Minuten stehen, manchmal vergingen

Stunden, bevor ich es bemerkte. Aber es war ja nicht so, als ob ich irgendwo anders hätte sein müssen.

Johnnys Einmischung ließ mich aus der Haut fahren.

»Du schnüffelst bei mir herum?«, fragte ich mit erhobener Stimme.

»Verdammt richtig, das tue ich. Wer ist diese Frau und warum liegen Hunderte Fotos von ihr herum? Und was ist mit dem Seil? In dieser Nacht, in der du dir selbst mit einem Messer eine Wunde zugefügt hast, wolltest du dich da umbringen? Wofür war die Schlinge gedacht? Als Plan B, falls das mit dem Messer nicht klappt?«

Ich kochte vor Wut. »Raus hier, Johnny, oder es gibt richtig Ärger.«

»Nicht, bevor du mir die Wahrheit gesagt hast.«

»Johnny, ich sagte, raus hier!«

»Und ich habe Nein gesagt. Ich gehe erst, wenn du mir erzählt hast, was hier los ist.«

Seine Hartnäckigkeit machte mich nur noch wütender. Ich wollte ihn am Arm packen, doch er war schneller. Er zog ihn weg und schlug mir gegen die Brust. Überrascht verlor ich das Gleichgewicht und fiel über den Sessel. Meine verheilende Wunde begann erneut zu schmerzen. Ich sprang auf die Füße und stürzte mich ein zweites Mal auf ihn. Aber er war kräftiger, als ich ihn in Erinnerung hatte. Er packte mich am Kragen und schob mich zurück, bis er mich an die Wand gedrückt hatte und sein Gesicht nur wenige Zentimeter von meinem entfernt war. Den Unterarm presste er unter mein Kinn.

»Geht das endlich in deinen verdammten Dickschädel?«, schrie er. »Ich bin dein Bruder, aber ich werde diese Wohnung erst verlassen, wenn du mir sagst, was du getan hast.«

Mein Atem ging schwer und schnell und ich versuchte, irgendwelche Gründe zu erfinden, die mein Verhalten erklärten. Doch mir fiel auf die Schnelle nichts ein. Plötzlich stürzte alles auf mich ein – dass ich Charlotte verloren hatte, wie ich herausgefunden hatte, was Laura getan hatte, wie ich sie aufgespürte hatte, der Messerstich, was ich Effie angetan hatte und meine Konfrontation mit Laura von Angesicht zu Angesicht an diesem Abend. Alle Gefühle brachen gleichzeitig hervor und ich konnte mich nicht dagegen wehren. Mein Körper wurde immer schwerer und Johnnys Arme waren nicht stark genug, um mich zu halten, sodass ich in die Knie sank. Er setzte sich neben mich auf den Boden und sagte kein Wort, während ich wie ein Baby weinte.

Später in dieser Nacht saßen wir uns am Esszimmertisch gegenüber. Vier leere Bierflaschen standen zwischen uns. Ich konnte ihm nicht in die Augen sehen, während er noch verarbeitete, was er erfahren hatte. Ich erzählte ihm alles – von den Momenten, auf die ich stolz war, bis hin zu jenen, für die ich mich heimlich schämte. Johnny unterbrach mich nicht, sondern hörte mir mit regungsloser Miene zu. Erst als er sicher war, dass ich alles gesagt hatte, fragte er:

»Was willst du eigentlich damit erreichen, Ry?«

»Was meinst du?«

»Welchen Sinn hat all das? Wohin führt es? Was willst du damit erreichen?«

»Laura soll erkennen, was sie getan hat. Sie soll verstehen, dass sie mit dem Leben anderer nicht Gott spielen kann.«

»Und du glaubst, dass du das erreichst, indem du sie erschreckst und ihre Tochter fertigmachst?«

»Ja … Nein … Ich bin mir nicht sicher. Ich weiß es nicht. Was soll ich denn sonst tun? Nichts? Und zulassen, dass der nächsten Charlotte dasselbe passiert?«

»Kapierst du denn nicht, dass das, was du diesem Mädchen – deiner Schülerin – angetan hast, genauso schlimm ist wie das, was ihre Mutter Charlotte angetan hat?«

»Nein, es ist nicht dasselbe. Ich wollte niemanden dazu bringen, sich das Leben zu nehmen.«

»Woher willst du wissen, dass Laura und ihr Mann nicht zu Hause festgestellt haben, dass ihre Tochter sich etwas angetan hat?«

»Weil ich Mädchen wie Effie kenne. Ein paar verletzte Gefühle, ein verletztes Ego, das ist alles. Sie wird darüber hinwegkommen.«

»Mann, Kumpel, hörst du dir eigentlich selber zu? Wenn du ehrlich zu dir selbst bist, hast du keine Ahnung, welche bleibenden Schäden du ihr vielleicht zugefügt hast. Du hast beschlossen, sie da mit hineinzuziehen. Sie ist nicht mehr als ein Bauernopfer in dem Spiel, das du mit ihrer Mutter spielst. Und das Schlimmste ist, dass dir das egal ist.«

Ich schüttelte den Kopf. »Du kennst Effie nicht. Du weißt nicht, wie sie war, bevor ich damit angefangen habe.«

»Und weißt du was? Das ist mir egal. Weil sie ein junges Mädchen ist. Und so sind junge Mädchen nun einmal. Was du ihr angetan hast, ist so unglaublich falsch, und zwar in mehr als einer Hinsicht. Du solltest dich schämen.«

Ich spürte, wie ich rot wurde. Ich rieb mir mit den Handballen über die schmerzenden Augen. Als ich Johnny anschaute, erkannte ich für einen Moment den Mann, der ich hätte sein können, hätte ich niemals Charlottes versteckte Dateien gefunden und von der Befreierin der verlorenen Seelen gelesen. Früher hatten mein jüngerer Bruder und ich uns einmal ähnlich gesehen. Doch wenn ich ihn nun ansah, warfen seine Augen das Bild einer viel älteren, dunkleren Version meiner selbst zurück. Ich wusste, dass er mit allem, was er sagte, recht hatte, wollte es aber nicht zugeben.

»Wenn du also alle Antworten hast, dann sag mir doch, was ich deiner Meinung nach hätte tun sollen«, sagte ich.

»Du hättest mit den Aufzeichnungen eurer Telefongespräche zur Polizei gehen und erzählen können, was Laura deiner Meinung nach getan hat.«

»Was sie meiner Meinung nach getan hat? Du meinst, was sie getan hat. Aber ich habe nicht genügend Beweise, Johnny. Sie würde ungestraft davonkommen.«

»Sie hat dir doch erzählt, dass sie andere ermutigt hat zu sterben.«

»Aber sie hat weder Namen genannt noch Charlotte erwähnt. Sie hätte einfach behaupten können, sie hätte ihrer Fantasie freien Lauf gelassen. Und welche Beweise habe ich dafür, dass sie überhaupt in dem Haus war oder auf mich eingestochen hat?«

»Dann hättest du dich mit dem Verantwortlichen der Telefonseelsorge treffen und ihn vor ihr warnen können. Selbst wenn er nichts dagegen tun kann, hätte er Laura jetzt zumindest auf dem Radar. Aber du solltest nicht alles erzählen, zum Beispiel nichts von dieser Sache mit Effie. Sonst hält man *dich* noch für eine Gefahr.«

»Und was ist mit dir? Glaubst du auch, dass ich eine Gefahr bin?«

Er schloss die Augen und holte tief Luft. »Ich glaube, du hast auf Charlottes Tod auf eine Art reagiert, die dich selbst in Gefahr bringt. Was du mit dem Mädchen gemacht hast … wie du sie zum Narren gehalten hast … Ich schäme mich zum ersten Mal für dich. Aber du darfst nicht länger Laura die Schuld für deine Taten geben, sondern musst einen Teil der Verantwortung übernehmen. Weder sie noch Charlotte haben dich dorthin gebracht, wo du jetzt stehst. Das warst du allein. Charlotte hat beschlossen zu sterben, und du hast beschlossen, darauf so zu reagieren, wie es kein vernünftiger Mensch tun würde.«

Er öffnete zwei weitere Bierflaschen und schob eine zu mir herüber.

»Du bist von dieser Frau besessen. Und diese Besessenheit bestimmt dein ganzes Leben, richtig?«, fuhr er fort. Ich nickte. »Wann hast du das letzte Mal ein Buch gelesen oder dir einen Film angesehen? Hast du deine Waschmaschine schon repariert? Wann warst du das letzte Mal in dem Haus? Der Hammer hängt seit Monaten im Schrank und wartet darauf, dass du das Bild wieder aufhängst. Du musst wieder in die Realität zurückkehren. Wenn du das nicht tust, wirst du niemals mit deinem Leben weitermachen können.«

»Wie kann ich denn überhaupt jemals weitermachen?«

»Indem du heute Abend einen Schlussstrich unter die Dinge ziehst. Und danach sehen wir weiter, du und ich.«

Zum ersten Mal, seit die Polizei in der Wohnung aufgetaucht war, um mir von Charlottes Tod zu erzählen, spürte ich, wie sich der Knoten in meinem Magen ein wenig lockerte. Nicht viel, aber genug, dass ich wieder etwas Luft bekam.

Kapitel 9

Laura

Das war alles zu viel auf einmal für mich. Ich wusste nicht, wie ich all die Ereignisse des Tages verarbeiten sollte.

Ryan und Janine. Meine beiden geheimen Feinde hatten völlig unabhängig voneinander Pläne geschmiedet, um mich fertigzumachen. Ich saß in der Dunkelheit des Hauses, im vollen Bewusstsein, dass meine Familie nicht mehr in ihm lebte. Laut Tony war das seit fast zwei Jahren so. Unterbewusst hatte mein Gehirn sich geweigert, die Tatsache zu akzeptieren, dass die Mädchen und er gegangen waren. Gleichzeitig hatte ich mich selbst davon überzeugt, dass wir zwar getrennte Leben führten, aber wenigstens alle unter einem Dach lebten. Jetzt wusste ich um die wahre Situation und fühlte mich sehr einsam. Ich zwang mich immer wieder, an Henry zu denken. Doch selbst er war mir kein Anker mehr. Je müder ich wurde, desto mehr brachte ich durcheinander, was real war und was ich mir eingebildet hatte.

Doch bei zwei Dingen konnte ich mir sicher sein: Ryan spielte nicht mehr nur mit mir, sondern auch mit meiner Tochter. Und das konnte ich nicht länger dulden.

Und Janine tat genau dasselbe, aber auf ihre eigene, beschränkte Art. Sie hatte im Hintergrund die Fäden gezogen, ohne dass es mir bewusst gewesen war. Ihre Affäre mit meinem Mann erklärte die ständige Verachtung, die sie mir gegenüber an den Tag legte, warum sie mich immer von ihrem Büro aus beobachtete und jede Gelegenheit nutzte, mich vor den anderen Ehrenamtlichen schlechtzumachen. Jetzt hatte sie es sich wie ein Kuckuck in meinem Nest gemütlich gemacht. Doch sie verdrängte nicht meinen Nachwuchs, um Platz für ihren eigenen zu schaffen, sondern stellte sicher, dass für mich kein Platz mehr war, wenn ich zurückkam. Nicht ich, sondern sie war der Grund, warum Tony und die Mädchen in diesem Moment nicht oben in ihren Schlafzimmern waren.

Was hat Tony ihr von mir erzählt? Was weiß sie, was sie nicht wissen dürfte? Was ist es, woran ich mich nicht erinnern kann – was ist der Grund, weshalb mich alle verlassen haben?

Ich ging wieder in den Garten, um noch eine Zigarette zu rauchen. Ich zählte nicht mehr nach, wie viele ich bereits geraucht hatte, seitdem ich von Tonys Haus zurückgekehrt war. Ich spielte bestimmte Momente immer wieder in meinem Kopf durch, zum Beispiel wie wir über den Parkplatz der Schule eilten und er heimlich versuchte, jemandem eine Nachricht zu schreiben. Er musste Janine gebeten haben, das Haus zu verlassen, weil ich auf dem Weg war. Bestimmt hatte sie ihre Tasche absichtlich zurückgelassen, damit ich sie sah. Oder sie hatte sich in einem der anderen Zimmer versteckt und über mich gelacht. Während ich mir Sorgen um die Sicherheit unserer Tochter machte, hatte Tony die ganze Zeit gewusst, dass Janine bei Effie war.

Ich hatte ihm nicht sagen können, warum ich Angst um mein Mädchen hatte, und er hatte mir nicht sagen können, warum es dazu keinen Grund gab. Zu groß war seine Angst, die Wahrheit über die Dinge zuzugeben, die hinter meinem Rücken geschahen.

Wie konntest du nur, Tony? Wie konntest du uns das antun?

Im Laufe meines Lebens war ich lange Zeit eine Überlebende gewesen. Doch erst jetzt erkannte ich, dass ich irgendwann in die Opferrolle geschlüpft war. Die starke, selbstbewusste Laura, die ich einmal gekannt hatte, musste dringend wieder die Führung übernehmen. Ich nahm einen letzten tiefen Zug von meiner Zigarette, bevor ich sie austrat. Ryan und Janine, Janine und Ryan. Die beiden hatten ja keine Ahnung, mit wem sie sich angelegt hatten.

Doch wen sollte ich zuerst ins Visier nehmen? Mein Herz sagte Janine, mein Kopf Ryan. Ja, ich musste mich erst um Ryan kümmern, denn über ihn wusste ich am wenigsten und er war die größte Bedrohung für meine Stabilität. Er hatte sich mit meinem Ehemann getroffen, er hatte meine Tochter ins Visier genommen, er wusste, wo ich wohnte, und er hatte meinen Sohn besucht. Nun war ich an der Reihe herauszufinden, wer der Feind war – und wie ich ihn so leiden lassen konnte wie er mich. Und ich wusste, wen ich als Erstes fragen müsste.

* * *

Ich suchte den Schulhof nach Alice ab, bevor der Gong den Beginn des neuen Schultags einläutete.

In diesen täglichen Momentaufnahmen ihres Lebens am Morgen jedes Schultags erkannte ich, wie groß sie inzwischen war, wie lang ihre Haare wurden und wie grazil ihr Körper geworden war. Sie wuchs heran, auf einen Schlag in fünf Minuten jeden Morgen. Ich wusste nicht mehr, welche letzte Erinnerung sie an mich hatte. Doch Tonys Andeutungen ließen vermuten, dass es keine gute war. Sobald ich meine Feinde aus dem Weg geräumt hatte, würden sich die übrigen Teile meines

Lebens wieder zusammenfügen und ich würde sie wieder jeden Tag zur Schule bringen.

Plötzlich entdeckte Alice mich und ihr Gesicht leuchtete auf. Ich seufzte erleichtert. Sie liebte mich noch immer. Sie wollte gerade zu mir laufen, als die Schulglocke ertönte. »Ist schon okay«, formte ich unhörbar mit den Lippen und zeigte in Richtung Eingang, damit sie hineinging. »Wir sehen uns bald wieder.« Sie winkte und hüpfte in das Gebäude, sodass ich sie nicht mehr sehen konnte.

Ich entdeckte Kate Griffiths, bevor sie den Kopf wandte und mich bemerkte, ohne auch nur die leiseste Ahnung zu haben, wer ich war. Sie war entweder komplett geschminkt ins Bett gegangen oder ihr Wecker hatte schon bei Tagesanbruch geklingelt, weil keine Mutter auf dem Schulhof ohne lange Vorbereitung so aussah.

Ich hatte sie schon früher oft mit ihrem Sohn am Schultor stehen sehen, aber erst als sie an Tony und mir vorbeilief, während wir gerade von Direktor Atkinson kamen, hatte ich realisiert, dass sie auch an Effies Schule ein Kind hatte. Damals hatte ich bemerkt, dass sie einen Aufkleber mit ihrem handschriftlichen Namen trug. Darunter standen die Worte »Eltern-Lehrer-Vereinigung«.

»Hallo«, rief ich, während sie die Tür zu ihrem SUV öffnete. Sie wirbelte herum und musterte mich kurz von oben bis unten. »Ich bin Laura. Meine Tochter geht mit Ihrem Sohn in eine Klasse.« Der letzte Teil war natürlich gelogen.

»Oh, natürlich«, erwiderte sie. Das aufgesetzte Lächeln konnte ihr mangelndes Interesse nur notdürftig kaschieren.

»Ich habe Sie gestern Abend in der Oberschule von St. Giles gesehen. Ich wusste gar nicht, dass Sie dort auch ein Kind haben.«

»Wie schön«, antwortete sie, ohne weiteres Interesse an einer Unterhaltung zu signalisieren. Ich war eine dunkle Wolke an ihrem blauen Himmel und sie konnte es kaum erwarten, dass der Wind mich fortblies. Aufgrund der unnatürlichen Glätte ihrer Haut vermutete ich, dass man mehr Faltenmittel in ihre Haut gespritzt hatte, als Sahne in einen Windbeutel passte.

»Wie geht es Ihrer Tochter denn in der zehnten Klasse?«

»Sehr gut, danke. Sie wird in einigen Fächern wohl schon früher ihren Abschluss machen. Und was ist mit …« Da sie die Frage nicht beenden konnte, tat ich es für sie.

»Mit Effie? Sie kommt ganz gut zurecht, obwohl sie erst vor zwei Jahren an die Schule gekommen ist.«

»Es ist eine gute Schule mit ganz erstaunlichen Bewertungen seitens der Schulaufsicht«, antwortete Kate. »Es tut mir leid, ich will nicht unhöflich sein, aber ich muss jetzt wirklich los …«

Sie wollte in ihr Auto steigen. Doch ich ignorierte ihren verzweifelten Versuch, unser Gespräch im Keim zu ersticken.

»Wir hatten das Glück, dass Mr Smith, Effies Lehrer, sie so ins Herz geschlossen hat«, sagte ich. »Ich habe ihn vor Kurzem zum ersten Mal getroffen. Ist er neu an der Schule? Ich kann mich nicht erinnern, ihn vorher schon einmal gesehen zu haben.«

»Ich glaube, er ist seit ungefähr anderthalb Jahren dort und wurde vor Kurzem zum Leiter der Klassenstufe zehn ernannt. Zwischenzeitlich hatte er sich aber vom Unterricht freistellen lassen … nach dieser traurigen Geschichte mit seiner Frau.«

»Seiner Frau?«

Genau aus diesem Grund hatte ich beschlossen, mit Kate zu sprechen. Ich hatte sofort erkannt, was für eine Art Frau sie war. Ich hatte schon so oft diese Mütter gesehen, die sich zu sehr in das Schulleben ihrer Kinder einmischten. Sie steckten überall ihre Nase hinein, nur weil in ihrem eigenen Leben zu wenig passierte. Und was sie noch lieber machte, als dem Klatsch zuzuhören, war, ihn als Erste weiterzutragen.

»Haben Sie nicht davon gelesen?«, fuhr Kate fort. »Das war wirklich eine furchtbare Sache. Selbstmord. Sie ist von einer Klippe gesprungen. Können Sie sich das vorstellen? So ein furchtbarer Tod.«

Ich grub die Fingernägel in meine Handflächen.

Nein, das kann nicht sie sein. Nicht Charlotte. Nicht Davids Charlotte.

»Wie traurig«, antwortete ich.

»Aber das war noch nicht das Schlimmste. Sie war im siebten Monat schwanger und brachte sich mit einem Mann um, mit dem sie eine Affäre hatte. Nach dem, was man so hört, war es eine Art Selbstmordpakt à la Romeo und Julia.«

Ich schüttelte mitfühlend den Kopf und zwang mich, die Tatsachen nicht zu korrigieren. Es gab keine Affäre mit David. Charlotte war nur jemand, den ich geformt hatte, um David zu helfen, das zu beenden, was er angefangen hatte. Ich hatte kaum einen zweiten Gedanken an Charlotte verschwendet, nachdem es passiert war. Vielleicht hatte ich sie sogar ein wenig beneidet, weil sie eine so intime Rolle in Davids letzten Momenten gespielt hatte. Ich hatte mir nicht einmal die Mühe gemacht, zu ihrer Beerdigung zu gehen. Offensichtlich hatte ich die Auswirkungen ihres Todes unterschätzt.

Das hatte Ryan also gemeint, als er mir in dem Haus vorgeworfen hatte, ich hätte ihm alles genommen. Jetzt, wo ich seine Motivation kannte, konnte ich das zu meinen Gunsten nutzen.

»Nun, ich möchte Sie nicht länger aufhalten«, meinte ich lächelnd und drehte mich um. »Es war schön, Sie kennenzulernen«, rief Kate noch. Doch ich wusste, sollte sie mich morgen wiedersehen, würde sie sich nicht mehr an mich erinnern.

Kapitel 10

Ryan

»Vielen Dank, dass Sie sich mit mir treffen«, sagte ich, während ich den Blazer auszog und ihn gefaltet über die Sofalehne legte.

»Möchten Sie vielleicht einen Tee, einen Kaffee oder ein Glas Wasser?«, fragte sie und öffnete ein Fenster, damit die stickige Luft entweichen konnte. Vermutlich wurde dieser Raum nicht oft genutzt.

»Ein Wasser wäre toll, danke.«

Es war der früheste Termin vor dem Jahreswechsel, den ich bei Janine Thomson, der Leiterin der Telefonseelsorge, bekommen konnte. Als sie das Zimmer im Erdgeschoss ihrer Einrichtung kurz verließ, schaute ich mich in dem spärlich ausgestatteten Raum um und bemerkte zwei Überwachungskameras, die an der Decke in den Ecken angebracht waren. Winzige grüne Lichter blitzten hin und wieder auf. Vermutlich wurden wir beobachtet. Die Raufasertapete konnte einen frischen weißen Anstrich vertragen und die beiden Sofas, die ihre besten Jahre schon hinter sich hatten, mussten auch einmal durch neue ersetzt werden. Auf einem Beistelltisch lag noch ein Paket Taschentücher. Ich fragte mich, was sich wohl hinter der Tür mit dem Vorhängeschloss befand.

Janine kehrte zurück und stellte mein Getränk auf das Tischchen.

»In unserem Telefonat meinten Sie, Sie wollten mit mir über Laura, eine unserer ehrenamtlichen Mitarbeiterinnen, sprechen?«, fragte sie und zog Notizbuch und Stift aus ihrer leuchtend orangefarbenen Handtasche. Ihre Stimme klang weniger beruhigend als Lauras, eher geschäftsmäßig.

»Sie hat heute definitiv keinen Dienst?«, wollte ich wissen.

»Nein, ihre nächste Schicht ist erst am Freitag.«

»Okay, ich glaube – nein, ich weiß –, dass Laura manche Anrufer ermutigt, ihrem Leben ein Ende zu setzen.«

Ebenjener Blick, den Janine mir zuwarf, war der Grund gewesen, warum ich sie nicht schon früher aufgesucht hatte, sondern die Angelegenheit selbst in die Hand genommen hatte. Meine Kehle fühlte sich plötzlich sehr trocken an. Ich griff nach dem Glas und trank einen großen Schluck. Dann rückte ich an den Rand der Sofakante und erzählte ihr alles – von Charlottes Selbstmord bis zu dem Moment, in dem Laura in dem Haus auftauchte. Es war mir viel leichter gefallen, meinem Bruder das Herz auszuschütten als einer Fremden. Außerdem musste ich einige Dinge beschönigen, um mich nicht selbst zu belasten. Daher gab ich nur zu, Laura gefolgt zu sein, nicht aber ihrer Familie. Außerdem verschwieg ich, dass sie auf mich eingestochen hatte und dass ich Effie für meine eigenen Zwecke benutzt hatte. Janine machte sich Notizen, bis ich schließlich fertig war.

»Okay«, sagte sie. »Das sind schwere Anschuldigungen, Mr Smith.«

»Ich weiß, wie sich das anhört – wie ich mich anhöre –, aber jemand muss Laura aufhalten.«

»Bitte entschuldigen Sie die Frage, aber haben Sie nach dem Tod Ihrer Frau eine Trauerberatung aufgesucht?«

»Nein. Warum?«

»Trauer kann sich auf viele verschiedene Arten äußern, besonders wenn jemand, den wir lieben, seinem Leben selbst ein Ende gesetzt hat. Plötzlich geben wir uns selbst die Schuld oder richten unsere Wut auf andere …«

»Ich möchte Sie gleich an dieser Stelle unterbrechen«, sagte ich mit fester Stimme. »Ich weiß genau, was die Trauer angerichtet hat. Sie hat mich zerrissen, aber ich bin nicht verrückt geworden. Ich habe Wochen damit verbracht, mit dieser Frau zu reden, und ich habe gehört, wie überzeugend sie war, als sie glaubte, ich hätte meinen Tiefpunkt erreicht. Ich weiß, dass sie eine Gefahr für verletzliche Menschen darstellt, die hier bei Ihnen anrufen.«

»Haben Sie Beweise für das, was Sie mir erzählt haben?«

Ich zog mein Diktiergerät hervor und wollte gerade auf die Wiedergabetaste drücken, als sie mich unterbrach.

Ich folgte ihrem Blick, als sie zuerst zu mir und dann zu einer der Überwachungskameras schaute. Sie nahm ein Paar Minikopfhörer aus ihrer Tasche, steckte sie in das Aufnahmegerät und spielte einige Auszüge aus unseren zahlreichen Telefongesprächen ab.

Ich beobachtete ihr Gesicht, während sie zuhörte. Ihre Miene blieb steinern, während sie jedes einzelne von Lauras manipulierenden Worten vernahm. Nach fünf Minuten drückte sie auf die Stopptaste und zog die Kopfhörer aus den Ohren.

»Sie müssen wissen, dass Laura in unserem Team sehr beliebt ist und große Spendensummen für unsere Organisation sammelt«, sagte Janine. »Ohne sie könnten wir kaum weitermachen.«

Wie ernüchternd! Es war ihr egal. Ich schüttelte den Kopf, griff nach dem Diktiergerät und stand auf. »Sie wollen also ignorieren, was sie getan hat, weil sie Ihnen Geld bringt? Ich wusste, dass das hier reine Zeitverschwendung war.«

»Ryan, warten Sie«, rief Janine und sprang auf. Sie schaute noch einmal in Richtung der Überwachungskamera, bevor sie mir leise etwas ins Ohr flüsterte.

Kapitel 11

Laura

Ich entdeckte ein Foto, das ihn an seinem Hochzeitstag zeigte. Man hatte es so aufgestellt, dass er es immer sehen konnte, egal in welcher Position er lag.

Er sah als Bräutigam viel besser aus als seine Frau als Braut. Nach dem Alter des dahinter geparkten Hochzeitsautos und dem Stil der Kleider, die sie und ihre Brautjungfern trugen, war das Schwarz-Weiß-Bild im Rahmen aus Roségold wohl an die sechzig Jahre alt. Es war ein wenig verblasst, doch die gegenseitige Liebe, mit der sie sich für die Ewigkeit anblickten, war noch immer gut zu erkennen. Ryans Großvater, der im Bett hinter mir schlief, hatte nur noch wenig Ähnlichkeit mit dem stämmigen, grinsenden Mann, den die Kamera vor so langer Zeit aufgenommen hatte.

Einen Tag zuvor hatte ich Dutzende Fotos der Lehrer auf der Internetseite von Effies Schule gesichtet, bis ich auf ein Bild von Ryan gestoßen war. Er hatte Aufnahmen von meinem Sohn und mir im Aufenthaltsraum von Henrys Pflegeheim gemacht, ohne dass ich es bemerkt hatte. Aber wie war er dort hineingekommen? Ich zeigte zwei dieser hirnlosen Damen an der

Rezeption Ryans Bild auf meinem Handy und eine erkannte ihn sofort.

»Das ist doch der Enkel von Peter Spencer, oder?«, sagte sie. »Ich glaube, er heißt Robert oder Ryan oder Richard oder so.«

Sie fragte nicht, warum ich das wissen wollte, und nachdem ich mich bei ihnen bedankt hatte, ging ich in Richtung des Flügels, in dem Henry untergebracht war, machte aber einen Umweg über die Altenpflegeabteilung. In der Luft hing der Geruch nach Bleiche, als ich über klebrige Linoleumböden zu einer anderen Rezeption ging. Einer Krankenschwester gegenüber behauptete ich mit ausländischem Akzent, Mr Spencer wäre mein Onkel. Ohne nach einem Ausweis zu fragen, führte sie mich in Zimmer dreiundzwanzig. Im Geiste machte ich mir eine Notiz, dass ich mich später bei der Verwaltung über mangelnde Sicherheitsvorkehrungen beschweren würde.

Nun blickte ich auf einen verwundbaren alten Mann hinab, der zu schwach war, um sich zu wehren. Alles, was es brauchte, um ihn aus dem Gefängnis zu befreien, in dem sein Körper ihn festhielt, war ein Kissen, das fest auf sein Gesicht gepresst wurde. Vielleicht war er nicht selbstmordgefährdet, ich würde ihm aber dennoch genauso viel Barmherzigkeit zuteilwerden lassen wie meinen übrigen Kandidaten.

Ich schaute mich in dem spärlich eingerichteten Zimmer um, sah die Kleider durch, die in dem Schrank hingen, und blieb an dem einzigen Anzug hängen. Vermutlich würde er erst wieder getragen werden, wenn man ihn in die Erde hinabließ. Die Fotos auf den Regalen schienen seine Kinder und Enkelkinder zu zeigen. Plötzlich entdeckte ich eine Aufnahme von Ryan an seinem Hochzeitstag. Charlotte stand in einem schulterfreien weißen Spitzenkleid neben ihm, das schon jetzt altmodisch wirkte. Ich nahm es in die Hand, um sie zum ersten Mal wirklich anzusehen. Sie war attraktiver gewesen, als ihre Stimme es vermuten ließ. Und sie war schlanker und größer als ich gewesen. Selbst wenn sie nicht von einer Klippe gesprungen wäre, hätte ihre Ehe nicht gehalten. Sie war für ihn ein paar Nummern zu groß gewesen und wäre nicht für immer bei ihm geblieben.

Ich fragte mich, ob er sie auch dann geheiratet hätte, wenn er einen Blick in die Zukunft hätte werfen dürfen und gewusst hätte, was sie ihm antun würde. Ich wusste, dass ich Tony dennoch geheiratet hätte, trotz allem, was danach folgte.

Unsere Hochzeit hatte im kleinen Rahmen in einer Kirche in Weedon stattgefunden, einem Dorf in der Nähe seines Heimatorts. Wir waren beide damals noch sehr jung gewesen, erst Anfang zwanzig. Doch ich war mir in meinem Leben noch nie einer Sache so sicher gewesen.

Der Sinn einer Hochzeit besteht nicht nur darin, sich aneinander zu binden, sondern auch darin, zwei Familien zusammenzubringen. Leider hatte ich meinen Teil der Abmachung nicht einhalten können. Tonys Platzanweiser mussten die Gäste zu beiden Seiten entlang des Ganges führen, damit niemandem das Ungleichgewicht zugunsten des Bräutigams auffiel. Seine Mutter versuchte, auch die Rolle meiner Mutter zu übernehmen, und half mir morgens beim Anziehen. Und als ich am Arm seines Vaters zum Altar ging, wurde mir bewusst, wie allein ich war.

Eigentlich hätte ich während des ganzen Tages von einem Ohr zum anderen grinsen müssen. Doch ich wollte nur, dass er endlich vorbei war. Er erinnerte mich ständig daran, dass ich bis auf meinen frisch angetrauten Ehemann niemanden hatte. Ich musste immer wieder erklären, dass meine Eltern tot waren, als seine entfernten Familienmitglieder beim Empfang nach ihnen fragten. Allen musste ich dasselbe sagen, vom Inhaber des Brautmodengeschäfts über den Floristen bis hin zum Fahrer meines Wagens und dem Restaurantmanager, der den Sitzplan für den Tisch des Brautpaars zusammenstellte.

Ich hatte keine Verwandten, mit denen ich meine Pläne besprechen konnte, und meine Brautjungfern waren Arbeitskolleginnen, die mich zwar kaum kannten, sich aber nicht getraut hatten abzulehnen, als ich sie fragte. Alles an meiner Hochzeit war ein Kompromiss.

Das Einzige, was ich tun konnte, um die Anwesenheit meiner Eltern zu spüren, war, den Verlobungsring meiner Mutter zu tragen und Tony die Uhr meines Vaters zu schenken. Ich war den Tränen nahe, als er sie annahm. Ich habe ihm nie erzählt, dass ich sie in Wirklichkeit in einem Antiquitätenladen in Olney, einem nahe gelegenen Dorf, gekauft hatte. Ich wollte ein Gefühl von Nostalgie, selbst wenn es die Nostalgie eines anderen Menschen und nicht meine eigene war.

Eine silberne Uhr lag offen auf dem Nachttisch von Ryans Großvater. Die Inschrift auf der Rückseite lautete: *Für unseren Sohn an seinem Hochzeitstag.*

Wie süß, dachte ich. Damals hatte sie seine Eltern sicher ein kleines Vermögen gekostet. Ich steckte sie zusammen mit den Batterien der Fernbedienung seines Fernsehers in meine Tasche.

Ich verließ das Zimmer, zögerte dann aber. Ich drehte mich um, ging wieder hinein und schloss leise die Tür hinter mir.

Aufmerksam hörte ich zu, wie die Lunge des alten Mannes nach Luft rang. Sein Atem ging keuchend und knackend. Die Geräusche waren zu schwach, um vom Asthma herzurühren. Vermutlich waren sie die Folge eines Lungenemphysems. Der arme Hund war tot wirklich besser dran als lebend.

* * *

Der Anruf kam aus heiterem Himmel, hätte aber nicht willkommener sein können. Ich trat die Zigarette auf dem Fußweg aus, als ich die Nummer erkannte, die auf dem Handy aufleuchtete.

»Oh, mein Schatz!«, rief ich und schloss die Augen, zugleich begeistert und erleichtert, von Effie zu hören. Eine Woche war vergangen, seitdem ich sie in ihrem neuen Haus überrascht hatte. Später hatte ich der Nummer, die ich mir auf der Anzeige von Tonys Armaturenbrett gemerkt hatte, eine Nachricht geschickt, in der Hoffnung, dass sie Kontakt zu mir aufnahm, was wiederum Tony dazu ermutigen konnte, dasselbe zu tun.

»Wie geht es dir?«

»Ich bin okay«, antwortete sie zögernd.

»Bist du dir sicher? Du klingst nicht so.«

»Können wir … Möchtest du … dich mit mir treffen?«

»Oh, natürlich, das würde ich sehr gern. Wann?«

Eineinhalb Stunden später saßen wir nebeneinander auf einem Ledersofa in einem Coffeeshop. Sie erklärte mir, dass sie sich für eine Starbucks-Filiale in einem Einkaufszentrum am Stadtrand entschieden hatte, damit ihr Vater oder seine Freunde uns nicht zusammen sahen. Wir tranken heiße Schokolade mit Schlagsahne und Schokostreuseln, während ich aufmerksam zuhörte, wie meine Tochter mir von der Zeit in ihrem Leben erzählte, die ich versäumt hatte. Einige ihrer Freunde hatten sich gegen sie gestellt, nachdem man ihr Facebook-Konto gehackt und ihren Ex-Freund Matt öffentlich gedemütigt hatte. Dann waren ihre Noten in den Keller gegangen und plötzlich stand sie allein und ohne Zutrauen in die eigene Intelligenz da. Natürlich ging es mir in Wirklichkeit um Ryan Smith, aber ich konnte nicht einfach so auf ihn zu sprechen kommen.

»Gibt es denn irgendwelche Fächer, die dir Spaß machen?«, wollte ich wissen. »Worin warst du denn immer gut? In Chemie, oder?«

»Englisch und Biologie. Aber jetzt bekomme ich ständig miese Noten in Englisch und Biologie hasse ich, weil wir Tiere sezieren sollen. Kleine Ferkel … das ist ekelhaft.« Sie verzog das Gesicht.

Anfangs musste Effie sich zwingen, mir in die Augen zu schauen, was ich verstand. Ich war zwar ihre Mutter, aber gleichzeitig auch eine Fremde für sie. Ich versuchte nach wie vor verzweifelt, mich daran zu erinnern, was uns auseinandergebracht hatte. Und so frustrierend es auch war, es schien mir nicht angebracht, sie danach zu fragen und zu riskieren, alte Wunden wieder aufzureißen. Heute ging es darum, sie wieder auf meine Seite zu ziehen, damit mein Mann erkannte, was ihm ohne mich entging. Als sie meinen Blick endlich erwiderte und ihm standhielt, sah ich in ihren Augen so viel von mir selbst.

Während Effie redete, wurde mir nach und nach bewusst, dass ich früher nie wirklich gehört hatte, was sie zu sagen hatte. Ich hatte ihr zwar zugehört, ihre Worte und Gefühle aber zu oft als die eines Kindes abgetan. Inzwischen rückte ihr fünfzehnter Geburtstag näher und sie war zu einer jungen Frau geworden. Es war an der Zeit, sie auch so zu behandeln.

Mehrmals öffnete sie ihren Mund, als ob sie mich etwas fragen wollte, überlegte es sich dann aber anders und schloss ihn wieder.

»Ich will ja nicht neugierig sein, aber gibt es noch etwas anderes, worüber du mit mir reden möchtest?«, ermutigte ich sie.

Sie schüttelte den Kopf und schaute zu den Leuten auf dem Parkplatz hinüber, die prall gefüllte Einkaufstaschen in den Kofferraum oder strampelnde Kleinkinder in ihre Buggys luden. Sie schürzte die Lippen und sah sehr traurig aus.

»Ich habe alles versaut, Mum«, sagte sie, bevor sie das Gesicht verzog und in Tränen ausbrach.

Etwas Besseres hätte mir nicht passieren können. Ich rückte näher an sie heran und legte ihr tröstend den Arm um die Schultern.

»Ich habe jetzt diesen neuen Lehrer. Und zuerst dachte ich, er hasst mich, weil er mir immer wieder miese Noten gab«, fuhr sie fort.

»Geht es um Mr Smith?«, wollte ich wissen.

Sie nickte. »Ihm schien wirklich etwas an mir zu liegen und er hat sich auch nach der Schule um mich gekümmert. Aber dann sind wir uns ... nähergekommen.«

»Wie nahe?«, fragte ich. Unser Wiedersehen entpuppte sich als lohnender als erwartet. Natürlich hoffte ich, dass Ryan Smith Effie nicht verletzt oder gar missbraucht hatte. Aber wäre es wirklich so schlimm, wenn er die Grenzen ein wenig überschritten hätte?

»Ich habe kaum noch Freunde und er war wirklich nett zu mir. Irgendwann fing ich an, Gefühle für ihn zu entwickeln, und ich dachte, ihm ginge es genauso. Aber als ich es ihm gesagt habe, war er richtig fies zu mir.«

Das hatte er ihr also angetan. Er hatte diesem dummen Mädchen falsche Hoffnungen gemacht. Damit konnte ich etwas anfangen.

»Mein Schatz, ist irgendetwas Körperliches zwischen euch passiert?«

»Nein. Und ich weiß, dass es falsch war, aber ich wollte es unbedingt. Aber er hat mich zurückgewiesen und gemeint, ich wäre hinterhältig und dumm. Ich komme mir so blöd vor. Ich kann ihn nicht mal mehr ansehen, ohne dass mir zum Kotzen zumute ist. Ich hasse ihn.«

»Er hat zwar nett getan, aber ich wette, jetzt macht er sich deswegen im Lehrerzimmer über dich lustig.«

Angst machte sich auf dem Gesicht meiner Tochter breit. »Du glaubst, er hat es den anderen Lehrern erzählt?«

»Männer seines Alters lieben die Aufmerksamkeit von hübschen Mädchen wie dir. Sie prahlen damit vor ihren Freunden. Und du weißt, wie sich Gerüchte in der Schule verbreiten – vielleicht macht es ihn an, Mädchen falsche Hoffnungen zu machen, damit er sie dann demütigen und damit angeben kann. Ich hoffe nur, dass keiner der anderen Schüler davon weiß.«

Effie verbarg den Kopf in den Händen und weinte wieder los. Ich tätschelte ihre Schultern, ermutigte sie aber nicht aufzuhören. Ich war hin- und hergerissen zwischen dem Wunsch, die Mutter zu sein, die Effie brauchte, und dem Wunsch, mich an Ryan zu rächen. Effie besaß möglicherweise die Munition, die ich brauchte. Doch ich musste sie erst dazu bringen, so wie ich zu denken.

»Weiß sonst noch jemand von deinen Gefühlen für Mr Smith?«, hakte ich nach.

»Nein, ich habe niemandem etwas erzählt.«

»Hat man euch zusammen gesehen?«

»Ich glaube schon. Ich habe mich immer zweimal die Woche mit ihm getroffen.«

»Aber es war nicht so, dass du Zeit mit ihm verbracht hättest, während sonst niemand da war?«

»Wir waren immer allein in dem Raum hinter seinem Klassenzimmer.«

Ich wünschte, alles in der Welt würde aufhören, sich zu bewegen, damit mich nichts davon abhalten konnte, jedes ihrer Worte zu genießen. So würde ich Ryan zerstören: Mutter und Tochter, die gemeinsam auf ein Ziel hinarbeiteten.

»Ihr wart jedes Mal allein?«, fragte ich noch mal. »Da bist du dir ganz sicher?«

»Ja.«

»Und er hat keinem anderen Mädchen die gleiche Aufmerksamkeit geschenkt?«

»Nein. Er hat immer gewartet, bis alle gegangen waren.«

»Und wie nah seid ihr euch körperlich gekommen, wenn ihr beide allein wart?«

»Bis auf ein paar Meter.«

»Okay.« Anscheinend wirkte ich enttäuscht, denn sie fügte hastig hinzu: »Aber manchmal kam er mir auch viel näher.« Ich wusste immer genau, wann sie übertrieb.

»Hat er dir je Fragen zu deiner Familie gestellt?«

»Manchmal hat er nach Dad und dir gefragt.«

»Und was hast du ihm erzählt?«

»Nichts, wirklich nicht.«

»Hat er gesagt, warum er etwas über uns wissen wollte?«

»Er meinte, er wolle herausfinden, ob ich zu Hause Probleme habe, die meine miesen Leistungen erklären könnten. Dabei hat er doch erst dafür gesorgt, weil er mir ständig schlechtere Noten gab. Angeblich wollte er euch nicht beunruhigen, weshalb es das Beste sei, wenn ich nicht erwähnte, dass er nach euch gefragt hat.«

»Also hat er dich ermutigt, Geheimnisse vor uns zu haben?« Ich schüttelte den Kopf, verschränkte die Arme und atmete übertrieben tief aus. »Das ist so typisch.«

»Typisch für was?«

»Für jemanden, der sich an ein Kind heranmacht.«

»Wie jetzt, wie ein Pädophiler?«

Ich nickte. »Bei meiner Arbeit bei der Telefonseelsorge spreche ich manchmal mit jungen Menschen, die auch so etwas durchgemacht haben. Bei ihnen ist meistens aber schon viel mehr passiert, wenn sie endlich bei mir anrufen. Diese armen Kinder. Oh, Effie, ich könnte dir Geschichten erzählen.«

»Aber hätte er dann nicht irgendetwas getan, als ich mich ihm in seinem Auto an den Hals geworfen habe?«

»Du warst in seinem Auto?«

»Ja, er hat mich nach Hause gefahren. Ich dachte, das Ganze würde noch weitergehen. Aber dann sagte er mir plötzlich, wie widerlich ich sei.«

»Vielleicht hat er kalte Füße bekommen oder irgendwelche Psychospielchen mit dir gespielt. Es ist schwer zu wissen, wie diese Leute denken.«

»Ich sollte es Dad sagen, oder? Er wird wissen, was zu tun ist.«

»Nein, ich denke nicht, dass wir das jetzt schon tun sollten. Du weißt, wie übervorsichtig er bei dir ist, und er könnte etwas Überstürztes tun. Überlass das mir – ich kümmere mich darum. Aber ich muss wissen, wie weit ich gehen soll.«

Sie zögerte kurz, bevor sie mich mit einer eisernen Entschlossenheit ansah, die ich noch nie zuvor bei ihr gesehen hatte. »Ich will, dass er sich genauso beschissen fühlt, wie ich mich seinetwegen fühle.«

»Okay. Aber ich werde deine Hilfe brauchen, damit er nie wieder ein anderes Mädchen manipuliert oder demütigt.«

»Danke, Mum«, antwortete sie. Ich drückte sie an meine Brust und streichelte ihr Haar. Es fühlte sich überraschend gut an, meine ältere Tochter zurückzuhaben.

Ich sah mich in dem Coffeeshop um, bevor ich leise sagte: »Du weißt, dass eine solche Anschuldigung die Karriere eines Lehrers ruinieren könnte, oder?«

Sie nickte und schenkte mir ein Lächeln, das mir sagte, dass sie alles, was ich vorschlug, unterstützen würde.

»Gutes Mädchen«, antwortete ich. »Gutes Mädchen.«

Kapitel 12

Ryan

»Jemand war in Grandpas Zimmer«, erzählte Johnny mir am Telefon. Er klang verwirrt und besorgt.

»Was meinst du damit?«

»Flipp jetzt nicht aus, aber du kennst doch das Hochzeitsfoto von Charlotte und dir auf seinem Regal? Jemand hat Charlottes Gesicht mit einem Stift übermalt. Ich habe es erst bemerkt, als ich gehen wollte.«

»Bist du dir sicher?«

»Natürlich. Ich habe es mitgenommen, nachdem er eingeschlafen war, damit er es nicht sieht. Wer tut denn so etwas?«

»Laura«, stieß ich hervor. »Verdammt!«

»Was? Du glaubst, dass sie es war?«

»Es kann nur sie gewesen sein.«

Ich verstummte. Sie musste herausgefunden haben, dass Grandpa im selben Pflegeheim wie ihr Sohn lebte. Und während ihrer vielen Gespräche hatte Charlotte Laura bestimmt erzählt, dass sie früher einmal Britney Spears' Gesicht auf den Fotos mit Charlottes Schwarm Justin Timberlake übermalt hatte. Das war eine klare Warnung von Laura, dass sie, genau wie ich, ihre Hausaufgaben machte.

Doch ich wollte nicht glauben, dass sie wirklich dafür verantwortlich war. Denn das bedeutete, dass sie sich nicht länger versteckte, sondern mir klar zu verstehen gab, dass sie keine Angst mehr hatte, während ich Johnny versprochen hatte, sie in Ruhe zu lassen.

»Mein Gott, Ryan! Wenn sie das war, dann musst du irgendetwas dagegen tun, bevor sie noch weiter geht«, beharrte Johnny eindringlich. »Wenn sie so verrückt ist, wie du behauptest, hätte sie Grandpa alles Mögliche antun können, als sie mit ihm allein war.«

»Ich weiß, ich weiß«, erwiderte ich. »Es tut mir so leid.«

Er legte auf und ich presste das Telefon gegen die Brust und bedauerte, dass ich Fotos von ihrem behinderten Sohn in dem Pflegeheim gemacht hatte, in dem auch mein Großvater lebte.

»Verdammt, verdammt, verdammt!«, brüllte ich und schleuderte das Telefon auf das Sofa. Ich wusste nicht, was ich nun tun sollte. Nachdem ich Lauras Chefin klargemacht hatte, wozu sie in der Lage war, sollte ich vielleicht einfach geduldig abwarten, bis Laura es vermasselte. Aber bis das passierte, musste ich darauf vorbereitet sein, dass Laura es auf mich abgesehen hatte.

Kapitel 13

Laura

»Hallo, meine Liebe, bist du wieder auf dem Damm?«

Mary umarmte mich auf ihre typische Art, bei der sie scheinbar ihren Körper in den des anderen schob, weshalb man plötzlich das dringende Bedürfnis hatte, sofort die Kleidung zu wechseln.

»Ja, es war ein besonders widerlicher Virus. Die Mädchen hatten ihn auch«, log ich.

Nach der Konfrontation mit Ryan in Effies Schule und der Erkenntnis, dass Janine mit meinem Mann schlief, hatte ich mir eine Auszeit vom Büro genommen. Ich hatte behauptet, mir den Norovirus eingefangen zu haben. Bisher war ich noch nicht in der Lage, Janine gegenüberzutreten, ohne ihr einen Kessel kochendes Wasser über den Kopf schütten zu wollen.

»Die freien Tage habe ich gleich genutzt, um eine Ladung hiervon zu backen.«

Ich nahm den Deckel von einer Kuchenform ab, in der sich der Inhalt dreier Schachteln Butterkekse mit Sahnefüllung befand, die ich einen Tag zuvor gekauft hatte. »Keine Sorge, ich war nicht mehr ansteckend, als ich sie gemacht habe«, scherzte ich, als Marys faltige Hand hineingriff. Ich nahm mir einen

Moment Zeit, um mich im Büro umzusehen. Meine Kollegen, die stets voller Begeisterung die Interessen der anderen über ihre eigenen stellten, waren ja ehrliche, gute Menschen. Aber sie waren so unglaublich blind. Keiner von ihnen konnte sehen, was direkt vor ihrer Nase vor sich ging. Keiner von ihnen wusste, wer ich wirklich war.

»Mach es dir nicht zu bequem«, warnte Kevin mich, als ich zu meinem Schreibtisch ging. »Janine hat dich für ein persönliches Gespräch eingetragen, in ungefähr einer halben Stunde.«

Ich verdrehte die Augen. Janine wusste genau, dass ich mich unwohl fühlte, wenn ich von Angesicht zu Angesicht mit einem Hilfesuchenden sprechen musste. Trotzdem hatte diese boshafte Kuh mich dazu eingeteilt. Eigentlich sollte ich zu ihr gehen und mir irgendeine Entschuldigung ausdenken, warum ich es nicht tun konnte.

»Sie ist nicht da«, kam Kevin meiner Antwort zuvor. »Sie hat sich ein paar Tage freigenommen, um mit ihrem neuen Freund wegzufahren.«

Ich stutzte.

»Mit ihrem neuen Freund?«, wiederholte ich und spie die Worte förmlich aus.

»Ja, sie trifft sich schon seit einiger Zeit mit irgendeinem Typen. Nach dem, was sie Zoe erzählt hat, scheint es was Ernstes zu sein.«

»Nun, das beweist nur, dass es für jeden Topf einen Deckel gibt. Selbst für jemanden mit Janines einzigartigem Aussehen.«

Ich ging in ihr Büro, um allein zu sein, während ich vor Wut kochte. Ich wollte Tony und Janine und ihre schmuddelige kleine Liaison in meine hintersten Gedanken verbannen. Doch das war leichter gesagt als getan. Stattdessen stellte ich mir vor, wie sie Arm in Arm am Strand entlangliefen, wie sie sich bei einem Picknick auf dem Land vergnügten und sich unter der Sonne küssten. Wie er seine Jacke über ihre Köpfe hielt, damit sie bei einem plötzlichen Regenguss trocken blieben. Alles, was er mit mir hätte machen sollen, unternahm er mit ihr.

Ich blätterte durch den Terminplaner für unser Büro und fragte mich, warum er sich – von all den Frauen, durch die mein attraktiver Ehemann mich hätte ersetzen können – für diese hässliche Kreatur entschieden hatte. Diese hinterhältige, verschrumpelte Schlampe kuschelte sich an meinen Tony und spielte Mutter für meine Kinder. Das sprengte jede Vorstellungskraft. Dabei hatte ich geglaubt, wir wären uns nach dem Überfall nähergekommen, so wie ich dabei war, gerade wieder eine Beziehung zu Effie und Alice aufzubauen. Wir hätten auf derselben Seite stehen und dasselbe Ziel verfolgen sollen, nämlich dass wir alle wieder zusammen unter einem Dach lebten. Mit der Zeit hätte Tony vielleicht sogar Henry wieder in unser Leben aufgenommen. Wir fünf zusammen, so wie es sein sollte. Nicht die vier mit ihr, nicht sie mit *Janine*.

Eigentlich hatte ich mich zuerst mit Ryan und erst dann mit Janine beschäftigen wollen. Doch während meine Wut wie Lava am Rande eines Vulkans aufstieg, setzte ich die beiden zusammen ganz oben auf meine Liste.

Ich atmete tief ein, aber der Geruch von Janines billigem Supermarktparfüm hing noch immer in der Luft und setzte sich in meinem Hals fest, sodass ich husten musste. Schließlich fand ich den Namen meines Anrufers im Terminplaner und hielt inne, als ich Janines privaten Kalender sah, der aus einer offenen Schreibtischschublade hervorlugte. Ich vergewisserte mich, dass mich niemand beobachtete, und überflog die Seiten. Für heute hatte sie den Beginn eines langen Wochenendes eingetragen. Sie hatte »Island« mit drei Ausrufezeichen notiert. Das »i« hatte sie kleingeschrieben und anstelle des Punktes ein Herz gemalt. Tony wusste genau, wie gern ich einmal die Nordlichter gesehen hätte. Doch er hatte sich immer geweigert, mit mir dorthin zu fahren, weil er die Kälte hasste. Nun besuchte er sie mit

Janine. Ich hoffte, dass die Lichter so hell strahlten, dass sie sie blendeten.

Tony und ich hatten an den langen Wochenenden oft Städtereisen unternommen. Seine Eltern hatten sich um die Kinder gekümmert, während wir von Freitag bis Sonntag in Städten wie Brügge und Barcelona unterwegs waren. Ich hasste es, dass er unser Leben mit Janine wiederholte.

Ich blätterte ein paar Seiten zurück und bemerkte, dass sie irgendetwas übermalt hatte. Sie hatte wohl beim Schreiben ziemlich fest aufgedrückt, denn es hatte auf der nächsten Seite einen Abdruck hinterlassen. Was hatte sie verstecken wollen? Neugierig hielt ich das Blatt gegen das Licht und plötzlich war der Name klar und deutlich zu lesen.

16.15 Uhr, Ryan Smith

Ich starrte eine Zeit lang auf den Namen, damit mein Gehirn ihn aufnehmen und begreifen konnte, was das bedeutete. Ich kniff die Augen zusammen und schaute noch einmal hin. Sein Name stand noch immer dort. Die beiden einzigen Personen auf meiner Liste arbeiteten zusammen.

Ein Klopfen an der Tür ließ mich hochfahren und ich versteckte Janines Kalender unter einem Ordner.

»Laura, dein Termin ist da«, rief Zoe mir lächelnd zu. »Ich schalte gleich die Überwachungskameras ein.«

Unten erwartete mich ein Mann mit verhärmtem Gesicht, der nach altem Tabak stank und sich darüber beschwerte, wie furchtbar sein Leben war, nachdem seine Frau ihn verlassen hatte. Da ich wusste, dass man uns beobachtete, nickte ich an den passenden Stellen und lächelte ihn mitfühlend an, wann immer es angebracht schien. Selbst als er mir erklärte, er sei tot besser dran als allein, biss ich nicht an. Ich brauchte jetzt keinen neuen Kandidaten. Ich konnte nur daran denken, dass Janine und Ryan sich unter diesem Dach, in diesem Raum, getroffen hatten. Und es brachte mich fast um, nicht zu wissen, worüber sie gesprochen hatten.

Nachdem der Klient anscheinend zufrieden wieder gegangen war, weil nun jemand auf der Welt seine Sorgen verstand, ging ich nach oben und dankte Zoe dafür, dass sie mich vom Kameraraum aus im Auge behalten hatte. Ich wartete, bis sie an ihren Schreibtisch zurückgekehrt war, bevor ich selbst in den Raum ging und die Tür hinter mir schloss. Sie hatte sich nicht im Computer abgemeldet, sodass ich auf jene Datei zugreifen konnte, in der sich die gespeicherten Aufnahmen früherer Besucher befanden. Jeder Clip war mit Namen, Datum, Gesprächspartner und der Person im Kameraraum beschriftet. Doch es gab keine Dateien mit Ryans Namen. Frustriert verschränkte ich die Arme vor dem Körper. Schließlich klickte ich mit der Maus auf das Papierkorbsymbol. Unter den gelöschten Word-Dokumenten befand sich tatsächlich eine Datei mit dem Titel »R.S.«.

»Ryan Smith«, sagte ich laut.

Da keine weiteren Namen aufgeführt waren, ging ich davon aus, dass Janine das Gespräch selbst aufgenommen und später gelöscht hatte. Doch sie hatte vergessen, den virtuellen Papierkorb zu leeren. Ich steckte die Kopfhörer in die Ohren und drückte auf die Wiedergabetaste. Ryan betrat den Raum, gefolgt von Janine, die bald wieder verschwand. Er trommelte mit den Fingern auf seinem Bein herum und wippte nervös mit dem Fuß, während er darauf wartete, dass sie mit einem Glas in der Hand zurückkam. Das war ein ganz anderer Ryan als der selbstgefällige Typ, der mich in Effies Schule verhöhnt hatte.

Ich hörte aufmerksam zu, wie er Janine vom Tod seiner Frau Charlotte erzählte und wie er im Internet von der Befreierin der verlorenen Seelen gelesen hatte. Er beschrieb, welche Mühen er unternommen hatte, um herauszufinden, ob ich echt war. Dann erzählte er von unseren vielen Gesprächen – wie ich ihn ermutigt hatte zu sterben und wie ich seine Einladung angenommen hatte, ihm dabei zuzusehen. Mein Herz raste.

Ich starrte immer wieder auf Janines Gesicht, das trotz der Anschuldigungen keine Emotionen zeigte.

Ryan dabei zuzuhören, wie er ausführlich über den Verlust sprach, den er nach dem Tod seiner Frau empfunden hatte, machte ihn etwas menschlicher. Bis jetzt war er eine unberechenbare Macht gewesen, die mich quälen wollte. Doch während ich dieses Video sah, verwandelte er sich in einen Menschen, in einen Mann, der litt, der gebrochen und einsam war. Er hatte nichts mit dem beeindruckenden Gegner gemein, vor dem ich mich monatelang in meinem Haus versteckt hatte.

Nun wollte ich ihn umso mehr vernichten.

Plötzlich gab er ihr etwas, das aussah wie ein Diktiergerät. Sie schaute kurz in die Kamera, zog dann ein Paar Kopfhörer aus ihrer Tasche und schwieg während der folgenden fünf Minuten. Ich beugte mich vor und fragte mich, was zum Teufel auf dieser Aufnahme war. Endlich sagte sie etwas:

»Sie müssen wissen, dass Laura in unserem Team sehr beliebt ist und große Spendensummen für unsere Organisation sammelt«, sagte sie. »Ohne sie hätten wir große Probleme weiterzumachen.«

Ich hatte nicht mit Janines Wertschätzung meiner harten Arbeit gerechnet, da sie mir gegenüber nie so etwas wie Dankbarkeit an den Tag gelegt hatte. Und ich fühlte mich ein wenig erleichtert, als ein frustrierter Ryan aufstand und gehen wollte. Sein Wort stand gegen meines: ein Fremder, der von Trauer und Verzweiflung geplagt war und verzweifelt nach jemand anderem als sich selbst suchte, den er für den Tod seiner Frau verantwortlich machen konnte – gegen mich, einen geselligen Menschen, eine Frau, deren zweiter Vorname Nächstenliebe war. Janine mochte mich vielleicht nicht, aber ich konnte mir wenigstens ihrer Unterstützung sicher sein.

Während ich weiterhin den Bildschirm beobachtete, wollte ich schon die Kopfhörer aus den Ohren ziehen, als Ryan in Richtung Tür ging. Plötzlich stand Janine auf und hielt ihn zurück. Sie schaute direkt in die Kamera und flüsterte ihm etwas ins Ohr. Ich konnte nicht verstehen, was sie sagte. Also spielte ich es noch einmal ab. Aber sie sprach zu leise. Erst als ich das Gerät auf volle Lautstärke drehte, konnte ich einige Worte verstehen:

»Ich glaube … sagen«, erklärte sie ihm. »… Verdächtigungen … Anzahl selbstmordgefährdeter Anrufer … höher … andere Einrichtungen … Das verspreche ich … mir etwas Zeit … hier rauswerfen … polizeiliche Ermittlungen. Dieser Ort … werde ich es ihr wegnehmen …«

Ich ließ mich in den Stuhl zurückfallen und sah zu, wie die beiden Gestalten den Raum verließen und der Computerbildschirm schwarz wurde.

Oh Janine, warum musstest du das sagen?

Im Büro waren alle zu sehr mit ihren Anrufern beschäftigt, um mich dabei zu beobachten, wie ich in ihren Schubladen und Aktenschränken verzweifelt nach diesem verdammten Diktiergerät suchte. Doch ich konnte es nirgendwo finden.

Vorerst gab ich die Suche auf und löschte die Videodatei – diesmal endgültig. Es fühlte sich an, als sei gerade ein Lichtschalter in meinem Kopf betätigt worden. Plötzlich sah ich alles klarer: die Gegenwart und die Zukunft. Ich musste Ryan und Janine nicht nacheinander erledigen. Ich würde dafür sorgen, dass sie sich gegenseitig zur Strecke brachten. Wie zwei Fliegen – und ich hielt die Klappe in der Hand.

Kapitel 14

Ryan

Meine Eltern saßen mir am Küchentisch gegenüber und schauten mich so ernst an wie in meiner Kindheit, kurz bevor sie mit mir schimpften.

Als sie sprachen, wusste ich sofort, dass sie den Text vorher eingeübt hatten. Sie wechselten sich ständig ab – jeder einen Satz, wie die Moderatoren im Frühstücksfernsehen, die vom Teleprompter ablasen. Sie hatten sogar ihre Kontoauszüge ausgedruckt und ihre Ausgaben markiert, um zu beweisen, dass sie recht hatten.

»Wir können es uns einfach nicht mehr leisten«, meinte Mum und trank einen Schluck Prosecco. »Um es weiter bezahlen zu können, müssten wir uns die Ersparnisse aus unseren Renten auszahlen lassen.«

Ich nickte. »Ihr habt recht und es tut mir leid. Daran habe ich nicht gedacht. Ihr hättet schon früher etwas sagen sollen.«

Sie hatten mich zu sich nach Hause gebeten, um über die beiden Hypotheken zu reden, die auf meinen Namen liefen. Während ich noch die Wohnung abbezahlte, waren sie für mich in die Bresche gesprungen, um das leere Haus abzubezahlen.

Das Einkommen eines Lehrers war ebenso kein Fass ohne Boden wie ihre Ersparnisse.

»Ich verstehe, warum du zögerst, eine der beiden Immobilien aufzugeben«, sagte Dad, »aber du wirst dich bald entscheiden müssen. Du kannst nicht beide behalten.«

Ich wog die Vor- und Nachteile von Wohnung und Haus ab. Seit Charlottes Tod fühlte ich mich in dem Apartment nicht mehr wohl. Mir ein Zuhause an einem Ort aufzubauen, an dem sie nie gewesen war, wäre die vernünftige Entscheidung.

»Ich werde die Wohnung verkaufen.«

»Bist du dir sicher?«, fragte Mum. »Willst du nicht noch mal darüber nachdenken?«

»Nein, ich will endlich wieder nach vorn schauen und neue Wege gehen.«

Das waren die Schlagworte, die ich auf den Internetseiten jener Selbsthilfegruppen aufgeschnappt hatte, zu denen Johnny mir immer wieder Links mailte. In der Weihnachtszeit hatte meine Neugier gesiegt und ich hatte sie endlich geöffnet. Doch erst seit Kurzem erreichten mich ihre Worte. Also hatte ich mir an Neujahr vorgenommen, neu anzufangen.

Als Johnny mich in der Wohnung zur Rede gestellt hatte und wissen wollte, wie weit ich mein Spiel mit Laura treiben wollte, hatte ich keine Antwort gewusst. Monatelang hatte ich an nichts anderes mehr gedacht als daran, wie ich ihr Leben so ruinieren könnte wie sie meines. Doch als mein Bruder mir klargemacht hatte, dass ich mich wie sie verhielt, erkannte ich plötzlich, dass die Aufmerksamkeit, die ich auf Laura gerichtet hatte, nur eine Verzögerungstaktik war, die mich davon abhielt, mein Leben wieder aufzunehmen.

Ich hatte der Leiterin der Telefonseelsorge von ihr erzählt und sie hatte mir geglaubt. Nun war es an Janine, Laura mit den Beweisen, die ich ihr gegeben hatte, zu Fall zu bringen. Ich fragte mich, wann sie mich über die neuesten Entwicklungen informieren würde.

Das mit Laura und mir war Vergangenheit. Ich hoffte, dass ihr verunstaltetes Foto von Charlotte in Grandpa Petes Schlafzimmer nur ein Abschiedsgruß gewesen war.

»Einer von Johnnys alten Schulfreunden ist Immobilienmakler«, sagte ich. »Ich werde ihn bitten, die Wohnung zu schätzen. Dann werde ich sie zum Kauf anbieten.«

Mum legte ihre Hand auf meine.

»Ich weiß, das ist nicht einfach, aber du tust das Richtige.«

Sie hatte natürlich recht, wie Eltern es oft hatten. Doch es gab noch etwas anderes »Richtiges«, das ich tun musste, bevor ich alles hinter mir lassen konnte.

* * *

Effie hatte sich in der Schule sehr bedeckt gehalten, seitdem ich sie nach Hause gefahren und ihre Annäherungsversuche zurückgewiesen hatte. Doch auch im ersten Halbjahr des neuen Jahres schaffte sie es noch nicht, mir in die Augen zu sehen. Sie verkroch sich hinter ihrem Pult, als wollte sie im Boden versinken.

Allmählich gab ich ihr immer bessere Noten, bis sie wieder auf dem Stand war, den sie vor meiner Einmischung hatte. Doch jedes Mal, wenn ich Effie ansah, sah ich ein Mädchen, das ich gebrochen hatte. Und ich fühlte mich furchtbar schuldig deswegen.

»Effie, hast du kurz Zeit?«

Sie sah erschrocken aus, als ich sie bat, noch zu bleiben, nachdem die Schulglocke zur Mittagspause geläutet hatte.

Sie fingerte in ihrer Tasche herum und schaute überallhin, nur nicht zu mir. Was ich ihr angetan hatte, war unverzeihlich.

»Wegen dem, was an diesem Nachmittag passiert ist«, begann ich. »Das war völlig unangebracht und ich möchte mich dafür entschuldigen.«

Sie schaute vom Boden auf.

»Ich hätte dich nicht mitnehmen dürfen. Ich hätte dir nicht die Dinge sagen dürfen, die ich gesagt habe, und ich – nun, wir sind beide zu weit gegangen. Ich bin dein Lehrer und ich hätte es besser wissen müssen. Ich mache mir Vorwürfe, dass ich dir falsche Signale gesendet habe. Ich werde keinen von uns jemals wieder in diese Lage bringen. Das verspreche ich.«

Sie nickte.

»Hast du mit jemandem darüber gesprochen?«

»Nein.«

»Dann bleibt es also unter uns?«

Sie nickte.

»Hast du gemerkt, dass deine Noten wieder besser geworden sind?«

»Wollen Sie mich so zum Schweigen bringen, Mr Smith? Sie geben mir bessere Noten, damit ich niemandem erzähle, was Sie getan haben?«

Ich gab ihr keine Antwort.

»Das dachte ich mir. Kann ich jetzt gehen?«

»Ja.«

Als Effie aus dem Raum stürmte, glaubte ich wirklich, ich könnte alles hinter mir lassen und über die Zukunft nachdenken, so wie man es mir auf den Internetseiten der Selbsthilfegruppe gesagt hatte. Es war an der Zeit weiterzuleben, nur ohne Charlotte und Laura.

Kapitel 15

Laura

Der Immobilienmakler saß bereits in seinem Wagen mit dem bunten Firmenlogo vor dem Wohnblock, als ich pünktlich dort ankam.

Mit seinen braunen Chinos, der weißen Jacke und den roten Haaren erinnerte er mich an ein Himbeereis. Er begrüßte mich mit einem Lächeln.

»Wie geht es Ihnen, meine Liebe? Ich freue mich, Sie kennenzulernen. Ich bin Andy Webber.« Er tat übertrieben vertraut. Ein solches Verhalten war mir seit jeher unangenehm. Ich mochte weder seinen albernen Dutt noch den Bart.

»Mir geht es fantastisch, danke«, erwiderte ich und warf meine Tasche über die Schulter. Sie schien eine Tonne zu wiegen.

»Sie wollen die Nummer sieben in Augenschein nehmen, richtig?« Ich nickte. »Cool, dann zeige ich Ihnen mal den Weg.«

Vor nicht allzu langer Zeit hatte sich dort, wo nun die Wohneinheiten lagen, die Stadtverwaltung befunden. Eine furchtbare Gasexplosion hatte das Gebäude aber dem Erdboden gleichgemacht und ein Dutzend Mitarbeiter gleich mit. Irgendwann hatte man es in Form von Apartments wiederaufgebaut. Andy erzählte mir die ganze Geschichte und schwafelte über das Potenzial der Wohnung und wie viele Besichtigungen er schon hatte, seit sie vor wenigen Tagen auf den Markt gekommen war. Wir fuhren mit dem Aufzug in den dritten Stock, doch ich hörte ihm nicht wirklich zu. Ich hatte nur den brennenden Wunsch, einige Momente an dem Ort zu verbringen, den Ryan als sein Zuhause bezeichnete.

Mein Gegner war nicht der Einzige, der Nachforschungen anstellen konnte. Ich hatte den Stein ins Rollen gebracht, indem ich schriftlich darum gebeten hatte, den Bericht des Untersuchungsrichters lesen zu dürfen. Darin war auch Charlottes Adresse aufgeführt. Ich war neugierig auf den Ort gewesen, von dem aus sie mich angerufen hatte, und hatte dabei eine Immobilienseite im Internet entdeckt, auf der die Wohnung zum Verkauf stand. Ich vereinbarte einen Termin, um sie mir anzusehen, und nach einem kurzen Treffen mit Effie, die ich noch schnell zur Schule gebracht hatte, hatte ich mich auf den Weg gemacht. Ich hatte mit dem Immobilienmakler bereits abgeklärt, dass der Verkäufer nicht anwesend sein würde.

»Wie Sie sehen, wurde sie erst kürzlich renoviert«, erklärte Andy. »Der Wohn- und Essbereich ist sehr geräumig und die Küche wurde neu eingerichtet. Das ist die perfekte Singlewohnung, falls es das ist, was Sie suchen.«

Ich konnte mich seiner Begeisterung nicht anschließen. Alles, was ich sah, war ein Käfig mit Fenstern, durch die man auf eine Welt hinaussah, an der Charlotte nicht mehr teilnehmen wollte. Kein Wunder, dass sie depressiv geworden war und glaubte, alles würde nur noch schlimmer werden, wenn das Baby erst einmal da wäre.

Ich wanderte von Zimmer zu Zimmer und richtete in meiner Vorstellung alles neu ein. Im Moment stammte alles aus einem Möbelkatalog. Alles – vom billigen Sims, der einen Elektrokamin umrahmte, bis hin zu den Möbeln – deutete auf Erstkäufer hin, die von nichts eine Ahnung hatten.

»Darf ich mir die Schlafzimmer ansehen?«, fragte ich.

»Natürlich«, antwortete der Immobilienmakler und wollte mir den Weg weisen.

»Die Wohnung ist so klein, dass ich sie bestimmt allein finde.«

Er zuckte mit den Achseln und blieb in der Küche zurück, während ich die Tür zu einer winzigen Kammer öffnete, in der gerade genug Platz für eine Matratze und einen Nachttisch war. Die Bettdecke war zurückgeschlagen und in den Kissen befanden sich Abdrücke eines Kopfes – vermutlich benutzte Ryan das hier jetzt als sein Zimmer. Das nächste Schlafzimmer war ein Kinderzimmer. Die Luft roch abgestanden, als wäre die Tür schon lange nicht mehr geöffnet worden. Über dem Holzbett hing ein Mobile mit Zootieren an der Decke. Das Zimmer war komplett in Weiß und Gelb gehalten. Vermutlich hatten sie wegen des Geschlechts auf Nummer sicher gehen wollen. Zu wissen, wie schwach seine Mutter war und wie hinterhältig sein Vater sein konnte, bestärkte mich in der Überzeugung, dass ich dem Kind einen glücklichen Ausweg ermöglicht hatte.

Das Hauptschlafzimmer lag im Dunkeln. Ich öffnete die Vorhänge und sah mich genauer um. An der einen Wand stand das einzige Möbelstück der Wohnung, das nicht selbst zusammengebaut worden war – ein antiker Frisiertisch mit drei rechteckigen Spiegeln. Ich fragte mich, wie oft Charlotte sich selbst aus den verschiedenen Perspektiven betrachtet hatte und nicht sehen konnte, was ihr Mann in ihr gesehen hatte.

Auf dem Frisiertisch standen einige Parfümflakons sowie Fotos von ihr und Ryan in verschiedenen Rahmen. Auf einem der Spiegel klebte das Ultraschallbild eines Babys. Darunter stand eine Schmuckschatulle mit Ringen und Armbändern, natürlich nur Modeschmuck.

Ich öffnete den Kleiderschrank und ging den Inhalt Bügel für Bügel durch: Ihre Kleider kamen von der Stange, und die

Anzahl ihrer Schwangerschaftskleider übertraf die der normalen Kleidung. Ganz hinten versteckte sich ein Hochzeitskleid – das einfache, preiswerte Spitzenkleid, das ich auf dem Foto im Zimmer von Ryans Großvater gesehen hatte. Es war mit einer durchsichtigen Plastiktüte überzogen, damit es nicht wie seine Besitzerin zerfiel.

»Perfekt«, murmelte ich, zog ein Paar gelbe Gummihandschuhe aus der Jackentasche und streifte sie mir über. Dann griff ich in meine Tasche und holte das heraus, was sie so schwer gemacht hatte.

»Alles in Ordnung da drin?«, hörte ich plötzlich Andys Stimme direkt hinter der Tür. Leise schloss ich den Schrank, damit er nicht sehen konnte, was ich gerade getan hatte. Dann steckte ich die Handschuhe wieder in die Tasche und kehrte ins Wohnzimmer zurück, wo ich unbemerkt den Thermostat an der Wand voll aufdrehte.

»Ich glaube, die Wohnung ist mir ein wenig zu öde«, sagte ich und ein Blick in sein Gesicht verriet mir, dass ich nur seine Zeit verschwendet hatte.

Ich folgte ihm zur Eingangstür, als mir etwas ins Auge fiel, das auf der Schreibtischplatte lag. Ohne dass er es bemerkte, griff ich danach, schob es in meine Tasche und lächelte in mich hinein.

Kapitel 16

Ryan

Es war unmöglich, die Hitze oder den Geruch nicht zu bemerken, sobald ich die Tür zur Wohnung öffnete.

Johnny und ich hatten den Freitagabend bei ihm zu Hause mit einem Abendessen vom Thailänder und einem Boxkampf im Pay-TV verbracht. Und nach ein paar Bieren hatte ich dort auch übernachtet. Für eine Nacht der Wohnung zu entkommen, hatte sich gut angefühlt. Den Großteil des folgenden Tages verbrachte ich mit Dad in meinem Haus, wo wir Raum für Raum durchgingen, Listen erstellten und die erforderlichen Arbeiten nach ihrer Dringlichkeit sortierten. Zum ersten Mal seit Langem ließ ich ein wenig Optimismus in meinem Leben zu und gestattete Laura Morris nicht, meine Gedanken zu dominieren.

Doch als ich in die Wohnung zurückkam, war es darin kochend heiß und es stank fürchterlich. Ich sah im Kühlschrank nach, ob etwas so schnell schlecht geworden sein konnte, doch der Geruch kam nicht von dort. Ich nahm an, dass jemand, der die Wohnung besichtigt hatte, mit dem Arm gegen den Thermostat gestoßen war und ihn versehentlich hochgedreht hat, was mir selbst auch schon passiert war. Doch das erklärte nicht den Gestank.

Am stärksten roch es in Charlottes und meinem Schlafzimmer. Ich suchte unter dem Bett, dem Frisiertisch und hinter dem Vorhang nach einer toten Maus oder einer Ratte. Charlotte hatte mich immer davor gewarnt, dass Ratten durch Toilettenschüsseln klettern konnten, sogar bis in eine Wohnung im dritten Stock. Bisher hatte ich ihr nicht geglaubt. Doch als ich mich dem Kleiderschrank näherte, wusste ich, dass der Gestank von dort kam. Ich legte die Hand über den Mund und öffnete die Tür.

»Mein Gott!«, schrie ich auf und stolperte einen Schritt zurück. Jemand hatte Charlottes Hochzeitskleid nach vorne gezogen, aus der Plastikfolie genommen und den Bauchbereich mit Blut beschmiert.

Am Saum des Kleides lag der kleine weißrosa Fötus eines toten Ferkels, ebenfalls blutbeschmiert. Ich trat langsam näher, um dann wieder zurückzuweichen. Ich wusste nicht, was ich tun sollte, während ich gleichzeitig zu begreifen versuchte, was zur Hölle in den sechsunddreißig Stunden meiner Abwesenheit geschehen war. Plötzlich war mir alles klar: Laura war hier gewesen. Das war die einzige Erklärung. Sie war in mein Schlafzimmer eingedrungen und hatte nicht nur meine tote Frau, sondern auch mein totes Kind verspottet. Wütend hielt ich die Luft an, packte das stinkende Ferkel in ein Geschirrtuch und schnappte mir die Autoschlüssel. Vor der Tür warf ich den Kadaver in eine Mülltonne und rannte zu meinem Auto.

Andy, der Immobilienmakler, saß in seinem Büro am Schreibtisch und schaute zur Tür, als ich hineinstürmte und seinen ruhigen Samstagnachmittag störte.

»Alles klar, Kumpel«, setzte er an, »wie …«

Doch ich war nicht an einem höflichen Gespräch interessiert.

»Wem haben Sie in den beiden letzten Tagen die Wohnung gezeigt?«

»Stimmt etwas nicht?«

Ich wurde lauter: »Wem, Andy?«

Seine beiden Kolleginnen drehten sich um und starrten mich an, während er nervös in seinem Handy nachsah und seinen Kalender überprüfte.

»Einem jungen Paar mit einem Baby, zwei schwulen Jungs und dann irgend so einem Püppchen. Ist alles in Ordnung?«

Ich wünschte mir so sehr, dass diese Frau nicht Laura war. Das Leben wäre viel einfacher, wenn sie es nicht wäre.

»Wie hieß sie?«, fragte ich.

»Charlotte Smith. Hatte den gleichen Nachnamen wie Sie.«

Noch bevor Andy etwas sagen konnte, stürmte ich bereits die Tür hinaus.

Die Felgen meines Autos schrammten gegen den Bordstein, als ich fünfzehn Minuten später vor Lauras Haus auf die Bremse trat.

Ich riss die Autotür auf, sodass der Fahrer des Wagens hinter mir, den ich nicht gesehen hatte, scharf bremsen musste und nur knapp vor mir zum Stehen kam. Ich drehte mich nicht einmal um, um mich zu entschuldigen, als er auf die Hupe drückte. Stattdessen rannte ich über die Straße und Lauras Einfahrt hinauf. Die Fensterläden waren wie immer zum Teil geschlossen, was aber nicht bedeutete, dass sie nicht da war. Ich hämmerte mit beiden Fäusten gegen die Tür und starrte durch die Scheibe hinein. Obwohl es helllichter Tag war, schien drinnen alles dunkel zu sein.

»Mach die verdammte Tür auf!«, schrie ich, bevor ich mich bückte, und meine Forderung durch den Briefkastenschlitz wiederholte. »Ich weiß, was du getan hast, du krankes Miststück!« Ich bekam keine Antwort. Noch nie in meinem Leben war ich so wütend gewesen wie in diesem Moment.

Ich suchte die Vorderseite des Hauses ab, um einen Weg nach hinten zu finden, und rüttelte an einem Tor. Doch es war verschlossen und zu hoch, um darüberzuklettern. Plötzlich hatte ich eine Idee. Lauras Haus grenzte hinten an die Spielfelder. Früher hatte ich dort oft mit meiner Hobbymannschaft gespielt. Ich rannte die Straße hinunter und bog dann in eine Sackgasse ein. Schließlich fand ich einen kleinen Durchgang zu den Fußballfeldern und erreichte die Rückseite von Lauras Grundstück.

Dank der Renovierungsarbeiten hob ihr Haus sich von den anderen ab und war leicht zu erkennen. Von hinten war es viel größer. Dank eines modernen doppelstöckigen Anbaus besaß es nun eine L-Form und Dachgauben, was darauf schließen ließ, dass sie den Dachboden renoviert hatten, um ein drittes Stockwerk zu schaffen.

Hinter den niedrigen Büschen und einem hüfthohen Holzzaun konnte ich auf dem kniehohen Rasen ein Trampolin ausmachen, dessen zerrissenes Netz zur Seite hing. Ihr Garten war völlig verwildert und sah aus, als gehörte er zu einem anderen Haus. Dank einer Lücke in der Hecke konnte ich über den Zaun hineinklettern.

Zuerst lief ich zum Küchenfenster. Drinnen brannte kein Licht. Ich trat näher an die getönte Fensterscheibe heran und spähte hinein.

Arbeitsfläche und Spülbecken waren sauber. Nichts stand herum. Die Schränke waren dunkelgrau, die Wände fast schwarz. Ich legte eine Hand über die Augen, damit sich das Licht weniger spiegelte, und schaute genauer hin. Da erst erkannte ich, dass die Wände nicht in dieser Farbe gestrichen worden waren, sondern anscheinend rußbedeckt waren. Schließlich starrte ich durch ein anderes Fenster in einen Raum, der an eine Speisekammer erinnerte. Hier bot sich mir dasselbe Bild. Was war da drinnen bloß passiert?

Verwirrt lief ich zu den beiden Doppeltüren und schaute auch dort hinein. Die Esszimmerdecke war ebenfalls von Ruß überzogen, und im Wohnzimmer schienen Fernseher und Möbel noch mit Luftpolsterfolie und Preisschildern versehen zu sein …

»Verdammt!«, rief ich.

Mir wäre fast das Herz stehen geblieben, als ich Laura entdeckte. Sie saß auf dem Rand eines Sofas und beobachtete mich, während sie gleichzeitig ein Handy auf Augenhöhe hielt. Dann grinste sie mich breit an, bevor sie das Gesicht zu einer Grimasse verzog. Sie legte den Finger auf die Nasenspitze und schob sie nach oben. Ich versuchte zu verstehen, was sie da tat, doch die Frau war eindeutig verrückt.

Sie blieb auf dem Sofa sitzen und ich glaubte, schwache Geräusche aus ihrer Richtung zu hören. Ich trat so nah an die Scheibe heran, dass ich weniger als einen Zentimeter davon entfernt war. Endlich begriff ich, was sie tat.

Sie ahmte das Gesicht und den Klang eines grunzenden Schweins nach.

Ob verrückt oder nicht, es kümmerte mich nicht mehr. Ich wollte nur irgendeinen Gegenstand in ihrem Garten finden, der schwer genug war, um die Tür einzuschlagen. Und dann würde ich sie umbringen.

Kapitel 17

Laura

Ich hatte damit gerechnet, dass Ryan vor meinem Haus auftauchte, sobald er herausgefunden hatte, wer als Letztes seine Wohnung besichtigt hatte.

Sein feuerrotes Gesicht und die Wut, mit der er versuchte, meine Fensterscheibe einzuschlagen, legten die Vermutung nahe, dass ihm das Schweinchen, das ich ihm als Geschenk im Kleiderschrank hinterlassen hatte, nicht gefallen hatte.

Zunächst hatte Effie früh am Morgen den Schweinefötus aus dem Kühlfach des naturwissenschaftlichen Labors in ihrer Schule genommen und ihn mir zum Auto vor dem Gebäude gebracht. Sie fragte nicht, wozu ich ihn brauchte oder was sich auf dem Speicherstick befand, den ich ihr in die Hand drückte. Stattdessen hatte ich ihr genaue Anweisungen gegeben, was sie damit zu tun hatte.

Später, als ich allein in Ryans Schlafzimmer gewesen war, hatte ich das inzwischen halb aufgetaute Ferkel und den Becher »Blut« aus der Tasche geholt. Das »Blut«, das ich zuvor aus Wasser, Zucker, roter Lebensmittelfarbe und Kakaopulver zusammengerührt hatte, goss ich über Charlottes Hochzeitskleid und das Ferkel, bevor ich die Kleiderschranktür schnell wieder schloss.

Das war nur eine meiner zahlreichen Ideen, mit denen ich Ryan ärgern und bis ins Mark treffen würde. Dessen war ich mir sicher. Ich musste ihm deutlich machen, dass ich ihm von nun an stets einen Schritt voraus war, was auch immer er als Nächstes plante. Es war mir egal, wie weit ich gehen, wie widerlich ich mich verhalten oder wen ich für diese Zwecke missbrauchen müsste. Er würde mich niemals schlagen.

Ich hatte hinter dem Vorhang gestanden und zugesehen, wie mein ungepflegter Erzfeind in Turnschuhen, Jeans und Nirvana-T-Shirt die Auffahrt hinaufstürmte und nach einer Möglichkeit suchte, sich Zugang zu meinem Haus zu verschaffen. Ich hatte erwartet, dass er es als Nächstes von der Rückseite aus versuchen würde. Während ich im Wohnzimmer Position bezog, goss ich mir ein Glas Chianti ein, nahm mein Handy heraus und machte es mir auf dem Sofa bequem. Ich überprüfte meine Textnachrichten und war froh, dass Effie Uhrzeit und Ort unseres Treffens am nächsten Tag bestätigt hatte. Wieder einmal schlug ich ihr vor, es vor ihrem Vater zu verheimlichen.

Ein paar Minuten später sah ich, wie sich Ryan aus Richtung der Fußballfelder näherte. Ich aktivierte den Videomodus im Handy, schaltete aber das Mikrofon aus. Die Doppeltüren waren fest verschlossen und dank der leichten Tönung der Fensterscheiben konnte er nur hineinsehen, indem er ganz nah herankam.

Als er mich schließlich entdeckte, jagte ich ihm wohl einen Schrecken ein, denn er wich plötzlich zurück und wäre um ein Haar gestürzt.

Die Wut hatte ihn zu meinem Haus getrieben, doch was ich brauchte, war blinde Raserei. Dafür benötigte er nur einen weiteren kleinen Schubs. Und obwohl ich wusste, dass es etwas kindisch war, als ich wie ein Schwein grunzte, erzielte ich damit die gewünschte Wirkung. Als er endlich anfing, mich zu beschimpfen und zu bedrohen, schaltete ich das Mikrofon des Handys wieder ein.

»Du verdammtes Miststück!«, brüllte er. »Mach endlich diese Tür auf!«

»Bitte gehen Sie!«, rief ich zurück. Ich sorgte dafür, dass meine Stimme zitterte und ich die Aufnahme verwackelte.

»Lass mich rein!«

»Oh mein Gott, bitte gehen Sie doch! Ich flehe Sie an!«, wiederholte ich und warf ihm einen Luftkuss zu. »Was auch immer Sie glauben, das ich getan habe, ich war es nicht!«

»Du lügst!«

Wieder hämmerte er mit aller Kraft mit den Fäusten gegen die Türen, sodass die Doppelglasscheiben in ihren Rahmen bebten. Dann drehte er sich um, um den Garten nach etwas abzusuchen, mit dem er das Glas einschlagen könnte. Schließlich fand er den Ziegelstein, mit dem ich das Gartentor offen hielt, hob ihn über die Schulter und schleuderte ihn gegen die Tür. Die Scheibe bekam einen Riss. Ich wich nervös zurück, als er erneut ausholte.

Da klingelte es und ich stürmte aus dem Wohnzimmer in den Flur.

»Gott sei Dank!«, schluchzte ich und riss die Haustür auf. »Bitte helfen Sie mir!« Plötzlich zerbrach das Fenster im anderen Zimmer und ich hörte Ryans stampfende Schritte auf dem Holzboden. Doch als er auf der Suche nach mir um die Ecke schoss, wurde er von zwei kräftigen Polizisten zu Fall gebracht.

Ich hatte in dem Moment den Notruf gewählt, in dem die Katze von der Fensterbank gesprungen war und mich so darauf aufmerksam machte, dass jemand die Auffahrt hinaufkam. Bieber hatte geglaubt, es wäre Tony. Doch ich wusste, dass es Ryan war.

Ryan warf mit Kraftausdrücken nur so um sich, während er verhaftet wurde. Man hatte ihm die Arme hinter den Rücken gedreht und Handschellen angelegt.

»Danke, vielen Dank«, sagte ich immer wieder zu den Beamten. »Ich dachte, er würde mich umbringen.«

»Sie müssten sie verhaften!« Ryan spie und wand sich vor Schmerzen. »Sie hat meine Frau getötet und jetzt versucht sie, mich zu ruinieren!« Doch die Polizisten hörten ihm nicht zu. Während ihm der eine seine Rechte vorlas, rief der andere über Funk Verstärkung.

»Sir, beruhigen Sie sich!«, meinte der eine Beamte, während er sein Knie auf Ryans Rücken drückte und ihn am Boden hielt.

Ich vergoss einige Krokodilstränen, während man Ryan auf die Beine stellte, aus meinem Haus in ein Polizeiauto verfrachtete und fortbrachte.

Kapitel 18

Ryan

Nachdem man mir eine durchsichtige Plastiktüte mit meinen Autoschlüsseln, Handy, Gürtel, etwas Kleingeld und den Schnürsenkeln übergeben hatte, bat mich der diensthabende Beamte, den Empfang zu quittieren.

Johnny wich nicht von meiner Seite, bis der Papierkram erledigt war. Ich hatte ihn in den letzten zwei Tagen zweimal angerufen – einmal, um ihm zu sagen, dass man mich verhaftet hatte und ich einen Anwalt brauchte, und ein zweites Mal, um ihm mitzuteilen, dass man mich gegen Kaution freigelassen hatte. Ich flehte ihn an, unsere Eltern nicht zu beunruhigen und ihnen nicht zu erzählen, was ich getan hatte. Aus seiner finsteren Miene und der Weigerung, mir in die Augen zu sehen, schloss ich, dass er wütend war. Damit war er nicht allein. Dank meiner erzwungenen Auszeit war ich auf mich genauso böse wie er.

Wir verließen das Polizeigebäude und ich schlich einige Schritte hinter ihm her, während wir zu dem gebührenpflichtigen Parkplatz auf der anderen Straßenseite gingen. Erst nachdem wir eingestiegen waren, brach ich das Schweigen.

»Okay, ich bin bereit. Gib mir die volle Breitseite. Sag mir, was für ein Idiot ich bin.«

Doch Johnny sagte kein Wort. Er nahm die Brille ab und putzte sie mit dem Ärmel seines Kapuzenpullovers.

»Sag mir, dass ich Mist gebaut habe«, meinte ich. »Sag mir, dass ich meinen Job riskiere. Sag mir, dass ich bald vielleicht vorbestraft bin. Aber ob du es glaubst oder nicht, das weiß ich schon.«

»Du stinkst«, antwortete er.

»Das würdest du auch, wenn du seit zwei Tagen in denselben Klamotten stecken würdest.«

»Du hast ihnen erzählt, was sie dir angetan hat, oder? Charlotte, das Baby, dass sie dich niedergestochen hat, das tote Schwein?«

Er flippte aus, als ich nicht antwortete.

»Was? Ryan! Du machst wohl Witze. Das war deine Chance, alles zu erklären, du verdammter Idiot! Sonst halten sie dich für einen Irren, der sie terrorisiert hat und in ihr Haus eingebrochen ist!«

»Hätte ich sie verraten, hätte ich auch erzählen müssen, was ich Effie angetan habe und dass ich ihre Familie verfolgt habe. Und ich habe weiß Gott schon genug Ärger.«

»Warum hast du ihnen nicht die Tonbandaufnahmen gegeben, in denen sie dir erklärt hat, wie du dich umbringen sollst?«

»Weil Janine sie hat, Lauras Chefin.«

»Okay, und warum hat Janine noch nichts unternommen?«

»Ich weiß es nicht.« Das fragte ich mich auch, da ich sie ihr schon vor Wochen gegeben hatte. Es sei denn, sie hatte bereits etwas unternommen, und das hatte Laura endgültig in den Wahnsinn und in meine Wohnung getrieben. Ich hatte das ungute Gefühl, dass sie es jetzt erst recht auf mich abgesehen hatte. »Du musst mir einen Gefallen tun«, sagte ich.

»Noch einen?«

»Du musst mein Auto holen.«

»Warum machst du das nicht selbst?«

»Weil es vor Lauras Haus steht, und laut meinen Kautionsbedingungen ist es mir nicht gestattet, in ihre Nähe zu kommen.«

»Ja klar. Wo sollte es sonst stehen als vor dem Haus der Frau, die Charlotte und dein Baby getötet hat und dich auch umbringen wollte.«

»Fang jetzt bitte nicht damit an, Johnny.«

»Oh, keine Sorge, das werde ich nicht. Ich bin weit davon entfernt, damit anzufangen. Ich bin nämlich endgültig fertig mit dir. Das war's. Ich fahr dich nach Hause und hol noch dein Auto. Aber dann will ich deine blöde Visage eine Zeit lang nicht mehr sehen.«

»Komm schon, das ist nicht fair. Ich hatte auch geglaubt, ich hätte einen Schlussstrich unter all das gezogen. Ich habe die Sache mit Effie wiedergutgemacht und ihre Noten hochgesetzt, nachdem du mir klargemacht hast, was ich ihr angetan habe. Soweit es mich betraf, war die Sache vorbei.«

»Bis du vor Lauras Haus aufgetaucht bist und gedroht hast, sie umzubringen.«

»Ich war wütend und aufgebracht! Was hättest du denn getan?«

»Die Polizei gerufen und ihnen das Ganze überlassen.«

»Ich habe dir doch gesagt, dass das keine Option ist.«

»Nur weil du nicht den Mumm hattest zuzugeben, was deine Rolle in der ganzen Angelegenheit war, hast du alles nur noch schlimmer gemacht.«

Johnny schüttelte den Kopf, als wir meine Wohnung erreichten.

»Das muss es jetzt endgültig gewesen sein«, meinte er. »Egal, was sie von nun an sagt oder tut, du wirst die Konsequenzen tragen müssen. So sehr es dir auch zuwider ist, Laura hat gewonnen. Basta. Das war's. Und du kannst nur hoffen, dass sie das auch so sieht.«

Kapitel 19

Laura

Effie und ich saßen vor dem Büro von Mr Atkinson, ihrem Schulleiter, und warteten darauf, dass er uns hereinrief.

Die Schulsekretärin fotokopierte einige Unterlagen in dem Raum gegenüber und fluchte leise vor sich hin, als das Papier stecken blieb. Effie sah verängstigt aus und nagte an der Nagelhaut. Diese Angewohnheit hatte sie von mir. Ich schob ihre Hand vom Mund weg.

»Geht es dir gut?«, fragte ich.

Ihr Nicken wirkte nicht überzeugend und ich musste ihr noch einmal Mut machen. »Du weißt, wie stolz ich auf dich bin, oder?« Sie lächelte zaghaft. »Ich bin froh, dass du auf meine Hilfe vertraust. Es bedeutet mir sehr viel. Und wir tun das Richtige. Du brauchst also keine Angst zu haben. Ich bin bei dir.«

Die Tür zu Mr Atkinsons Büro öffnete sich und er winkte uns hinein. Ich nahm aufrecht Platz und räusperte mich.

»Ich werde gleich zur Sache kommen. Ein Lehrer Ihrer Schule hat sich meiner Tochter unsittlich genähert.« Ich drückte Effies Hand und sie nickte. »Ich weiß nicht, wo ich anfangen soll«, fuhr ich fort und tat so, als bräche ich gleich in Tränen aus.

»Effies Klassenlehrer, Mr Smith, hat sich ihr gegenüber unangemessen verhalten und angefangen, mich zu terrorisieren.«

»Mr Smith? Ryan Smith?« Der arme Narr sah völlig verwirrt aus.

»Ich nehme an, Sie wurden von der Polizei darüber informiert, dass er sich drei Tage in Haft befand, weil er in unser Haus eingebrochen ist?«

Er zog die Augenbrauen zusammen und schüttelte den Kopf. »Nein, das wusste ich nicht. Soweit mir bekannt ist, hatte er Grippe.«

»Ich arbeite ehrenamtlich bei der Telefonseelsorge und aus irgendeinem Grund glaubt Mr Smith, unsere Organisation hätte eine Rolle beim tragischen Tod seiner Frau gespielt. Obwohl das völlig aus der Luft gegriffen ist, macht er mich anscheinend dafür verantwortlich. Am Samstag brach er dann in unser Haus ein und bedrohte mich. Ich will mir gar nicht vorstellen, was passiert wäre, wenn die Polizei nicht gekommen wäre.«

»Nun, Mrs Morris, ähm … Ich kann mich erst dazu äußern, wenn ich alle Fakten kenne und …«

»Das sind die Fakten, Mr Atkinson«, unterbrach ich ihn und reichte ihm mein Handy, damit er sich das Video von Ryans Wutausbruch ansehen konnte. »Ich dachte, er würde mich umbringen.« Ich schlug den Blick nieder und betupfte meine Augenwinkel, als kämen mir die Tränen. »Meine Tochter kam völlig verstört nach Hause und erzählte mir, dass Mr Smith sich ihr gegenüber unangemessen verhalten hat. Aus Angst hatte sie bisher geschwiegen.«

Mr Atkinson wandte sich an Effie.

»Ich weiß, wie schwierig das ist, aber kannst du mir sagen, was passiert ist?« Er zog einen Stift aus einem Becher und machte sich auf einem Block Notizen.

»Er hat öfters dafür gesorgt, dass ich mit ihm allein in der Klasse zurückblieb«, antwortete Effie langsam mit leiser Stimme.

»Du kannst ruhig lauter sprechen, mein Schatz«, sagte ich. »Du bist jetzt in Sicherheit.«

»Er nahm mich immer wieder mit in dieses Büro hinter seinem Klassenzimmer, wo uns niemand sehen konnte, und redete mit mir, als wären wir Freunde. Zuerst war es sehr schön. Er schien sich wirklich um mich zu sorgen.«

»Richtig«, sagte Mr Atkinson. »Er hätte natürlich nicht mit einer Schülerin allein sein sollen …«

»Dann hat er mich nach Hause gefahren. Im Auto sagte er dann zu mir, dass er mit mir schlafen wolle, fuhr mir mit der Hand übers Bein und fasste sich an. Als er den Reißverschluss seiner Hose öffnete, konnte ich die Tür öffnen und entkommen.«

Voller Stolz, aber auch etwas überrascht stellte ich fest, dass sie die Geschichte überzeugend ausgeschmückt hatte. Anerkennung heischend schaute sie zu mir herüber und ich nickte.

»Und das passierte in seinem Auto, sagst du?«

Effie nickte. »Ich hatte furchtbare Angst.« Jetzt begann sie zu weinen und ihre Tränen sahen sogar echt aus.

Mr Atkinson kratzte sich am Kinn, als müsse er darüber nachdenken, was zu tun war, um eine Untersuchung einzuleiten. Er wusste, dass er eine Fürsorgepflicht gegenüber allen Schülern hatte, selbst wenn einer von ihnen als Unruhestifter gebrandmarkt war.

»Das erklärt, warum Effie sich so in der Klasse aufgespielt hat«, fügte ich hinzu. »Ihre Noten wurden erst schlechter, nachdem Mr Smith wieder an der Schule arbeitete. Werfen Sie einen Blick in ihre Bewertungen. Dann sehen Sie, wie die Ereignisse zeitlich übereinstimmen. Anscheinend tat Mr Smith das, was man ›Grooming‹ nennt. Ein furchtbares Wort!«

»Sie wissen schon, dass dieser Begriff die Kontaktaufnahme eines Erwachsenen zu Kindern zwecks eines sexuellen Missbrauchs bezeichnet, oder? Das ist ein ziemlich schwerer Vorwurf, Mrs Morris, den ich natürlich sehr ernst nehme. Effie, kannst du diese Behauptungen untermauern? Zum Beispiel durch einen Augenzeugen oder irgendwelche Beweise?«

Sie nickte. Nun war sie es, die ihr Handy aus der Tasche zog. Sie öffnete eine Anwendung auf dem Bildschirm und drückte auf die Wiedergabetaste. Eine Minute später war jede Farbe aus Mr Atkinsons Gesicht gewichen.

»Könnte ich eine Kopie der Aufnahme bekommen?«, fragte er schließlich.

Ich reichte ihm einen Speicherstick. »Ich habe sie hierauf für Sie gespeichert. Und was beabsichtigen Sie nun in dieser Angelegenheit zu tun? Ich dachte, ich sollte zuerst mit Ihnen sprechen, anstatt mich direkt an die Polizei oder die örtlichen Behörden zu wenden.«

»Nein, nein«, antwortete er hastig. »Sie haben genau das Richtige getan.«

* * *

Eine halbe Stunde später waren Effie und ich auf dem Weg zum Haus ihres Vaters. »Habe ich das gut gemacht, Mum?«, fragte sie.

»Du warst brillant.«

»Wird Mr Smith große Probleme bekommen?«

»Ich möchte dich nicht anlügen. Also ja, vermutlich verliert er seinen Job.«

Sie schwieg einen Moment, um die Auswirkungen ihrer Anschuldigungen zu verarbeiten. »Aber er hat mich doch gar nicht so berührt, wie ich es Mr Atkinson erzählt habe.«

»Mein Schatz, was Mr Smith dir angetan hat, war genauso schlimm wie das, was er nicht getan hat. Er hat sich an dich herangemacht, dich einer Gehirnwäsche unterzogen und am Schluss gedemütigt. Er hat dich glauben lassen, er wäre körperlich an dir interessiert. Er mag das nicht so gesagt haben, aber das war mit Sicherheit seine Absicht. Was, wenn er bei dem nächsten Mädchen einen Schritt weiter gegangen wäre? Was, wenn er sie vergewaltigt hätte? Wie würdest du dich fühlen, wenn du wüsstest, dass du das hättest verhindern können, wenn du bloß den Mund aufgemacht hättest? Mag sein, dass wir die Regeln etwas großzügig ausgelegt haben, aber manchmal muss man genau das zum Wohle der anderen tun. Ich erwarte nicht, dass du verstehst, wie schwerwiegend Mr Smiths Verhalten ist. Aber wenn du etwas älter bist, wirst du zurückschauen und erkennen, dass wir das Richtige getan haben.«

»Was du Mr Atkinson über Mr Smiths Ehefrau und die Telefonseelsorge erzählt hast … stimmt das? Hast du je mit ihr gesprochen?«

»Das kann schon sein. Ich spreche dort mit vielen Menschen. Aber warum er gerade mich herausgepickt hat, weiß ich nicht. Er belästigt auch meine Chefin seit Wochen. Ich glaube, du kennst Janine nicht, oder doch?«

Effie starrte auf die Straße vor uns. Sie wusste nicht, ob sie mir sagen sollte, dass Janine die Freundin ihres Vaters war, oder ob sie lieber schweigen sollte. Fürs Erste ließ ich ihr das durchgehen.

»Nun, Mr Smith hat sie auch behelligt. Sie hat sich sogar mit ihm im Büro getroffen, um ihm zu erklären, dass der Tod seiner Frau nicht unsere Schuld war.«

Ich parkte in der Nähe von Effies neuem Zuhause, hielt aber genügend Abstand, damit ich nicht gesehen wurde. Ich entdeckte Janines grünes Auto, das etwas weiter die Straße hinunter parkte.

»Okay, vielleicht sollte ich in den nächsten Tagen mit deinem Vater sprechen und fragen, ob ich mit Alice und dir am Wochenende einmal essen gehen kann.«

Sie nickte. »Mum«, fragte sie zögernd, »bist du … du weißt schon … wieder okay?«

»Wie meinst du das?«

»Nach Henry.« Sie schaute weg, weil sie sich nicht sicher war, ob sie dieses Thema ansprechen sollte.

»Ja, es geht mir gut. Und Henry auch. Ich weiß, dass er dich gern wiedersehen würde.«

»Dad meinte, das dürfen wir nicht.«

»Du bist die Tochter deiner Mutter, Effie. Wann hat dich jemals ein Verbot davon abgehalten, etwas zu tun?«

Sie grinste und gab mir einen Kuss auf die Wange, bevor sie aus dem Wagen stieg. Als sie sich zum Winken umdrehte, hatte ich das Gefühl, mein Herz setzte für einen Moment aus. Ein Kind hatte ich bereits zurückgewonnen. Jetzt waren es nur noch zwei weitere und ein Ehemann.

Kapitel 20

Ryan

Ich schloss den Wagen ab und zog die Hose hoch.

Das Gewicht, das ich nach Charlottes Tod verloren hatte, hatte ich noch nicht wieder zugenommen, weshalb ich den Gürtel ins letzte Loch schnallen musste. Als mein Blick auf mein Spiegelbild im Autofenster fiel, erkannte ich, wie abgekämpft ich aussah. Ich strich eine Haarsträhne glatt, die mir wie eine Antenne wirr vom Kopf abstand.

Vorgetäuschte Grippe hin oder her, Bruce Atkinson hatte mir mehrere Sprachnachrichten hinterlassen, in denen er mich aufforderte, so schnell wie möglich zu einem wichtigen Treffen in die Schule zu kommen. Er musste von meiner Verhaftung erfahren haben, nachdem ich die Mutter einer Schülerin bedroht hatte. Was auch immer er mir zu sagen hatte, würde nichts Angenehmes sein. Ich hatte Janine mehrere Nachrichten hinterlassen. Dank meines Diktiergeräts hielt sie einen unwiderlegbaren Beweis in den Händen und ich wusste immer noch nicht mit Bestimmtheit, ob sie ihn bereits genutzt hatte. Falls nicht, worauf wartete sie bloß?

Ich betrat das Foyer der Schule und schaute auf meine Uhr. Obwohl ich etwas zu früh war, erwartete er mich bereits im

Lehrerzimmer. Die anderen Lehrer sahen zu, wie er mich in sein Büro führte, wo Sadie Marks, Bruces Stellvertreterin, und Dave Proudlock aus der Personalabteilung saßen. Beide schienen sich sehr unbehaglich zu fühlen.

»Ich habe Sadie und Dave gebeten, unserem Gespräch als Zeugen beizuwohnen«, ergriff Bruce das Wort. »Ich möchte gleich zur Sache kommen. Es gibt eine Anschuldigung seitens einer Mutter und einer Schülerin wegen unangemessenen Verhaltens.«

»Wer?«, fragte ich, obwohl ich die Antwort bereits kannte. Laura war auch zu ihm gegangen.

»Effie Morris und ihre Mutter.«

»Was haben sie gesagt?«

»Sie beschuldigen Sie, sich Effie in unangemessener Art genähert zu haben. Mrs Morris sprach von ›Grooming‹.«

So ein Miststück. So spielte sie nun also – sie versuchte, mich als Pädophilen zu brandmarken. Doch in diese Ecke ließ ich mich von ihr nicht stellen.

»Das ist Unsinn«, antwortete ich. »Ich habe mich bemüht, Effie zu helfen, damit sich ihre Noten verbessern, und habe ihr sogar in meiner Freizeit mit Ratschlägen zur Seite gestanden.«

»Hinter verschlossenen Türen in Ihrem Büro.«

»Ja, aber …«

»Sie wissen doch, dass wir gemäß den Schulregeln aus ebendiesem Grund niemals mit einem Schüler allein sein sollen.«

Ich nickte. »Aber die Behauptung, ich hätte mich Effie gegenüber unangemessen verhalten, weise ich entschieden zurück. Und ich habe mich ihr sicher nicht sexuell genähert.«

»Waren Sie jemals allein mit ihr in Ihrem Auto?«

»In meinem Auto? Nein, natürlich nicht.« Hoffentlich enttarnten meine erröteten Wangen diese Lüge nicht.

Für einen Moment starrte Bruce mich unverwandt an. Dann lehnte er sich über seinen Schreibtisch und drückte einen

Knopf auf seiner Tastatur. Plötzlich hörte ich eine Aufzeichnung meiner eigenen Stimme.

Wegen dem, was an diesem Nachmittag passiert ist. Das war völlig unangebracht und ich möchte mich dafür entschuldigen, hörte ich mich selbst sagen.

Verdammt. Effie hatte unser letztes Gespräch aufgezeichnet.

Ich hätte dich nicht mitnehmen dürfen. Ich hätte dir nicht die Dinge sagen dürfen, die ich gesagt habe, und ich – nun, wir sind beide zu weit gegangen. Ich bin dein Lehrer und ich hätte es besser wissen müssen. Ich mache mir Vorwürfe, dass ich dir falsche Signale gesendet habe. Ich werde keinen von uns jemals wieder in diese Lage bringen. Das verspreche ich.

Verdammt! Verdammt, verdammt, verdammt!

Hast du mit jemandem darüber gesprochen?, fragte meine aufgezeichnete Stimme. *Nein.*

Dann bleibt es also unter uns?

Es folgte eine seltsame Stille, bevor ich weitersprach. *Hast du gemerkt, dass deine Noten wieder besser geworden sind?*, fragte ich.

Wollen Sie mich so zum Schweigen bringen, Mr Smith?, antwortete Effie. *Sie geben mir bessere Noten, damit ich niemandem erzähle, was Sie getan haben?*

Mein Schweigen untermauerte nur meine Schuld.

Das dachte ich mir. Kann ich jetzt gehen?

Mir zog sich der Magen zusammen.

»Nein, nein, das wurde völlig aus dem Zusammenhang gerissen«, widersprach ich. »Das war alles ganz anders!« Ich sah Sadie und Dave an, in der Hoffnung, ihre Unterstützung zu erhalten, doch die Zweifel standen ihnen ins Gesicht geschrieben.

»Wofür haben Sie sich bei ihr entschuldigt?«, wollte Bruce wissen.

»Effie dachte, ich fühlte mich zu ihr hingezogen. Sie hat sich an mich herangemacht, aber ich habe sie zurückgewiesen.«

»Wo ist das passiert?«

»In meinem Auto.«

»In dem Auto, in dem Effie noch nie gewesen ist, wie Sie mir eben erst versichert haben?«

»Ja«, murmelte ich.

»Es tut mir leid, Ryan, aber ich muss Sie mit sofortiger Wirkung vom Schuldienst suspendieren und Sie bitten, das Gebäude zu verlassen.«

»Dahinter steckt Effies Mutter. Sie führt einen persönlichen Rachefeldzug gegen mich und …«

»Inzwischen weiß ich auch, dass Sie verhaftet wurden, weil Sie am Samstag in ihr Haus eingebrochen sind und ihr Leben bedroht haben.«

»Wenn Sie mich erklären lassen würden, was passiert ist …«

»Es tut mir leid, aber nein. Sie können das Ganze Ihrem Gewerkschaftsvertreter erklären, nachdem ich eine Untersuchung eingeleitet habe.«

Bruce begleitete mich durch das Gebäude und auf den Parkplatz hinaus. Ich spürte die Blicke auf mir, als die Kinder beim ersten Klingelzeichen die Schule betraten und sich fragten, was los war.

»Es ist Ihnen verboten, das Schulgelände zu betreten, bis diese Angelegenheit geklärt ist«, erklärte Bruce mir leise. »Ich bitte Sie, weder mit mir noch mit Ihren Kollegen, Schülern oder deren Eltern Kontakt aufzunehmen. Außerdem rate ich Ihnen, sich so schnell wie möglich mit Ihrer Gewerkschaft in Verbindung zu setzen.«

Ich blieb wie angewurzelt stehen und wusste nicht, in welche Richtung ich mich wenden sollte. Ich öffnete den Mund, um mich ein letztes Mal zu verteidigen, doch ich war an der ganzen Sache auch nicht völlig unschuldig. Ich hatte mich an Effie herangemacht und ich hatte sie zwar nicht sexuell, aber doch in gewisser Weise belästigt.

»Würden Sie jetzt bitte gehen, Ryan?«, bat Bruce mich. »Machen Sie es nicht noch schlimmer.«

Ich stieg in meinen Wagen, steckte den Schlüssel ins Schloss und fuhr zutiefst gedemütigt los. Laura zerstörte mich und ich hatte keine Ahnung, wie ich sie aufhalten könnte.

Kapitel 21

Laura

Ich folgte Janines grünem Wagen vom Büro der Telefonseelsorge zu einem mir vertrauten Parkplatz.

Sie blieb sitzen und hielt ihr Handy ans Ohr. Schließlich trat Tony aus dem Gebäude und stieg zu ihr ins Auto. Mir drehte sich der Magen um, als sie sich küssten. Am liebsten wäre ich zu ihnen gelaufen, hätte die Tür aufgerissen, Janine an ihren billigen Haarverlängerungen herausgezerrt und mit den Fäusten in ihr dummes, hässliches Gesicht geschlagen. Doch jetzt war nicht der Moment, um impulsiv zu handeln. Ich hatte einen Plan, auf den ich hingearbeitet hatte, und dazu gehörte nicht, sie vor meinem Mann halb tot zu schlagen.

Ich folgte ihnen, während sie Effie und Alice vor Tonys Haus abholten, um dann eine halbe Stunde zu einem Kino in Milton Keynes zu fahren. In Northampton gab es auch zwei Kinos, aber vermutlich wollten sie von niemandem, der sie kannte, zusammen gesehen werden. Sie spielten gern die glückliche Familie, solange es im Geheimen war.

Ich sah von draußen zu, wie Janine die Karten, einen Eimer Popcorn, Cola, Nachos und Käse in einer Familienpackung kaufte. Schließlich ging ich hinein und sah die nächsten

Stunden verborgen hinter einem Sitz fünfzehn Reihen hinter ihnen dabei zu, wie sie sich wie eine typische Familie benahmen. Sie warfen die Köpfe zurück, lachten über die Komödie und teilten sich ihre Getränke und Snacks. Doch bald wich meine Wut einer Lösung. Ich hoffte, dass Janine das Beste aus diesem Moment machte, denn er würde nicht von Dauer sein. Sobald sich Tony an die Frau erinnerte, in die er sich vor all den Jahren verliebt hatte, würde er mich auf Knien anflehen, ihn zurückzunehmen. Ich war das Mädchen, das er liebte, nicht das Mädchen, über das er in den Unterlagen gelesen hatte.

Es war meine Schuld gewesen. Ich hatte die Büchse der Pandora geöffnet, als sich eines Tages die Situation zugespitzt hatte und Tony mir vorwarf, ich würde die Mädchen nicht wirklich lieben. Er behauptete, ich widmete Henry meine ganze Zeit, während ich die emotionalen Bedürfnisse seiner Schwestern ignorierte. Manches, was er sagte, stimmte, aber das war seine Schuld. Ich schloss die Augen und spürte die enge Beziehung, die er zu den Mädchen hatte und in der es für mich keinen Platz gab. Er tat mir das Gleiche an, was mein Vater zusammen mit meinen Schwestern gemacht hatte – sie alle hatten mich allein in der Kälte zurückgelassen. Das löste bei mir den Impuls aus, Effie und Alice noch weiter von mir wegzustoßen, um nicht zu riskieren, dass sie mich so verletzten, wie ich als Kind von meiner Familie verletzt worden war.

Unser Streit schwelte tagelang und ich konnte ihn förmlich in der Luft riechen wie das Herannahen eines Sturmes. Seitdem wir in dieses Haus gezogen waren und mit seiner Renovierung begonnen hatten, bestimmte es unser Leben. Ständig war alles mit Staub bedeckt oder roch nach frischem Putz und es wimmelte von Arbeitern, die sich in fremden Sprachen unterhielten. Es war kein Ende in Sicht und bald hasste ich diesen Ort. Wären wir in dem alten Haus geblieben, wäre unsere Welt noch in Ordnung.

»Kannst du überhaupt jemanden lieben?« Tony spuckte die Worte förmlich aus, als wären sie verseucht.

»Natürlich kann ich das!«, gab ich zurück. »Ich liebe euch alle gleichermaßen.« »Manchmal sehe ich dich an, wenn du mit den Mädchen zusammen bist, und sehe nichts in deinen Augen. Als wären sie gar nicht in demselben Zimmer wie du. Ich glaube, dass du an dem, was du als Kind erlebt hast, zerbrochen bist.«

»Warum bist du so grausam?«

»Ich will nur verstehen, was zum Teufel in deinem Kopf vorgeht. Ich weiß nicht mal, ob *du* weißt, wie dein Verstand tickt.«

In meinem ersten Jahr im Pflegeheim wussten die Sozialarbeiter nicht, was sie mit mir machen sollten. Mir wurden Therapeuten zugewiesen, damit sie meine Schutzmauer durchbrachen, doch keiner hatte Erfolg. Alle stocherten in meinem Hirn herum, aber niemand kam auf die Idee, mir zu sagen, ob mit mir etwas nicht stimmte, oder mir eine Behandlung anzubieten. Und später, nachdem Nate mich beschützen wollte und Sylvia getötet hatte, bemühte sich niemand mehr um eine andere Pflegestelle oder Familie für mich. Ich wurde von einem »beschädigten Artikel« auf »unverkäuflich« herabgestuft. Etwas Besseres als Kinderheime war für mich nicht mehr drin.

Tonys Anschuldigungen lösten eine seit Langem in mir schlummernde Angst aus, dass *tatsächlich* irgendetwas mit mir nicht stimmte, etwas tief Verwurzeltes, durch das ich meine Töchter nicht so lieben konnte, wie es eine Mutter sollte. Also beantragte ich Akteneinsicht.

Da ich inzwischen erwachsen war, selbst in der Sozialfürsorge arbeitete und einen Antrag auf Offenlegung der gespeicherten Daten gestellt hatte, hatte ich das Recht auf eine Kopie dieser persönlichen Informationen. Kein Gesetz konnte mir das verweigern. Nach acht Wochen lag die Akte in der Post. Nachdem ich die Mädchen zur Schule gebracht hatte, wappnete ich mich innerlich und öffnete den Umschlag.

Entsetzt stellte ich fest, dass sie nur Lügen über mich geschrieben hatten. Die Anschuldigungen waren zum Teil furchtbar und Worte wie »kalt«, »unempfänglich«, »mangelnde Empathie« und »impulsive Natur« sprangen mir entgegen. Ein Sozialarbeiter attestierte mir sogar ein gewisses Selbstmordrisiko, da meine mangelnde Bereitschaft, persönliche Bindungen einzugehen, ein Hinweis darauf sein könnte, dass ich das Leben nicht zu schätzen wüsste. Dabei war es in Wahrheit ganz anders gewesen.

Eine Aussage, die kurz vor meinem vierzehnten Geburtstag festgehalten wurde, machte mich sprachlos.

Im Rahmen wiederholter Beurteilungen wurde bei Laura mehr als nur eine Persönlichkeitsstörung festgestellt. Unter anderem zeigt sie Züge einer narzisstischen Persönlichkeitsstörung und Selbsttäuschung. Sie hat den Drang, stets ihren eigenen Willen durchzusetzen, und gibt sich nach außen hin charmant, während sie mitunter insgeheim anderen gegenüber feindselig gesinnt sein kann. Eine Pflegemutter bemerkte, dass sie einen älteren Jungen in derselben Familie gern dominierte und demütigte, indem sie sich über seine mangelnde Intelligenz lustig machte. Eine andere Betreuerin wurde Zeugin, wie sie dem Hund der Familie ein Bein brach, sich aber weigerte, die Verantwortung hierfür zu übernehmen. Sie scheint ihre eigenen Lügen oftmals zu glauben und schreibt Ereignisse im Kopf so um, dass sie selbst zum Opfer wird. Sie zeigt immer wieder soziopathische Tendenzen und wir raten dringend von einer gemeinsamen Unterbringung mit anderen Pflegekindern ab.

Ich ließ die Seiten auf den Schoß sinken und schloss die Augen. Wie konnte man so etwas Furchtbares über ein kleines Mädchen schreiben? Warum brandmarkte man ein Kind, das ein derart emotionales Trauma erlebt hatte, als »Soziopathin«?

Welche Chance auf eine Adoption hatte ich noch gehabt, nachdem man mich mit diesem Etikett versehen hatte? Wie viele potenzielle Familien hatten mich deswegen abgelehnt?

Jedes Kind macht Fehler, aber mit der Zeit konnte ich gewisse Triebe verbergen – ich lernte, mich anzupassen und wie die anderen zu sein. Ich erfand mich immer wieder neu, indem ich das Verhalten der Menschen beobachtete. Jene Ausführungen beschrieben weder wer ich gewesen noch zu wem ich geworden war.

Tony durfte diese Akte niemals lesen. Darum versteckte ich sie zusammen mit den Zigaretten im Hauswirtschaftsraum hinter dem Wäschetrockner. Doch in den kommenden Wochen zog ich sie immer wieder hervor, las sie und quälte mich so lange, bis ich jedes Wort auswendig kannte.

Auch jetzt quälte ich mich wieder, indem ich die Schatten von Janine, Tony und den Mädchen im Kino beobachtete. Leise schlüpfte ich aus dem dunklen Kinosaal und kehrte auf den Parkplatz zurück. Ich suchte nach Janines grünem Wagen, zog die Autoschlüssel aus der Tasche, und nachdem ich mich versichert hatte, dass mich keine Überwachungskamera erfasste, ritzte ich das Wort »Hure« in die Fahrertür.

Kapitel 22

Ryan

»Ich schwöre bei Gott, ich wurde reingelegt. Bitte glauben Sie mir. Diese Frau will mich zerstören.«

»Nehmen Sie sich doch einen Moment Zeit und beruhigen Sie sich«, schlug sie mir vor und schob eine Packung Taschentücher über den Schreibtisch zu mir herüber.

Ich fuhr mir über die Augen. Seitdem man mich vom Schuldienst suspendiert hatte, weinte ich nur noch. Johnny wollte nichts mehr mit mir zu tun haben und rief mich nicht zurück, und mit meinen Eltern konnte ich über Effies Anschuldigungen nicht reden. Ich fühlte mich völlig allein. Tracy Fenton, meine Anwältin, stand zwar auf meiner Seite, aber nur weil ich sie dafür bezahlte. Die grauen Haare, der Verzicht auf jegliches Make-up und die Brille, die an einer silbernen Kette um ihren Hals hing, ließen sie sehr männlich wirken. Ich wusste nicht, ob sie mir glaubte, aber es war ihr Job, mir zu helfen, ob ich nun schuldig war oder nicht.

Nachdem ich mit dem Gewerkschaftsvertreter gesprochen hatte, hatte ich einen Tag nach der Suspendierung einen Termin mit ihr vereinbart und ihr die Geschichte aus meiner Sicht von Anfang bis Ende erzählt, ohne irgendetwas auszulassen. Außerdem lag ihr der aktuelle Polizeibericht vor.

»Auf der Festplatte Ihres Schulcomputers wurden Bilder sexueller Natur gefunden, Ryan«, sagte sie und öffnete einen Hefter mit Fotokopien.

»Was meinen Sie mit ›sexueller Natur‹?«, fragte ich mit brüchiger Stimme.

»Man fand einen Ordner mit einhundertfünfzehn Aufnahmen junger Frauen, die Schuluniformen tragen, diese aber mehr oder weniger abgelegt haben.«

Ich schloss die Augen und schüttelte den Kopf. »Wie jung?«

»Das wurde uns noch nicht gesagt.«

»Sie werden in Effies Alter sein. Ich weiß es einfach. Ich bin am Ende.« Plötzlich brach mir der Schweiß aus und ich glaubte, ohnmächtig zu werden. Ich löste die Krawatte, öffnete zwei Knöpfe am Hemd und trat an das offene Fenster. Vielleicht würde mich der Luftzug abkühlen.

Tracy überflog einige Seiten. »Mrs Morris hat bei der Polizei eine Aussage zu dem Einbruch gemacht. Aber soweit ich weiß, wurde Effie bisher noch nicht zu den Anschuldigungen befragt. Wenn Sie nichts von diesen Bildern wussten, wurden sie vermutlich woanders heruntergeladen und dann mit einer Diskette oder einem Speicherstick auf Ihren Computer übertragen. Der Polizist, mit dem ich inoffiziell gesprochen habe, meinte, sie wären nicht gut versteckt gewesen, sondern hätten sich zusammen mit anderen Dokumenten in einem Ordner befunden. Vielleicht wurden sie unter Zeitdruck dorthin kopiert. Sobald ich mithilfe eines Zeit- und Datumsstempels aus den Dateien belegen kann, wann sie erstellt wurden, müssen wir beide herausfinden, wo Sie zu diesem Zeitpunkt waren, damit Sie ein Alibi vorweisen können. Benutzen auch andere Kollegen den Computer?«

»Ja.«

»Obwohl der Computer in Ihrem Büro steht, muss die Polizei in diesem Fall die Staatsanwaltschaft davon überzeugen, dass nur Sie es gewesen sein können, der die Daten heruntergeladen hat. Erst danach wird die Staatsanwaltschaft entscheiden, ob und weswegen man Sie anklagt.«

»Und wenn ich kein Alibi habe?«

»Darüber denken wir nach, wenn es so weit ist.«

»Und wann wird das sein? Ich will, dass die ganze Sache so schnell wie möglich geklärt wird.«

»In einigen Wochen, vielleicht auch Monaten, Ryan. Solche Dinge dauern.«

»So lange wird dieser Verdacht also an mir kleben?«

»Ich fürchte, ja.«

»Ich werde nie wieder an diese Schule zurückkehren können, oder?«

Tracy nahm ihre Brille ab und ließ sie an der Kette baumeln. »Wahrscheinlich nicht, nein. Sollten Ihre Schule und die Schulbehörde Effie glauben, wird man Sie vom Lehrerverband ausschließen. Und wenn Effie eine Aussage bei der Polizei macht, die Sache vor Gericht geht und man Sie für schuldig befindet, werden Sie ins Register für Sexualstraftäter eingetragen. Aber das wäre das Worst-Case-Szenario.«

Ich ließ mich wieder auf meinen Stuhl fallen, verbarg den Kopf in den Händen und schloss die Augen. Wie hatte ich mich nur in diese Situation bringen können? Ich dachte an Charlotte und unser Baby, dass Daniel inzwischen die ersten Schritte machen und die ersten Worte sagen würde. Wir drei wären jetzt eine kleine Einheit, die sich in unserem Haus ein Leben aufgebaut hätte. Ich sehnte mich so sehr nach etwas, das niemals Wirklichkeit werden konnte.

»Was kann ich tun, um meine Unschuld zu beweisen?«

»Nichts, absolut nichts. Warten Sie einfach, bis Sie wieder von mir hören.«

»Ich kann doch nicht nur herumsitzen und hoffen, dass die Dinge von selbst wieder ins Lot kommen.«

»Doch, das ist genau das, was Sie jetzt tun müssen«, antwortete Tracy energisch. »Ich bitte Sie inständig, Ryan. Überlassen Sie das mir.«

Doch ich wusste, dass ich das nicht konnte.

Kapitel 23

Laura

Ich habe einmal gelesen, dass man irgendwann nicht mehr weiß, wo die Wahrheit aufhört und wo die Einbildung beginnt, wenn man sich selbst etwas nur lange genug einredet.

Manchmal schloss ich die Augen, wenn ich an Nate dachte, und stellte mir vor, er wäre nach Birmingham, in seine Heimatstadt, zurückgekehrt. Dann malte ich mir aus, wie er in seiner vertrauten Umgebung ein neues Leben begonnen hätte. Er wäre meiner Bitte nachgekommen und erst freiwillig in eine Entzugsklinik gegangen und später in ein Resozialisierungsheim, um wieder auf die Beine zu kommen.

Ich hätte ihm bei der Suche nach einer ehrenamtlichen Arbeit in einer Umgebung geholfen, in der er keinem Stress ausgesetzt gewesen wäre. Und vielleicht hätte er irgendwann einen Teilzeitjob gefunden. Oder eine Frau kennengelernt, in die er sich verliebt hätte. Dann hätte er einen eigenen Anker gehabt.

Das war es, was ich glauben wollte – nicht, dass er im Raum nebenan lag, wo seine Leiche für mich vorbereitet wurde.

Nach Angaben der Polizei hatten seine obdachlosen Freunde ihn schon lange nicht mehr gesehen. Mein Entschluss, Ryan zu vernichten, hatte mir kaum Zeit für die anderen Menschen in meinem Leben gelassen. Dass ich Nate vernachlässigt hatte, belastete mich.

Erst jetzt wurde mir bewusst, dass Nate mich zu seinem Anker gemacht hatte. Er war nach dem Gefängnis wegen mir nach Northampton zurückgekommen. Während all der Zeit, bei all dem, was er in seiner Jugend, in der Zeit hinter Gittern und später erleiden musste, hatte ich verhindert, dass er unterging. Jetzt war er ausgerechnet im Wasser gestorben. Und es war meine Schuld, dass er in diesen letzten Monaten fortgetrieben war.

Es stellte sich heraus, dass Nates Leiche ganz in meiner Nähe gelegen hatte. Sie hatte sich im Schilf im River Nene verfangen und nur darauf gewartet, dass der Rumpf eines Kanalboots so fest dagegen stieß, dass sie daraus befreit und an die mit Algen bedeckte Wasseroberfläche getrieben wurde.

Er konnte nur anhand der DNA identifiziert werden, die mit der in seinem Vorstrafenregister übereinstimmte. In dieser Akte wurde ich als Notfallkontakt geführt.

»Ich möchte endlich seine Leiche sehen«, erklärte ich der zuständigen Polizistin.

»Wie ich Ihnen bereits am Telefon sagte, halte ich das für keine gute Idee, Mrs Morris. Er hat so lange im Wasser gelegen, dass er teilweise skelettiert ist und …«

»Es ist mir egal, ob mich das für den Rest meines Lebens verfolgen wird. Ich bin es ihm schuldig.«

Schließlich war sie einverstanden. Man führte mich in einen kleinen Nebenraum, damit ich mich sammeln konnte, bis der Bestatter Nate im Kühlhaus vorbereitet hatte. Als man mich in den Trauerraum brachte, stellte ich fest, dass er nichts mit den modernen, hochtechnologischen Räumen aus dem Fernsehen zu tun hatte. Es gab keine Leichen, die in Kühlfächern oder neonbeleuchteten Metallschubladen lagen. Es war bloß ein schlichter Raum ohne irgendwelche Besonderheiten und religiöse

Gegenstände. In seiner Mitte lag Nate auf einem Holzwagen, bedeckt mit einem dunkelblauen Tuch. Daneben stand ein einzelner Stuhl, den man vermutlich für den Fall hingestellt hatte, dass es mir zu viel wurde und ich mich setzen musste.

Die Polizistin und der Bestatter blieben bei mir und auf mein Drängen hin zog dieser das Tuch langsam bis zu Nates Schultern zurück. Er hatte noch ein paar Haare, aber keine Augen, Lippen oder andere Gesichtspartien mehr. Vermutlich hatten Fische, Wasserratten und Bakterien an ihm genagt. Alles, was blieb, war etwas mageres Fleisch und ein paar Knochen.

»Wie lange hat er im Wasser gelegen?«, fragte ich die Polizistin.

»Genau wissen wir das erst nach dem Obduktionsbericht. Aber nach unseren Schätzungen ungefähr ein Jahr.«

»Nein, das kann nicht sein«, entgegnete ich und schüttelte den Kopf. »Ich habe ihn noch vor fünf oder sechs Monaten getroffen. Es kann nicht so lange gewesen sein.«

»Nach den vorläufigen Ergebnissen des Gerichtsmediziners schon.«

»Vielleicht wurde seine Leiche quasi konserviert, je nachdem, wo man sie im River Nene gefunden hat.«

»Im Nene? Wie kommen Sie darauf, dass er dort gefunden wurde?«

»Sie haben mich doch angerufen und mir gesagt, dass seine Leiche auf dem Fluss getrieben hat.«

Die Beamtin sah mich verwundert an. »Ich glaube, da verwechseln Sie etwas, Mrs Morris. Die Leiche Ihres Freundes wurde in einer Bucht von East Sussex an Land gespült.«

Kapitel 24

Ryan

Die Luft im Sportzentrum war feucht und roch nach Bier und Schweiß, obwohl mehrere Doppeltüren offen standen.

Die dicht gedrängte Menge bestand fast ausschließlich aus Männern. Sie feuerten zwei Boxer in der Mitte des Ringes an oder warfen mit Kraftausdrücken um sich, während sie darauf warteten, dass ein Mann in einem kurzärmeligen weißen Hemd und mit einer schwarzen Fliege eine Entscheidung traf.

Die Büro-Boxkämpfe gingen über drei Runden von jeweils zwei Minuten Länge und waren genauso brutal wie die Profikämpfe, die ich aus dem Fernsehen kannte. Es war mir unbegreiflich, wie der Boxer in roten Shorts, Weste und Kopfschutz es geschafft hatte, sich während des anhaltenden Angriffs des blauen Gegners auf den Beinen zu halten.

Schließlich riss der Schiedsrichter den Arm des Mannes in Blau hoch. Zahlreiche Tätowierungen zierten den Arm des Champions, und trotz der blutigen Nase und dem Schweiß, der ihm über das Gesicht rann, erkannte ich Tony Morris sofort. Beifall kam auf, als er zum Sieger ernannt wurde. Er umarmte seinen Gegner und ein Freund aus dem Publikum half ihm, die

Handschuhe auszuziehen, bevor er in Richtung Umkleideräume verschwand.

Ich wartete, bis er in Trainingshose und T-Shirt wieder herauskam. Er ging zur Bar und kippte einige Wodka und Energiedrinks herunter, bevor ich auf ihn zuging. Ich holte tief Luft und betete zu Gott, dass mein Instinkt mich nicht trog und er keine Ahnung davon hatte, was seine Noch-Ehefrau mit der Tochter hinter seinem Rücken plante. Hätte er davon gewusst, hätte er sie wohl in Bruce Atkinsons Büro begleitet, wo sie mich als Kinderschänder beschuldigt hatten.

»Mr Morris.«

»Ja?« Er lächelte mich höflich an, während er versuchte, mich einzuordnen. Er war zwar noch nicht sturzbetrunken, aber kurz davor. »Mr Smith?« Als er lächelte, wusste ich, dass er von den Anschuldigungen keine Ahnung hatte.

»Bitte nennen Sie mich Ryan. Ich wusste gar nicht, dass Sie boxen.«

»Und ich wusste nicht, dass Sie ein Boxfan sind.«

Das war ich auch erst seit diesem Nachmittag, nachdem ich in seinem Büro angerufen und die Sekretärin mir erklärt hatte, er sei früher gegangen, da er an diesem Abend einen Boxkampf hatte. Das kam mir sehr gelegen. Ich traf ihn lieber in der Öffentlichkeit, wo die Wahrscheinlichkeit geringer war, dass er mich töten würde, sollte er von den Behauptungen seiner Frau und seiner Tochter wissen.

»Ich bin noch ziemlich neu in diesem Sport«, antwortete ich.

»Wollen Sie es selbst einmal versuchen? Wir sind eine bunte Mischung hier: Banker, Anwälte, Betriebsräte, sogar Lehrer.«

»Ich würde bestimmt schon beim ersten Schlag zu Boden gehen. Darf ich Sie zu einem Drink einladen?«

»Gern«, antwortete er und ich bestellte uns zwei Wodka. Während wir uns darüber unterhielten, wie er zu diesem Sport und seinem IT-Unternehmen gekommen war, hoffte ich insgeheim, er würde Effie erwähnen und so eine Überleitung zu dem eigentlichen Grund meines Besuchs ermöglichen. Als er es nicht tat, musste ich das Gespräch selbst auf dieses Thema lenken.

»Das klingt jetzt vielleicht seltsam, aber ich muss etwas mit Ihnen besprechen, Tony.«

»Ist mit Effie alles in Ordnung?«

»Eigentlich geht es um Ihre Frau, Laura.«

»Um meine Frau?« Die Überraschung ließ ihn einen Schritt zurückweichen. »Was hat sie getan?«

Diese Frage irritierte mich. Er fragte nicht »Was ist los?« oder »Was ist passiert?«, sondern »Was hat sie getan?«. Laura schien ihm also nicht zum ersten Mal Grund zur Sorge zu geben. Ich holte tief Luft und versuchte, es so darzustellen, dass es nicht klang, als wäre ich verrückt, sondern sie. »Ich glaube, dass Laura während ihrer Arbeit für die Telefonseelsorge meine Frau dazu gebracht hat, Selbstmord zu begehen.«

Tony schien nicht überrascht. Er trank sein Glas leer und griff nach seiner Sporttasche.

»Ich will nichts damit zu tun haben«, meinte er deutlich nervös, aber nicht wütend, während er sich auf den Weg zum Ausgang machte. Er versuchte nicht, mich davon zu überzeugen, wie lächerlich das war, und er starrte mich auch nicht an, als wäre ich verrückt. Er wusste, dass das, was ich gesagt hatte, möglich war – er wollte damit nur nicht konfrontiert werden.

Ich folgte ihm auf den Parkplatz. »Bitte, es dauert nur ein paar Minuten«, sagte ich. »Ich will Sie ja nicht beleidigen, aber irgendetwas stimmt nicht mit Ihrer Frau. Und ich brauche Ihre Hilfe, um ihre Motive zu verstehen.«

Er blieb stehen und drehte sich um. »Hören Sie«, sagte er, »ich weiß nicht mehr als Sie darüber, was in Lauras Kopf vor sich geht. Wir haben uns vor fast zwei Jahren getrennt und meine Töchter und ich wohnen nicht mehr bei ihr. Ich lege großen Wert darauf, dass es in ihrem Leben keine unnötigen Belastungen gibt. Dazu gehört auch, dass ich sie von Laura und allem, was sie getan haben könnte, fernhalte.«

Wieso hatte ich das nicht herausgefunden, während ich tagelang vor Lauras Haus gestanden hatte? Aber es erklärte, warum Tonys Auto nur selten in der Auffahrt stand, und die Feindseligkeit zwischen ihnen, als sie zusammen in Bruces Büro saßen.

»Bitte, Tony«, flehte ich, »Sie sind der Einzige, der mir helfen kann.«

Tony schwieg einen Moment und kniff die Augen zusammen, während er über meine Bitte nachdachte. Dann gab er plötzlich nach und seufzte. »Was wollen Sie wissen?«

Ich erzählte ihm, wie ich herausgefunden hatte, wozu Laura Charlotte ermutigt hatte. Doch wie schon bei Janine erwähnte ich weder die Manipulation seiner Tochter noch die Konfrontation mit seiner Frau in meinem Haus. Selbst im schwachen Licht der Lampe konnte ich sehen, dass jede Farbe aus seinem Gesicht gewichen war.

»Warum sollte Laura wollen, dass ein Anrufer stirbt?«, fragte ich schließlich.

Tony schaute mich an. »Sie ist eine äußerst komplizierte Frau«, meinte er, »mit vielen Dämonen. Sie ist fasziniert vom Tod. Vielleicht wird diese Faszination immer stärker und sie will deshalb anderen Menschen dabei helfen, dieses Ziel zu erreichen. Als sie damals bei der Telefonseelsorge anfing, erklärte sie mir, sie wolle anderen helfen, und es gab keinen Grund, ihr nicht zu glauben.«

»Und jetzt, nachdem ich Ihnen alles erzählt habe?«

Er schüttelte den Kopf. Er musste nicht laut aussprechen, was er dachte.

»Da ist noch mehr«, fuhr ich zögernd fort. »Laura hat mich vor Kurzem verhaften lassen und erhebt furchtbare Anschuldigungen gegen mich, die meine Arbeit als Lehrer gefährden. Deshalb muss ich genau wissen, mit wem ich es zu tun habe.«

»Was ist passiert?«

»Ich habe mich gegen sie zur Wehr gesetzt.«

Tony schüttelte den Kopf und rieb sich das Gesicht. Er schien mit sich zu ringen und sich zu fragen, ob er mir sagen sollte, was er wusste. Als er mich wieder ansah, meinte er: »Wenn Sie wüssten, was sie in ihrer Vergangenheit getan hat, hätten Sie auch Angst vor ihr.«

»Was könnte schlimmer sein, als einen anderen Menschen in den Selbstmord zu treiben?«

Tony sah mich an, als wolle er, dass ich es selbst herausfand.

»Es sei denn«, fuhr ich fort, »sie hat selbst jemanden umgebracht.«

»Nein, Laura macht sich nie die Hände schmutzig. Sie manipuliert andere, damit sie tun, was sie will.« Der Alkohol brachte ihn zum Reden und er stützte sich mit einer Hand auf dem Autodach ab. »Vielleicht liegt es daran, dass sie als Kind ihre Eltern verloren hat und sich selbst überlassen war, als sie ins Heim kam.«

Dann erzählte er mir, wie Lauras Vater sie benutzt und sie ihm geholfen hatte, sich und ihre Schwestern zu töten. Doch um ihre Besessenheit vom Tod zu erklären, musste er weiter ausholen.

»Als wir vor drei Jahren das Haus renoviert haben, steckte unsere Ehe in der Krise«, sagte er. »Eines Nachmittags lief der Wäschetrockner nicht mehr, und als ich ihn vorzog, entdeckte ich einen Umschlag, den Laura an seiner Rückseite versteckt hatte. Darin befand sich ein ausführliches psychiatrisches Gutachten aus ihrer Zeit als Pflegekind. Sie hatte damals eine

Pflegefamilie gefunden, eine Frau namens Sylvia und ihren Sohn. Im Laufe der Jahre waren Dutzende von Kindern in ihrer Obhut gewesen und sie hatte sogar einen Orden oder irgendeine Auszeichnung dafür erhalten. Sylvias Sohn war ein paar Jahre älter als Laura, hatte aber eine Lernschwäche. Er war fasziniert von ihr, folgte ihr wie ein Hündchen und tat alles, was sie ihm sagte. Er beging sogar Ladendiebstähle und verprügelte andere Kinder in der Schule. Sylvia behielt Laura so lange wie möglich, aber irgendwann musste sie das Wohlergehen ihres Jungen an die erste Stelle setzen. Und Laura hatte definitiv einen schlechten Einfluss auf ihn. Doch als das Sozialamt kam, um sie mitzunehmen, hatte sie Sylvias Sohn so manipuliert, dass er seine Mutter angriff. Er schlug sie so fest, dass sie stürzte und sich den Kopf stieß. Sie war sofort tot. Er kam erst in eine Jugendstrafanstalt und wurde später in ein Gefängnis für Erwachsene verlegt. Aber Laura kam ungeschoren davon.«

»Haben Sie ihr gesagt, was Sie herausgefunden haben?«

Tony nickte. »Sie stritt alles ab. Sie behauptete, man hätte den Bericht gefälscht, um Behördenfehler zu vertuschen. Und ich denke, sie glaubt das wirklich. Sie müssen wissen, dass meine Frau ihre eigenen Lügen nicht erkennt. Laut den Psychologen schreibt sie Episoden aus ihrem Leben und ihrer jüngsten Vergangenheit einfach um, wenn sie ihr nicht gefallen. Sie wird immer das Opfer sein, niemals der Täter. Außerdem ordnet sie die Ereignisse zeitlich und örtlich neu ein. Sie ist davon überzeugt, dass Dinge, die bereits vor Wochen passiert sind, erst gestern und irgendwo anders stattgefunden haben.«

»Und als Sie das über sie erfahren haben, sind Sie mit den Kindern gegangen?«

»Nein, und das bereue ich am meisten in meinem Leben.«

»Warum?«

»Weil dann Henry noch der normale kleine Junge wäre, als der er geboren wurde.«

Ich sah ihn an und wartete ab, doch er schüttelte den Kopf und beendete unser Gespräch.

»Das ist das letzte Mal, dass wir beide miteinander sprechen, Mr Smith«, sagte er und ging in Richtung seines Wagens.

»Darf ich Sie noch eine Sache fragen?«, rief ich. »Als ich zum ersten Mal bei der Telefonseelsorge mit ihr sprach, nannte sie mich David. Wissen Sie, warum?«

»So hieß Sylvias Sohn«, antwortete Tony, während er in sein Auto stieg – anscheinend war es ihm lieber, Auto zu fahren, als noch mehr Fragen von mir gestellt zu bekommen. »Als er aus dem Gefängnis kam, lebte er in Northampton auf der Straße. Laura brachte ihn ein paar Mal mit nach Hause, damit er sich waschen konnte. Vielleicht wusste sie ja doch, was sie ihm angetan hatte. Vielleicht hatte sie ihre Geschichte aber auch so umgedichtet, dass sie ihr besser gefiel. Er hieß David Nathan, aber sie nannte ihn immer bei seinem Spitznamen, Nate.«

Kapitel 25

Laura

Janine sah mich skeptisch an, als ich zwei Muffins mit Himbeeren und weißer Schokolade aus einer Kunststoffdose nahm und auf ihren Schreibtisch stellte.

»Sie sind glutenfrei«, meinte ich lächelnd. »Ich habe sie gestern Abend gemacht.« Der erste Satz war gelogen, der zweite nicht. Zum ersten Mal hatte ich selbst gebacken. »Es ist doch eine Schande, dass alle außer dir mein Gebäck genießen können. Tut mir leid, aber mir sind die Papierförmchen ausgegangen.«

»Danke«, antwortete sie und ich verließ ihr Büro, aber nicht ohne vorher »aus Versehen« ihre ordinäre orangefarbene Handtasche umzustoßen.

»Ups«, meinte ich und lächelte, während ich mich bückte, um sie wieder aufzuheben. Janine war zu sehr mit ihrem Muffin beschäftigt, um zu bemerken, dass ich ihr iPad einsteckte.

Als ich wieder am Schreibtisch saß, sah ich auf dem Handy nach, ob sich die Polizei wegen Ryans Einbruch gemeldet hatte. Es waren bereits sechs Tage vergangen, doch bisher hatte man mich noch nicht auf den neuesten Stand der Ermittlungen gebracht. Genauso wenig gab es ein Lebenszeichen von Effies Schulleiter. Was zum Teufel war mit diesen Leuten los?

Der Vorwurf, Ryan hätte sie belästigt, sollte nicht in einem Gerichtsverfahren enden, weil sie nicht so stark war wie ich – und unter der Befragung zusammenbrechen würde. Dieser Vorwurf und die pornografischen Bilder, die man auf seinem Arbeitscomputer gefunden hatte, sollten nur dafür sorgen, dass er nie wieder auf seinen Posten zurückkehren konnte.

Irgendwann würden sie sowieso herausfinden, dass eine dritte Person die Fotos dort platziert hatte. Ich hatte stundenlang im Internet nach Aufnahmen junger Mädchen im Teenageralter gesucht, die in unterschiedlichen Stadien dabei waren, sich ihrer Schuluniform zu entledigen – um zu zeigen, dass Ryan einen solchen Fetisch hatte. Ich konnte unmöglich sagen, ob sie wirklich minderjährig waren. Doch das spielte keine Rolle – sie würden den Druck erhöhen, den ich auf ihn ausübte. Ich hatte die Bilder auf einen Speicherstick kopiert und Effie gegeben. Sie hatte viel Zeit in Ryans Büro verbracht und ihn bei der Eingabe seines Computerpassworts beobachtet. So fiel es ihr leicht, sich dort einzuloggen, meinen Ordner mit den Bildern zu übertragen und das Büro wieder zu verlassen.

Ich hatte mein Ziel bereits erreicht, als Ryan suspendiert wurde. Doch je länger die Schule und die Polizei für ihre Ermittlungen brauchten, desto mehr Zeit blieb ihm, den nächsten Schritt zu planen. Ich wollte ihn so schnell wie möglich dazu bringen, etwas zu unternehmen, ohne richtig darüber nachdenken zu können. Dann würde er noch größere Fehler begehen und ich könnte ihn ein für alle Mal vernichten. Ich wusste, dass es einen nächsten Schritt geben würde. Denn genau das war es, was ich tun würde. Wir beide waren uns ähnlicher, als er zugeben wollte – wir versuchten ständig, dem anderen einen Schritt voraus zu sein. Ich legte den Hörer meines Festnetztelefons daneben, um nicht gestört zu werden, legte mein Handy auf den Schoß, damit es niemand sehen konnte, und rief die Mediendateien auf. Es war an der

Zeit herauszufinden, wie weit ich gehen konnte, bevor Ryan zusammenbrach.

Als ich fertig war, tauschte ich das Telefon gegen Janines iPad aus und machte mich daran, es gegen sie einzusetzen.

Von meiner Kabine aus beobachtete ich, wie sie durch den Terminplaner des Büros blätterte, und sah, dass ein Anrufer fünfzehn Minuten nach dem Ende meiner Schicht zum persönlichen Gespräch eingetragen war. Ich hatte Mary gefragt, ob es ihr etwas ausmachen würde, ihn einzutragen, da der Anrufer ausdrücklich nach Janine verlangt hätte.

»Ryan Smith«, erklärte ich ihr.

»Okidoki«, antwortete Mary vergnügt. »Ich werde Big Brother spielen und sicherstellen, dass die Kameras eingeschaltet sind.«

»Oh, das brauchst du nicht«, gab ich zurück. »Ich glaube, die beiden sind alte Freunde.«

Janines Gier war erfreulich vorhersehbar und ich lächelte in mich hinein, als sie auch dem zweiten Muffin nicht widerstehen konnte.

Als ich wieder Anrufe annahm, schaltete ich mit meinen Antworten und Fragen in den Autopiloten, behielt aber die ganze Zeit die Uhr im Auge. Ich wartete nur darauf, dass meine Schicht zu Ende ging. Schließlich verabschiedete ich mich von den anderen Ehrenamtlichen, griff nach Mantel und Tasche und ging nach unten.

Als sich einige Minuten später die Tür zum Büro öffnete, war Janine überrascht, dass ich dort auf sie wartete.

»Nimm Platz«, begann ich. »Wir beide müssen ein Gespräch führen, das längst überfällig ist.«

Kapitel 26

Ryan

Ich konnte mit niemandem über den Schlamassel reden, in dem ich steckte und aus dem ich kein Entkommen sah, weder mit meinen Freunden noch mit meiner Familie. Von dem Moment an, in dem sich Charlotte von den Klippen stürzte, hatte ich mein Leben nicht mehr unter Kontrolle. Der Alkohol gab mir die Kraft, zum ersten Mal seit Charlottes und Daniels Tod die Tür zum Kinderzimmer in der Wohnung zu öffnen. Alles war von einer dünnen Staubschicht überzogen, vom Wickeltisch bis zum Fußboden. Ich schaute zur Decke hinauf und bemerkte die fehlende Batterieabdeckung an dem Tiermobile. Ich hatte sie absichtlich nicht angebracht, damit ich daran dachte, die Batterien zu kaufen, wenn ich das nächste Mal an einem Supermarkt vorbeikam. Als ich endlich daran dachte, war meine Familie tot und das Mobile würde sich niemals bewegen. Das Tiermotiv setzte sich über eine Reihe von Kissen fort, die auf einem Bettsofa verstreut lagen und mit Comic-Giraffen und -Elefanten verziert waren, die niemals die zehn winzigen Fingerspitzen meines Sohnes auf sich spüren würden.

Ich schloss die Tür und schleppte mich in mein Schlafzimmer. Ich hatte auf nüchternen Magen getrunken und brauchte nicht viel, um betrunken zu werden. Doch jetzt war ich müde. Vollständig bekleidet kroch ich unter die Bettdecke. Ich konnte nicht aufhören, über das nachzudenken, was Tony mir über Laura erzählt hatte. Ich hatte von Anfang an keine Chance gegen sie gehabt. Sie war eine Überlebende, die im Gegensatz zu mir jahrelange Erfahrung darin hatte, andere zu manipulieren und damit durchzukommen. Sogar ihr eigener Ehemann war davon überzeugt, dass sie an einer psychischen Störung litt. Man konnte unmöglich vorhersagen, was sie als Nächstes tun würde. Und man konnte sie auch nicht überlisten.

Mein größter Fehler war es gewesen, Effie zu benutzen, um an sie heranzukommen. Hätte ich mich im Hintergrund gehalten und die Sache auf sich beruhen lassen, nachdem sie aus dem Haus geflohen war, wäre jetzt alles gut. Stattdessen hatte ich eine völlig neue, gehässige Seite an ihr entfesselt. Ich schloss die Augen, konnte aber nicht lange schlafen. Draußen war es noch hell, als mich ein Klopfen an der Wohnungstür und etwas, das wie die dumpfe Stimme meines Vaters klang, aufweckten.

Ich hörte, wie sich der Schlüssel im Schloss drehte und er den Flur betrat. Ich sprang so schnell aus dem Bett, dass mir schwindelig wurde. Mum war bei ihm und weinte. Da wusste ich, dass sie von meiner Verhaftung erfahren hatten. Mir wurde schwer ums Herz.

»Warum bist du nicht ans Telefon gegangen?«, wollte Dad wissen. Ich schaute auf das Handy, dessen Display dunkel war. Vermutlich war der Akku leer.

Mum drückte mir ihr iPad an die Brust.

»Mach es auf!«, befahl sie mir. »Und schau dir meine Facebook-Seite an!«

»Wie lange habt ihr schon …«

»Mach es einfach auf!«

Ich warf einen Blick auf ihre Profilseite und wäre am liebsten vor Scham im Erdboden versunken. In einer Flut von Beiträgen wurde ihr Sohn als pädophil beschimpft, man verlangte, dass ich als Lehrer gefeuert wurde oder man mich kastrierte. Mir wurde schwindelig und ich musste mich an der Wand abstützen. Dad schnappte sich das Tablet und rief die Seiten sämtlicher schulbezogener Facebook-Gruppen auf, die die Eltern erstellt hatten, um Themen zu diskutieren, die ihre Kinder in den verschiedenen Klassen betrafen.

»Die Klassen sieben, acht, neun … bis zur dreizehn«, fuhr Dad fort, »alle reden darüber, dass man dich suspendiert hat, weil du ein Mädchen belästigt und ihre Mutter terrorisiert hast.«

In dem Beitrag eines Kontos ohne Profilbild, das unter dem Namen »Charlotte Smith« geführt wurde, und am Anfang jeder Schulseite gab es ein Foto von mir, eine Audiodatei von Effies Aufnahme und ein Video, auf dem zu sehen war, wie ich in Lauras Haus einbrechen wollte. Mir wurde übel.

»Mum, es ist nicht so, wie es aussieht …«, wollte ich erklären. Doch ihr Blick sagte mir, dass nichts, was ich zu sagen hatte, mich von dem entlasten würde, was sie gelesen, gehört und gesehen hatte.

»Wo ist Johnny? Er kann mir helfen und euch erklären, dass es nicht stimmt. Zumindest nicht alles, und in einer anderen Weise, als sie sagen. Ich bin kein Kinderschänder. Das schwöre ich.«

»Ist das deine Stimme auf der Aufnahme?«, hakte mein Vater nach.

»Ja, aber …«

»Und wer ist das Mädchen?«

»Effie Morris, eine meiner Schülerinnen.«

»Und wer ist diese Frau, in deren Haus du eingebrochen bist?«

»Das ist die Mutter des Mädchens, aber sie hat es auf mich abgesehen. Sie hat Charlotte umgebracht.«

»Wovon redest du? Charlotte hat sich selbst umgebracht.«

»Ich weiß doch, dass es im ersten Moment keinen Sinn ergibt. Es ist eine lange Geschichte und …«

»Sie ist erst vierzehn. Was zum Teufel hast du dir dabei gedacht?«, fragte mein Dad.

»Ich habe sie nicht angefasst!«, schrie ich verzweifelt.

»Und wieso war sie dann allein mit dir in deinem Auto? Du sagst, du hättest sie nach Hause gefahren! Ich bin kein Lehrer, aber selbst ich weiß, dass man das nicht machen sollte. Und warum zum Teufel hast du versucht, in ein Haus einzubrechen?«

»Ihr hört mir ja überhaupt nicht zu!« Ich war selbst überrascht, wie schnell ich die Beherrschung verlor. »Ihr seid genauso schlimm wie die ganzen Leute auf Facebook, wenn ihr diese Lügen glaubt! Ihr wollt meine Version gar nicht hören.«

»Du hattest eine Art Zusammenbruch«, meinte Mum unter Tränen. »Der Stress wegen dem, was mit Charlotte passiert ist … Du gehst nicht richtig damit um. Du bist verwirrt. Und solche Dinge helfen überhaupt nicht.« Sie zeigte auf einen Kasten Bier. »Wir können dir Hilfe besorgen.«

»Nein, nein, nein«, sagte ich. Der Raum drehte sich immer schneller und die Wände und die Decke kamen plötzlich auf mich zu. Ich musste hier raus, fort von ihrem Gezeter.

Ich nahm meine Autoschlüssel aus dem Nachttisch und drängte mich an Mum vorbei. Dabei stieß ich mit der Schulter gegen ihre und brachte sie aus dem Gleichgewicht. Sie fiel gegen die Wand und stürzte zu Boden.

»Verdammt, es tut mir leid«, meinte ich und wollte ihr aufhelfen. Dad schob mich von ihr fort und hob die Faust. Für einen Moment verharrten wir in dieser Pattsituation, bevor er es sich anders überlegte und sich bückte, um Mum aufzuhelfen.

Es gab nichts mehr, was ich sagen oder tun konnte, um sie zu beruhigen. Also verließ ich die Wohnung und stolperte zum Auto.

Mir blieb keine Wahl. Ich musste zu dem Menschen fahren, der als Einziger dem Ganzen ein Ende setzen konnte, und diejenige, die meine Frau und mein Baby getötet hatte, um Erbarmen bitten.

Kapitel 27

Laura

»Mit mir hast du vermutlich nicht gerechnet«, begrüßte ich sie.

Janine blieb in der Tür stehen und überlegte, ob sie gehen oder bleiben und sich dem Gespräch stellen sollte. Schließlich siegte ihre Neugier.

»Nein, das habe ich nicht«, antwortete sie.

»Nimm doch Platz.«

Sie rührte sich nicht. »Ich werde dir nicht Rede und Antwort stehen, Laura.«

»Aber du willst wissen, warum ich mir die Mühe gemacht habe, dich hierherzulocken, oder?«

»Wenn du es warst, die Ryan Smiths Namen in meinen Kalender geschrieben hat, kann ich es mir denken. Du hast herausgefunden, dass wir uns getroffen haben, und willst mich davon überzeugen, dass er eine Art Spinner ist, der von dir besessen ist. Trifft es das halbwegs?«

»Und was würdest du sagen, wenn ich Ja sagte?«

»Dann würde ich dir erklären, dass ich ihn zunächst für eine in Not geratene Seele hielt, als er mich zum ersten Mal um ein Treffen bat und kurz sein Anliegen umriss. Und dann würde ich dir erklären, dass ich nachgeforscht und herausgefunden habe, dass er Lehrer ist.«

»Hat er auch erwähnt, dass er der Lehrer meiner Tochter Effie war?«

»Nein.«

»Oder dass er sich zuerst bei ihr eingeschmeichelt und ihr dann Avancen gemacht hat? Sie ist vierzehn Jahre alt und er ist momentan vom Schuldienst suspendiert, bis die Ermittlungen abgeschlossen sind.«

»Nein, das hat er nicht. Also habe ich nur dein Wort, richtig? Und du bist ja kaum der Inbegriff von Ehrlichkeit.«

Janine ließ ihren unförmigen Körper in das Sofa mir gegenüber sinken, schlug die Beine übereinander und verschränkte die Arme.

»Deine Körpersprache wirkt ziemlich ablehnend«, fuhr ich fort.

»Einigen wir uns darauf, dass du nicht gerade meine beste Seite zum Vorschein bringst.«

Ich beugte mich vor. »Und warum ist das so?«

»Ich bin nicht wie die anderen da oben, die glauben, dass dir die Sonne aus dem Hintern scheint. Sie wollen nur das Gute in den Menschen sehen, aber ich sehe das, was sie nicht sehen. Mir ist sehr wohl aufgefallen, wie du vorgehst. Ich habe beobachtet, wie du Leute mit deiner Mary-Poppins-Masche einwickelst. Du kannst von mir aus mit einem Regenschirm und all den gekauften Kuchen und der Kleidung, die du angeblich geflickt hast, ins Büro schweben. Und du kannst dich auch als eine wunderbare, ihrer Familie treu ergebene Mutter ausgeben, so viel du willst. Aber mich täuschst du nicht!«

»Ich habe nie behauptet, dass ich perfekt bin.«

»Du hast aber auch nie versucht, diesen Mythos zu zerstreuen.«

»Du hast dein Urteil über mich gefällt, ohne mich zu kennen. Du konntest mich schon vom ersten Tag an nicht leiden.«

»Und das zu Recht, nicht wahr? Ich habe eine gute Menschenkenntnis und schon viele Menschen wie dich getroffen. Du lässt alle glauben, dass du auf ihrer Seite stehst. Doch das ist nur Show, damit keiner sieht, wer du wirklich bist.«

»Wer bin ich denn? Klär mich doch auf!«

»Du bist jemand, der verwundbare Menschen gern dazu ermutigt, sich das Leben zu nehmen.« Als ich keine Miene verzog, sprach sie weiter. »Ryan hatte recht mit dem, was du seiner Frau angetan hast, richtig? Und sie war nicht die Erste. Deshalb ist die Selbstmordrate in dieser Einrichtung höher als in den anderen. Du ermutigst die Anrufer dazu.«

Mein Blick fiel auf die Überwachungskameras. Die grünen Lichter blinkten nicht. Sie zeichneten also nicht auf.

Endlich schenkte ich ihr ein herablassendes Lächeln. »Es gibt eine Sache, die ich an dir mag, Janine – und glaub mir, das ist die einzige Sache –, dein Selbstvertrauen. Du glaubst wirklich, dass alles, was aus deinem Mund kommt, das Evangelium wäre.«

»Wenn es dabei um dich geht, ja.«

»Nur um das kurz abzuklären: Deine Wahrnehmung von mir hat nichts damit zu tun, dass du mit meinem Ehemann schläfst?«

Janines Gelassenheit geriet ein wenig ins Wanken, doch sie fing sich schnell wieder. »Also warst du es, die ... Du hast dieses Wort in meine Autotür geritzt. Ich habe Tony gleich gesagt, dass es dein Werk war. Aber er war sich so sicher, dass du nichts von uns weißt.«

Es freute mich zu hören, dass mein Ehemann noch immer das Gute in mir sah.

»Du versuchst, mich fertigzumachen, und erhebst diese schrecklichen Anschuldigungen. Dabei willst du mich in

Wirklichkeit aus der Telefonseelsorge drängen, um nicht jeden Tag mein Gesicht zu sehen und dich schuldig fühlen zu müssen, weil du eine Ehebrecherin bist. Du hast meine Ehe zerstört und eine Familie auseinandergerissen.«

»Ich habe nichts Falsches getan. Also fühle ich mich auch nicht schuldig. Tony und ich sind zusammengekommen, lange nachdem er dich verlassen hat, weil du verrückt bist.«

»Aber du hattest schon vorher ein Auge auf ihn geworfen, nicht wahr? Ich habe deine vergeblichen Versuche bemerkt, mit ihm beim Abendessen an Marys sechzigstem Geburtstag zu flirten.«

»Nur dass sie nicht vergeblich waren, oder?« Sie lächelte mich durchtrieben an.

»Und jetzt glaubst du, mich zu kennen, nachdem mein Mann dir alles über mich erzählt hat?«

»Eigentlich erzählt er nur sehr wenig von dir.«

»Und das soll ich dir glauben?«

»Es ist mir egal, was du glaubst. Aber aus irgendeinem Grund, wahrscheinlich nur, weil du die Mutter seiner Kinder bist, fühlt er sich dir gegenüber immer noch zur Loyalität verpflichtet.«

Es freute mich, dass Tony Geheimnisse vor Janine hatte, und ich wusste, warum er ihr nichts von meinem kleinen Nebengeschäft erzählt hatte. Vor vier Jahren hatte er mich genötigt, mir dreißigtausend Euro von den Spendengeldern der Telefonseelsorge »auszuleihen«, um ihm beim Aufbau seines IT-Unternehmens unter die Arme zu greifen. Ich besaß noch immer die Nummern der Bankkonten, auf die die Zahlungen wirklich gegangen waren. Sie waren so geschickt kaschiert worden, dass selbst die Prüfer der Wohltätigkeitsorganisation keine Ahnung hatten, dass Gelder, die für sie bestimmt waren, woandershin überwiesen worden waren.

Selbst wenn ich mich damit selbst belastet hätte, wäre ich damit zur Polizei gegangen, wenn Tony mir an dem Tag, an dem wir uns mit dem Schulleiter getroffen hatten, nicht erlaubt hätte, Effie zu sehen. Und da man keine Geheimnisse vor dem Menschen hat, den man liebt, liebte Tony Janine offensichtlich nicht.

»Hat er dir erzählt, dass wir vor Kurzem die Nacht zusammen verbracht haben?«, fragte ich. »Eigentlich sogar mehrere Nächte.«

»Wann?«

»Nachdem man mich überfallen hatte.«

»Ach ja, der ›Überfall‹ auf dich.« Sie machte mit den Fingern Anführungszeichen in der Luft. »Wurde der Täter eigentlich je gefasst?«

Ich gab keine Antwort.

»Ich glaube nicht«, sagte sie. »Lustig, oder? Und Tony hat sich große Mühe gegeben klarzustellen, dass er die erste Nacht auf dem Sessel in deinem Zimmer und die nächsten Male im Gästezimmer verbracht hat.«

»Das hat er dir erzählt?«

»Das habe ich gesehen. Ich kam in der Nacht des ›Überfalls‹ in dein Haus, während du schliefst, um ihm einige Sachen zum Wechseln zu bringen. Ich finde es toll, dass du die rußgeschwärzten Wände behalten hast. Das hat so was auf alt Gemachtes.« Zu ihrer eigenen Überraschung musste sie plötzlich gähnen.

Sie hatte meinen Rückzugsraum verletzt! Sie war in meinem Haus gewesen! Nur mit Mühe konnte ich die Wut unterdrücken.

»Niemand hier mag dich«, sagte ich. »Wenn ich ihnen also erzähle, was du mir vorwirfst, werden sie alle auf meiner Seite sein. Und dann gehe ich zum Hauptbüro und erkläre dort, dass ihre größte Spendensammlerin und Schatzmeisterin von ihrer

Chefin, die ihr den Ehemann ausgespannt hat, aus dem Job gemobbt wurde.«

»Nur zu, Laura, tu dir keinen Zwang an«, antwortete sie und griff in ihre grässliche orangefarbene Handtasche, um Ryans Diktiergerät herauszuholen. »Ich wüsste nur zu gern, was Sie sagen, wenn ich ihnen das hier vorspiele.«

Kapitel 28

Ryan

Ich bekam keine Antwort, als ich an Lauras Haustür klopfte.

Als ich das letzte Mal hier gewesen war, war ich nicht Herr meiner Sinne gewesen. Das tote Ferkel, das sie unter Charlottes Hochzeitskleid gelegt hatte, hatte mir den Rest gegeben. Und genau das hatte sie beabsichtigt. Selbst nachdem Tony mir alles über Laura erzählt hatte, hoffte ich, dass sie einen Funken Anstand in sich hatte, an den ich appellieren konnte.

Ich verstieß gegen die einstweilige Verfügung, weil ich bei ihr zu Hause auftauchte, und riskierte eine erneute Verhaftung, aber ich war einfach so verzweifelt. Sie hatte mir keine andere Wahl gelassen.

Ich beugte mich vor, um durch den Briefkastenschlitz mit ihr zu reden.

»Laura, bitte mach die Tür auf«, bettelte ich. »Ich bin nicht hier, um Ärger zu machen. Ich will nur mit dir reden.« Doch ich bekam keine Antwort. Ich sah durch sämtliche Fenster, doch nichts regte sich dahinter. »Ich werde alles tun«, fuhr ich fort. »Aber bitte nimm diese Anschuldigungen gegen mich zurück. Du hast gewonnen. Ich gebe auf.«

Ich ging auf die Knie, rollte mich wie ein Ball auf der Türmatte zusammen und begann zu weinen.

Irgendwann kehrte ich zu meinem Wagen zurück, suchte nach der Visitenkarte, die Janine mir am Ende unseres Treffens gegeben hatte, und wählte ihre Durchwahl. Ich wollte nicht mehr warten, bis sie endlich handelte. Sie musste jetzt etwas tun. Doch ich erreichte nur ihren Anrufbeantworter.

»Ich komme jetzt vorbei«, sprach ich auf das Band. Ich hörte selbst, wie wütend ich klang, konnte aber die Worte nicht zurückhalten. »Ich habe Ihnen alles gegeben, was Sie brauchten, und Sie haben nichts getan. Verdammt, Sie schulden mir was.«

Als ich in Richtung der Telefonseelsorge fuhr, wusste ich immer noch nicht, wie ich mich nach der Reaktion meiner Eltern auf die Anschuldigungen verhalten sollte. Ich wollte schreien, brüllen, heulen, mich verteidigen und sie so sehr verletzen, wie sie mich verletzt hatten, und das alles gleichzeitig.

Es traf mich zutiefst, dass sie ihrem eigenen Sohn nicht vertrauten. Johnny hatte sich schon von mir abgewandt und nun auch noch sie. Das war alles so unfair.

Als ich an einer roten Ampel halten musste, trank ich einen Schluck Wodka aus der Flasche, die noch in meinem Handschuhfach lag. Sollte die Polizei mich doch anhalten und einen Alkoholtest machen. Sollten sie mich doch verhaften. Damit kannte ich mich ja inzwischen aus, und es wäre meine geringste Sorge. Vielleicht gehörte ich ja auch ins Gefängnis. Vielleicht war ich eine Gefahr für mich selbst, weil ich keine vernünftigen Entscheidungen mehr treffen konnte. Wenn ich dazu in der Lage wäre, wäre ich nicht in diesem totalen Albtraum gelandet. Ich hatte alle Menschen verloren, die ich je geliebt und auf die ich mich verlassen hatte. Ich hatte niemanden mehr, zu dem ich gehen konnte.

Ich erreichte das Wohngebiet, in dem Grandpa Pete früher gelebt hatte, fuhr an dem Park vorbei, in dem ich als Junge stundenlang mit meinen Kumpels Fahrrad gefahren war, und an dem Supermarkt, vor dem wir herumgelungert hatten, um Zigaretten von den älteren Jungs zu ergattern. Ich sah die Bushaltestelle, an der ich zum ersten Mal ein Mädchen geküsst hatte, Lucy Jones. Die Erinnerung an diese unbeschwerten Tage, die unwiederbringlich vergangen waren, schmerzte.

Als meine Gegenwart von den Schatten der Vergangenheit eingeholt wurde, erkannte ich plötzlich, dass ich keine Zukunft mehr hatte. Selbst wenn sich alles auf wundersame Weise aufklären würde, hätten mich die Anschuldigungen für immer ruiniert. Lauras und Effies Lügen verbreiteten sich in den sozialen Medien mit der Geschwindigkeit einer ansteckenden Krankheit. Alle Kollegen – und weiß Gott, wer noch – wussten inzwischen, was man über mich geschrieben hatte. Die Geschichte würde immer größere Kreise ziehen, weil alle Schüler und Eltern sie teilten. Mein Leben, wie ich es gekannt hatte, war vorbei. Irgendetwas bleibt immer hängen.

Zum ersten Mal seit ihrem Selbstmord verstand ich, wie Charlotte sich in ihrer tiefsten Verzweiflung gefühlt hatte.

Kapitel 29

Laura

Noch nie hatte ich Janine so selbstzufrieden erlebt wie in dem Moment, als sie mit Ryans Diktiergerät in der Hand wedelte. Ihr Gesicht war so verzerrt von Selbstgefälligkeit, dass es in sich zusammenzufallen drohte.

»Weißt du, was das hier ist?«, wollte sie wissen. »Auf diesem Gerät hat Ryan all eure Gespräche aufgezeichnet. Wie du Stunde für Stunde gegen alles verstößt, woran die Telefonseelsorge glaubt, indem du ihn ermutigst, seinem Leben ein Ende zu setzen.«

Ich ließ sie reden.

»Du solltest diesen Menschen unvoreingenommen zuhören«, fuhr sie fort. »Egal, von welchen Plänen sie dir auch erzählten, es war deine Aufgabe zuzuhören – und nicht, sie zum Sterben zu überreden. Irgendjemand muss dich aufhalten.«

»Und ich vermute, dass du dieser Jemand bist?«

Janine lächelte, bevor sie die Augen zusammenkniff.

»Warum hast du das noch nicht gegen mich verwendet?«, fragte ich. »Ich hätte erwartet, dass du mit diesem harmlosen Gerede gleich zum Hauptbüro läufst.«

»Wir wollen das doch nicht herunterspielen, Laura. Das hier ist mehr als nur harmloses Gerede! Das ist der Beweis, dass einer meiner ehrenamtlichen Mitarbeiter einen Selbstmord gefördert und unterstützt hat. Und wir wissen beide, dass das gegen das Gesetz verstößt. Aber nach reiflicher Überlegung habe ich beschlossen, dir eine Wahl zu lassen. Entweder leite ich das hier an die Verwaltung weiter und zeige dich bei der Polizei an oder ich gebe es dir zurück und du kannst die Beweise vernichten.«

»Als Gegenleistung für was?«

»Du verlässt sofort meine Einrichtung und setzt nie wieder einen Fuß in dieses Büro.«

»Das ist alles, was du von mir willst?«

»Nicht ganz. Du wirst außerdem deine Familie nie mehr wiedersehen. Du hältst dich von Effie, Alice, Henry und Tony fern.«

»Was?« Mir gefror das Blut in den Adern.

»Tony wird beim Familiengericht die Scheidung wegen deines unangemessenen Verhaltens beantragen. Du wirst dich nicht verteidigen und Tony das volle Sorgerecht gewähren. Sobald man dir das vorläufige Scheidungsurteil zugestellt hat, kannst du das Diktiergerät haben. Und deine Kinder können ihr neues Leben ohne dich beginnen.«

Endlich hatte Janine ihr wahres Gesicht gezeigt – sie war fast so selbstsüchtig und berechnend wie ich.

»Du bist nicht besser als ich«, sagte ich. »Wenn ich so ein schlechter Mensch bin, warum nutzt du dann diese Aufnahmen zu deinem eigenen Vorteil?«

»Habe ich jemals behauptet, etwas Besseres als du zu sein?«, fragte sie lachend. »Wir haben alle unsere eigenen Pläne, Laura. Du ermutigst Menschen zum Sterben. Ich lebe mit deinem zukünftigen Ex-Mann zusammen.«

»Du machst dir selbst etwas vor, wenn du das glaubst. Tony und ich sind dafür bestimmt zusammenzuleben, gemeinsam mit unseren Kindern. Effie ist bereits wieder ein Teil meines Lebens.«

»Aber wie lange noch? Ich wage zu behaupten, nicht mehr lange. Kurz bevor ich zu dir heruntergekommen bin, hat Tony mich angerufen. Er weiß, dass Effie von ihrem Lehrer belästigt wurde. Es steht auf der Facebook-Seite der Schule. Und sie ist anscheinend untröstlich. Ich habe mir den Profilnamen des ersten Eintrags angesehen – Charlotte Smith. Ryans Ehefrau, wenn ich mich recht erinnere? Weder Effie noch Ryan profitieren davon. Wenn also Charlotte nicht von den Toten auferstanden ist, bleibst nur du übrig. Ich glaube nicht, dass Tony oder deine Tochter dich mit offenen Armen empfangen werden.«

Wieder kniff Janine kurz die Augen zusammen, als müsste sie sich konzentrieren. »Drück auf die Wiedergabetaste«, sagte ich.

»Wie bitte?«

»Auf dem Diktiergerät. Drück auf die Wiedergabetaste. Du kannst nicht erwarten, dass ich deinen Forderungen zustimme, ohne zu hören, wessen man mich beschuldigt.«

»Wirklich?«, fragte sie. Ich nickte. Sie zuckte mit den Achseln und drückte auf einen Knopf. Sie lehnte sich zurück, während das Gerät einen zischenden Laut von sich gab. Nach einigen Sekunden der Stille sah sie auf den Bildschirm. Sie hatte auf die Vorspultaste gedrückt. Sie drückte noch einmal darauf, doch wieder war nichts zu hören. Ihr Gesichtsausdruck wechselte im Bruchteil einer Sekunde von verwirrt zu besorgt und dann zu bestürzt. Sie drückte andere Tasten, spielte an der Lautstärke herum und überprüfte die Batterien. Das Diktiergerät war komplett leer.

»Nun, Janine, es ist schön, dass ich nach all der Zeit dein wahres Ich kennenlernen durfte«, sagte ich lächelnd und stand auf. »Ich denke, ich werde meine Chance nutzen und nicht dich, sondern das Schicksal entscheiden lassen, was mit mir passiert.«

»Was hast du getan?«, bellte sie und erhob sich langsam. Plötzlich gaben ihre Beine nach und sie fiel auf das Sofa zurück. Sie sammelte sich kurz, bevor sie sich noch einmal aufrichten wollte, nur um erneut zu scheitern. Ich trat auf sie zu, während sie versuchte zu verstehen, was mit ihrem Körper geschah.

»Das pulverisierte Beruhigungsmittel, das ich in deine Muffins eingebacken habe, scheint schon zu wirken«, setzte ich an. Sie starrte mich verwirrt an, bevor sich langsam die Angst auf ihrem faltigen Gesicht ausbreitete. »Sie waren nicht alle gekauft. Aber zuerst gibst du mir das da.« Ich löste das Diktiergerät aus ihrem schwachen Griff und ließ es in meine Tasche fallen.

»Und dann sollten wir einige Dinge klarstellen.« Ich griff in die Tasche und zog die Lederhandschuhe heraus, die Tony zu Hause in der Garage zurückgelassen hatte. »Du und mein Mann, ihr werdet niemals zusammen glücklich werden. Ich lasse nicht zu, dass du mich bloßstellst und irgendjemandem erzählst, was ich getan habe. Du wirst nie verstehen, warum ich es tue oder wie es ist, den letzten Atemzug eines Menschen zu hören, weil du nicht in der Lage bist, so zu fühlen wie ich. Du respektierst die Zerbrechlichkeit des menschlichen Lebens nicht so wie ich. Du wirst auch nie wissen, wie sehr sich die Schönheit des Todes und die Schönheit der Geburt ähneln. Oder wie sich die ersten und die letzten Atemzüge gleichen. Du weißt nichts davon, weil du den Menschen nicht hilfst. Ich helfe Menschen. Ich rette sie vor sich selbst.«

Langsam zog ich die Handschuhe über Finger und Handflächen und kramte in der Tasche, bis ich fand, wonach ich suchte.

»Wenn ein Mensch seinen letzten Atemzug macht, ist es nicht mehr wichtig, was er im Leben getan hat. Kein Erfolg, den er errungen, und kein Misserfolg, den er erlitten hat, sind dann noch von Bedeutung, weil wir alle gleich sind. Gut oder böse, Heiliger oder Sünder, du oder ich, eines Tages begegnen wir uns alle auf Augenhöhe. Ich hatte das Glück, dass man mich oft gebeten hat, die einzige Person zu sein, die dieses Geräusch jemals hören wird. Und obwohl du mich nicht direkt gefragt hast, kann ich nur annehmen, dass du nichts dagegen hast, wenn ich auch bei deinem letzten Atemzug dabei bin.«

In Janines Gesicht spiegelte sich Entsetzen wider. Die Beruhigungsmittel ließen ihre Gliedmaßen schwer werden und ihre Sicht verschwimmen. Doch sie war noch in der Lage, Angst zu empfinden. Bevor sie ein weiteres Wort formulieren oder ihren Arm heben konnte, um sich zu verteidigen, ließ ich einen Hammer genau auf ihre Luftröhre fallen.

Der erste Schlag hinterließ eine Delle von der Größe einer Zehn-Cent-Münze. Doch der Aufprall des Metalls auf Haut und Knorpel war eher weich und erzeugte nicht das knirschende Geräusch, das ich erwartet hatte. Sie riss die Augen auf, als ihr Nervensystem Schmerzsignale an das Gehirn schickte. Die Beruhigungsmittel beeinträchtigten ihre Koordination, und als sie instinktiv versuchte, mit den Händen ihre Kehle zu schützen, fielen sie verzweifelt wieder herab. Sie rang durch ihre zersplitterte Luftröhre nach Atem, während sie langsam erstickte.

Ich hielt den Hammer über den Kopf und wartete, bis sie mich ansah. Sie musste verstehen, dass der erste Schlag kein einmaliger Ausrutscher war, bevor der zweite sie knapp über der Augenhöhle traf. Dieses Mal hörte ich das Reißen, das ich mir gewünscht hatte, und die Haut platzte wie ein Würstchen auf. Erst bewegte sie sich kaum, doch dann zuckte ihr Kopf plötzlich unwillkürlich. Ihre erweiterten Pupillen starrten mich an, und nach wenigen Sekunden war der Anfall vorbei.

Janine war noch bei Bewusstsein, als der dritte Schlag ihren Kopf traf, so als würde ich einen Nagel in ein Dielenbrett schlagen. Ihre Augen fielen in die Höhlen zurück und ich wusste, dass es mit dem nächsten Hieb vorbei sein würde. Doch noch wollte ich sie nicht tot sehen.

Ich setzte mich neben sie auf das Sofa und lehnte mich an sie. Aus der Kopfwunde tropfte das Blut über ihr Gesicht auf meine Wange und lief meinen Hals herunter. Leider gab es davon nicht so viel, wie ich es mir vorgestellt hatte.

Ich hielt das Ohr so nah wie möglich an ihre Lippen, damit ich zwischen den lauten Schlägen meines Herzens ihre letzten Atemzüge hören konnte. Es war, als würden alle meine Sinne geschärft: Alles, was ich sah, hörte und fühlte, wurde verstärkt – vom metallischen Geruch ihres Blutes bis zum Klang ihrer Fingerspitzen, die sanft auf das Sofa klopften. Janines Atem, der kaum noch hörbar war, wurde immer leichter, bis ich ihn nicht mehr am Ohr spüren konnte. Und dann, mit einer letzten winzigen Ausatmung, fuhr ihr Körper komplett herunter.

Anfangs konnte ich mich nicht rühren. Mein Kopf war völlig leer und legte eine Art Regenerationspause ein. Ich gönnte mir einen kurzen Moment der Ruhe, damit der hohe Adrenalinspiegel sinken und der Puls sich verlangsamen konnte, bevor ich die nächste Stufe meines Plans in Angriff nahm. Später hätte ich genügend Zeit, um es immer wieder in Gedanken durchzugehen.

Ich stand auf und gönnte mir einen letzten langen Blick auf Janines regungslosen Körper. Dafür dass ich ihr nun den letzten Atemzug rauben durfte, hatte es sich fast gelohnt, den Schikanen dieses Miststücks ausgesetzt zu sein.

Doch nun musste ich mich beeilen. Ich zerschlug mit dem Hammer das Vorhängeschloss, das das Besprechungszimmer von dem heruntergekommenen Gebäude nebenan trennte. Dann wischte ich mir mit Feuchttüchern ihr Blut von Gesicht, Ohr, Hals, Haaren und Kinn, bevor ich hinter dem Sofa eine Tasche hervorzog, die noch einmal genau die gleiche Kleidung enthielt, die ich trug. Ich zog mich um und warf die verschmutzten

Kleider, mein Notizbuch und Tonys Handschuhe in eine Mülltüte, zog mir ein Paar Latexhandschuhe über und ließ Janines Körper zurück, damit sich die Totenflecken bilden und ihre Gehirnzellen absterben konnten. Die Tür ließ ich leicht angelehnt.

Ich betrat das Nachbargebäude und brachte ein neues Vorhängeschloss an der Tür an, um die unvermeidliche Suche der Polizei hinauszuzögern. Das Licht des Handys führte mich durch die dunklen Gänge zum Hintereingang. Mit zwei festen Schlägen brach ich das Schloss der Hintertür auf, bevor ich die Tatwaffe auf den Boden fallen ließ. Nachdem ich noch einmal alles überprüft hatte, verließ ich das Gebäude. Ich zog die Laufschuhe in Männergröße aus, die ich getragen hatte, um Spuren auf dem staubigen Boden zu hinterlassen, schlüpfte in meine eigenen, nahm ein Foto aus der Tasche und warf es auf die zugewucherte Grünfläche. Dann schob ich einen Einwegbolzen am Tor auf, steckte die Latexhandschuhe in meine Tasche, griff nach dem Müllsack, kontrollierte, ob die Luft rein war, und machte mich auf den Heimweg.

Dort angekommen, warf ich beide Outfits, die ich an diesem Tag getragen hatte, in die Waschmaschine, startete den ersten von drei Waschgängen und ging unter die Dusche. Tonys Hand- und Laufschuhe hatte ich in einem Schuhkarton im Feld hinter dem Haus vergraben.

Schließlich setzte ich mich in meinem gemütlichen Bademantel und den kuscheligen Hausschuhen an die Küchentheke und goss mir ein Glas Rotwein ein. Es gab noch viel zu tun, weshalb ich auf meinem Handy eine Liste anlegte. Als Geschäftsführerin von Tonys IT-Firma erhielt ich einen regelmäßigen Monatslohn, für den ich nichts anderes tat, als darüber zu schweigen, wo wir das Geld aufgetrieben hatten, um das Unternehmen in der Anfangszeit zu finanzieren. Als Erstes würde ich einen Innenarchitekten engagieren, um die verrußten

Wände neu zu streichen und zu tapezieren. Dann brauchte ich einen Gärtner, der den verwilderten Garten hinter dem Haus wieder in Ordnung brachte.

Außerdem brauchte ich einen Glaser, der die vernagelten Fenster in den Doppelflügeltüren ersetzte, die Ryan zerschlagen hatte. Anschließend würde ich den Schaden der Versicherung melden. Vermutlich bekäme ich auch Schadensersatz von ihm, wenn die Sache vor Gericht ging. Sobald das Haus wieder so aussah wie früher, wäre es für die Rückkehr von Tony und den Mädchen bereit.

Ich lud mein Handy auf, um für die Flut von Anrufen gewappnet zu sein, die ich bald wegen Janines Tod erhalten sollte. Ich übte »O mein Gott, nein« in allen möglichen Tonfällen, bis ich endlich einen fand, der glaubwürdig klang.

Ich warf einen Blick auf die Uhr über dem Ofen. Inzwischen sollte man Janine entdeckt haben. Vermutlich war die Polizei bereits vor Ort und wartete auf die Forensiker, die unser Gebäude sowie die angrenzenden Räumlichkeiten untersuchen würden. Dort würden sie den Hammer finden, den ich aus Ryans Wohnung gestohlen hatte, als der Immobilienmakler nicht hingeschaut hatte. Ich hatte ihn auf der Anrichte entdeckt und vorsichtig, nur mit dem Jackenärmel, in die Tasche gelegt. Tests würden ergeben, dass sich Blut, Haare und Haut von Janine sowie Ryans Fingerabdrücke daran befanden.

Bei einer Autopsie würde ihr Mageninhalt beweisen, dass man sie betäubt hatte. Aber sie hatte immer so oft und viel gegessen, dass man kaum feststellen könnte, wie die Betäubungsmittel in ihren Körper gelangt waren. Und, wie jeder wusste, weigerte sie sich, mein glutenhaltiges Gebäck zu essen. Damit war ich in Sicherheit.

Außerhalb des Gebäudes würden sie ein zerrissenes Foto von mir finden, das ich in der Nacht in »Stevens« Haus von den Wänden gerissen hatte. In der Panik hatte ich mir damals einige davon in die Tasche gesteckt, bevor er auf mich losgegangen war. Ich hoffte, dass es mit Ryans Fingerabdrücken und einem unsichtbaren Rückverfolgungscode versehen war, der zur Seriennummer seines Druckers führen würde. Noch besser wäre natürlich, wenn sich seine Fingerabdrücke auf dem Klebeband befänden. Von mir würden sie keine finden. Ich hatte Handschuhe getragen.

Ryans Rachefeldzüge gegen mich, die Telefonseelsorge und Effie waren bereits bei Polizei und Schule aktenkundig. Nach der Anzahl der Facebook-Likes und Weiterleitungen meiner Beiträge zu urteilen, hatten schon Hunderte von Menschen auf der Plattform das Video gesehen, wie er in mein Haus einbrach. Sie hatten erlebt, wie gewalttätig er war. Und in dem Terminplaner fand sich der Beweis, dass er heute Nachmittag einen Termin bei Janine hatte.

Ryan und Janine. Zwei Fliegen mit einer Klappe. Oder besser gesagt, mit einem Hammer.

Ich war furchtbar aufgeregt, als das Handy plötzlich vibrierte. Doch auf dem Display erschien Effies Name.

»Hallo, meine Süße. Ich erwarte einen wichtigen Anruf. Kann ich dich später zurückrufen?«

»Wie konntest du das tun, Mum?«, schluchzte sie. »Alle in der Schule wissen, dass ich diese Aufnahme gemacht habe. Alle hassen mich und sagen, ich hätte mit Mr Smith geschlafen. Sie nennen mich eine Schlampe und behaupten, ich hätte ihn verführt.«

»Ignorier sie einfach, mein Schatz. In solchen Situationen gibt man immer den Frauen die Schuld.«

»Aber ich bin schuld, oder?«

»So einfach ist das nicht, Effie. Du bist zu jung, um zu verstehen, dass er Dinge getan hat, die wir ihm nicht durchgehen lassen können.«

»Das ist mir egal!«, heulte sie. »Du hast mein Leben ruiniert. Ich will dich nie mehr wiedersehen!«

»Effie, bitte sag so etwas nicht. Warum treffen wir uns nicht morgen auf einen Kaffee und …«

»Nein! Ich werde Dad erzählen, wozu du mich gezwungen hast.«

»Bevor du das tust, solltest du eine Sache bedenken«, antwortete ich ruhig. »Du hast damit angefangen. Deine dämliche Teenie-Schwärmerei hat die ganze Sache erst ins Rollen gebracht. Dein heiß geliebter Vater ist bereits völlig durch den Wind wegen der Schwierigkeiten, die du ihm bis jetzt bereitet hast, und ich will mir nicht ausmalen, was das bei ihm anrichten wird. Und wenn die Polizei und die Schule herausfinden, dass du gelogen hast, musst du schon wieder die Schule wechseln. Wahrscheinlich wird man dich wegen deiner falschen Anschuldigungen auch anklagen. Und dein Vater kann nicht viel tun, um dich davor zu schützen. Und du bist alt genug, um in eine Jugendstrafanstalt gesteckt zu werden. Ich habe keine Ahnung, wie du das durchstehen wirst. Bevor du deinem Vater von meiner Beteiligung erzählst, solltest du also gründlich über die möglichen Folgen nachdenken.«

Sie verstummte. »Du musst eines bedenken, Effie – du und ich, wir beide sind aus demselben Holz geschnitzt. Du bist die Tochter deiner Mutter. Und du kannst so viel von mir lernen.«

Ich war so wütend auf sie, dass ich ihr keine Chance gab, mir zu antworten. Stattdessen legte ich auf und zerschlug mein Weinglas. All das hatte ich für sie getan, für uns alle. Aber sie war zu egoistisch, um es zu schätzen zu wissen. Je mehr ich darüber nachdachte, desto zorniger wurde ich.

Ob es Effie nun gefiel oder nicht, ich würde mich durch nichts davon abhalten lassen, meine Familie wieder unter einem Dach zu vereinen. *Durch absolut nichts.*

Kapitel 30

Ryan

Der Wind pfiff durch die Lamellen des Kühlergrills und die verbeulte Motorhaube und ließ sie vibrieren. Er blies auch unter den Radkästen und am Fahrwerk entlang. Manchmal fühlte es sich an, als würde das Auto angehoben und durch die Luft gewirbelt.

Seit dem frühen Abend saß ich auf dem Fahrersitz und hatte inzwischen auch den letzten Tropfen Wodka getrunken. Nun brach das Tageslicht durch den dichten Schleier der Nacht und ich wurde wieder nüchtern. Doch mit dem Anbruch eines neuen Tages würde sich für mich auch nichts ändern. Kein Alkohol konnte auslöschen, was aus meinem Leben geworden war.

Ich dachte darüber nach, wie es hätte sein können, wenn ich nicht versucht hätte, Charlottes Depressionen zu verstehen, wenn ich einfach akzeptiert hätte, dass ich durch sie meine Frau verloren hatte, und dann irgendwie weitergemacht hätte.

Hin und wieder tauchte ein anderes Auto auf dem Parkplatz auf und ich beobachtete, wie die Fahrer in Laufschuhen oder mit Hunden an der Leine ausstiegen, um die Ruhe der frühen

Morgenstunden zu genießen. Sah man vom Wind ab, war dieser Ort unvorstellbar still.

Ich war fast zwei Stunden lang nach Birling Gap in East Sussex gefahren, an den Ort, an dem Charlotte sich das Leben genommen hatte. Seit ihrem Tod hatte ich öfters überlegt, ob ich hierherkommen und herausfinden sollte, warum sie gerade diese Stelle ausgewählt hatte. Doch bisher hatte ich mich nicht dazu durchringen können.

Ich hatte mich so lange gefragt, was so schrecklich am Leben eines Menschen sein konnte, dass er ihm deshalb ein Ende setzte. Jetzt verstand ich, dass jeder den Punkt erreichen kann, an dem alles zu viel wird, ob es nun ein chemisches Ungleichgewicht im Kopf ist oder eine Vergangenheit, die einen verfolgt, oder andere Menschen, die einem die Kontrolle über das eigene Leben entrissen haben. Ich hatte diesen Punkt erreicht.

Ich hatte alles, was mir am Herzen lag, verloren. Was ich getan hatte, konnte ich nicht mehr ungeschehen machen, weder die Dinge, die man mir vorwarf, noch die, an denen ich keine Schuld trug. Ich hatte keine Frau, keinen Sohn, keinen Job, keine Eltern, keinen Bruder mehr … ich hatte nichts mehr, wofür es sich zu leben lohnte.

Ich hatte an genau derselben Stelle geparkt, wo Charlotte laut den Aufnahmen der Fahrzeugkamera gestanden hatte. Ich öffnete die Autotür, griff mir einen alten Mantel, der auf der Rückbank lag, und zog ihn an. Ich hatte mir so oft Fotos und Videos der Gegend im Internet angesehen, dass sie mir vertraut erschien – ja, sogar tröstlich –, obwohl ich nie zuvor hier gewesen war.

Ich schaltete den Flugmodus meines Handys ab und eine Meldung nach der anderen poppte auf dem Bildschirm auf. Kurznachrichten, E-Mails, verpasste Anrufe. Plötzlich begann es zu vibrieren und Johnnys Bild erschien auf dem Display. Ich zögerte kurz, bevor ich das Gespräch annahm, ohne ein Wort zu sagen.

»Ry?«, fragte er. »Ryan? Kannst du mich hören?«

»Ja.«

»Wo zum Teufel steckst du? Die Polizei sucht nach dir.«

»Das dachte ich mir.«

»Sie waren erst in deiner Wohnung und dann bei Mum und Dad. Was zum Teufel ist passiert?«

Ich gab ihm keine Antwort.

»Ry? Verdammt! Sie sagen, du hast vielleicht eine Frau getötet!«

»Welche Frau?«

»Sie arbeitete bei der Telefonseelsorge.«

»Laura?«

»Nein, Janine Thomson. War sie es, der du dein Diktiergerät gegeben hast?«

»Ja.«

»Du hast ihr auf dem Anrufbeantworter gedroht und gesagt, du würdest zu ihr kommen. Und dann hat man sie tot aufgefunden.«

Ich schaute in den Himmel, schloss die Augen und lachte. Sie hatte mich erneut geschlagen. Ich hatte Laura immer wieder unterschätzt. Und sie hatte mir immer wieder bewiesen, dass ich falschlag. Egal, was sie nun getan hatte, sie hatte mich endgültig fertiggemacht. Mein Wort bedeutete nichts, also war es sinnlos, es zu erklären.

»Ich schicke dir gleich eine E-Mail«, sagte ich schließlich. »Kümmere dich um Mum und Dad. Und sag ihnen, dass es mir leidtut. Ich liebe dich, Bruderherz.«

»Ry, was hast du …«

Ich legte auf und schickte Johnny die E-Mail, an der ich fast die ganze Nacht geschrieben hatte. Dann schaltete ich das Handy aus und schob es wieder in die Jackentasche.

Ich hatte nach Laura gesucht, weil ich herausfinden wollte, warum meine Frau sich umgebracht hatte. Ich war ihr drei Mal begegnet, war aber so sehr mit meiner Rache beschäftigt, dass ich Laura nie danach gefragt hatte. Nun hatte ich meinen Frieden damit gemacht, dass ich es nie erfahren würde.

Langsam ging ich in Richtung des Geländers am Rand der Klippe. Ich stellte mir vor, ich hielte Charlottes Hand in der einen und die unseres Sohnes Daniel in der anderen Hand und spräche ein letztes Mal mit ihr.

»Hattest du Zweifel, als du hier angekommen bist?«, fragte ich.

Nein. Ich war mir sicher, dass es das war, was ich wollte.

»Hast du an mich gedacht?«

Ja, natürlich habe ich das. Ich liebe dich.

»Hast du mit dem Baby geredet?«

Ja, ich habe ihm gesagt, dass es mir leidtut und dass es uns bald gut gehen wird.

»Woran hast du als Letztes gedacht?«

An unseren Hochzeitstag und wie wir alle in den Garten gingen, um die Papierlaternen anzuzünden. Erinnerst du dich daran? Wir haben sie aufsteigen lassen und zugesehen, wie sie über den Feldern immer höher stiegen. Wenn ich zurückkehren und für immer bei einem Moment verharren könnte, wäre es genau dieser.

»Warum hast du mich verlassen?«

Es war nicht deine Schuld. Es war das, was ich tun musste.

Erst jetzt, als ich in Charlottes Fußstapfen trat, konnte ich verstehen, dass es nicht egoistisch von ihr gewesen war, sich das Leben zu nehmen. Kein Selbstmörder ist egoistisch. So wie ich jetzt, glaubten sie tief in ihrem Herzen, dass das manchmal alles ist, was man noch tun kann.

Und während ich über das Geländer stieg und die letzten Schritte bis zum Rand der Klippen ging, schaute ich in den Horizont und spürte den Wind in den Haaren. Ich schloss die

Augen, sodass nur noch das Orange und das Rot der Sonne durch meine Lider drangen. Und alles, was ich noch fühlen konnte, waren die weichen, warmen Hände meiner Frau und meines Sohnes.

»Es tut mir leid, Charlotte. Es tut mir leid, dass ich dir nicht helfen und dich zum Bleiben überreden konnte. Ich hoffe, dass du vor deinem Tod einen Weg gefunden hast, mir zu verzeihen, dass ich dich enttäuscht habe, so wie ich dir verzeihe. Ich liebe dich.«

Ich liebe dich auch, Ryan.

Ich lächelte, als wir alle zusammen fielen.

TEIL 3

Kapitel 1

Laura

Zwei Monate nach Ryan

Lächelnd zog die Bürgermeisterin von Northampton an dem Seil und ein kleiner roter Vorhang öffnete sich. Das Blitzlicht der Fotografen ließ die schwere goldene Amtskette an ihrem Hals leuchten, als sie Bilder von ihr, dem Bereichsleiter der Telefonseelsorge und mir schossen, wie wir zu beiden Seiten der mit Kupfer überzogenen Plakette posierten.

Janine Thomson House stand darauf. *In Erinnerung an unsere Freundin und Kollegin.*

Einige Mitarbeiter aus unserem Büro sowie ein paar unbekannte Gesichter aus den Einrichtungen benachbarter Bezirke schlossen sich der kleinen Trauerfeier an, als ich auf die Stufen vor dem Gebäude trat. Ich war mir nicht sicher, ob ich nervös war, weil ich vor den Leuten sprechen sollte oder weil Tony nur wenige Meter von mir entfernt stand.

Ich sah ihn erst zum zweiten Mal seit dem plötzlichen Tod der armen Janine wieder.

Obwohl ich ihm mehrere SMS geschrieben und Nachrichten auf seinem Telefon hinterlassen hatte, hatte er nicht zurückgerufen. Ich bekam eine Gänsehaut, als ich ihn jetzt sah, und allein bei dem Gedanken an unsere Zukunft musste ich grinsen. Doch ich hielt mich zurück. Dafür war jetzt weder die Zeit noch der Ort.

Warum waren Effie und Alice nicht bei ihm? Ich hatte sie vor einem Monat bei Janines Beerdigung von den hinteren Kirchenreihen aus beobachtet. Die Gottesdienstordnung hatte größtenteils den anderen in meiner schwarzen Tasche geglichen. Die Mädchen hatten neben ihrem Vater in der zweiten Reihe Platz genommen, ganz in der Nähe von Janines Familie, was doch ein wenig übertrieben war. Es war ja nicht so, dass die Sache zwischen Tony und ihr etwas Ernstes gewesen wäre. Er hatte sie nur benutzt, um mich zu ärgern und um mir eine Lektion zu erteilen – um mir zu zeigen, dass ich ihm eine gute Ehefrau zu sein hatte, *eine bessere Ehefrau.*

Nachdem man Janines fülligen Körper zu einem Haufen Asche reduziert hatte, hatte ich Effie geschrieben und ihr ein Friedensangebot gemacht. Doch sie badete immer noch in Selbstmitleid. Sie schien nicht zu verstehen, dass es ein notwendiges Opfer gewesen war, die Aufzeichnung ihres Gesprächs mit Ryan online zu stellen. Doch unsere Beziehung zu kitten, stand für mich im Moment nicht im Vordergrund. Meine oberste Priorität war Tony. Wenn wir erst wieder zusammen waren, würden sich die übrigen Bruchstücke meiner Familie dann von allein zusammenfügen.

Vermutlich musste er vorerst die Fassade des trauernden Freundes aufrechterhalten. Ich trug die kupferfarbenen Ohrringe und die dazu passende Halskette, die er mir zum neunten Hochzeitstag geschenkt hatte, und das schwarze Kleid, das ich auf unserer letzten gemeinsamen Weihnachtsfeier in seiner Firma getragen hatte. Damals konnte er es kaum erwarten, mich davon zu befreien, während er mich gegen die Aktenschränke in seinem Büro drängte und sich einen Weg in mich bahnte. Sein Gesicht war vor Lust verzerrt gewesen und hatte ganz anders ausgesehen als heute. Nur wir beide wussten, dass dies hier bloß Theater war.

Als Nächstes war es an mir, eine Rede auf Janines Feier zu halten. Ich zog ein Blatt Papier aus der Tasche, faltete es auseinander und räusperte mich, bevor ich laut vorlas.

»Guten Morgen, ich danke Ihnen im Namen der Telefonseelsorge herzlich für Ihr Kommen.«

Ich schaute angemessen feierlich in die Runde. Tonys Blick war als einziger kalt und hart.

»Der furchtbare Tod unserer lieben Freundin Janine hat ihre engen Freunde, ihre Mitarbeiter und das gesamte Land tief getroffen«, fuhr ich fort. »Mit ihrer Großherzigkeit, ihrer freundlichen Art und ihrer Wohltätigkeitsarbeit widmete sie sich voll und ganz der Hilfe anderer. Und für diese Hingabe wurde sie mit einem brutalen Überfall belohnt, der ihrem Leben viel zu früh ein Ende setzte. Leider konnten wir von der Telefonseelsorge diesem in Not geratenen Mann nicht helfen, der für ihren Tod verantwortlich ist. Wie Sie sicher wissen, hat er sich das Leben genommen, anstatt sich den Folgen seiner Taten zu stellen. Doch die Ereignisse dieses schrecklichen Tages beweisen, wie notwendig ein sicherer Hafen wie unsere Wohltätigkeitsorganisation für alle Menschen ist, die verzweifelt jemanden suchen, der ihnen zuhört. Daher haben wir dieses Gebäude nach Janine Thomson benannt. Wir wollen andere damit daran erinnern, dass wir immer hier sind, um ihnen zuzuhören.«

Als der höfliche Applaus einsetzte, tupfte ich mir mit einem Taschentuch die Krokodilstränen aus den Augenwinkeln. Als wir hineingingen, konnte sich kaum jemand der morbiden Faszination entziehen, die die geschlossene Tür ausübte, hinter der Janine ihren letzten Atemzug gemacht hatte. Alle drehten die Köpfe in ihre Richtung.

Nachdem die Polizei den Raum endlich wieder für uns freigegeben hatte, war ich es gewesen, die alles organisiert hatte – von der professionellen Reinigung bis zum Einbau neuer Schlösser. Nun war ich auch die Einzige, die einen Zusatzschlüssel besaß. Und manchmal nahm ich mir am Ende meiner Schicht die Zeit, mich auf ebenjene Stelle auf dem Sofa zu setzen, auf der Janine gestorben war. Dann schloss ich die Augen und durchlebte unsere Konfrontation noch einmal. Den Schlag des Hammers gegen ihren Kopf und ihr letztes, verzweifeltes Ringen nach Luft – manchmal erinnerte ich mich so deutlich daran, als säße sie noch neben mir.

Im Konferenzraum im hinteren Teil des Gebäudes hatte ich von einem kleinen Teil des Geldes, das nach Janines Tod gespendet worden war, ein Buffet aufgebaut. Die Geschichte, wie die gutherzige Wohltätigkeitsarbeiterin an ihrem Arbeitsplatz mit einem Hammer erschlagen worden war, hatte landesweit für Schlagzeilen gesorgt und Spenden im Wert von mehr als hunderttausend Euro eingebracht. Zuerst hatte es mich geärgert, dass man sie für eine Heldin hielt und ich nie die Lorbeeren für dieses Geld würde ernten können. Doch irgendwann schloss ich meinen Frieden damit. Letztlich hatte ich gewonnen.

Außerdem geriet ein Mann in die Schlagzeilen, den man beschuldigte, sie ermordet zu haben. Man hatte die DNA von Ryan Smith an der Mordwaffe gefunden und nahe dem Tatort ein irritierendes Foto von mir entdeckt. Daraus schlussfolgerte man zunächst, er wäre hinter mir her gewesen … bis man Ryans Sprachnachricht auf Janines Handy entdeckte, in der er behauptete, sie »schulde« ihm etwas.

Später spürte man Ryans Auto an derselben Stelle auf, wo das seiner Frau gestanden hatte, und man vermutete, dass er ihr in den Tod gefolgt war. Ich wünschte, ich hätte seinen letzten verzweifelten Atemzug gehört, so wie ich dem seiner Frau gelauscht hatte.

Kevin und Zoe traten auf mich zu, um mir zu sagen, wie sehr Janine meine Rede gefallen hätte. Doch wir wussten alle drei, dass sie mich nicht als Rednerin gewollt hätte. Ich sah mich in dem Raum nach Mary um. Vielleicht hatte sie ihre Meinung geändert und sich uns angeschlossen. Doch seitdem sie Janines Leiche gefunden hatte, brachte sie es nicht mehr über sich, dieses Gebäude zu betreten.

Plötzlich fiel mir auf, dass auch Tony nicht mehr da war. Ich lief hinaus und holte ihn ein Stück weiter die Straße hinauf ein. Er hielt den Autoschlüssel schon in der Hand.

»Tony!«, rief ich. »Warte bitte!«

Er blieb mit dem Rücken zu mir stehen, bevor er sich schließlich umdrehte. Er schien wütend zu sein, doch ich wusste nicht, warum.

»Du willst schon gehen?«

»Das war eine schöne Rede«, antwortete er.

»Danke. Ich hielt es für das Beste, sie kurz zu halten.«

»Es ist eine Schande, dass du kein Wort davon ernst gemeint hast.« Seine Direktheit überraschte mich.

»Kannst du mir das verübeln?«, fragte ich. »Ihr habt euch hinter meinem Rücken getroffen. Aber jetzt ist es auch egal, dass Janine und ich nicht immer einer Meinung waren. Der Tod macht alle gleich und niemand verdient, was ihr zugestoßen ist.«

»Verschon mich damit, Laura! Ich weiß, was du wirklich denkst. Du hast kaum eine Miene verzogen, als du den Text abgelesen hast.«

Ich wollte mich nicht mit ihm streiten, obwohl er es fast darauf anzulegen schien.

»Wie geht es den Mädchen?«, fragte ich. »Es fühlt sich an wie eine Ewigkeit, seitdem ich sie das letzte Mal gesehen habe. Ich habe ihnen mehrere Nachrichten hinterlassen, aber sie haben mich bisher nicht zurückgerufen.«

»Und was sagt dir das?«

»Ich hatte mir überlegt, ob ich einfach mal vorbeischaue …«

Er trat einen Schritt auf mich zu. »Du hältst dich von ihnen fern! Hast du mich verstanden?«, zischte er. »Du hast ihnen schon genug angetan.«

Ich verdrehte die Augen. »Geht es immer noch um Effie und ihren Lehrer?«

»Worum sonst? Sie hat mir alles erzählt. Wie er versucht hat, sich bei ihr einzuschmeicheln, und wie du ihr eingebläut hast, mir nichts davon zu erzählen. Ich bin ihr Vater! Ich hatte ein Recht, es zu erfahren!«

Ich wette, sie hat dir nicht alles erzählt, dachte ich bei mir. Wenn sie nur ein bisschen nach ihrer Mutter kam, hatte sie ihm verschwiegen, dass sie nur zu gern geholfen hatte, Ryan hereinzulegen, und dass sie genau gewusst hatte, dass er kein Pädophiler war.

»Ich habe mich um das Problem gekümmert«, antwortete ich. »Ich wollte dir zeigen, dass ich wieder in der Lage bin, eine gute Mutter zu sein.«

»Eine gute Mutter hätte es mir gesagt. Eine gute Mutter hätte ihre Tochter nicht öffentlich gedemütigt und die Aufnahme auf Facebook eingestellt, damit die ganze Welt sie hören kann.«

»Die Schule brauchte einfach zu lange, um endlich tätig zu werden.«

»Wusstest du, dass sie jetzt zu Hause unterrichtet wird, weil sie so heftig gemobbt wurde?«

»Nein. Aber wenn du auf meine Nachrichten geantwortet hättest, hätte ich ihr vielleicht helfen können.«

Er wurde immer lauter. »Wie hättest du denn helfen können, wo das Ganze doch deine Schuld ist? Ich weiß, was er dir vorgeworfen hat und was du mit manchen Anrufern machst. Also warst du der Auslöser für das, was dieser Mistkerl meiner Tochter und Janine angetan hat.«

Irgendetwas in seiner Miene sagte mir, dass er auch etwas bereute. Doch ich wusste nicht genau, was.

»Alles, was ich je getan habe, habe ich gemacht, weil ich dich und unsere Familie liebe. Ich will doch nur, dass wir wieder alle zusammen sind. Ist das denn zu viel verlangt?«

»Nein, Laura, alles, was du tust, dient nur deinem Besten. Das war schon immer so. Alles andere sind nur Kollateralschäden im Kampf um das, was du willst.«

»Mag sein, dass ich ein paar Fehler gemacht habe«, räumte ich ein, »aber angefangen hat das alles nur, weil du unsere Familie zerstört hast.«

»Und das war das Beste, das ich je getan habe. Denn den Mädchen und Henry geht es ohne dich besser. Du hast einen schlechten Einfluss auf unser Leben. Janine war ein guter Mensch und tausend Mal mehr wert als du. Das einzig Gute an ihrem Tod ist, dass die Leute sie als die wundervolle Frau in Erinnerung behalten, die sie war.«

Nicht mehr lange, dachte ich. Als ich am Nachmittag ihres Todes ihr iPad aus der Handtasche genommen hatte, konnte ich auf die Passwortliste zugreifen, die sie dort abgespeichert hatte, weil sie zu blöd war, um sie sich zu merken. Auch ihre Bankdaten und die der Telefonseelsorge standen darauf. Kurz bevor sie ihrem Schöpfer gegenübertrat, hatte ich fünfzigtausend Euro vom Konto der Wohltätigkeitsorganisation auf ihr eigenes überwiesen. Weitere fünftausend Euro hatte ich auf ihre Glücksspielkonten im Internet eingezahlt. In wenigen Wochen stand die Jahresprüfung der Buchhalter an. Sie würden nicht lange brauchen, um das fehlende Geld aufzuspüren.

Ich ballte die Fäuste und atmete tief durch. »Tony, jetzt ist weder die rechte Zeit noch der Ort für diese Diskussion. Warum kommst du heute Abend nicht vorbei und wir reden in Ruhe darüber?«

»Nein, Laura. Du kapierst es nicht, oder?« Er klang entnervt. »Ich will nie wieder in dieses Haus oder in deine Nähe kommen. Du bist Gift.«

»Acht Uhr«, antwortete ich. »Komm vorbei und ich koche uns was Leckeres.«

Er schüttelte den Kopf, als er in sein Auto stieg und losfuhr.

Kapitel 2

Laura

Drei Monate nach Ryan

Es kamen nur wenige Trauergäste zu Ryans Beerdigung – höchstens ein Dutzend und die ganze Familie, soweit ich das erkennen konnte. Doch die Sicht aus meinem Auto war nicht besonders gut. Bei Chantelle waren mindestens doppelt so viele gekommen, und sie war nur eine schnöde Drogenabhängige gewesen. Aber wer will schon in der Öffentlichkeit gesehen werden, wie er sich von einem Mann verabschiedet, den man der Pädophilie und des Mordes beschuldigt? Das würde niemanden in einem guten Licht erscheinen lassen.

Als in den Zeitungen berichtet wurde, man hätte eine Leiche in den Fischernetzen vor der Küste von East Sussex gefunden – also nahe der Stelle, an der Ryan von den Klippen gesprungen war –, hatte ich die Daumen gedrückt und gebetet, dass er es war. Wirklich entspannen konnte ich mich aber erst, als er anhand der DNA eindeutig identifiziert worden war.

Tag und Ort seiner Beerdigung wurden nicht öffentlich bekannt gegeben. Ich gab mich als Familienmitglied aus, das wissen wollte, wohin es die Blumen schicken sollte. Und nach zahlreichen Anrufen geriet ich endlich an den Leiter des Beerdigungsinstituts, der die Beerdigung organisierte.

Ryans Leiche wurde nicht im Leichenwagen transportiert und ihm folgten keine Familienmitglieder in schwarzen Limousinen. Es gab weder einen Gottesdienst noch ein Begräbnis. Stattdessen brachte man ihn in einem nicht gekennzeichneten Leichenwagen direkt ins Krematorium nach Kettering. Die einzigen Blumen, die ihn bei seiner Ankunft empfingen, waren meine Lilien. Sie waren persönlich vor der Tür abgelegt worden, zusammen mit einer anonymen Karte. Darauf stand: *Ich habe gewonnen.*

Vor dem Krematorium warteten die Fotografen der Nachrichtenagenturen und eines lokalen Fernsehsenders, denen ich einen Tipp gegeben hatte. Sie machten Fotos und filmten den Sarg, als er aus dem Fahrzeug gezogen und hineingebracht wurde. Ich hatte Ryan nicht nur sein Leben genommen, sondern auch seine Beerdigung.

Ich schloss mich Ryans Trauergästen nicht an. Ich wollte nicht riskieren, dass man mich enttarnte. Stattdessen blieb ich im Auto – obwohl es mich etwas frustrierte, nicht dabei zu sein, wenn nach all meinen Mühen der letzte Vorhang hinter seinem Sarg fiel. Was sie wohl mit der Asche machen würden? Sie in der Nähe von Charlotte verstreuen? Zum ersten Mal hatte ich den Tod eines Ehepaares arrangiert. Das mit dem nächsten Kandidaten zu toppen, würde schwer werden.

Nachdem alle hineingegangen waren, dachte ich daran, dass ich das letzte Mal in einem Krematorium gewesen war, um mich von Nate zu verabschieden. Damals waren noch weniger Trauergäste gekommen als zu Ryans Beerdigung – nur ich selbst und sechs seiner obdachlosen Freunde, die ich mit so viel Alkohol bestochen hatte, dass es für eine Woche reichte. Ich war mir nicht mal sicher, ob sie wussten, wer Nate eigentlich war.

Mir fehlten die Gespräche mit meinem Freund. Auch in den Zeiten, in denen wir keinen Kontakt hatten, hatte mir allein das Wissen, dass er irgendwo war, das Gefühl gegeben, dass jemand auf meiner Seite stand. Ich verstand immer noch nicht, warum sich der Gerichtsmediziner und die Polizistin bei Zeitpunkt und Ort seines Todes so irrten. Und warum hatten sie meine Einsprüche so schnell abgewiesen? Ich war mir sicher, dass ich ihn noch sechs Monate nach dem offiziell ermittelten Todeszeitpunkt gesehen hatte. Doch ich war froh, dass ich bei seinem letzten Atemzug nicht bei ihm gewesen war.

Als ich zurückkam, war mein Haus noch immer leer. Makellos, aber leer. Trotz der offenen Fenster und der Lufterfrischer, die ich in allen Zimmern aufgestellt hatte, hing der ölige Geruch frischer Farbe in der Luft.

Die polnischen Innenausstatter, die ich engagiert hatte, hatten beim Tapezieren der Wände und Streichen der Decken gute Arbeit geleistet. Vom Geländer über die Sockelleisten bis hin zu den Türrahmen glänzte nun alles in arktischem Weiß. Irgendwie erinnerte es mich an ein Iglu.

Außerdem hatte ich mich im Internet umgesehen und an Wohnbeispielen aus Online-Magazinen für Innenarchitektur orientiert. Bei den neuen Kissen, Vorhängen und Teppichen hatte ich mich für helle Farbakzente in Gelb und Grün entschieden. Ich hatte Familienfotos nachdrucken und rahmen lassen, um sie an den Wänden aufzuhängen und auf der Anrichte und den Fensterbänken aufzustellen. Und ich hatte nagelneue Bettwäsche und Möbel für die Kinderzimmer gekauft. Das Gleiche hatte ich mit Tonys Zimmer gemacht. Doch sobald wir wieder eine Familie waren, würde es nicht mehr lange dauern, bis er in unser Bett zurückkehrte.

Die helleren Frühlingsabende hielten mir die Dunkelheit vom Leib. Ich zog die neu verglasten Doppelflügeltüren auf, setzte mich in einen Terrassenstuhl und zog genüsslich an einer

Zigarette. Bevor Tony und ich wieder zusammenkamen, musste ich mir diese Angewohnheit dringend abgewöhnen. Er hasste Tabakgeruch. Die Büsche und der Rasen um mich herum waren sauber geschnitten, das schäbige alte Trampolin der Mädchen demontiert und entsorgt. Der Zaun war repariert, ein neuer Rasen verlegt und die Blumenbeete umgegraben und neu bepflanzt. Alles um mich herum wirkte wie der Blick durch ein Kaleidoskop, voller Farben und frischem Glanz. Ein Neuanfang für alles und jeden.

Ich musste lächeln, als ich an die Zukunft dachte. Es gab keinen Ryan und keine Janine mehr, die sich in unser Leben einmischten. Es gab nichts, was uns daran hindern könnte, das, was wir einmal hatten, wieder zu neuem Leben zu erwecken – abgesehen von Tonys Sturheit. Er hatte meine Einladung zu einem klärenden Gespräch nach der Enthüllung der Gedenktafel nicht angenommen. Tatsächlich hatte er Wort gehalten. Er wollte nichts mehr mit mir zu tun haben.

Anfangs war das ziemlich entmutigend gewesen, doch inzwischen hatte ich erkannt, dass es mein Fehler, meine eigene Dummheit gewesen war. Ich hatte ihn zu früh zu sehr gedrängt. Vielleicht trauerte ein Teil von ihm wirklich um Janine. Ich war immer so stolz auf meine Geduld gewesen und auf einmal wollte ich die Dinge forcieren und setzte ihn unter Druck, obwohl er die Dinge noch verarbeiten musste. Dabei hatte ich in der Ausbildung gelernt, dass Menschen, die leiden, manchmal dumme Dinge sagen, die sie nicht wirklich so meinen.

Plötzlich klingelte mein Handy. Hektisch drückte ich wie ein ertapptes Schulmädchen die Zigarette aus und schnippte sie hinter eine Gießkanne. Die Nummer war unterdrückt und ich hoffte, dass es Effie oder Tony war. Vor Kurzem hatten sie ihre Nummern geändert, sodass ich zu ihrem Haus fahren musste, nachdem die Scheidungsunterlagen mit der Post gekommen waren. Zu meiner Überraschung waren sie aus ihrem Mietshaus ausgezogen. Und als ich zu Alices Schule fuhr, um sie zum Tee abzuholen, erklärte mir ihre Lehrerin, sie sei auf eine Privatschule in einer anderen Grafschaft gewechselt, weigerte sich aber, mir zu sagen, auf welche. Auch in den sozialen Medien gab es keine Spur von ihnen. Und Tony hatte sich sogar eine Auszeit von der eigenen Firma genommen.

Ich konnte nur noch per E-Mail mit meinem Mann kommunizieren. In der letzten Woche hatte ich ihm geschrieben, dass Henry an einer heftigen Brustentzündung litt und er ihn doch besuchen sollte. Als ich keine Antwort bekam, schrieb ich ihm noch einmal, erwähnte dieses Mal aber zusätzlich einige medizinische Fachausdrücke und einen drohenden Krankenhausaufenthalt. Außerdem hängte ich ein Foto von Henry an, wie er in seinem Bett schlief, um Tonys Schuldgefühle weiter zu verstärken.

»Hallo, spreche ich mit Mrs Morris?«, fragte eine Frauenstimme.

»Ja. Wer spricht denn da?«

»Ich bin Belinda vom Kingsthorpe Pflegeheim.«

Ich presste das Telefon fester ans Ohr. »Ist etwas mit Henry? Ist er okay?«

»Ja, es geht ihm gut. Hier ist jemand, der ihn besuchen möchte, aber ich brauche Ihre Erlaubnis, bevor ich ihn hineinlassen kann.«

»Wer ist es denn?«

»Sein Vater, Tony Morris.«

»Ja, natürlich!«, antwortete ich hastig. »Und bitten Sie ihn, zusammen mit Henry auf mich zu warten. Ich komme gleich!«

Ich legte auf und wurde vor Nervosität und Aufregung ganz rot im Gesicht. Ich hatte gewusst, dass Tony nicht für immer wütend auf mich sein konnte und nach seinem Sohn sehen würde, sobald er glaubte, er wäre krank.

Ich wusste nicht, was ich zuerst tun sollte. Zwei Stufen auf einmal nehmend, stürmte ich die Treppe hinauf und spülte meinen Mund mit Mundwasser aus, damit mein Atem nicht mehr nach Rauch roch. Dann schnappte ich mir etwas Lässiges – enge Jeans, Turnschuhe und ein T-Shirt, das gerade eng genug war, um meine schlanke Taille zu betonen. Schnell legte ich etwas Make-up auf und sprühte Tonys Lieblingsparfüm auf Hals und Handgelenke.

Ich kann es kaum erwarten, dich und Henry zusammen zu sehen, schrieb ich. *Ich fahre jetzt los. XX*

Ich nahm die Autoschlüssel und überlegte, was ich ihm sagen sollte, wenn er erfuhr, dass ich bei Henrys Gesundheitszustand geflunkert hatte. Anfangs könnte er etwas verärgert sein. Doch sobald er seinen Sohn sah und erkannte, wie gut ich mich um ihn kümmerte, würde er endlich die Feindseligkeit mir gegenüber ablegen und mir die kleinen Notlügen vergeben.

Ich hielt in der Auffahrt von Henrys Pflegeheim und spürte, wie mir vor Nervosität übel wurde. Ich kannte das Mädchen an der Rezeption mit einem »In der Ausbildung«-Schild am Kittel nicht.

»Können Sie mir sagen, wo Henry Morris, mein Sohn, ist?«, fragte ich.

»Sein Vater fährt draußen mit ihm spazieren«, antwortete sie. »Geht es Ihnen gut?«

Ich hatte nicht bemerkt, dass ich die Lippen geschürzt und die Hände zu Fäusten geballt hatte. Am liebsten hätte ich vor Freude geweint und brachte kaum ein »Ja« heraus.

Seit mehr als zweieinhalb Jahren hatte ich Vater und Sohn nicht mehr zusammen gesehen. Manchmal hatte ich mir Sorgen gemacht, ob ich es jemals wieder erleben würde. Es dämmerte bereits und ich wollte keine weitere Minute verpassen. Also eilte ich nach draußen und suchte die Umgebung ab, während ich mich darauf freute, sie zum ersten Mal zusammen zu sehen.

Das Gebäude war früher einmal ein herrschaftliches Anwesen gewesen. Doch als der Besitzer in eine Notlage geraten war, musste er es verkaufen. Die weitläufige Anlage war stets gepflegt und verfügte über Blumenbeete, ansprechende Gärten und einen Spielplatz, wobei alles von üppigem Wald umgeben war. Endlich sah ich in der Ferne Tony, der neben Henrys Rollstuhl kniete. Sie hatten die Köpfe abgewandt, als schauten sie über den Hügel zum See hinunter, auf dem eine schneeweiße Schwanenfamilie vorbeiglitt. Ich schlug die Hand vor den Mund und spürte, wie meine Augen feucht wurden.

Doch beim Näherkommen bemerkte ich, dass irgendetwas an diesem perfekten Bild nicht stimmte. Was es war, erkannte ich erst, als ich Tonys Arm sah. Er hatte viele Tattoos, die von der linken Schulter bis zum Handgelenk und der Uhr reichten. Der Mann neben Henry war nicht tätowiert.

Mir drehte sich der Magen um, während ich, so schnell ich konnte, zu ihnen lief.

»Geh weg von meinem Sohn!«, schrie ich und schaute mich nach Hilfe um, leider ohne Erfolg. »Lass ihn in Ruhe!« Der Mann drehte den Kopf in meine Richtung und ich blieb wie angewurzelt stehen.

Mein Sohn war mit einem Toten zusammen. Es war Ryan.

Kapitel 3

Johnny

Nach ihrem Gesichtsausdruck zu schließen, dachte Laura, sie sähe einen Geist, während sie auf mich zustürmte. Damit hatte ich gerechnet – von dem Moment an, wo sie mich zum ersten Mal ansah, wollte ich dieses verrückte Aas um den Verstand bringen.

»Geh weg von meinem Sohn!«, schrie sie, als sie erkannte, dass ich nicht ihr Ehemann war. »Lass ihn in Ruhe!« Sie schaute sich verzweifelt nach Hilfe um. Doch der Bereich des Parks, in den ich Henry gebracht hatte, lag abgelegen und wir drei waren unter uns.

Ihr Gesicht fiel in sich zusammen, als sie mich besser sehen konnte. Ich hatte mir die Haare so kurz geschnitten, wie mein Bruder sie getragen hatte, und den Bart abrasiert, sodass ich die gleichen unregelmäßigen Stoppeln hatte wie er. Ich trug sein Lieblingsshirt von Nirvana und hatte meine Brille gegen Kontaktlinsen eingetauscht.

Ihr verwirrter Gesichtsausdruck sagte mir, dass sie ihren Augen nicht traute. Ich ließ mit einer Hand Henrys Rollstuhl los und tat so, als würde ich ihn den Abhang hinunter in den See gleiten lassen.

»Ich will deinem Sohn nicht wehtun«, rief ich mit Nachdruck, »also schlage ich vor, dass du dich wieder beruhigst.«

»Du bist nicht Ryan.« Das war sowohl eine Frage als auch eine Feststellung. Sie zögerte und wusste nicht, was sie tun sollte. Sie trat einen Schritt vor, zog den Fuß dann aber zurück, als würde sie einen Tanz aufführen. Sie öffnete den Mund und schloss ihn wieder, ohne etwas zu sagen.

»Tu dir keinen Zwang an. Komm ruhig näher«, ermunterte ich sie. »Aber Henry ist an diesen schweren Stuhl geschnallt. Und wenn ich ihn loslasse und er im See landet, wirst du Mühe haben, ihn allein wieder herauszuziehen.«

»Du bist sein Bruder«, sagte sie, als der Groschen endlich gefallen war. »Ich habe dich bei der Beerd…« Sie unterbrach sich selbst.

»Ich bin Johnny«, antwortete ich. »Und vielen Dank für deine Karte und die Blumen. Du konntest ihn noch nicht einmal in Ruhe lassen, nachdem du ihn umgebracht hattest, was?«

»Ich habe ihn nicht getötet. Ich habe niemanden getötet. Du verwechselst mich mit jemandem.«

»Willst du dich so herausreden, Laura?«, fragte ich. »Von mir aus. Ich habe die ganze Nacht Zeit.«

Ryan hatte mir so viel über Laura erzählt, dass ich das Gefühl hatte, sie zu kennen, besonders nachdem ich die lange E-Mail gelesen hatte, die er mir kurz vor seinem Tod geschickt hatte. Darin hatte er geschrieben, was ihr Ex-Mann ihm erzählt hatte und welche falschen Anschuldigungen Laura und Effie gegen ihn erhoben hatten. Alles, was in seinem Leben schiefgelaufen war, war durch Laura ausgelöst worden. Und während Ryan den höchsten Preis bezahlt hatte, war sie ungeschoren davongekommen. Doch das sollte sich jetzt ändern.

Henry wurde unruhig und wand sich in seinem Stuhl. Vielleicht spürte er die Feindseligkeit, die ihn umgab. Ich hasste es, den Jungen zu erschrecken. Doch nach dem, was ich über

Laura wusste, war er ihre Achillesferse. Und ich brauchte ihn als Druckmittel, damit sie mich ernst nahm. Ich tätschelte sanft seinen Arm, um ihn zu beruhigen, hatte aber keinen Erfolg.

»Rühr ihn nicht an!«, bellte Laura, wechselte dann aber schnell in eine sanftere Tonlage. »Bitte, du machst ihm Angst.«

»Warum sollte ich deinem Kind nicht wehtun? Es war dir egal, was du meiner Familie angetan hast, und es war dir egal, dass du Ryan den Sohn genommen hast. Charlotte hatte einen Jungen erwartet. Wusstest du das?«

Sie schüttelte den Kopf und hielt die Hand hoch, als wollte sie, was auch immer ich als Nächstes sagen wollte, im Keim ersticken.

»Ich weiß nicht, was Ryan dir erzählt hat«, meinte sie. »Aber er war ein verwirrter Mann, der Hilfe brauchte. Sowohl Janine als auch ich haben versucht, ihm zu helfen. Doch er ist zu weit gegangen. Wusstest du, dass er in mein Haus einbrechen und mich töten wollte?«

»Wir wissen alle, was er getan hat. Du hast es ja in den sozialen Netzwerken verbreitet. Er ist bei dir eingebrochen, weil du ihn dazu genötigt hast. Verdammt noch mal, du hast Blut über das Hochzeitskleid seiner Frau gegossen und ein totes Schwein danebengelegt! Was hast du denn erwartet? Dass er darüber lacht? Du wusstest genau, wie er reagieren würde. Du hast ihn provoziert und ihn ins offene Messer laufen lassen.«

Sie schüttelte den Kopf. »Nein, was auch immer er über mich gesagt hat, es stimmt nicht. Sieh mich an! Ich bin die Mutter von drei kleinen Kindern und ich arbeite ehrenamtlich für eine Wohltätigkeitsorganisation, die sich um das Wohlergehen anderer Menschen bemüht. Wie könnte ich eine Bedrohung für jemanden sein? Wenn du mir meinen Sohn zurückgibst, kann ich dir vielleicht helfen, deinen Bruder zu verstehen.«

Ich lachte übertrieben laut. »Komm schon, Laura, das kannst du doch besser.«

»Die Polizei hat dir doch gesagt, dass sie Beweise dafür haben, dass er Janine getötet hat.«

»Ja, aber ich glaube es trotzdem nicht.«

»Sie haben seinen Hammer am Tatort gefunden.«

»Du meinst, den Hammer, der in seiner Wohnung herumlag, als du dich dort umgesehen hast. Reiner Zufall, was?«

»Beschuldigst du mich jetzt etwa, Janine getötet zu haben?«

»Und, hast du? Hatte Janine nicht eine Beziehung mit deinem Ehemann?«

Sie versuchte, ihre Überraschung über mein Wissen zu verbergen, bevor sie gekünstelt die Augen rollte.

»Ich weiß, du versuchst nur, Ryans Namen reinzuwaschen«, sagte sie. »An deiner Stelle würde ich den Tatsachen auch keinen Glauben schenken wollen. Du bist mit ihm aufgewachsen, du hast ihn geliebt. Du willst nicht über die schrecklichen Dinge nachdenken, die er getan hat. Aber siehst du das denn nicht? Du triffst die gleichen furchtbaren Entscheidungen wie er. Bitte, ich flehe dich an, um Henry und um deiner selbst willen, lass nicht zu, dass Ryans Fehler auch dein Leben ruinieren.«

Hätte ich es nicht besser gewusst, hätte ich vielleicht geglaubt, dass ein Funken Wahrheit in Lauras Worten steckte. Sie hatte einen logischen Fall konstruiert und sich zu einem überzeugenden Opfer gemacht. Doch ich kannte meinen Bruder.

»Erzähl mir von deinem Sohn, Laura. Sag mir, warum Henry so ist, wie er ist.« Mein Taktikwechsel überraschte sie und sie zögerte einen Moment.

»Während der Wehen wickelte sich die Nabelschnur um seinen Hals und schnürte die Sauerstoffversorgung ab«, erklärte sie.

»Schöne Geschichte, die aber leider nicht so passiert ist, richtig? Das ist nur eine Lüge, die du dir selbst eingeredet hast, weil das einfacher ist, als die Wahrheit zuzugeben. Ich weiß genau, was mit Henry passiert ist.«

»Es war eine komplizierte Geburt«, beteuerte sie hartnäckig.

»Dein Mann hat Ryan erzählt, dass du dich selbst belügst, was deine Vergangenheit angeht, und dass du Dinge, die du getan hast, im Nachhinein umdichtest, damit du besser dastehst.«

Erneut versuchte sie, ihre Überraschung zu verbergen. »Ich weiß nicht, warum Tony so etwas gesagt haben soll, aber …«

»Und ich weiß, dass Henrys komplizierte Geburt nur eine dieser vielen Lügen ist. Er kam völlig gesund zur Welt.«

»Das hat Tony gesagt?«

»Nein, Effie.«

Angesichts dieses Verrats verengten sich ihre Augen ein wenig.

»Als Ryan starb und sein Name in allen Zeitungen stand, fühlte sich Effie so schuldig wegen der Rolle, die sie dabei gespielt hatte, dass sie nach der Beerdigung zu mir kam«, fuhr ich fort.

»Du darfst nicht alles glauben, was sie sagt. Effie ist ein kompliziertes Mädchen.«

»Mir kam sie ganz normal vor. Sie hat mir erzählt, wie ihr beide dafür gesorgt habt, dass ihre Aufnahme der Unterhaltung mit meinem Bruder völlig aus dem Zusammenhang gerissen wurde.«

»Aber ich wette, du hast jedes Wort geglaubt, als du sie das erste Mal gehört hast, nicht wahr? Und ich wette, dass du dich von ihm abgewandt hast, so wie alle anderen auch. Und deshalb hat er sich umgebracht. Und jetzt bist du hier und quälst meinen Sohn und mich, weil du dich schuldig fühlst!«

Ich durfte ihr nicht zeigen, wie sehr mich ihre Worte trafen.

»Effie erzählte mir, dass Henry in den ersten viereinhalb Jahren seines Lebens ein ganz normaler kleiner Junge gewesen war. Dann hast du ihm das angetan.«

»Nein!«, blaffte sie mit schneidendem Blick. »Das ist nicht wahr! Ryan und Effie haben dir mit ihren Lügen das Gehirn vernebelt. Ich würde meinem Baby niemals wehtun.«

Ich zog ein Foto aus der Gesäßtasche meiner Jeans, das Effie mir gegeben hatte, und hielt es hoch. Der Rollstuhl zerrte an meiner anderen Hand.

»Ist das nicht Henry, wie er auf seiner dritten Geburtstagsparty die Kerzen ausbläst? Ich finde, er sieht sehr gesund aus.«

Sie starrte auf das Bild eines völlig normal aussehenden kleinen Henrys, der von seinen Freunden und Schwestern umgeben war. Sie schloss die Augen und biss sich auf die Unterlippe.

»Henry war bei seiner Freundin Megan zu Besuch, als das Mädchen plötzlich krank wurde«, sagte ich. »Also hat ihr Vater ihn früher als geplant nach Hause gebracht, während Megans Mutter sich um ihre Tochter kümmerte. Aber Tony und du wart so damit beschäftigt, euch zu streiten, dass Henry sich selbst hereingelassen hat. Und weil ihm dein Geschrei Angst machte, versteckte er sich in seinem Zimmer.«

»Das stimmt nicht.« Plötzlich klang ihre Stimme wie die eines Kindes.

»Worüber habt ihr euch gestritten? Dass Tony deine Akte vom Sozialamt gelesen und herausgefunden hatte, dass er mit einer Soziopathin verheiratet war? Oder dass er nun wusste, dass Nate – oder David, um seinen richtigen Namen zu verwenden – deinetwegen seine eigene Mutter getötet hatte?«

»Halt den Mund! Halt einfach den Mund!«, brüllte Laura plötzlich und hielt sich die Hände über die Ohren. Henry heulte schrill auf wie ein in Not geratenes Tier. Doch ich konnte jetzt nicht aufhören und schrie noch lauter als sie.

»Als Tony hinausstürmte, hast du euer neues Haus dafür verantwortlich gemacht, dass eure Ehe in die Brüche ging, nicht dein eigenes Verhalten. Du hast ein leicht entflammbares Mittel im Haus verteilt, das die Maler zurückgelassen hatten, und es angezündet. Während du draußen nach deinem Ehemann gesucht hast, war dein verängstigter kleiner Junge in seinem Schlafzimmer gefangen. Denkst du jemals darüber nach, Laura? Welche Angst er gehabt haben muss, als der dicke schwarze Rauch unter der Tür auftauchte? Glaubst du, dass er sich daran erinnert? Glaubst du, dass er jede Nacht träumt, er würde in diesem Rauch ersticken?«

Laura hielt sich noch immer die Ohren zu. Doch an der Art, wie sich ihr Gesicht verzerrte, erkannte ich, dass sie mich trotzdem hörte.

»Die Nachbarn riefen die Feuerwehr an, die Henry rettete«, fuhr ich fort. »Aber bis die Sanitäter ihn wiederbeleben konnten, hatte sein Gehirn schon zu lange unter dem Sauerstoffmangel gelitten und massive Schäden davongetragen. Dein einst fröhliches, gesundes Kind hatte plötzlich das geistige Alter eines Einjährigen. Und das ist allein deine Schuld!«

»Nein, nein, nein!«, beteuerte Laura und fiel auf die Knie. Ich zeigte auf Henry, der noch immer kreischte.

»Ich weiß, dass du früher einmal einen Hauch Menschlichkeit in dir gehabt hast, denn was du ihm angetan hast, hat dich kaputtgemacht. Sie mussten dich im Krankenwagen wegbringen und in eine Psychiatrie einweisen, aus der du dich schließlich selbst entlassen hast. Aber während du weg warst, hat Tony ihn hierhergebracht und ist mit den Mädchen fortgegangen. Doch selbst da hast du dich weiter belogen und dir eine neue Geschichte ausgedacht, warum du im Krankenhaus gewesen warst. Effie hat mir erzählt, dass du die Krebserkrankung deiner Mutter als deine ausgegeben hast.«

Laura rappelte sich wieder auf und lief im Kreis herum, wie ein Hund, der nach einer bequemen Position zum Zusammenrollen und Schlafen sucht.

»Nein, so war das nicht. Du irrst dich«, murmelte sie. Sie krallte die Finger in die Oberschenkel, bevor sie vor meinen Augen zusammenbrach.

»Deine Töchter wollten nicht, dass ihr Vater der Polizei sagt, dass du das Feuer gelegt hast. Also hat Tony ihnen versprochen, dich nicht zu verraten, wenn sie sich von dir fernhielten. Du dachtest, Tony würde mit der Zeit darüber hinwegkommen und zu dir zurückkehren. Doch das tat er nicht. Stattdessen schickte er Effie auf eine andere Schule, die näher an ihrem neuen Zuhause lag, und hielt die Mädchen von dir fern. Alle haben ihr neues Leben ohne dich genossen, bis sich mein naiver Bruder eingemischt und dich in die E-Mail-Liste für Effies Schulberichte aufgenommen hat.«

»Bitte sei still«, flehte Laura verzweifelt und Tränen rannen ihr über die Wangen. »Hör auf! Bitte!«

Plötzlich wurde ihr Gesicht ausdruckslos, als durchlebte sie den Moment immer wieder, in dem sie erfahren hatte, dass Tony ihr die Familie weggenommen hatte. Ihre Schultern fielen vornüber, als drohe sie, in sich zusammenzufallen und sich aufzulösen. Henry bewegte sich in seinem Rollstuhl hin und her und Laura wollte nach ihm greifen und ihn trösten. Wieder ließ ich den Rollstuhl los, bis sie ihre Hand zurückzog.

»Weißt du, was mich an dir am meisten erschreckt?«, fragte ich. »Selbst nach dem, was du diesem Kind angetan hast, hast du deine Lektion nicht gelernt, weil du deine eigenen Interessen immer noch vor die aller anderen stellst. Bei dem Versuch, Ryan zu vernichten, hast du Effie über die Klinge springen lassen. *Deine eigene Tochter.* Mein Bruder bedauerte wenigstens die Rolle, die er bei all dem gespielt hatte.«

»Er bereute es nur, weil er verloren hat«, konterte sie. Doch an ihrem Sieg war nichts Ehrenhaftes.

»Und was genau hast du gewonnen, Laura? Bestimmt nicht deinen Ehemann oder deine Kinder. Du hast nichts. Ryan hat erzählt, wie du allein durch das leere Haus streifst. Du wartest stundenlang, dass jemand durch die Tür kommt. Und ich wette, dass niemand kommt. Und weißt du was? Sie werden niemals kommen. Du hast alle verloren, sogar Nate.«

»Warum ziehst du ihn mit hinein?«, schluchzte sie.

»Warum nicht? Du hast Charlotte mit hineingezogen, als Nate sich umbringen wollte.«

»O nein, das hat er nicht getan. Das war ein Unfall. Er ist in den Fluss gefallen und ertrunken.«

»Du schreibst die Wahrheit schon wieder um. Nate hatte mehrfach versucht, sich das Leben zu nehmen. So steht es im Bericht des Leichenbeschauers. Er hatte es mit einer Überdosis und mit einem Strick versucht. Man muss nur eins und eins zusammenzählen, um darauf zu kommen, dass du schließlich als Expertin für Selbstmorde eingegriffen und ihm geholfen hast, es richtig anzustellen.«

»Ich weiß nicht, was du meinst …« Sie schüttelte wieder den Kopf, als lebten alte Erinnerungen in ihr auf, die sie lieber vergessen wollte.

»O doch, das weißt du, Laura – sag mir einfach die Wahrheit.«

»Nate wollte, dass ich bei ihm bin, wenn er stirbt. Aber ich konnte Henry nicht allein lassen«, heulte sie. »Also habe ich jemand anderes gesucht.«

»Charlotte?«

»Ja.«

»Weil sie eine verletzliche Frau war, die unter pränatalen Depressionen litt und die du für manipulierbar hieltest.«

»Bitte, Johnny«, bettelte Laura und faltete die Hände ineinander, als wolle sie beten. »Geh jetzt einfach und ich werde niemandem etwas sagen.«

»Und was dann? Du bekommst plötzlich einen Sinneswandel und verfolgst mich?« »Nein, ich verspreche dir, dass ich das nicht tun werde.« Sie fuhr sich mit der Rückseite der Hand über die Nase.

»Okay, aber es gibt eine Sache, die du für mich tun musst, bevor ich gehe.« Ich nahm mein Handy aus der Tasche, schaltete den Videomodus ein und startete die Aufnahme.

»Du bist ja so scharf darauf, andere öffentlich bloßzustellen, und das Diktiergerät, das mein Bruder Janine gegeben hat, ist nun mal verschwunden. Also wirst du jetzt in die Kamera schauen und zugeben, dass du Charlotte zum Sterben ermutigt hast. Du wirst gestehen, was du Janine angetan hast, und sagen, dass Ryan kein Kinderschänder war und er nur deinetwegen jetzt tot ist.«

Für einen kurzen Moment wandte sie den Blick von mir ab und schaute in die Ferne. »Hey!«, rief ich und sie sah wieder zu mir. »Ich lasse dir hier keine Wahl. Das ist nichts, worüber du nachdenken kannst. Gib alles zu, was du getan hast. Dann verschwinde ich.«

Ich beobachtete über das Display des Telefons, wie sie sich über die Augen fuhr und räusperte.

»Niemals«, antwortete sie und für den Bruchteil einer Sekunde hatte sie ihre Lippen nicht unter Kontrolle und sie verzogen sich nach oben. Sie riss den Mund auf und begann zu schreien.

Ich hörte schnelle Schritte hinter mir, und als ich mich umdrehte, traf mich etwas so heftig am Kopf, dass ich zu Boden ging.

Kapitel 4

Laura

»Tony, hilf uns!«, flehte ich, als mein Mann hinter Johnny auftauchte. »Es ist Ryan!«

An Tonys Gesichtsausdruck erkannte ich, dass er glaubte, seine Augen spielten ihm einen Streich – und ließen ihn sehen, dass der vermeintlich tote perverse Lehrer, der versucht hatte, seine Tochter zu missbrauchen, nun seine Frau und seinen behinderten Sohn quälte. Also ließ ich ihm keine Zeit zum Nachdenken, sondern appellierte an seinen Instinkt, den er im Boxring trainiert hatte – auf eine Bedrohung zu reagieren, indem man sie schnell ausmerzte.

»Er tut Henry weh!«

Tony stürmte auf uns zu, und bevor Johnny sich verteidigen konnte, traf er ihn mit einem harten Schlag an der Schläfe. Johnny verlor das Gleichgewicht und fiel mit dem Gesicht nach unten auf den Boden.

Dabei glitt ihm nicht nur das Handy aus der Hand, das nun über den Kies rutschte, sondern auch Henrys Rollstuhl. Ich lief auf ihn zu, packte ihn an den Griffen und grub meine Fersen fest in den Boden. Mit aller Kraft lehnte ich mich nach hinten, damit er nicht weiter den Abhang hinunter in den See rutschte. Ich zog ihn zu mir heran, bis Henry in Sicherheit war und ich ihn beruhigen konnte.

Inzwischen saß Tony auf Johnny und schlug mit einer Wildheit auf ihn ein, die ich bisher nur im Boxring bei ihm erlebt hatte. Knack, knack, knack, Knöchel gegen Wangenknochen, Faust gegen Schädel … Nie hatten meine Ohren eine lieblichere Melodie vernommen.

»Ich bring dich um für das, was du getan hast«, brüllte Tony und ich hatte keinen Grund, daran zu zweifeln. Johnnys Plan, mich zu verwirren, indem er das Aussehen seines Bruders nachahmte, rächte sich nun. Doch ich würde Tony sicher nicht erzählen, dass er den falschen Mann erwischt hatte.

Ich zog meinen Sohn näher zu mir heran, damit er nicht mit ansehen musste, was vor sich ging, obwohl er es sowieso nicht verstanden hätte.

»Scht, scht, alles ist gut«, flüsterte ich ihm ins Ohr und strich ihm über das Haar. Doch er jammerte weiter.

Anstatt meine ganze Aufmerksamkeit auf Henry zu richten, konnte ich den Blick nicht von dem Tumult vor mir abwenden. Johnny ruderte mit Armen und Händen und traf gelegentlich sogar Tonys Körper. Doch er war der entfesselten Wut, der Stärke und dem Training meines Mannes nicht gewachsen. Hellrote Bläschen tropften ihm aus dem Mund, während er an dem Blut erstickte, das ihm aus Nase und Mund in den Hals lief. Seine Stimme klang verzerrt und war kaum zu hören.

»Ich bin nicht …«, krächzte er, doch Tony machte keine Anstalten, ihm zuzuhören.

»Du hast mich angelogen, um an meine Tochter heranzukommen, du kranker Mistkerl! Du hast meine Frau terrorisiert und Janine ermordet!«

Er hat mich seine Frau genannt! Eine heiße Welle der Euphorie durchfuhr meinen Körper.

Ich hätte Tony bitten können aufzuhören. Ich hätte ihm sagen können, dass er auf den falschen Mann einschlug und wir die Sache der Polizei überlassen sollten. Aber ich tat es nicht. Wenn Johnny so hartnäckig war wie sein Bruder, würde das Ganze nur weitergehen. Und ich sehnte mich danach, endlich mein Leben und meine Familie zurückzubekommen. Ein solcher Hass wie seiner verging nicht einfach wieder.

Gleichzeitig hatten die Leidenschaft und die Energie, die von der Wut meines Mannes ausgingen, eine ansteckende und erregende Wirkung auf mich. Ich spürte ein unaufhörliches Kribbeln in meinem Becken, und je animalischer Tony wurde, desto lauter meldete sich mein Urtrieb. Ich sehnte mich nach ihm, verzehrte mich nach ihm, wollte ihn in mir spüren.

»Er hat gesagt, er würde Henry ertränken!«, rief ich und hielt unseren Sohn noch fester.

»Ich würde niemals …«, versuchte Johnny es erneut, doch Tony ließ ihn nicht ausreden. Er packte ihn an den Haaren, riss seinen Kopf hoch und schleuderte ihn zurück auf den Boden. Trotz des Dämmerlichts konnte ich die Iris in seinen Augen erkennen, als sie nach hinten fielen und milchig-weiße Kugeln an ihrer Stelle zurückblieben.

Mein Magen fühlte sich an, als führe er Achterbahn. Erst raste er nach oben und wartete dann ängstlich-freudig auf die Abfahrt. Tony hielt das Leben eines anderen Menschen in den Händen und war dabei, die wichtigste, alles verändernde Entscheidung zu treffen. Ich ballte die Fäuste und wollte ihn mit aller Macht zum nächsten, entscheidenden Schritt drängen.

Ich fühlte mich meinem Ehemann niemals näher – und liebte ihn niemals mehr – als in dem Moment, als er Johnny tötete.

Kapitel 5

Laura

Zwei Monate nach Johnny

Ich hing in meinem Büro über der Tastatur, starrte auf den Bildschirm und versuchte, mir auf die Tabelle mit dem Dienstplan für den nächsten Monat einen Reim zu machen. Bei vierundneunzig Freiwilligen, die alle nicht in den Nachtstunden arbeiten wollten, war es nicht einfach, allen ihre Wünsche zu erfüllen.

Ich spähte durch die offene Tür meines Büros in den angrenzenden Raum. Kevin, Sanjay, Zoe und Joella saßen in ihren Kabinen. Die Hälfte von ihnen war mit Anrufen beschäftigt, die anderen überbrückten die Leerlaufzeiten mit dem Lesen von Büchern oder Zeitschriften.

Vor mehr als einer Woche hatte ich das letzte Mal die Zeit gefunden, mich ihnen an vorderster Front anzuschließen, und ich vermisste die Vorfreude auf den nächsten Anruf. Doch im Moment war ich sehr beschäftigt und seit dem Debakel mit Ryan und Johnny auch weitaus vorsichtiger. Trotzdem juckte es mir in den Fingern, einen neuen Kandidaten zu finden. Leider wurde ein Großteil meiner Zeit aber von lästigen

Verwaltungsaufgaben in Anspruch genommen, nachdem mir das Hauptbüro Janines Stelle als Leiterin unserer örtlichen Einrichtung angeboten hatte.

Meine Lippen kräuselten sich zu einem Lächeln, während ich in Janines ehemaligem Sessel saß, die Ellbogen auf ihren Schreibtisch stützte und mich von den Dienstplänen ablenkte, indem ich mit einer Pinzette die klebrigen Krümel von glutenfreien Keksen aus ihrer Tastatur pickte. Wenn sie mich jetzt sehen könnte, würde sie sich in dem Grab umdrehen, in das ich sie befördert hatte.

Meine Einrichtung stand mehr denn je im Rampenlicht, nur leider nicht im positiven Sinne. Zuerst der Mord an Janine hier im Haus und dann die Blamage der Zentrale, als sich herausstellte, dass die verstorbene Leiterin Gelder der Wohltätigkeitsorganisation auf ihr eigenes Bankkonto und das einer Internetseite für Glücksspiel überwiesen hatte. Als die interne Untersuchung ihre Arbeit aufnahm, wurde der Diebstahl dank eines »anonymen« Tipps öffentlich bekannt. Schon bald wurde die Ehrentafel mit ihrem Namen still und leise von der Außenwand abgeschraubt. Und da ich ihren Ruf ruiniert hatte, entsorgte ich es eigenhändig.

Nachdem die Telefonseelsorge das Vertrauen der Öffentlichkeit verloren hatte, gingen nicht nur die Anrufe, sondern auch die lokalen Spenden zurück. Es war eine vernünftige Entscheidung gewesen, mir die Leitung unseres Büros anzuvertrauen. Ich war die tapfere ehrenamtliche Helferin, die die Angriffe zweier verwirrter Brüder überlebt hatte, die es nicht nur auf mich, sondern auch auf meine Tochter und meinen behinderten Sohn abgesehen hatten. Doch ich hatte ihnen öffentlich vergeben und diese Selbstlosigkeit hatte mich zum Gesicht der Wohltätigkeitsorganisation gemacht und ihr zu positiver Presse verholfen.

Der Rest des Teams war von der Beförderung begeistert, auch Mary, unsere älteste ehrenamtliche Mitarbeiterin und meine ehemalige Mentorin. Ich hatte es ihr am Telefon erzählt, da sie nach dem Schock, den sie beim Auffinden von Janines Leiche erlitten hatte, immer noch nicht ins Büro zurückgekehrt war. Sie gab sich weiterhin die Schuld dafür, dass sie den Mord nicht verhindert und Ryans schicksalhaften Besuch nicht vom Videoraum aus überwacht hatte. Dabei war ich es gewesen, die behauptet hatte, er wäre Janines Freund. Von mir aus konnte sie die Last der Schuld so lange tragen, wie sie wollte.

Der Alarm meines Handys erinnerte mich daran, dass mein Arbeitstag in der Seelsorge zu Ende ging. Anderthalb Stunden später lief ich die Straße zum Haus hinauf. Die Griffe der Tragetaschen voller Lebensmittel gruben sich in meine Handflächen.

Manchmal sah ich mich gedankenverloren auf der Straße um und hoffte, Nate zu entdecken. Er hatte sich immer von Tony eingeschüchtert gefühlt, weshalb er stundenlang draußen herumlungerte und darauf wartete, dass ich das Haus betrat oder verließ, anstatt an der Tür zu klingeln. Ich vermisste ihn. Doch Johnnys Worte verfolgten mich immer noch.

Ich war mir so sicher gewesen, dass Nate und David zwei völlig verschiedene Menschen waren – bis jetzt zumindest. Denn wenn ich darüber nachdachte, musste ich zugeben, dass ihre Stimmen gleich klangen und ihre Lebensumstände sich ähnelten. David hatte alle Hoffnung verloren, als seine Frau von drei Einbrechern getötet worden war. Nates Mutter war durch seine Hand gestorben, als drei Männer in der Tür standen, an die sie uns verkaufen wollte. Oder war das auch eine Lüge? Hatte ich mein Leben unter Sylvias Dach anders in Erinnerung, als es in Wirklichkeit gewesen war?

Vielleicht trickste mich mein Gedächtnis in letzter Zeit wieder aus, indem es Bilder und Erinnerungen, die ich für wahr hielt, durcheinanderbrachte. Plötzlich fiel mir ein lang vergessenes Gespräch wieder ein, das ich vor eineinhalb Jahren mit Nate geführt hatte. Damals hatte er mir erklärt, dass er endgültig genug hätte und keinen Kampfgeist mehr in sich verspürte. Obwohl er das schon oft gesagt hatte, wusste ich dieses Mal, dass er es ernst meinte. Er wollte, dass ich ihm beim Sterben half, denn er hatte Angst und wollte nicht allein gehen. Da kam Charlotte ins Spiel.

Dann erinnerte ich mich an den Tag, an dem ich ihn das letzte Mal gesehen hatte. Nate kam ins Haus, um ein Bad zu nehmen. Und ich half ihm dabei. Ich steckte ihn in einen alten Anzug und ein Hemd von Tony, gab ihm ein Prepaidhandy und Geld für eine Zugfahrkarte nach East Sussex und ein Taxi. Er sah so gut aus.

Dann sah ich mich selbst, wie ich zuerst allein an einer Bushaltestelle vor Chantelles Beerdigung stand und dann vor einer Krankenstation. Ich stritt mit einem Arzt über einen Patienten, den man nicht aufgenommen hatte. Deshalb war ich nicht zu Davids Beerdigung gegangen. Nicht weil meine Trauer zu groß war, um mich ihr zu stellen, sondern weil es sie nie gegeben hatte.

Das Hupen eines Motorrads holte mich in die Realität zurück und ich stellte fest, dass ich mitten auf einer Straße stand. Mir lief kalter Schweiß herunter und ich lief Schutz suchend ins Haus.

»Hallo?«, rief ich und holte zur Beruhigung tief Luft, während ich die Haustür aufstieß und den Schlüssel aus dem Schloss zog. »Kann mir bitte jemand mit den Einkaufstüten helfen?«

Die Erwähnung der Tüten war nicht der beste Weg, um zwei Kinder und einen Ehemann aus ihrem Versteck zu locken. Trotzdem tauchte Alice auf, die diese verfluchte Katze wie eine Pelzclutch unter dem Arm trug. Bieber war einer der Gründe gewesen, warum sie es nicht hatte abwarten können, endlich wieder bei mir einzuziehen. In keinem der beiden Häuser, die Tony angemietet hatte, waren Haustiere erlaubt gewesen. Und sie hatte ihn sehr vermisst.

»Wo ist deine Schwester?«, fragte ich, während wir die Tüten in die Küche trugen. »Sie ist noch mit Mrs Hopkinson oben. Ich muss doch nicht zu Hause unterrichtet werden, wenn ich so alt bin wie sie, oder?« Sie ließ die Katze auf den Boden fallen, die mich daraufhin anfauchte, bevor sie aus dem Zimmer stolzierte. Eines Tages würden ein Kanalschacht und ein Sack Ziegelsteine diesen eingebildeten Blick aus seinem Gesicht wischen.

»Ich glaube nicht, Liebling. Wenn du nicht so dumme Entscheidungen wie Effie triffst, gibt es für uns keinen Grund, dich von der Schule zu nehmen und einen Privatlehrer einzustellen.«

Meine Antwort beruhigte sie und sie begann, die Gemüse- und Suppenkonserven mit militärischer Präzision in den Regalen zu stapeln.

»Mit den Etiketten nach vorne«, erinnerte ich sie. »Ist dein Vater schon zu Hause?«

»Mhm.« Sie zeigte in den Garten hinaus. »Warum sieht er immer so traurig aus?«

Ich sah, wie Tony dastand, mit ausgestreckten Armen, die Handflächen flach auf die Pfosten des hüfthohen Gartenzauns gelegt. Er starrte über die Spielfelder hinweg in die Ferne. So sah man ihn tagein, tagaus, seit meine Familie zurückgekehrt war. Als wünschte er sich weit weg von dem Ort, an dem er nun lebte. Ich redete mir ein, dass es nicht für immer so sein würde. Doch mit der Zeit kamen mir Zweifel.

Ich hatte gehofft, die Tatsache, dass wir beide einem anderen Menschen das Leben genommen hatten, würde uns zusammenschweißen. Doch noch waren wir weit voneinander entfernt. Er hasste sich dafür, dass er Johnny getötet hatte, während ich nie stolzer auf ihn gewesen war, weil er Henry und mich beschützt hatte. Er hatte mir gezeigt, dass er für die Menschen, die er liebte, alles tun würde.

Ich erinnerte mich, wie Tony vor zwei Monaten über Johnnys leblosen Körper gestanden und ihn umgedreht hatte, sodass sein Gesicht nach oben zeigte. Ich erinnerte mich auch daran, wie sein Gesichtsausdruck von reiner Wut in Verwirrung umschlug, als er erkannte, dass der blutende und geschundene Mann nicht der war, für den er ihn gehalten hatte. Er geriet in Panik und sah mich fragend an.

»Du hast behauptet, es wäre Ryan!«, rief er mit zusammengezogenen Augenbrauen und gerunzelter Stirn.

»Es spielt keine Rolle, wer es ist«, antwortete ich unverblümt. »Er wollte uns wehtun.«

»Aber ich habe ihn getötet! Wozu hast du mich nur gebracht?«

»Das war Notwehr. Du hast deine Familie beschützt.«

Tonys Adrenalin verpuffte und alle Kraft wich aus seinen Armen. Ich hielt sie fest umklammert und bemerkte, dass seine Hemdsärmel und Manschetten mit Johnnys Blut beschmiert waren.

»Sieh mich an, Tony! Ich werde der Polizei sagen, was Ryans Bruder tun wollte, bevor du kamst. Ich werde für dich eintreten. Ich bin deine Frau. Ich werde nicht zulassen, dass dir etwas zustößt, weil du uns beschützen wolltest.«

Ich half ihm zu einer nahe gelegenen Bank. Er setzte sich und verbarg den Kopf in seinen zitternden Händen, während ich die Polizei anrief. Bald darauf brachte man Johnnys Leiche in einem Krankenwagen fort. Tony wurde wegen Mordverdachts verhaftet und zum Verhör auf die Polizeiwache gebracht. Nachdem man mich wegen eines vorgetäuschten Schocks behandelt hatte, begleitete ich den noch immer verängstigten Henry zurück in sein Zimmer, wo er von den Pflegern beruhigt und ins Bett gebracht wurde.

Dann war ich an der Reihe, um mich den Fragen der Polizei zu stellen. Zweimal verließ ich das Befragungszimmer, um mich zu übergeben, während ich die Schrecken des Abends zu Protokoll gab. Als man mich endlich gehen ließ, bestand für sie kaum noch ein Zweifel daran, dass Johnny Henry und mich aus Rache für den Tod seines Bruders bedroht hatte. Tonys und mein Wort standen gegen die Taten eines Toten.

Als ich allein im Befragungszimmer saß, dankte ich Gott dafür, dass ich meinem Mann vor Verlassen des Hauses eine SMS geschickt hatte, in der stand, dass ich es nicht erwarten konnte, ihn mit Henry zu sehen. Diese Nachricht sowie die anderen, die ich ihm in der Woche geschickt und in denen ich behauptet hatte, unser Sohn wäre krank, hatten ihn so verwirrt und beunruhigt, dass er zum Pflegeheim gefahren war. Ich wollte nicht darüber nachdenken, welche Beweise Johnny aufgenommen und später gegen mich verwendet hätte, wäre Tony nicht aufgetaucht. Ich machte mir im Geiste eine Notiz, Blumen für seine Beerdigung zu besorgen, so wie ich es bei Ryan getan hatte. Doch dieses Mal würde auf der Karte stehen: *Ich habe schon wieder gewonnen.*

Da Tony über Nacht in Haft blieb, brachte die Polizei unsere verängstigten und verwirrten Töchter zum ersten Mal seit fast zweieinhalb Jahren wieder nach Hause. Ich erzählte ihnen behutsam – und verkürzt –, was geschehen war und wie mutig ihr Vater gewesen war.

Alice hatte mir sofort geglaubt und ich musste ihr versichern, dass wir nun in Sicherheit waren. Effie dagegen wusste immer, wenn etwas nicht stimmte. Aber sie war klug genug, nicht weiter nachzufragen. Sie hatte nicht zugegeben, dass sie Johnny nach der Beerdigung seines Bruders aufgesucht und ihm meine Geheimnisse verraten hatte. Und ich würde nicht sagen, dass ich es wusste, sondern ließ sie im Unklaren darüber. Sollte sie jedoch jemals ihren herzzerreißenden Verrat zur Sprache bringen, würde ich ihr klarmachen, dass nun nicht mehr nur das Blut ihres Lehrers an ihren Händen klebte, sondern auch das seines Bruders.

Als Tony am nächsten Abend freigelassen wurde und den Kindern die gleiche Geschichte erzählte wie ich, sah ich schadenfroh zu, wie die Bewunderung, die Effie ihm bisher entgegengebracht hatte, zu bröckeln begann. Zum ersten Mal in ihrem Leben wusste sie, dass er sie angelogen hatte. Was unsere Töchter betraf, traten Tony und ich nun unter denselben Wettbewerbsbedingungen an.

»Was hast du der Polizei gesagt?«, fragte ich ihn, als die Mädchen in ihre neu eingerichteten Schlafzimmer gegangen waren und wir allein zurückblieben. Er war kaum mehr als ein Schatten, der in der angrenzenden Dunkelheit des Esszimmers saß.

»Was du mir gesagt hast. Dass ich euch beschützen wollte.«

»Und haben sie dir geglaubt?«

»Mein Anwalt meint, dass sie es vermutlich nicht als Mord werten. Sie werden aber trotzdem untersuchen, ob ich unangemessen gewalttätig reagiert habe. Ich muss immer noch mit einer Anklage wegen Totschlags rechnen.«

Ich betrachtete meinen gebrochenen Ehemann und fragte mich, wie lange es dauern würde, bis ich ihn wieder aufgebaut hätte. Obwohl er mir den Kopf zuwandte, konnte ich seine Augen nicht sehen. Seine Stimme klang emotionslos und distanziert.

»Warum wolltest du, dass ich einen Unschuldigen töte?«

Ich schüttelte den Kopf. »Ich weiß nicht, was …«

»Nein«, fiel Tony mir ins Wort. »Tu das nicht! Behandle mich mit Respekt.«

»Wie viel Respekt hast du mir denn entgegengebracht, als du Ryan von diesem psychiatrischen Gutachten des Sozialamts erzählt hast?« Als er nicht antwortete, fuhr ich fort. »Johnny war alles andere als unschuldig und wollte mich dazu bringen, Dinge zuzugeben, die ich nicht getan habe. Er war genauso hasserfüllt wie sein Bruder.«

»Was solltest du zugeben?«

»Das ist jetzt nicht mehr wichtig.«

»Du hast mich zu einem Mörder gemacht. Ich habe das Recht zu wissen, warum.«

Sollte ich mich wie ein Baumwollknäuel entrollen, bis ich nackt auf dem Boden lag, und alles zugeben, was er wissen wollte – und noch mehr? Sollte ich ihm erzählen, wie ich Charlotte und viele andere zum Sterben ermutigt hatte, wie ich Ryan mit Effies Hilfe fertiggemacht hatte und wie ich Janine getötet hatte? Doch diese Gedanken verschwanden genauso schnell wieder, wie sie gekommen waren.

Ich ging in die Küche und schaltete die Lichter über der Arbeitsplatte an. »Du musst doch Hunger haben. Mal sehen, was ich auf die Schnelle kochen kann.«

Ich nahm ein in Folie eingeschweißtes Lendensteak aus dem Kühlschrank und gab einige Kartoffelspalten für die Mikrowelle in eine Schüssel.

»Weißt du, warum ich vermutlich so verwirrt war, dass du ausgezogen bist?«, fragte ich. »Weil du immer wieder ins Haus zurückgekommen bist, wenn ich nicht hier war. Manchmal stand eine Kaffeetasse in der Spülmaschine, die ich nicht benutzt hatte, dann lag der Stapel Post, den ich der Größe nach sortiert hatte, anders da. Und manchmal waren die Schlafzimmertüren geschlossen. Wenn du mich nicht geliebt hättest oder unser Leben nicht mehr gewollt hättest, wärst du doch nicht ständig zurückgekommen. Also habe ich mir wohl eingeredet, dass die

Mädchen und du nie wirklich gegangen seid. Es ist schon lustig, wie uns das Gehirn manchmal Streiche spielt, oder?«

»Ich bin zurückgekommen, weil ich nach dem Beweis dafür gesucht habe, dass wir das Unternehmen mit den Spendengeldern der Telefonseelsorge aufgebaut haben. Ich wollte nicht mehr damit von dir erpresst werden. Du weißt, dass ich das Geld in Form eigener Spenden wieder zurückgezahlt habe, sobald wir Gewinn machten.«

»Nun, das spielt jetzt keine Rolle mehr, weil wir ja wieder alle zusammen sind.«

Ich hörte, wie Tonys Stuhl nach hinten geschoben wurde. Seine Stimme klang wohlüberlegt und maßvoll.

»Wenn du denkst, ich würde auch nur eine Sekunde länger unter diesem Dach mit dir verbringen, dann hast du dich getäuscht, Laura. Ich hole jetzt die Mädchen und dann gehen wir.«

Ich schüttelte den Kopf. »Nein, das wirst du nicht, Tony. Wir sind jetzt wieder eine Familie, so wie wir es sein sollten. Und keiner von euch verlässt dieses Haus.«

Er lachte gezwungen. »Und was sollte mich jemals dazu bringen?«

»Wie wäre es damit? Während du den falschen Mann zu Tode geprügelt hast, hat er versucht, ein Geständnis von mir aufzunehmen. Und als sein Handy zu Boden fiel, zeichnete es weiter auf, bis du ihn getötet hattest und ich auf die Stopptaste gedrückt habe. Dieses Handy ist nun in meinem Besitz, zusammen mit weiterem Filmmaterial, das beweist, dass du nicht nur versucht hast, uns zu beschützen, sondern die Kontrolle verloren hast und glaubtest, du würdest dich an dem Mann rächen, der unsere Tochter belästigt und dich dazu gebracht hat, meine Geheimnisse zu verraten. Als du diese Aufnahme von Effie und ihm im Internet gehört hast, warst du wütend auf dich selbst und hast dich geschämt. Solltest du mich also erneut verlassen oder versuchen, mir die Mädchen wegzunehmen, werde ich dieses Handy der Polizei übergeben. Auch wenn ich mich dafür hassen werde. Niemand wird dann mehr daran zweifeln, dass du unangemessen gewalttätig reagiert hast. Und dann wanderst du ins Gefängnis. Und selbst wenn deine Töchter dann noch etwas mit dir zu tun haben wollen, könnten sie dich nur alle zwei Wochen für eine Stunde besuchen – vorausgesetzt, ich erlaube es ihnen, was ich bestimmt nicht tun werde. Die übrige Zeit werden sie hier bei mir sein. Nur bei mir. Effies Leben ist bereits ruiniert und dasselbe wird mit Alice passieren, wenn ihre Freunde herausfinden, dass ihr Vater ein Mörder ist. Ist es das, was du willst, Tony? Ich glaube nicht, dass dem so ist. Also zwing mich bitte nicht dazu.«

Jede Farbe war aus seinem Gesicht gewichen und er kniff die Augen zusammen, als sein Gehirn verstand, was ich sagte. Plötzlich stürzte er sich auf mich. Schützend hob ich die Arme über Gesicht und Brust, als er mich gegen den Kühlschrank drückte. Er schlang die Hände um meinen Hals und drückte mir die Luftröhre zu. Ich rang um Luft, wie Janine, als ich ihr auf den Hals schlug. Doch sie hatte in diesem Moment Angst vor mir gehabt, während ich mich nicht vor Tony fürchtete. Es heißt, man tut immer denen weh, die man liebt. Also musste er noch Gefühle für mich haben. Deshalb wehrte ich mich nicht.

»Na los«, drängte ich ihn mit krächzender Stimme. »Bring mich um, während deine Töchter oben in ihren Zimmern sind. Du hast gesehen, welchen Schaden die Fürsorge bei mir angerichtet hat, und genau das wird auch mit ihnen geschehen.«

Ich spürte seinen heißen Atem auf meinen Wangen. Doch obwohl er es wollte, konnte er mir nichts antun. Seine Genugtuung bei dem Gedanken, mich zu töten, war nicht so groß wie die Liebe zu seinen Töchtern.

Ich biss die Zähne zusammen und mein Herz raste. Endlich ließ er mich los und trat einen Schritt zurück, während ich mir an den Hals griff und mich sammelte.

»Also«, sagte ich schließlich, »sind Steak und Kartoffelspalten okay? Irgendwo habe ich auch noch ein Päckchen Pfeffersoße.«

Er sackte auf dem Esszimmerstuhl zusammen – ein gebrochener Mann.

Nach einer mehrwöchigen Gnadenfrist legte ich Tony schließlich nahe, dass es in seinem eigenen Interesse sei, wenn er vom Gästezimmer wieder in mein Schlafzimmer übersiedeln würde. Doch selbst die Tatsache, dass wir nebeneinander schliefen, brachte uns einander nicht näher.

In den nächsten beiden Monaten tat ich alles in meiner Macht Stehende, damit wir zu einer richtigen Familie wurden. Zum Glück war Alice noch nicht alt genug, um zu erfassen, was für ein Mensch ihre Mutter in Wirklichkeit war. Sie schien die Feindseligkeit, die Effie mir gegenüber an den Tag legte, nicht zu bemerken. Ich dagegen spürte Effies Frustration, weil sie weder ihrer Schwester noch ihrem Vater gegenüber die Wahrheit sagen konnte, ohne sich selbst zu belasten. Genauso wenig konnte Tony irgendjemandem gegenüber zugeben, dass er einen Mann in blinder Wut totgeschlagen hatte. Ich war die Hüterin all ihrer Geheimnisse. Ich selbst hatte auch sehr viele – einschließlich der Stelle auf dem Feld hinter dem Haus, wo ich eine versiegelte Kunststoffdose mit Johnnys Handy sowie Tonys Handschuhen und Laufschuhen vergraben hatte, die ich bei dem Mord an Janine getragen hatte. Ich hoffte zwar, sie niemals einsetzen zu müssen, doch eine Rückversicherung konnte nie schaden.

Um wieder so etwas wie Normalität herzustellen, erklärte ich den Sonntag zum »Familientag«. Am Morgen besuchten wir zuerst Henry, bevor wir zum Mittagessen aufs Land in einen Gasthof fuhren und Roastbeef und Yorkshire-Pudding aßen.

Den Nachmittag verbrachten wir auf dem Sofa und sahen uns einen Film an.

Anfangs war es mir egal, dass Alice und ich die Einzigen waren, die diese Zeit zu genießen schienen. Doch nach und nach ging es mir auf die Nerven. Mein Mann war nach wie vor weit davon entfernt, wieder der alte Tony zu werden, den ich liebte. Die Staatsanwaltschaft hatte noch nicht entschieden, ob Anklage gegen ihn erhoben werden sollte, und das nagte an ihm. Er machte keine Überstunden mehr und ging auch nicht mehr ins Fitnessstudio. Und wenn er abends von der Arbeit nach Hause kam, ließ er die Mädchen kaum aus den Augen. Er befürchtete wohl, dass etwas – oder jemand – sie in einer Weise beeinflussen könnte, die er nicht billigte, sobald sie nicht unter seiner Aufsicht standen.

»Du kannst mir vertrauen«, erklärte ich ihm. »Du weißt, dass ich nie etwas tun würde, was sie verletzt.« Seine Antwort war Schweigen.

Während Alice die Lebensmittel in der Küche auspackte, beobachtete ich, wie Tony allein im Garten stand, ein ruheloser Mann, der die Augen zusammenkniff und den Kopf schüttelte. Zum ersten Mal fiel mir auf, wie dünn er geworden war. Die einst breiten Schultern hingen herab und die ehemals muskulöse Statur war kantig geworden. Meinen starken, energiegeladenen Mann so schwach und unattraktiv zu sehen, frustrierte mich. Auch wenn ich lange auf seine Rückkehr gewartet hatte, war meine Geduld doch nicht unendlich. Er wurde so bedeutungslos wie mein Vater nach dem Tod meiner Mutter.

Wenn es ihm nicht bald besser geht, muss ich unsere Situation vielleicht neu überdenken.

Der Gedanke kam aus heiterem Himmel. Ich wollte ihn abschütteln, mir sogar verbieten, darüber nachzudenken. Aber wie Gedanken nun mal sind, gesellte sich schnell der nächste dazu und bald hatte sich in meinem Kopf eine lebhafte Diskussion entwickelt.

Es gibt immer einen Weg, sein Leiden zu beenden. Und wer könnte ihm dabei besser helfen als du?

Tony war das Letzte, was ich im Leben verlieren wollte, aber er war nicht mehr der Mann, den ich geheiratet hatte.

Du musst jetzt keine überstürzte Entscheidung treffen. Denk einfach daran, dass der nächste Kandidat dir näherstehen könnte, als du denkst.

Langsam fragte ich mich, ob ich immer diejenige war, die litt, um es anderen zu ersparen.

Ich wollte gerade zu Tony in den Garten gehen, als mein Telefon vibrierte. Ein E-Mail-Symbol erschien auf dem Display. Die Betreffzeile war leer, aber die Adresse ließ mich erschaudern: JanineThomson@gmail.com.

Ich rannte in die Garage, um ungestört zu sein. Schließlich öffnete ich die Nachricht. Sie enthielt nur drei Worte:

In Kürze mehr.

»In Kürze mehr?«, sagte ich laut. Was sollte das heißen? Ich wollte sie schon löschen, als ich den Anhang bemerkte. Eine Tondatei. Die fluoreszierende Glühbirne über mir begann wie bei einer Lichtshow zu flackern, während ich gespannt darauf wartete, dass der Download der Datei abgeschlossen war. Was um alles auf der Welt könnte das sein? Nichts hätte mich auf die Antwort vorbereiten können.

Ich mache es, hörte ich eine Aufzeichnung meiner Stimme sagen. *Wenn es Ihnen ernst damit ist, Ihrem Leben ein Ende zu setzen, werde ich persönlich bei Ihnen sein, wenn Sie es tun. Ich werde dabei von Anfang bis Ende an Ihrer Seite sein. Doch das Ganze ist eine Art Geschäftsbeziehung. Wir haben beide unsere Aufgaben zu erfüllen, Steven. Sie sagen mir, wer Sie sind, und ich werde sicherstellen, dass Ihr Tod reibungslos verläuft.*

Das Handy glitt mir aus der Hand und fiel zu Boden, doch die Schutzhülle aus Kunststoff verhinderte, dass der Bildschirm zerbrach. Schnell hob ich es wieder auf und hörte mir die Aufnahme noch einmal an. Spielten mir meine Ohren einen Streich? Bildete ich mir das ein? Ich drückte auf die Wiedergabetaste. Nein, das war real.

Das Blut rauschte in meinem Kopf und mir wurde schwindelig. Ich hatte das Gefühl, als schaukelte ich hin und her, obwohl sich mein Körper nicht bewegte. Ich fürchtete, ich könnte zusammenbrechen, und klammerte mich an ein Regal. Doch ich packte zu fest zu und riss es aus der Wandhalterung. Es stürzte krachend zu Boden. Farbe ergoss sich wie Lava über den Beton, bespritzte meine Schuhe und die nackten Beine. Ich musste mich beruhigen, doch es gelang mir nicht. Dieses Video konnte alles zerstören, worauf ich so lange hingearbeitet hatte.

Ich hatte jede Datei von diesem Diktiergerät gelöscht. Woher in Gottes Namen kam diese Aufnahme? Und warum heute, fünf Monate später?

Denk nach, Laura, denk nach. Es muss einen Ausweg geben.

Doch es gab keinen.

Im Bruchteil einer Sekunde hatte eine andere Person die Kontrolle über mich übernommen.

Was willst du?, schrieb ich zurück und drückte auf Senden. Zehn bange Minuten vergingen, aber es kam keine Antwort. Ich rang nach Luft, als hätte ich eine Panikattacke.

Der Anker, Laura, sagte ich zu mir selbst. *Denk an deinen Anker.*

Ich kniff die Augen fest zusammen und stellte mir Henrys Gesicht vor. Doch nicht einmal er konnte mich dieses Mal halten. Ich presste mir mit den Händen den Mund zu, beugte mich vor und schrie, bis meine Kehle wund war.

Epilog

Effie

Ich stand hinter der Jalousie meines Schlafzimmerfensters im oberen Stock und beobachtete, wie Dad am Gartenzaun stand – allein und in Gedanken versunken.

Wieder einmal starrte er ziellos auf die Spielfelder hinaus, als wollte er überall sein, nur nicht in diesem Gefängnis, das wir als unser Zuhause akzeptieren sollten. Ich konnte mich nicht daran erinnern, wann er uns das letzte Mal mit seinem breiten Lachen angesehen hatte, bei dem einem warm ums Herz wurde. Inzwischen sah er so elend aus, wie ich mich fühlte. Mum hatte ihm das angetan. Sie hatte ihn in einen Geist verwandelt und ich erkannte ihn kaum wieder.

Ich konnte es nicht länger ertragen, ihn so zu sehen. Es war an der Zeit, die Sache ins Rollen zu bringen und allem ein Ende zu setzen, bevor sie ihn umbrachte. Ich fügte die Datei, die ich in meiner Cloud gespeichert hatte, der E-Mail hinzu und drückte auf Senden.

Dann legte ich mich aufs Bett, steckte mir die Kopfhörer ins Ohr und suchte mir im Internet eine R&B-Playlist heraus. Am liebsten wäre ich nach unten geschlichen und hätte zugesehen, wie Mum völlig ausflippte, weil ihr eine Tote Aufnahmen von einem Gespräch schickte, das sie vor Monaten mit einem toten Mann geführt hatte. Ich wollte sehen, wie lange sie sich zusammenreißen konnte, bevor sie zusammenbrach. Das war schon einmal passiert, damals, als sie wegen Henry durchgedreht war. Doch ich hoffte, dass es nicht gleich passierte – ich wollte, dass sie litt. Ich wollte ihr das Leben so zur Hölle machen, wie sie es mit Dads und meinem getan hatte.

Ich sehnte mich danach, nur mit Dad und Alice zusammenzuleben. Ohne Mum war alles einfacher gewesen. Nein, nicht immer, früher nicht. Am Anfang war es uns sogar schwergefallen, uns mit ihrer Abwesenheit abzufinden, besonders Alice. Bevor Mum plötzlich wieder aufgetaucht war, hatten wir sie zuletzt gesehen, als Dad sie von zwei Sanitätern fernhielt, die meinen bewusstlosen Bruder auf einer Trage wiederbelebten. Mum war völlig hysterisch. Sie schrie und Spucke flog schäumend aus ihrem Mund.

»Ich habe ihn umgebracht! Ich habe mein Baby umgebracht!«, schrie sie immer wieder und gab dabei tiefe, furchtbare Stöhngeräusche von sich, wie ich sie noch nie zuvor gehört hatte. Ich schätze, so was passiert, wenn man seinen eigenen Sohn bei lebendigem Leibe fast verbrennt. Wie auch immer, am Ende wurde sie ruhiggestellt und mit einem Krankenwagen fortgebracht.

Alice und ich übernachteten bei einem älteren Ehepaar auf der anderen Straßenseite. Sie boten uns immer wieder etwas zu trinken und zu essen an, als ob dann alles wieder in Ordnung käme. Sie stellten zwei Feldbetten in ihrem Gästezimmer auf, doch irgendwann in der Nacht kroch Alice unter meine Decke und drückte sich an mich.

»Werden wir auch in einem Feuer sterben?«, fragte sie. Und ich konnte ihr nicht zusichern, dass uns das nicht passieren würde, ohne sie anzulügen.

In den nächsten Tagen wurden Dads Augen immer röter. Während Mum in einer psychiatrischen Klinik blieb, wachte Henry aus dem Koma auf. Doch man erklärte uns, dass er vermutlich nie wieder der Bruder sein würde, an den wir uns erinnerten. Auf Dads Vorschlag hin hatten Alice und ich weder Henry noch Mum besucht.

Man musste ihm zugutehalten, dass er uns wie Erwachsene behandelte und uns erklärte, was Mum getan hatte. Dass sie gestanden hatte, das Feuer gelegt zu haben, weil sie geglaubt hatte, das Haus wäre schuld an ihren Streitereien. Doch sie hatte nicht gewusst, dass Henry oben in seinem Zimmer war, was Dad der Polizei noch bestätigen musste.

Ich war zwar immer mehr ein Papakind als ein Mamakind gewesen, aber trotzdem verabscheute ich den Gedanken, dass Mum wegen eines Unfalls ins Gefängnis musste – auch wenn es ein verdammt schwerer Unfall gewesen war. Schließlich waren wir uns einig, dass es das Beste wäre, wenn Dad die Polizei anlügen und aussagen würde, dass Henry schon immer gern mit Streichhölzern gespielt hätte. Im Gegenzug wollte Dad dafür sorgen, dass wir nicht mehr in Mums Nähe sein mussten. Außerdem einigten wir uns darauf, dass wir erst dann wieder etwas mit ihr zu tun haben würden, wenn wir älter waren.

Danach war alles anders. Wir sind umgezogen und ich habe die Schule gewechselt. Wir änderten unsere Telefonnummern und ließen alles und jeden zurück, der vom Rauch geschädigt war.

Ich glaube, ich habe mehr den Gedanken vermisst, eine Mutter zu haben, als ihre tatsächliche Anwesenheit. Sie war nie so aktiv gewesen wie Dad, weshalb Alice und ich schon früh gelernt hatten, nicht viel von ihr zu erwarten. Manchmal sah sie uns an, als wäre sie sich nicht sicher, wie wir in ihrer Welt gelandet waren. Ganz anders war es bei Henry. Ihn betete sie an. Ich hatte ihn auch geliebt. Er war süß und lustig und versuchte immer, Alice und mich mit einem albernen Tanz oder einer Grimasse zum Lachen zu bringen. Doch von nun an vegetierte er nur noch vor sich hin.

Wir waren von einer fünfköpfigen zu einer dreiköpfigen Familie geschrumpft. In meiner letzten Schule hatte ich gesehen, wie Farzana Singh unerbittlich gemobbt wurde, nachdem ihre Mutter die Medikamente zur Behandlung ihrer bipolaren Störung abgesetzt hatte und während des Elternabends bollywoodmäßig zu tanzen begann. Ich würde nicht zulassen, dass mir das in meiner neuen Schule passierte. Also schoss ich vom ersten Tag an aus allen Rohren, trat übermütig und selbstbewusst auf und umgab mich mit gleichgesinnten Zicken. Ich erzählte ihnen, Mum hätte wieder geheiratet und wäre nach Australien ausgewandert. Doch während der ganzen Zeit, in der ich über die Schulgänge herrschte, wartete ich nur darauf, dass meine Lügen aufflogen.

Als Dad anfing, sich mit Janine zu treffen, war ich mir zunächst nicht sicher, was ich von ihr halten sollte. Von meinen Freunden hatte ich so viele Horrorgeschichten darüber gehört, wie ein neuer Partner der Eltern das Familienleben völlig durcheinanderbrachte, und wollte nicht, dass Janine uns das antat. Aber sie hatte nie versucht, Mums Platz einzunehmen. Und sie wollte tatsächlich Zeit mit uns verbringen, was mehr war, als Mum je getan hatte. Ich wusste, dass Janine gemeinsam mit Mum ehrenamtlich für die Telefonseelsorge arbeitete. Aber weder Alice noch ich hatten sie gefragt, wie es Mum ging. Selbst wenn wir unter uns waren, redeten wir nur selten über sie. Janine sprach das Thema ein paar Mal an, wechselte es aber, sobald ihr klar wurde, dass wir nicht darüber reden wollten. Ich hörte Dad ein paar Mal mit Janine über Mum reden und ein kleiner Teil von mir war neugierig, ob es ihr wieder besser ging oder ob sie inzwischen völlig durchgedreht war. Doch letzten

Endes war es einfacher, nicht an sie zu denken, als sich daran zu erinnern, was sie Henry angetan hatte.

Dann kehrte Mum nach zwei Jahren ohne Vorwarnung in unser Leben zurück. Vermutlich hatte sie es genau geplant. Ich hatte mich ziemlich in Mr Smith, meinen Englischlehrer, verknallt und war mir sicher, dass es ihm genauso ging. Doch dann machte er eine Kehrtwende und ließ mich total abblitzen. Ich war am Boden zerstört und hatte niemanden, mit dem ich reden konnte. Denn ich hatte viele Freunde verloren, weil Matt überall herumerzählt hatte, ich hätte sein Nacktselfie an seine Familie und seinen Chef weitergeleitet, weshalb er seinen Job verloren hatte. Dann gingen meine Noten auf einmal in den Keller und mir war plötzlich alles egal.

Zuerst war ich sehr vorsichtig, denn die Mutter, an die ich mich erinnerte, hätte sich nicht wirklich dafür interessiert, was zwischen Mr Smith und mir vorgefallen war. Aber diese neue, verbesserte Version von Mum wollte unbedingt alles wissen, was in meinem Leben vor sich ging. Ich dachte, ich könnte ihr vertrauen.

Ich hatte ihr erzählt, dass ich mich wegen eines Lehrers zum Narren gemacht hatte. Ich dachte, sie würde mir vielleicht erklären, dass ich irgendetwas falsch verstanden und deswegen gedacht hätte, er wäre an mir interessiert. Doch sie glaubte mir jedes Wort. Sie war überzeugt davon, dass er ein Pädophiler war und mich verführen wollte. Das dachte ich zwar nicht, aber ich war so wütend auf ihn, dass ich mitspielte und anfing, die Dinge auszuschmücken, die zwischen uns passiert waren. Ich dachte, es wäre das, was sie hören wollte.

Es überraschte mich, wie sehr ich mich freute, wieder eine Mutter in meinem Leben zu haben. Und als sie einen Plan ausheckte, um es Mr Smith heimzuzahlen, machte ich nur zu gern mit. Dann erkannte ich, wie sie sich immer mehr veränderte. Es schien, als wollte sie Mr Smith nicht nur eine Lektion erteilen, sondern als fände sie Gefallen daran, sein Leben zu ruinieren. Die Rache schien ihr wichtiger zu sein als ich. Das hielt mich jedoch nicht davon ab, das zu tun, was sie wollte. Ich hatte nicht einmal Fragen gestellt, als sie mir sagte, ich solle ein totes Ferkel aus dem Gefrierschrank der Schule stehlen.

Dann gab sie mir einen Speicherstick. Ich sollte die Dateien, die sich darauf befanden, auf Mr Smiths Arbeitscomputer übertragen. Da kamen mir zum ersten Mal Bedenken. Mum hatte mir zwar gesagt, dass ich sie nicht öffnen sollte, doch ich war zu neugierig gewesen. In den Dateien befanden sich Dutzende Bilder junger Mädchen in Schuluniform. Einige hatten nur das Oberteil ausgezogen, andere waren komplett nackt. Tief im Innern wusste ich, dass Mum es auf die Spitze trieb und ich das Ganze auf der Stelle beenden sollte. Doch ich tat es nicht. Ich wollte sie nicht enttäuschen.

Als Mum mir erzählte, dass man Mr Smith verhaftet hatte, weil er in ihr Haus eingebrochen war und gedroht hatte, sie zu töten, bekam ich es mit der Angst zu tun. Und nachdem wir Mr Atkinson die Aufnahme von Mr Smith vorgespielt hatten, auf der zu hören war, wie er sich bei mir entschuldigte, und man ihn daraufhin hinauswarf, wusste ich, dass das Ganze viel zu weit gegangen war. Mr Smith wurde zum Gesprächsthema Nummer eins an der Schule, aber niemand wusste, warum er gehen musste, bis die Polizei auftauchte und seinen Computer mitnahm. Dann kamen die Gerüchte auf, er wäre ein Pädophiler.

Alle wollten wissen, ob er jemanden an der Schule belästigt hatte. Ab und an fiel dabei auch mein Name. Alle wussten, dass ich mich mit ihm wegen meiner immer schlechteren Noten getroffen hatte. Doch ich stritt alles ab. Und weil mir der Ruf vorauseilte, dass ich mir nichts gefallen ließ, waren sie klug genug, mich nicht in die Enge zu treiben, sondern ließen mich in Ruhe.

In der Zwischenzeit war Dad damit einverstanden, dass Alice mit Mum auch nach dem ersten Treffen in Kontakt blieb. Erst schrieben sie sich nur Nachrichten. Doch bald erlaubte er ihnen einen gemeinsamen Nachmittag. An dem Tag erwischte ich Alice, wie sie Janines Handtasche durchsuchte, während diese im Bad war.

»Stiehlst du etwa?«, fragte ich sie.

Alice starrte mich an und wurde rot. »Nein.«

»Was tust du dann da?«

»Ich darf es niemandem erzählen. Das ist ein Geheimnis.«

»Nun, du erzählst es mir besser, sonst sage ich es Dad.«

»Mum will sich etwas von Janine ausleihen«, sagte Alice widerwillig. »Dieses Aufnahmeding hier.«

Sie hielt ein Diktiergerät hoch.

»Und was will sie damit?«

»Keine Ahnung. Ich glaube, sie will Janine einen Streich spielen. Ich gebe es ihr morgen früh in der Schule. Sie gibt es mir dann mittags zurück, damit ich es wieder zurücklegen kann, wenn ich nach Hause komme. Kriege ich jetzt Ärger?«

»Nicht, wenn du es mir zuerst gibst.«

In meinem Schlafzimmer drückte ich auf die Wiedergabetaste des Diktiergeräts. Ich konnte nicht verstehen, warum man Mum aufgenommen hatte, wie sie in der Telefonseelsorge mit jemandem telefonierte. Doch dann erkannte ich, mit wem sie sprach, obwohl er sich Steven nannte – es war Mr Smith. Ich sah auf dem Display nach: Das Gespräch war vor etwa zehn Monaten aufgenommen worden. Und plötzlich begriff ich, warum Mum es unbedingt haben wollte.

Sie versuchte, ihn zum Sterben zu überreden.

Ich hörte zu, teils fasziniert, teils entsetzt über die Dinge, die sie sagte. Nach mehreren Gesprächen war sie schließlich einverstanden, ihm beim Sterben zuzusehen. Dann zählte sie die besten Möglichkeiten auf, um es zu tun … Es war einfach widerlich – und sie war total irre. Allmählich verstand ich, dass es eine Art Spiel zwischen Mum und Mr Smith gewesen war, bei dem mich beide benutzt hatten, um aneinander heranzukommen.

Ich kopierte alle Dateien auf mein Notebook, bevor ich Alice das Diktiergerät zurückgab, damit sie es wiederum an Mum weiterreichen konnte. Ich schärfte ihr ein, dass sie es sich auf keinen Fall anhören sollte. Außerdem dürfte sie Mum nicht erzählen, dass ich sie erwischt hatte, wie sie in Janines Handtasche herumwühlte. Sie versprach es. Sie ist ein gutes Mädchen. Ein ehrliches Mädchen. Meine unschuldige kleine Schwester hatte keine Ahnung, wie wichtig diese Aufnahme war.

Zuerst wusste ich nicht, was ich mit den aufgezeichneten Gesprächen machen sollte, nachdem sie in meinen Besitz gelangt waren. Ich konnte nur vermuten, dass Mr Smith sie Janine gegeben hatte. Sie wusste vielleicht, was darauf war. Dad auch? Ich war mir nicht sicher.

Doch bevor ich ihn fragen konnte, hatte Mum mich im Stich gelassen: Sie hatte die Kopie des Gesprächs, bei dem sich Mr Smith bei mir entschuldigt hat, in allen sozialen Medien gepostet. Bis zum Mittag dachte jedes Kind in der Schule, ich hätte Sex mit meinem Englischlehrer gehabt. Plötzlich wurde ich auf dem Flur als »Schlampe«, »Nutte« und »Lehrerhure« beschimpft. Ich tat mein Bestes, um sie zu ignorieren. Doch auf dem Heimweg drängten mich einige Jungs aus der elften Klasse in den Park. Sie begrapschten meine Brüste und meinen Hintern und behaupteten, ich wäre leicht zu haben. Ich fürchtete, sie würden mich vergewaltigen, doch ich konnte mich losreißen und rannte nach Hause. Ich rief Mum an, schrie sie an und weinte, aber sie entschuldigte sich nicht einmal. Als ich drohte, Dad zu erzählen, was wir Mr Smith angetan hatten, warnte sie mich vor den Folgen, falls ich das täte. Fast hätte ich von dem Diktiergerät erzählt, doch ich biss mir noch rechtzeitig auf die Zunge. Ich würde Feuer mit Feuer bekämpfen und schwor mir, dass ich ihr Leben so ruinieren würde, wie sie es mit meinem getan hatte.

Dann, als ich dachte, dieser Tag könnte nicht schlimmer werden, kam Dad früher von der Arbeit nach Hause. Er weinte und schluchzte und es dauerte eine Weile, bis er mir sagen konnte, was passiert war. Jemand hatte Janine in der Telefonseelsorge ermordet und nun suchte die Polizei nach Mr Smith.

Ich hatte sofort das schreckliche Gefühl, dass Mum etwas damit zu tun hatte. Und wenn dem so war, dann hatte ich es auch. Ich rannte zur Toilette und übergab mich. Einen Tag später hatte Mr Smith sich das Leben genommen – und ich hatte noch einen Tod auf dem Gewissen.

Ich konnte mit dieser Schuld nicht leben. Ich hatte keinen Appetit mehr, schlief kaum noch, schloss mich in meinem Schlafzimmer ein und sprach nur noch mit Alice und Dad, mit niemandem sonst – erst recht nicht mit diesem Miststück von Mutter. Ich wusste nicht, wem ich mich anvertrauen sollte. Mum und Mr Smith hatten mich zwar ausgenutzt, doch ich hätte nie gedacht, dass er zu einem Mord fähig wäre. Mum dagegen war zu allem fähig. Ich musste jemandem sagen, was ich wusste.

Da fiel mir ein, dass Mr Smith einen Bruder hatte. Ich hatte sein Foto auf dem Handy gesehen, als er mich nach Hause fuhr. Also schrieb ich Johnny Smith nach der Beerdigung seines Bruders auf Facebook an und einige Tage später trafen wir uns. Mr Smith hatte ihm erzählt, was er mir angetan hatte. Daher war Johnny nicht so wütend, wie ich es erwartet hatte, als ich zu meiner Schande gestehen musste, welche Rolle ich beim Tod seines Bruders gespielt hatte. Er stellte mir viele Fragen über Mum und ich erzählte ihm alles, bis auf die Gespräche auf dem Diktiergerät. Die brauchte ich vielleicht selbst einmal. Nachdem ich ihm genug über sie und darüber, was sie unserer Familie angetan hatte, verraten hatte, lehnte ich mich zurück und wartete ab. Doch ich habe nie wieder von ihm gehört.

Im Laufe der Zeit wurde ich etwas ruhiger und dachte sogar daran, alles auf sich beruhen zu lassen. Mum war wieder aus unserem Leben verschwunden, wir waren erneut umgezogen, ich bekam einen Privatlehrer und Alice wechselte die Schule. Wir lebten nicht länger in Mums Schatten.

Doch das änderte sich schlagartig, als die Polizei kam und uns erklärte, dass Dad und sie in einen Vorfall in Henrys Pflegeheim verwickelt waren, bei dem jemand umgekommen war. Man hatte beide verhört, und da sie Mum als Erste wieder gehen ließen, brachte man uns zu unserem alten Haus und übergab uns in ihre Obhut.

Mum erzählte uns, was passiert war. Dad hatte Henry und sie vor Mr Smiths Bruder beschützt. Sie behauptete, Johnny hätte gedroht, Henry etwas anzutun, und das Ganze sei außer Kontrolle geraten. Dad hätte Johnny aus Notwehr getötet. Mum erzählte uns immer wieder, dass Dad ein Held sei. Doch ich wusste, dass hinter der Geschichte mehr steckte, als sie zugab. Das war schon immer so gewesen.

Die arme Alice begriff nicht, was gerade passierte, und ich hielt ihre Hand, während sie weinte. Ich riss mich zusammen und zeigte Mum gegenüber keine Gefühle. Stattdessen wartete ich, bis Dad gegen Kaution freigelassen wurde. Ich wusste, er würde uns die Wahrheit sagen. Doch dann log er uns auch an. Ich erkannte es daran, dass er uns nicht in die Augen sehen konnte, während er redete. Und seine Version entsprach fast Wort für Wort dem, was Mum uns erzählt hatte.

Später in dieser Nacht saß ich auf dem Treppenabsatz und hörte, wie sie stritten. Dad wollte Alice und mich nach Hause bringen, doch Mum ließ ihn nicht gehen. Und sie hatte irgendwelche Videobeweise, die ihn für das, was er getan hatte, ins Gefängnis brächten, obwohl sie ihn manipuliert hatte. Dann hörte es sich so an, als wäre er auf sie losgegangen, und ich wünschte mir von ganzem Herzen, dass er sie tötete. Doch er war nicht wie sie. Es blieb ihm nichts anderes übrig, als zu bleiben und uns vor ihr zu beschützen.

Mum und Alice schienen glücklich, weil wir alle wieder unter einem Dach lebten. Doch wir waren weit davon entfernt, eine Familie zu sein. Alice gegenüber benahm sie sich mütterlicher, als sie es mir gegenüber je gewesen war. Doch ich war nicht dumm. Sie krallte sich nur an meiner Schwester fest, um an mich heranzukommen.

* * *

Im Laufe der Wochen musste ich zusehen, wie Dad sich langsam vor meinen Augen auflöste – und alles nur wegen Mum. Ich hasste sie aus tiefstem Herzen. Lange Zeit hatte ich geglaubt, Mr Smith, Johnny und Janine wären meinetwegen gestorben. Aber irgendwann erkannte ich, dass es nicht meine Schuld gewesen war – die Frau, die sich selbst als meine Mutter bezeichnete, trug die Schuld daran. Sie manipulierte uns alle. Doch sie war nicht die Einzige, die anderen das Leben zur Hölle machen konnte. Der heutige Tag war so gut wie jeder andere, um diesen selbstgefälligen, zufriedenen Ausdruck aus ihrem Gesicht zu wischen. Ich zog die Kopfhörer aus den Ohren und überprüfte den Posteingang des E-Mail-Kontos, das ich erstellt hatte. Mum hatte bereits auf Janine Thomsons E-Mail geantwortet und gefragt, was sie wollte. Der Spaß fing gerade erst an.

Ich wollte schon antworten, zögerte dann aber. Es wäre doch viel unterhaltsamer, das Ganze so lange wie möglich hinauszuzögern. Ich würde mit ihr spielen wie diese Killerwale, die man in den YouTube-Videos sieht: Sie werfen eine Robbe in die

Luft, fangen sie mit ihrem Maul auf, bevor sie sie ausspucken und dann wieder von vorn anfangen, bis sie sie endlich töten.

In einigen Tagen würde ich ihr einen zweiten Clip schicken und eine Woche später dann den nächsten. Vielleicht würde ich sie mit unterdrückter Telefonnummer anrufen und ihr Auszüge aus ihrem Gespräch mit Ryan vorspielen.

Hoffentlich setzte ihr Verstand als Erstes aus. Dann würde man sie vielleicht wieder in ein Irrenhaus sperren und wir könnten aus diesem Haus verschwinden. Sollte das nicht funktionieren, würde ich die Aufnahmen veröffentlichen und sie auf diese Weise fertigmachen.

»Du musst eines bedenken, Effie – du und ich, wir sind aus demselben Holz geschnitzt«, hatte sie einmal zu mir gesagt. »Du bist die Tochter deiner Mutter. Und du kannst so viel von mir lernen.«

Sie hatte recht. Ich hatte von ihr gelernt.

Und nun war es an der Zeit, das Gelernte in die Tat umzusetzen.

Danksagung

An allerersten Stelle möchte ich John Russell für seine Unterstützung beim Schreiben sowohl dieses als auch meiner anderen Bücher danken. Dein Verständnis und deine Geduld erleichtern das Buchgeschäft um einiges! Und danke auch dafür, dass du vor dem Büro Wache hältst, damit ich nicht zu oft abgelenkt werde. Danke auch an meine Mutter Pamela Marrs für ihre beständigen Ermutigungen.

Außerdem möchte ich mich bei Chris James bedanken, der mich auf die Idee zu diesem Buch gebracht hat. Dein Beitrag war von unschätzbarem Wert.

Danke an meine ersten Leser Jim Ryan und Andrew Webber sowie an Kath Middleton, die Königin der Grammatik, die mich davor bewahrte, mich mit meinem ersten Entwurf zum Narren zu machen. Danke an Rhian Molloy für ihre Hilfe bei allen schulischen Angelegenheiten und an Rachael Molloy, die mich davor bewahrte, wie ein alter Mann zu klingen, als ich versuchte, aus der Perspektive eines Teenagers zu schreiben. Danke auch an Nicole Carmichael für deinen Rat und deine Unterstützung.

Danke an Carole Watson, die mir half, einen guten Ausgangspunkt für diese Geschichte zu finden. Ich hoffe, dir gefällt, was ich mit dem Rest angestellt habe.

Danke an Tracy Fenton für deine Unterstützung – und für deinen Namen – und an die tausend Facebook-Mitglieder von The Book Club. Eure anhaltende Unterstützung begeistert mich immer wieder und ich freue mich schon auf unsere weitere gemeinsame Reise.

Ich danke auch Jane Snelgrove bei Thomas & Mercer, die mich in den Schoß dieser Familie geholt hat, Jack Butler für seine Unterstützung und Ian Pindar für seine unschätzbare Hilfe, dank der Laura ein wenig hässlicher wurde.

Danke an Margaret McCulloch-Keeble für ihren Beistand beim Besuch einer Leichenhalle und an Karen-Lee Roberts für ihre Unterstützung im Hinblick auf die verfahrenstechnische Arbeit der Polizei. Außerdem danke ich meiner Freundin Lyndsay Wiles. Dank ihrer Hilfe weiß ich, wie es sich anfühlt, Mutter oder Vater eines Kindes mit besonderen Bedürfnissen zu sein. Du hast keine Ahnung, wie sehr ich dich bewundere.

Laura ist eine reine Erfindung. Doch dieses Buch ist den Millionen gutherziger, wirklich guter Menschen auf der ganzen Welt gewidmet, die in ihrer Freizeit anderen helfen – sei es persönlich, durch ein Telefongespräch oder in Internetforen. Ihr seid stille Helden.

Zum Schluss danke ich Ihnen, wer auch immer Sie sind, für den Kauf dieses Buches. Ob Sie mich von Anfang an begleitet oder mich gerade erst entdeckt haben, Ihnen gilt meine größte Wertschätzung.

Anmerkung des Autors

Es gibt weltweit mehr als vierhundert Organisationen mit ehrenamtlichen Mitarbeitern, die ihre Zeit Menschen mit Selbstmordgedanken widmen. Weitere Informationen über die nächste Organisation in Ihrer Nähe finden Sie unter www.befrienders.org.

Printed in Poland
by Amazon Fulfillment
Poland Sp. z o.o., Wrocław

77338603R00273